EL TIEMPO SUFICIENTE

Este libro se ha elaborado con papel procedente de bosques gestionados de forma sostenible, reciclado y de fuentes controladas, avalado por el sello de PEFC, la asociación más importante del mundo para la sostenibilidad forestal.

MAEVA apuesta para frenar la crisis climática y desea contribuir al esfuerzo colectivo y permanente de proteger y preservar el medio ambiente y nuestros bosques con el compromiso de producir nuestros libros con materiales sostenibles.

AMARA CASTRO CID

EL TIEMPO SUFICIENTE

MAEVA

Benito Castro, 6
28028 MADRID
www.maeva.es

ISBN: 978-84-18184-09-3
Depósito legal: M-24.379-2020

Diseño e imagen de cubierta: Elsa Suárez sobre imágenes de:
© Collaboration JS / Arcángel Images (personaje femenino)
© Arquivo Fotográfico Pacheco. Concello de Vigo (imagen de Vigo)

Preimpresión: MT Color & Diseño, S.L.
Impresión y encuadernación: CPI BLACK PRINT
Impreso en España / Printed in Spain

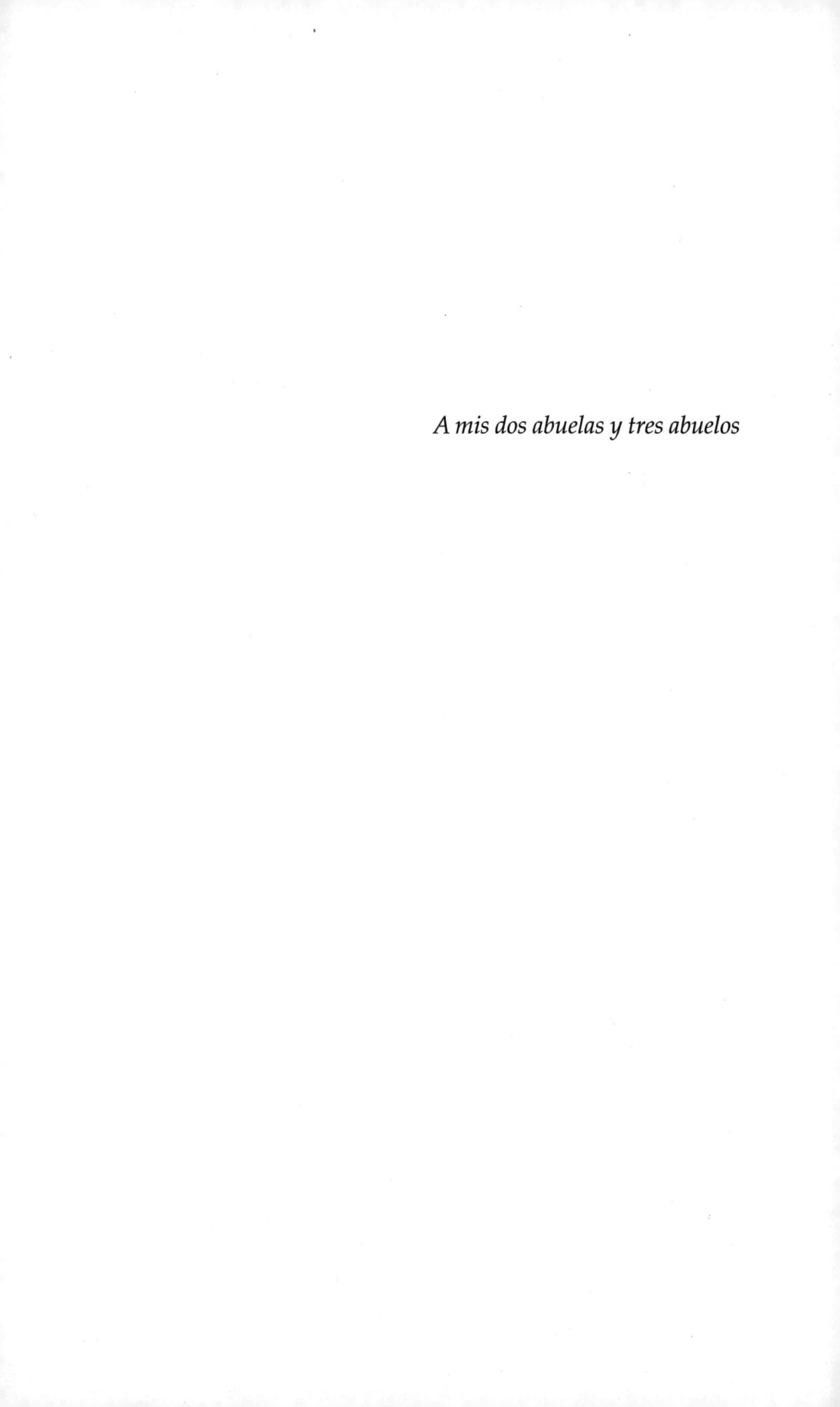

A mis dos abuelas y tres abuelos

«(...) la vida es tozuda y casi siempre consigue envolvernos en esa misteriosa inercia que nos empuja a continuar cuando parece imposible que podamos hacerlo.»

Los sabores perdidos, Raquel Martos

1

INTENTANDO NO DESPERTAR a Julián, Telma comprobó por última vez que la pulsera no estaba en el cajón de la mesilla. Habría jurado que la había guardado ahí la noche anterior. Sin poder evitar cierto desasosiego, se dijo a sí misma que ya aparecería y se encaminó hacia la cocina.

El piso estaba en un edificio antiguo en pleno centro de Vigo, en la esquina entre las calles Urzáiz y Manuel Núñez. Aunque había hecho una pequeña reforma antes de instalarse, no había pensado en una solución para los crujidos de la madera del suelo, especialmente la del pasillo. Así que, por no molestar a los vecinos, tenía todo organizado para recorrerlo una sola vez por las mañanas, desde el dormitorio que estaba al fondo de la casa hasta la cocina situada en el otro extremo, justo al lado de la entrada. Por suerte, la vecina de abajo, su amiga Lorena, era azafata de vuelo y casi nunca estaba en casa.

Se sirvió el café con parsimonia, disfrutando del aroma y de la taza que le había regalado su hermana por su vigésimo noveno cumpleaños. La cogió por el asa y la fue girando en el aire mientras sonreía. En la foto que Celia había elegido estaban las dos de pequeñas, muertas de risa en la terraza de la abuela. Cada una posaba con diferentes complementos sacados del baúl de los recuerdos: tocados con plumas, muchos collares y unos pendientes larguísimos. Telma, además, lucía orgullosa unas gafas de sol que prácticamente le cubrían la cara. De todos los regalos de su cumpleaños, la taza había sido el que más ilusión le había hecho, bastante más que la pulsera de Julián. ¡La pulsera! Volvió a hacer un esfuerzo para recordar dónde la podía haber guardado. ¿Cómo le iba a decir a Julián que la había perdido el primer día? Ella, que jamás había extraviado nada... ¡A saber cuánto tiempo había estado ahorrando el pobre para poder comprársela! Bueno, por la tarde ya la buscaría con calma y seguro que iba a aparecer donde menos se lo imaginaba.

Se sentó moviendo la silla muy despacio. Abrió el bote que usaban para guardar las galletas. Estaba vacío. Se levantó contrariada, esta vez con menos cuidado, preguntándose por qué a Julián le costaba tanto trabajo hacer algo tan sencillo. En el silencio de la madrugada, escuchó, a lo lejos, unos acordes de la gaita de Carlos Núñez que le hicieron saber que él ya estaba despierto. Cuando habían empezado a salir juntos, ella se había sentido increíble contándole a sus amigas: «Es lo más, se levanta con Carlos Núñez a todo volumen». Ahora, bueno, desde que él se había mudado a vivir con ella... Lo quería más que antes, claro, sin embargo, sospechaba que no faltaba mucho para que llegase el día en el que le iba a tirar por la ventana las *minicolumnasmegapotentes*, como las llamaba Julián, y con ellas a Carlos Núñez, contra quien no tenía nada especial, sino todo lo contrario, pero es que tooooodos los días..., ya empezaba a cansar un poquito tanta gaita. Por lo menos, después de muchas charlas sobre el respeto hacia el vecindario, Telma había logrado que bajase el volumen desde el punto máximo hasta un nivel medianamente soportable.

Terminó de rellenar el bote y volvió a sentarse.

—Ya sé que es de mala educación, pero...

Sonrió al darse cuenta de que le estaba hablando al aire. No podía evitar decir esa frase de la abuela Gala cada vez que mojaba una galleta en el café. Ese día, como cada miércoles, Celia y ella irían a comer a su casa. Las comidas de nietas eran sagradas. Ninguna de las dos se perdería la lasaña de la abuela por nada del mundo. Además, por lo visto, Celia iba a anunciar «novedades», había dicho. Telma había intentado sonsacarle algo más durante la cena de cumpleaños, pero su hermana no había soltado prenda.

Mientras saboreaba los últimos tragos del café, volvió a formular hipótesis mentales. Embarazada, imposible; se casa, qué va; se va a vivir a Cuba con Rafa, ni pensarlo.

El mismo mensaje de todos los días a la misma hora la hizo espabilar.

—¿Las ocho y media? ¡Madre mía, qué tarde es! —le dijo otra vez al aire al fijarse en el reloj del móvil.

A pesar del apuro y aun sabiendo que aquel texto le hacía daño, se tomó unos segundos para leer: «Que tengas un buen día. Te quiero mucho. Besos, papá». ¡Puaj! Palabras de amor que se le clavaban como dardos alrededor del puñal que sentía incrustado en la espalda desde que su padre, Marcos, se había marchado a Estados Unidos para brillar en su carrera como ortodoncista. Por lo visto, para él, ni Vigo tenía el mismo glamur que Miami, ni su mujer y sus hijas eran tan importantes en su vida como para quedarse a su lado. ¿Y por qué tenía que firmar así: «Papá», como si fuese una carta? ¡Qué manía! Le bastaba con mandar un mensaje cada día a sus dos hijas y un montón de dinero al mes a su mujer para lavar su conciencia. Y se suponía que Telma debía estar feliz por él, porque él sí que era feliz.

Sin saber muy bien si estaba enfadada con su padre o consigo misma porque un día más no iba a atreverse a responder con un «Déjame en paz», se levantó apresuradamente. Era realmente tarde.

Pensó en dejar la taza en el fregadero, pero le pareció demasiado desconsiderado. La enjuagó y la metió en el lavavajillas en donde ya había dos platos, dos vasos, dos tenedores y una tartera pequeña. Hizo lo mismo con la cuchara, la enjuagó y la metió en un compartimento aparte del de los tenedores. Le dio un poco de pena dejarla allí tan sola, pero qué remedio. Con un poco de suerte, en breve tendría una compañera, eso si a Julián le daba tiempo a desayunar, porque le encantaba remolonear en la cama hasta el último minuto y, al final, siempre tenía que salir pitando.

Salir pitando. Eso era lo que tenía que hacer Telma ahora. ¡Qué raro haberse despistado así! El día ya no estaba empezando como tenía que ser. Menos mal que no llovía. Odiaba la lluvia con toda su alma y durante la última semana no había parado de diluviar. Sin embargo, esa mañana el cielo había amanecido despejado. Por la ventana se podía ver una parte de la ría asomándose al fondo de la calle Colón y parecía que el mar también estaba en calma.

Se fue al aseo contiguo a la cocina y se lavó los dientes con el cepillo que tenía allí. También había comprado un doble juego de maquillaje, uno para el cuarto de baño de la habitación y otro para el aseo. Se pintó volando, tirando a regular, pero ya daba igual, era tardísimo. Cogió el bolso de ante verde botella y la chaqueta gris del perchero de la entrada y, cuando estaba a punto de salir de casa, oyó a Julián llamándola a gritos. Puso los ojos en blanco y recorrió el pasillo de puntillas hasta llegar al fondo. Entró en la habitación y se giró hacia la puerta del baño, que estaba entornada. Al asomarse, se encontró a Julián encaramado al bidé, desnudo, con los brazos apretados sobre el pecho a modo de escudo, y más blanco que la pared.

—Hay una araña. En la bañera. Por poco la piso.

—No me lo puedo creer, Julián, por Dios, que está en la bañera... No es tan difícil.

Con la ayuda de la ducha, Telma se despidió con respeto de la araña, que desapareció por el sumidero.

—¿Y si vuelve a subir? —preguntó él desde lo alto del bidé.

—Pues con un poco de suerte, te come y desapareces para siempre —replicó Telma perdiendo los nervios.

¿Había dicho eso? Ay, Dios, sí, lo había dicho. ¿En alto? Sí, en alto. En un acto reflejo se tapó la boca con la mano. Agradeció estar aún de espaldas a él. Pobre Julián, no se merecía ese comentario por haber dejado el bote de galletas vacío como siempre. Tampoco era justo castigarlo por lo de la gaita y mucho menos por tenerle miedo a las arañas. Cerró el grifo y se dio la vuelta forzando la mejor de sus sonrisas.

—Es broma, cariño, no te preocupes —dijo dándole un beso en un brazo—, ya no te molestará, ha emprendido un largo viaje por el mundo de las tuberías —añadió con su voz más dulce—. Y ahora, me voy pitando, que llego tardísimo.

—¿Y si vuelve? —repitió él sin bajarse del bidé.

Pero sus palabras se perdieron entre los crujidos del pasillo. Telma ya no escuchó a Julián, sin embargo, Julián sí que oyó el portazo que acababa de dar ella al salir.

Isolina

Febrero de 1963

Isolina acababa de terminar la manta que estaba tejiendo para su bebé. El final del embarazo le estaba resultando mucho más agotador que las náuseas de los primeros meses. El peso del vientre era demasiado para su espalda y, con los pies tan hinchados, no había quien se calzase. Unas plantillas hechas con papel de periódico, metidas por dentro de los calcetines de lana gruesa que ella misma se había calcetado, la aislaban un poco del frío de febrero. La casa que habían alquilado a un precio casi simbólico tenía el piso de madera y se alzaba directamente sobre una fina capa de cemento que se había echado sobre la húmeda tierra firme. Se levantó de la mecedora y, como siempre, con cuidado de no resbalar, fue hasta el cuarto que iba a ser para su hijo. Probó la manta en la cuna de pino rojo que había hecho su marido. Perfecta, quedaba perfecta. Cuando él llegase, se la enseñaría nada más entrar, le iba a encantar. Por enésima vez, se imaginó a sí misma arropando a su bebé. Presentía que iba a ser niño y su vecina, que era medio meiga para algunas cosas, opinaba lo mismo. La habitación destinada al bebé era minúscula, pero la de ellos también, tanto que no había manera de meter la cuna dentro. Él estaba empleado en Citroën desde hacía ya casi dos años, justo antes de casarse, y trabajaba como el que más para llegar a ser encargado. Isolina no sabía muy bien encargado de qué, pero lo que sí sabía era que el salario de los encargados abría las puertas de unos pisos que iban a construir en Coia con las mayores comodidades imaginables. Aunque deseaba con toda su alma poder mudarse a una de aquellas viviendas modernas, de momento no valía la pena pensar mucho en ello. Se asomó a la ventana y el galpón de la parte trasera del jardín le recordó que, por lo menos, en esa casa podían tener sus gallinas y su pequeño huerto. A lo lejos, al fondo del camino, divisó un punto de luz que se acercaba. Aguzó el oído para intentar distinguir si se trataba de la moto de su marido. La noche le devolvió el inconfundible runrún de la Lambreta. Se acarició el vientre de modo instintivo y fue corriendo a ponerse los únicos zapatos que podía aguantar durante un par de horas. Cuando él abrió la puerta, ella estaba esperándolo, calzada y con una sonrisa tan enorme como su vientre.

—La manta está terminada —le anunció.

Él cogió a su mujer por la poca cintura que le quedaba y la impulsó suavemente hacia la derecha para dar con ella una vuelta de trescientos sesenta grados mientras le decía:

—Te quiero tanto, Isolina, te quiero tanto...

2

Como cada mañana antes de irse a trabajar, Celia llevó a su madre al salón para dejarla en compañía de la presentadora Ana Rosa Quintana hasta que, a las diez en punto, llegaba Iris, su cuidadora, que era mucho más que un ángel en la Tierra. Le pagaban bien por su trabajo, aunque el cariño que les tenía a Amparo y, por contagio, al resto de la familia, ese cariño, ese tan bueno, no se pagaba ni con todo el oro del mundo. Justo cuando a Amparo le iban a dar el alta después del accidente, Iris había llegado de Brasil con treinta años recién cumplidos, un pasado al lado de un maltratador a quien no quería recordar, mucho entusiasmo y una mano delante y otra detrás. Era sobrina de la vecina del segundo. En una conversación de ascensor, la vecina le había comentado a Marcos que Iris se había mudado a Vigo porque un océano de por medio era la única distancia que le parecía razonable para sentirse a salvo del que aún era su marido. Nadie sabía qué iba a ser de Iris. Si su marido nunca la había dejado trabajar fuera de casa, ¿cómo iba a encontrar una salida laboral en España? Marcos le planteó la posibilidad de cuidar a Amparo y la entrevistó con la grata sensación de haber descubierto un mirlo blanco. Desde entonces, jamás les había fallado.

Celia le dio a Amparo un beso en la cabeza, acompañado de la misma frase de todas las despedidas:

—Te quiero mucho, mami. Nada de fiestas con los colegas, ya lo sabes.

—Yo también te quiero, pero lo de las fiestas... No te prometo nada. A ver ahora, cuando venga Iris, qué plan tenemos para hoy —respondió ella sonriendo.

—Vete tú a saber qué hacéis vosotras dos cada miércoles, con todo el día por delante...

—¡Hale, hale, a trabajar! —la azuzó su madre.

—Ya veo que me vas a echar de menos —protestó Celia antes de darle varios besos seguidos muy sonoros.

—¿Quieres irte de una vez? Mira que eres pesadiña, ¿eh?

Celia negó con la cabeza. Los miércoles le angustiaba dejarla todo el día sola, bueno, sola no, con Iris, gracias a Dios, pero aun así no le agradaba la idea de no ir a comer a casa. Sin embargo, Celia no quería perderse una comida de nietas por nada del mundo.

La abuela Gala había empezado a organizar esas reuniones hacía casi dos décadas. Un buen día, cuando tenía unos ocho o nueve años, Telma la llamó quejándose del menú del comedor del colegio porque nunca había lasaña, su plato preferido. La que más le gustaba era la que hacía su abuela, «rellena de cariño y besos». Así que, sin darle muchas vueltas al asunto, Gala se inventó las comidas de nietas de los miércoles. Habló con su hija, Amparo, y le ordenó que diese aviso en el colegio de las niñas. Sus nietas no volverían a pisar el comedor los miércoles mientras ella viviese. Para aportar más emoción al asunto, decidió darle tremendo bombo al anuncio del nuevo evento semanal. El domingo siguiente a la llamada de Telma, cuando estaban todos merendando en casa de Amparo, Gala se puso en pie y los mandó callar con su «superpoder de la mirada que te deja estatua». Entonces, sentenció muy solemne:

—A partir de la próxima semana, ninguna de mis nietas usará el servicio de comedor del colegio los miércoles.

Las caras de incredulidad eran dignas de la mejor escena de una película de intriga. Dos rostros infantiles con los ojos muy abiertos esperaban la continuación de aquella frase. Ambas estaban desconcertadas por el tono tan formal de la abuela. En ese momento, Gala sonrió plena de satisfacción y remató la jugada diciendo:

—Cada miércoles tendremos una reunión secreta muy importante, así que tendréis que ir a comer a mi casa.

—¿En serio, Abu? —preguntó Telma.

—Nunca he hablado tan en serio. Y os digo más, ¿sabéis cuál va a ser el menú?

Ellas seguían mirándola con gran expectación.

—¿Cuál?

Gala estiró la espalda y el cuello para adquirir una postura similar a la de una actriz de teatro antes de declamar su frase final. Guardó silencio un par de segundos que a las niñas se les hicieron eternos. Después, cogió aire y acabó la ceremonia mostrando la mejor de sus sonrisas para anunciar:

—De primer plato, crema secreta, de segundo, lasaña de besos y, de postre, helado de Capri.

Se levantaron para aplaudir, chocaron los cinco, gritaron bravos y hurras por la abuela y entonaron el «Ondiñas veñen». Aquello parecía más una celebración de un gol del Celta que otra cosa. Desde entonces, el único motivo admisible para faltar era una enfermedad gravísima, cualquier otra excusa estaba fuera de cuestión.

Celia cogió el bolso que el día anterior había abandonado encima de la mesa del salón y lo abrió para comprobar que lo llevaba todo: las llaves, la cartera, el móvil y el mando del garaje. Se lo colgó al hombro y se acercó otra vez a su madre. Amparo estaba muy interesada en las palabras de Ana Rosa Quintana, pero giró levemente la cabeza para dedicarle una sonrisa a su hija. Celia se agachó para darle otro beso y, mientras se alejaba hacia la puerta, le dijo:

—Adiós, mami, pórtate bien.

—Ya veremos —le respondió Amparo por lo bajini intentando quitar el freno a la silla de ruedas.

Isolina

Abril de 1963

CON TANTA DELICADEZA como si se tratase de un tesoro, dobló la manta que había tejido. Sobre todo, tuvo cuidado para no dejar que sus lágrimas la mojasen. No quería llorar más, pero ya habían pasado casi dos meses y ver cada día la cuna vacía no la ayudaba. Su marido había querido guardarla nada más volver del hospital, pero Isolina le había pedido que le diese algo de tiempo. Durante varios días, se había levantado por la mañana jurándose a sí misma: «De hoy no pasa. Hoy guardo su cuna, su ropita diminuta, su…». Nombrar mentalmente todo aquello la hacía caer en la tristeza más profunda. Cada día tenía que hacer de tripas corazón para no llorar delante de su marido mientras desayunaban. Él intentaba animarla con torpeza, hablándole de todo y de nada, de cosas del mundo de los vivos, algunas que había visto en la televisión por la noche y otras que se inventaba con tal de contarle cualquier cosa que pudiese alegrarla. Ella lo escuchaba en silencio preguntándose una y otra vez cómo él era capaz de seguir viviendo de espaldas a semejante pérdida.

A las ocho en punto, se despedían en la puerta. Él le acariciaba el pelo con ternura y ella mostraba la mejor sonrisa posible haciendo un esfuerzo monumental. Después, antes de que él saliese de casa para ir a trabajar con su pena escondida en el fondo del alma, se rozaban los labios en busca del amor que pudiera quedar en medio de la desolación que los había arrasado.

Aquella mañana, Isolina, exhausta de intentar fingir que se estaba recuperando, cerró la puerta, apoyó contra ella la espalda y se dejó deslizar hasta quedarse sentada en el suelo. Los párpados le pesaban y cerró los ojos. Se tapó la cara con las manos y pensó que no iba a ser capaz de hacer frente a un día más. ¿Había sido una traición hacia su hijo guardar sus cosas por si algún día otro…? Entre la culpa y la pena, no habría sabido decir cuál pesaba más. A menudo, como en ese momento, se imaginaba que su corazón era una ciudad devastada por la guerra, una montaña de escombros cubierta de polvo. Casi siempre veía el cadáver de su bebé entre los cascotes y algunas veces, las menos, era capaz de imaginárselo con vida, dormido plácidamente en su cuna inmaculada, a un lado de la escena, como si la desolación nada tuviese que ver con él.

3

TELMA SE HABÍA pasado las dos primeras horas de su jornada laboral entrando y saliendo de Urgencias a toda velocidad. Una colisión múltiple a las afueras, en la bajada de Puxeiros, había llevado al hospital a varios heridos leves y la primavera estaba haciendo estragos desatando las peores versiones de las alergias.

A media mañana, se calmó tanto ajetreo y le tocó subir a planta. En el ascensor echó un vistazo rápido al móvil. Cinco llamadas perdidas de Julián. ¿Cuántas veces le había explicado que, si quería decirle algo, prefería que le escribiese un mensaje? ¡Qué manía de alarmarla con tanto misterio! Se bajó en la última planta y se fue directa al cuarto de baño.

—¿Qué pasó? ¿Estás bien?

—¡Ah! Nada, es que tenía un rato entre clase y clase y me aburría.

—Estaba en Urgencias, cariño. Ya sabes que es mejor que me escribas y cuando pueda te respondo, ¿vale?

—Sí, sí, vale, vale.

—¿Me estás escuchando o me estás dando la razón como a los locos?

—Es que me pillas en mal momento.

—Ah, pues nada... —susurró Telma desconcertada.

—Venga, te dejo. Un beso, cielo —concluyó Julián.

—Un be...

Julián ya había colgado.

Milagrosamente, había pocos enfermos ingresados en planta y no habían requerido más atenciones que las de rutina. Como estaba el ambiente tan relajado, se permitió el lujo de ir a visitar a su paciente favorito. Pío acababa de cumplir setenta y nueve años. Había tropezado en una alfombra con tan mala suerte que una caída de lo más tonta lo había dejado postrado en la cama desde hacía casi dos meses. Rotura de acetábulo. Tenía la pierna atravesada por un hierro un poco más arriba de la rodilla y de ahí colgaba un peso mediante un sistema de poleas que parecía sacado de un cuento de terror, pues se parecía más a un potro de torturas medievales que a un instrumento clínico. Por las tardes no paraba de recibir visitas de familiares y amigos, pero por las mañanas, las había prohibido él personalmente. Quería aprovechar para leer. Ya que iba a tener que estar así, en cama y sin moverse, por lo menos que el reposo le sirviese para dedicarle algún tiempo a su pasión por la lectura. Sabía que Telma compartía ese gusto, así que, de vez en cuando, si tenía algo que comentarle de algún libro, llamaba al timbre y se hacía el cascarrabias si venía algún otro enfermero. Cuando aparecía el aviso en la sala de enfermería ni se preguntaban entre ellos: ¿vas tú?, ¿voy yo? Iba Telma y punto. A los demás, Pío los iba a mandar a paseo, ya se sabía.

—Buenos días, guapetón, ¿cómo estamos hoy?

—Preparado para la Vig-Bay. Tengo pensado fugarme esta tarde.

Decía que cuando le quitasen aquel armatoste tan aparatoso, lo primero que iba a hacer era apuntarse a esa carrera desde Vigo hasta Bayona, veintitantos kilómetros. No había participado nunca en algo así y, por supuesto, no tenía ninguna intención de hacerlo, ni siquiera sabía en qué mes se celebraba, pero sí que sabía que a Telma le haría gracia la broma y le encantaba hacerla sonreír.

—Ya está todo planeado —continuó Pío mientras Telma se sentaba en el sillón azul—. En cuanto llegue el médico le diré que tengo que ir a un entierro muy importante, que me quite todo este embrollo y que me dé el alta. Ya volveré mañana si veo que no estoy bien.

—¿Un entierro muy importante? ¿En serio? Ay, no puedo contigo, Pío... ¡Un entierro muy importante! ¿A quién se le ocurre?

—Es que estoy leyendo *Los funerales de la Mamá Grande*, de García Márquez, igual eso influye...

—Pues quizá sí —Telma sonrió negando con la cabeza—. Tiene razón tu mujer, Pío, eres peor que un niño. Oye, por cierto, ¿qué tal están los funerales esos? Si te digo que a mí García Márquez no acaba de llegarme..., ya sabes, por lo de mi debilidad por las escritoras. Claro que él no tiene la culpa de ser hombre, pero es que yo creo que las mujeres tienen como más facilidad para tocarme el alma... —Se llevó la mano al bolsillo de la bata— ¡Uy!, perdona, es mi abuela, ¡qué raro!

Telma salió de la habitación con el móvil en la mano y deslizó el dedo por la pantalla al tiempo que apoyaba la espalda en la pared del pasillo.

—Abu, ¿qué fue?, ¿estás bien?

Isolina

Noviembre de 1963

ISOLINA CERRÓ EL grifo y dejó la segunda taza sobre el paño que había colocado meticulosamente al lado del fregadero. Esperó el golpe de la puerta al cerrarse. ¡Pum! El portazo hizo retumbar la casa y una corriente de aire llegó hasta ella acuchillándola por la espalda. Se apoyó con las dos manos en la encimera y dejó caer la cabeza hacia delante. No lloró. Solo cerró los ojos y se mantuvo muy quieta, intentando disfrutar de esos segundos en los que no sucedía nada, nada de nada. Porque ese era su mayor deseo: que la vida la dejase en paz, y para ello, le bastaba con estar libre de la presencia de su marido, que no cejaba en su deseo de ayudarla.

Él se había pasado los primeros meses intentando distraerla, hablando de banalidades y evitando cualquier tema que contuviese las palabras hijo o muerte. Pero nada lograba sacarla de su aislamiento. Cada mañana, él tenía que hacer todo el esfuerzo del mundo para no dejarse vencer por la frustración. ¿A la pena de haber perdido a su niño tenía que añadir la de estar perdiendo a su mujer? ¿Por qué la vida se estaba ensañando tanto con él? ¿Qué había hecho mal?

Ella ya solo quería estar sola para que nadie le dijese que no podía volver a meterse en la cama después de desayunar y dejar pasar el día. Respirar y parpadear. Eso era lo máximo que podía hacer sin agotarse. Lo único que deseaba de verdad era morirse para poder estar con su hijo. No pedía tanto, ¿o sí? ¿Por qué su marido no podía entenderla? ¿Cómo era posible que el dolor, que estaba segura de que compartían, los hubiese distanciado de aquel modo, convirtiendo su amor en un iceberg resquebrajado a punto de partirse?

Envidiaba en silencio la vida insulsa y mediocre de su vecina Marta, esa vida que tanto había menospreciado antaño, cuando Isolina era tan feliz con su marido, «el Encantador», como lo llamaba Marta, y esta se aburría soberanamente con su Jaime, «el Aburrido». Habían sido otros tiempos, tiempos en los que el acontecimiento de la semana de Marta era la partida de parchís del domingo en casa de Isolina y, sin embargo, para Isolina ese era el momento que dedicaba a hacer el bien al prójimo distrayendo a su vecina. Porque el resto de la semana, ella y su marido, el Encantador, hacían el amor a todas horas y, a veces, daban largos paseos cogidos de la mano luciendo su matrimonio perfecto por la nueva circunvalación, que iba desde Las Traviesas hasta el centro de la ciudad evitando las cuestas. Era la primera calle asfaltada de Vigo. Esa novedad, sumada al atractivo de poder dar un buen paseo con vistas a la ría, hizo que en poco tiempo pasase a llamarse avenida de las Camelias, un nombre que le daba la categoría que merecía y le hacía mucho más honor por los camelios que abundaban en las fincas de la zona. «Algún día, cuando sea encargado, te regalaré una bicicleta para que puedas ir a donde quieras cuando te plazca», le había dicho en varios de aquellos paseos. Pero lo cierto era que seguía sin ser encargado y ella ni siquiera sabía montar en bici porque su padre nunca se lo había permitido, no era algo imprescindible para una niña. Sus dos hermanos, varones, sí que habían volado sobre dos ruedas en la infancia, ella no. Su marido sabía que llevaba esa espinita clavada en el alma y, en más de una ocasión, había intentado ahorrar para poder darle ese capricho, pero siempre surgía algún imprevisto, algo que arreglar en casa o un gasto con el que no había contado.

Ahora ya nadie pensaba en bicicletas, el cielo amenazaba tormenta y el ambiente en casa era tan plomizo que el aire casi podía cogerse con las manos sin que se escurriese entre los dedos.

Con los ojos aún cerrados, Isolina inspiró y espiró varias veces. Si no fuese porque había perdido la fe, habría rezado. Pero ya solo iba a misa por el qué dirán. Rezar, lo que se dice rezar, ya no le salía.

Hizo un esfuerzo para levantar la cabeza y abrir los ojos. Su mirada se encontró con la fila de cucharones y cuchillos que colgaban de sus respectivos ganchos en la pared, perfectamente ordenados de mayor a menor.

Fue entonces cuando se le pasó por la mente una idea. Se preguntó si sería lo suficientemente valiente como para hacerlo. O quizá, para huir de la vida para siempre, bastaría con ser lo suficientemente cobarde.

Paseó la mirada por los cuchillos. Descartó los de sierra, se le secó la boca solo de pensarlo. Después, desechó los tres grandes por la aparatosidad. Pero aquel pequeñito, el que habían comprado en Taramundi, el único recuerdo de su luna de miel en Asturias, precisamente ese que ella tenía siempre tan bien afilado... Lo cogió con firmeza por el mango. Era justo del tamaño de su palma, como hecho a medida para hacerse un corte certero.

4

Celia había llegado tarde a su trabajo. Otra vez. El garaje de la oficina estaba situado en la parte trasera del edificio y tenía que salir a la calle y rodear la manzana para llegar hasta el despacho. En tan pocos metros le había pasado de todo. Primero, iba tan despistada escribiéndole un mensaje a Rafael que se había chocado literalmente contra una farola, un golpe leve pero especialmente molesto por la risa desatada de un grupo de adolescentes que estaban en la acera de enfrente. Después, se le había enganchado un tacón en un adoquín desencajado y ahora lo llevaba medio colgando y cojeaba. Por último, al entrar en el portal, se había dado de bruces con la persona que más odiaba del mundo, su jefa, la Chunga. De tanto llamarla la Chunga, a veces ya ni se acordaba de cómo se llamaba. En el departamento de Celia, donde trabajaban cinco personas, tenían por costumbre hacer apuestas constantemente, por todo y por nada. Ella encabezaba la lista de la porra que habían organizado para ver quién de todos iba a ser el primero en meter la pata y llamar Chunga a la jefa en su cara. La sombra de esa amenaza planeaba sobre Celia haciéndola ser cauta, pero, en el fondo, sabía mejor que nadie que, antes o después, cualquier día no muy lejano, se cruzaría con su jefa en el portal y le diría: «Buenos días, Chunga».

Gracias a Dios, para lo mal que le estaba yendo el inicio de la mañana, fue muy prudente:

—Buenos días, María Jesús.

—Llegas tarde. Es la tercera vez este mes.

—¿La tercera? —Celia se hizo la sorprendida—. Fue por mi madre, ya sabes que lo tengo difícil para salir de casa, entre unas cosas y otras...

—Obviamente, ese no es mi problema, como comprenderás. Sigo sin entender qué habrán visto en ti los de Madrid para darte ese ascenso —dijo su jefa—. Que no se te olvide recuperar el tiempo al mediodía —añadió atusándose la melena antes de marcharse.

Celia se despidió con una sonrisa de lo más falso y un:

—Claro, claro. Hasta luego.

Subió en el ascensor maldiciendo a su jefa. Si había alguien que hiciese horas extras por amor al arte, esa era Celia. Siempre. Cada tarde se quedaba mucho más allá de la hora de irse, y no porque le fuesen a pagar más, que no era el caso, ni por peloteo, que era algo que no iba con ella, sino por responsabilidad, porque sabía que no iba a dormir tranquila dejando tal o cual asunto pendiente. Así que no le pudo sentar peor aquella frase «que no se te olvide recuperar el tiempo al mediodía». ¿Qué tiempo?, ¿quince minutos? Desde luego, no pensaba recuperarlos a la hora de comer. Y mucho menos, ese día. Se recordó a sí misma que los miércoles eran sagrados: comida de nietas, comida «secreta» de nietas. Lasaña de caerse para atrás en casa de la abuela Gala.

El enfado se le pasó en cuanto cruzó el umbral de la oficina y vio a Nacho peleándose con la máquina de café. Por lo visto, ella no era la única que estaba empezando mal la mañana.

—¡Hola, guapetón! ¿Te ayudo? No sé cómo lo haces para que siempre se te quede la cucharilla atascada.

—¿Cucharilla? El palo ese, querrás decir. —Nacho ni la miró.

—La verdad es que esperaba una respuesta más educada y propia de ti. Algo como «Buenos días, preciosa, sí, gracias por tu ayuda».

—¡Ay, perdona, cielo! —se disculpó él—. Es que no sale, ¿ves?

—Ya veo que debes de estar desesperado. Para que tú me hables así, ya se puede creer.

Celia giró la falsa cucharilla delicadamente.

—*Voilà.* —Se la ofreció como un trofeo—. ¿Mejor?

—Si no tuvieras novio formal, me lanzaría a darte un beso de película ahora mismo.

Celia le sonrió y, antes de que se le notase que se le estaban subiendo los colores, le plantó un beso en la mejilla y se fue directa al departamento de comercio exterior, a la que sería su mesa de trabajo por muy poco tiempo más. Allí le esperaban unos cuantos emails en inglés que responder, algunos presupuestos que hacer, unas traducciones al ruso que encargar, unos cuantos problemas que solucionar y la foto de Rafa mirándola con ternura desde el Malecón de La Habana.

Isolina

Noviembre de 1963

«AHORA TE SIENTES desolada, pero cada día estarás un poco mejor, ya verás», le había dicho hacía ya unos cuantos meses una enfermera sensibilizada con su dolor porque había pasado también por un trauma semejante. ¿Cada día un poco mejor? ¿O había dicho peor?, intentaba recordar ahora Isolina mientras dejaba la vista fija en una mancha de humedad del techo. Se la sabía de memoria de tanto mirarla. Ya ni siquiera se asomaba a la puerta para recibir a su marido cuando él volvía del trabajo. Salir de la cama le resultaba una tarea demasiado pesada y solo lo hacía por pura necesidad.

Piel, huesos y una sombra del alma que insistía en aferrarse a la vida en contra de su propia voluntad. Eso era lo que quedaba de ella. Todo lo demás, lo que un día había sido, se lo había llevado su bebé nacido muerto. Nacido. Esa era la palabra que quería recordar de las dos que había visto escribir al médico en aquel papel amarillo en el apartado destinado al nombre. Nadie tuvo la delicadeza de preguntarles si tenía algún nombre. El doctor escribió directamente aquellas dos palabras, la más bonita del mundo, «Nacido», y la más terrible del universo, «Muerto». Juntas formaban una paradoja imposible y completamente incompatible con la palabra madre.

Su marido ya no sabía cómo suplicarle que se levantase, que fuese fuerte, que volviese a su vida. ¿Cómo iba a seguir intentando tirar de ella si le flaqueaban sus propias fuerzas? Sin embargo, aquel día de noviembre, el destino quiso echarle una mano. Cuando entró en casa, estaba tan nervioso que hasta le temblaba la voz. Se le veía radiante. «Hay algo para ti ahí afuera. Tienes que venir a verlo», le había dicho con tanta insistencia que ella no había podido negarse. Isolina se levantó y salió al patio trasero para descubrir el regalo que les iba a cambiar la vida.

5

—TELMA, CARIÑO, ESCÚCHAME bien. Si me pasa algo, mira detrás del espejo. Te quiero. Confío en ti. Detrás del espejo.

—Abu, ¿qué mosca te picó ahora? Querrás decir que me mire al espejo… ¡Eres tremenda!

Telma sonrió pensando que su abuela era increíble, ¿cómo habría sabido Gala que ese día su nieta se había maquillado a toda prisa, sin rímel, ni *eyeliner*, ni nada? Seguro que alguna amiga de esas que iban a Urgencias del hospital «a matar la mañana», ya le había ido con el cuento de que había visto a su nieta enfermera con mala cara. Y claro, eso no podía ser, una nieta de Gala tenía que lucir siempre tan perfecta como ella.

—Eres una cotilla de lo peor, Abu. ¿Quién te ha dado el soplo esta vez, eh?

Telma se calló para esperar la respuesta, aunque ya se la imaginaba. Le parecía haber visto a su amiga Charo saliendo del hospital mientras ella recibía a un paciente accidentado que se empeñaba en bajarse de la camilla para salir de la ambulancia.

Gala seguía sin responder, así que Telma decidió ponérselo más fácil:

—¿Quién fue, Abu, tu amiga Charo?

Tampoco recibió contestación.

—¿Abu?

Nada.

—¿Abu?

Silencio.

—Abuela, ¿estás bien?, ¿te pasa algo?

Isolina

Diciembre de 1963

UNA BICICLETA USADA, algo que podría resultar insignificante para algunos, había obrado un milagro en el alma dolorida de Isolina. La ilusión de aprender a montar en la bici que no había podido tener de niña, había sido la chispa que necesitaba para encender sus ganas de vivir y para que volviese a mirar a su marido con amor.

Él le había explicado que la mujer de su jefe se había encaprichado de otro modelo y como esta ya no la usaba, se la había comprado por cuatro perras. A ella le daba igual de dónde hubiese salido. Ni siquiera preguntó cuánto había costado exactamente, aunque suponía que bastante más de lo que le estaba contando su marido. Tampoco le importaba que en el asiento de cuero estuviese repujada una inicial que no correspondía con la de su nombre, ni que fuese imposible convertir esa G en una I. «¡G de genial!», había exclamado al verla.

Desde entonces, él había volcado las pocas fuerzas que le quedaban cada día en enseñarle a montar. Regresaba exhausto del trabajo porque faltaba poco para la jubilación de uno de los encargados y, con ella, su oportunidad de oro de ocupar su puesto. No podía bajar la guardia. Aun así, por más cansado que estuviera, su amor por Isolina era como uno de los motores que ensamblaba en los coches de la fábrica cada día, pero ese era suyo, su motor, el motor de su vida. Durante las últimas semanas, cuando llegaba a casa, ella ya lo estaba esperando con la bici en el camino. Practicaban durante largo rato y después, después… Habían recuperado la costumbre de ducharse juntos y hacer el amor antes de cenar.

Y sí, él se sentía fatal porque le había mentido sobre la procedencia de la bicicleta y el engaño le pesaba, pero había sido por su bien, para que la aceptara. Y había valido la pena. Si le hubiera dicho la verdad, todo habría sido diferente.

6

La ambulancia sorteó el tráfico de Gran Vía a toda velocidad. Se saltó el semáforo de la plaza de España dejando a la izquierda la escultura de los cinco caballos de Juan Oliveira ascendiendo en su espiral de bronce hacia el cielo. Se metió a la derecha por la serpenteante calle Pizarro. Telma estaba tan aturdida que no sabía cómo había llegado hasta allí. Tenía una vaga idea de haber bajado hasta la planta de Urgencias por las escaleras del hospital con el móvil en la mano, intentando llamar a Gala una y otra vez sin éxito. Ahora, sentada en el lugar destinado a los acompañantes, viendo la camilla vacía, empezaba a recordar y a atar cabos. Al ver que la abuela no respondía, se la había imaginado desmayada; había llamado a un par de vecinas por si podían acercarse a ver si pasaba algo, pero una trabajaba en las oficinas de Bimba y Lola, a unos quince kilómetros de allí, demasiado lejos, y la otra estaba de viaje, nada más y nada menos que en Argentina. Por supuesto, había pensado en Celia, la había llamado y creía recordar que ella le había dicho que salía pitando para allá. Gala vivía al inicio de la travesía de Vigo, en lo que se conocía como cruce de Llorones porque allá por mediados del siglo XVIII, cuando aquella intersección de caminos marcaba el límite de la ciudad, había una fuente que dejaba caer el agua con un sonido tan monótono que parecía llanto. Faltaba poco para llegar. Ahora ya no había caminos sino calles de tres y cuatro carriles y edificios que habían ido comiéndole el terreno a los campos y a los sauces llorones plantados para hacer honor al nombre del cruce. Telma aún recordaba alguno. La ambulancia tomó con brusquedad la curva del cruce de Pizarro con Vázquez Varela. Comprobó que tenía el cinturón bien puesto y recordó a uno de los chicos de la ambulancia encajándolo en el enganche antes de desaparecer por la puerta trasera. La imagen estaba borrosa, pero juraría que era una cara conocida, ¿Fabián, quizá? Echó la cabeza hacia atrás, entornó los ojos y, enlazando los dedos de ambas manos, murmuró:

—Abuela, por Dios, no nos vayas a hacer esto ahora. No, por favor, no.

El sonido de la puerta trasera al abrirse la hizo volver en sí. Efectivamente, el chico que le había puesto el cinturón era Fabián, y ahora la estaba mirando con un gesto mucho más serio de lo habitual. Se conocían de trabajar en Urgencias desde hacía unos meses, desde que él había empezado con un contrato a media jornada que coincidía con el turno de Telma en el hospital. Normalmente se saludaban de pasada porque en esa área solo hay tiempo para pensar en los pacientes, pero Fabián siempre tenía una sonrisa para ella. En ese momento estaba serio. La cosa pintaba mal.

—¿Te ayudo?

—Deja, gracias —respondió Telma agarrándose al asidero para bajar.

A pesar de la negativa, él le tendió la mano y ella la aceptó.

Celia surgió de detrás de una furgoneta aparcada frente al portal de Gala y, sin ni siquiera saludar, preguntó preocupada:

—¿Tienes aquí las llaves de la abuela?

Telma se echó la mano al bolsillo de la bata. Había salido del hospital con lo puesto y sin avisar ni a Pío, ni a sus compañeros, ni a su jefa.

—¡Qué va! Tengo el móvil porque lo tenía en la mano, pero nada más.

—¿Has vuelto a llamar?

—Sí, mil veces.

—¿Y? —insistió Celia con la esperanza de que hubiese algo mejor que añadir a esa respuesta.

—Nada. No contesta.

Fabián se metió en la conversación arriesgándose a que Telma lo tachase de indiscreto:

—¿Ya has probado a llamar al telefonillo? —le preguntó a Celia.

—No, si me acabo de bajar del taxi ahora mismo...

Se encaminaron los tres hacia el portal a paso ligero mientras el conductor de la ambulancia esperaba en doble fila una señal de Fabián para ver si se apeaba o no.

Dos llamadas sin respuesta fueron suficientes para que se decidiesen a tocar el timbre de otro vecino. La puerta se abrió al tiempo que el conductor de la ambulancia salía del vehículo con un maletín. Entraron los cuatro y volaron hasta el fondo del portal. Por suerte, no había que esperar el ascensor, que ya estaba en el bajo. Diez pisos de viaje, con la respiración contenida y sin decir ni palabra hasta que, llegando al décimo, Celia intentó romper la tensión:

—Seguro que va a estar bien.

No hubo respuesta. Telma le cogió la mano a su hermana y se la mantuvo apretada mientras salían al descansillo.

Llamaron al timbre una sola vez y, al ver que nadie abría, Fabián tomó la iniciativa sin preguntar. Sacó un carné de su cartera y abrió la puerta como si la cerradura fuese de mantequilla. Nadie hizo preguntas. Tampoco lo elogiaron por su destreza. Esperaba algo parecido a un aplauso por parte de Telma, o, como mínimo, un toquecito en la espalda acompañado de un par de palabras como «¡Qué *crack*!» o «¡Bien hecho!». Pero cuando levantó la vista, las dos hermanas ya habían entrado.

—¡Abu! —llamaron al unísono.

Nada.

Silencio.

—¿En la habitación? —le preguntó Celia a su hermana.

Telma asintió. El piso de Gala era inmenso. Dos áticos unidos, rodeados de terrazas gigantescas con unas vistas inabarcables de la ría. Se encaminaron por el largo pasillo hacia el dormitorio del fondo echando un vistazo a las estancias que quedaban a ambos lados y llamándola con insistencia en intervalos de un par de segundos. A medio camino, la mirada de Telma se topó con los pies de Gala asomando por detrás de la parte que se veía de cama. Unos pies calzados con sus zapatos Oxford marrones impecables, lustrados a diario. No le cupo la menor duda de que era ella, y la incertidumbre de los minutos anteriores dio paso a la realidad: había pasado lo peor. El golpe de aquella imagen la hizo reaccionar y pasó del estado de atolondramiento que se había apoderado de ella en el hospital a la lucidez plena que necesitaba para tomar el mando de la situación. Cogió a su hermana del brazo, la atrajo hacia su lado y, sin soltarla, aceleró el paso.

—¿Tienes desfibrilador? —le preguntó a Fabián ya casi entrando en el dormitorio.

—Sí, claro —respondió él intentando alcanzarlas.

—¡Está ahí! —exclamó Celia corriendo hacia los pies de Gala.

Las dos hermanas cayeron a plomo de rodillas al lado del cuerpo de su abuela, que estaba tendido en la alfombra de medio lado, en paralelo a la cama. Celia la giró con delicadeza, como si no quisiese despertarla de un sueño agradable. Tenía los ojos cerrados y el semblante plácido, pero su tez estaba demasiado azulada como para pensar que estaba desmayada o dormida. Telma fue directa a cogerle el brazo para ver si había pulso mientras Fabián preparaba el desfibrilador. Ella lo miró abatida y negó con la cabeza. Él alargó la mano para comprobar lo que acababa de verificar Telma. Efectivamente, no solo no había pulso, sino que el cuerpo ya había empezado a perder temperatura. No había nada que hacer salvo acompañar a las hermanas en ese momento tan difícil y, quizá, administrarle un calmante a Celia, que acababa de entrar en bucle intentando, en vano, hacerle un torpe masaje cardíaco mientras susurraba: «No te vayas, abuela. Por favor, no te vayas».

Isolina

Febrero de 1964

LOS BESOS COMPARTIDOS durante los últimos meses la llevaban como por el aire mientras bajaba por la ancha y despejada calle Manuel de Castro en dirección a la tienda de Maribel. Después de tanto tiempo sumida en la pena más profunda, por fin se sentía con ganas de vivir. La bici se le estaba embalando demasiado, sin embargo, no se lo pareció. Estiró las piernas para separarlas de los pedales y dejó que el aire helado le refrescase la cara, que todavía le ardía de puro placer.

Pero la sensación de estar en una nube le iba a durar muy poco. Entre la velocidad y la torpeza de aprendiz de ciclista, no era difícil presagiar el golpe. Se distrajo un par de segundos al desviar la mirada hacia las obras de construcción de la central lechera Larsa. Cuando quiso darse cuenta, su cuerpo se deslizaba por los adoquines en dirección al estadio de Balaídos mientras su bicicleta, como actuando por libre, se estampaba contra un Seat aparcado en la otra acera.

Isolina se tocó la frente sin poder levantarse del suelo. Todo le daba vueltas. Se miró la mano ensangrentada y perdió el conocimiento mientras se escuchaba, a lo lejos, la sirena de una ambulancia.

OYÓ VOCES A su alrededor. Notó que su brazo izquierdo tenía una zona más caliente que el resto del cuerpo. Quería abrir los ojos, pero su cerebro no le obedecía. Le pareció que alguien le apretaba levemente el antebrazo como queriendo protegerla de algún peligro que habría más allá, quién sabe dónde. Estaba tan aturdida... Logró despegar un párpado y vio varias siluetas borrosas. El doble tubo fluorescente del techo la cegaba y olía tanto a detergente que sintió náuseas, pero haciendo un esfuerzo titánico, consiguió abrir también el otro ojo. Un médico le apretaba el brazo de modo intermitente cada vez que ella hacía amago de volver a dormirse. El doctor estaba hablando. Ella no entendía nada, sílabas sueltas, una cadena de letras sin sentido. Él cerró los labios y la escudriñó esperando una respuesta. Isolina desvió la mirada y encontró, al otro lado de la cama, a una pareja de policías que le hicieron un gesto de saludo con una leve inclinación. La asaltaron mil dudas de golpe. Qué estaba haciendo allí, quiénes eran aquellos señores y por qué la estaban observando de aquel modo, qué había pasado, qué día era, dónde estaba su marido... La incertidumbre la obligó a prestar atención. Le pareció que uno de los policías, el de bigote canoso, le estaba preguntando por su bicicleta, que de dónde la había sacado, le decía con insistencia. Antes de que los párpados se le cerrasen de nuevo, alcanzó a decir:

—Me la regaló mi marido —y en tono de súplica añadió—: ¿Qué ha pasado? ¿Qué hago aquí?

7

PÍO LEYÓ EL único nombre de mujer que figuraba en las esquelas del día. El cuerpo entero se le quedó de piedra. Empezaba a amanecer y las gaviotas pasaban de largo despertando a la ciudad con sus lamentos. Desvió la mirada hacia la ventana. Una nube pequeña y deshilachada en medio del cielo despejado le sirvió para fijar la vista muy lejos del periódico. No habría sabido precisar si habían pasado dos minutos o veinte cuando pulsó el botón para incorporar un poco más el respaldo de la cama. La luz natural ya era más fuerte que la del tubo fluorescente de la pared que iluminaba antes el periódico. Respiró profundamente. Con el dedo índice se ajustó las gafas deslizando el puente de pasta negra hacia arriba por la nariz hasta casi clavárselas en el entrecejo. Volvió a hacer una inspiración pausada y espiró aún más despacio. Entonces, levantando ligeramente el periódico hacia sí, releyó: «Gala Freire Regueiro... Sus nietas, Telma y Celia...». No había duda. El destino había querido jugarle una muy mala pasada.

Gala era la abuela de Telma.

Cerró fuerte los ojos y deseó estar dormido para poder despertarse y comprobar que aquello había sido un mal sueño. Obviamente, no dio resultado. Quiso salir corriendo, pero estaba preso a aquella cama por el hierro que le atravesaba la pierna.

Telma era nieta de Gala.

Le pasaron por la mente algunos de los momentos compartidos con Telma durante el último mes en esa misma habitación, hablando sobre naderías, sobre libros o bromeando sobre fugas inventadas. Ella había mencionado a su abuela muchas veces en aquellas conversaciones, pero ¿cómo iba a saber él de quién estaba hablando? Como era lógico, nunca le había dicho su nombre. «Mi abuela cocina, mi abuela hace, mi abuela dice…»

Se acordó de la llamada de Gala que Telma había recibido en aquella misma habitación un par de días antes. Las últimas palabras de Gala habían ido a parar, precisamente, a tan solo unos metros de él. ¿Qué significaba eso? ¿Era una broma macabra del destino?

El vínculo que había creado con Telma acababa de convertirse en un arma de doble filo. Por un lado, le ofrecía la oportunidad de redimirse. Tal vez pudiese protegerla, cuidarla y tenderle su mano en el camino de la vida. Hacer eso por Gala, ahora que ella ya no estaba, no parecía tan mala idea. Por otra parte, aquella casualidad —quizá no tan casual, o sí— podía llegar a ser una amenaza. Fuera como fuese, decidiera lo que decidiese, su mujer nunca debía enterarse de la verdad.

8

Lo de refugiarse en el cuarto de baño había sido idea de Celia. Telma agradecía para sus adentros ese minuto de silencio mientras se lavaban las manos a la vez. Cuatro manos se enjabonaban bajo el mismo chorro, como cuando eran pequeñas y su madre las llamaba para comer, cuatro manos que jugaban a enredarse entre la espuma hasta que no eran capaces de distinguir de quién era cada una.

El tanatorio de Pereiró, con su gran porche y su jardín alrededor, había renovado la decoración del interior hacía poco tiempo y el ambiente resultaba acogedor, pero pasar dos días allí era agotador para cualquiera. La misma conversación se repetía una y otra vez con vecinos que no conocían, o con alguna amiga de Gala que decía con orgullo, como si eso reafirmase la amistad, no haberla visto desde que iban juntas al colegio de las Jesuitinas. «¿Y cómo fue? Seguro que no sufrió. Es ley de vida. No somos nadie, hoy estamos y mañana no. Qué buena persona era. Ahora estará con Rodrigo. Os quería tanto… A mí me ayudó mucho cuando… Parece que aún oigo su risa. Cuánto sufrió la pobre por lo de Darío. Tenía un corazón de oro.» Después, la charla ya tomaba otros derroteros: «Y Amparo, ¿cómo está? Parece no darse mucha cuenta de todo esto, ¿no? Dicen que lo suyo le afectó mucho al cerebro. Es que lo del cerebro es muy malo de curar, mira a mi cuñado... Gagá perdido, pobriño. Que Dios lo tenga en su gloria». Parecía que la gente iba más a consolarse que a dar consuelo, como si tuviesen una especie de permiso para airear sus penas sin ser juzgados, como si hubiese un cartel en la entrada del tanatorio: «Aquí pueden llorar y desahogarse a placer. Aprovechen ahora. Al llegar a casa será diferente».

Telma se secó las manos y se miró en el espejo por última vez. Rascó un poco la solapa de su camisa negra. Un pegote de algo que podría ser maquillaje se resistía a desaparecer. Era diminuto, pero en aquel momento, a ella le parecía gigante. Estaba segura de que la abuela le habría llamado la atención. Si siempre había que estar impecable, incluso para estar en casa, era impensable asistir a un evento social con una mancha en la solapa. Volvió a intentarlo frotando tan enérgicamente que, cuando se dio cuenta, sonrió. Parecía una loca. Se recolocó el fular gris de lunares blancos para tapar el desperfecto y, sin ser muy consciente de que estaba hablando y no pensando, dijo:

—Así no queda tan mono, pero por lo menos, no llevo la mancha ahí, en primer plano.

—Tal cual lo que habría dicho la abuela —comentó Celia sonriendo mientras se retocaba el rímel—. Cada día te pareces más a ella.

Telma sonrió también, sintiendo la responsabilidad de continuar el legado de Gala como un honor enorme.

—Si gastó sus últimas fuerzas para llamarme y decirme que me mirara al espejo, ¿cómo voy a estar en su despedida con una mancha en la solapa?

Celia suspiró.

—¡Dios! Cuánto la vamos a echar de menos, Telma, ¿podremos con ello?

Se abrazaron con mucha fuerza durante largo rato, hasta que Telma se dio cuenta de que Celia iba a empezar a llorar otra vez. Durante los dos días que habían estado velando a Gala, Celia había llorado unas cien veces, Telma, ninguna.

—Vamos, anda, que ya sabes que a la abuela no le habría hecho ni pizca de gracia verte con la cara manchada de rímel en un funeral.

—Ya. Y mucho menos en el suyo —sonrió Celia haciendo de tripas corazón.

Después, con las manos impecables y entrelazadas, cogieron aire antes de abrir la puerta del baño. La sala número tres del tanatorio de Pereiró estaba abarrotada. Ya faltaba poco para que llegase el párroco a rezar el responso, así que decidieron salir a recibirlo. Lograron llegar hasta la sombra de un magnolio del jardín que rodeaba el edificio. Decenas de personas conversaban en corrillos más o menos dispersos a lo largo del porche. Unos más tristes que otros. Algunos fumando. Otros, simplemente esperando, como quien espera el autobús. La mayoría eran caras conocidas, aunque también había muchas personas a las que Telma y Celia no habían visto en la vida.

—No me dejes sola —le dijo Celia a su hermana cogiéndose de su brazo—, no te lo vas a creer, pero ahí viene la Chunga.

—¿Tu jefa?

—Sí, hija, sí. La muy... No dejó venir a Nacho y aquí está ella, el perejil de todas las salsas.

—Bueno, tú compórtate. Le das las gracias por venir y punto. Ya sabes que...

Telma sintió una presión en el brazo y se calló oportunamente.

—Lo siento mucho —dijo la Chunga—. Es una pena que todo esto haya coincidido con tu ascenso en la empresa. Faltar justo el día que tenías que tomar posesión del cargo da una imagen horrible.

Al ver la cara de espanto de ambas hermanas, la Chunga se dio cuenta de lo inapropiado del comentario.

—Bueno, no te preocupes, hoy ya te he cubierto yo las espaldas en la reunión de jefes de departamento. —Sonrió tratando de parecer encantadora—. Porque el entierro será hoy, ¿verdad?

—Bueno, es incineración, hoy, sí, ¿por?

—No, nada... Solo era para estar segura de que podremos contar contigo cuanto antes —dijo mostrándole a Celia la mejor de sus sonrisas—. Es que tu hermana, a pesar de ser tan joven, se ha convertido en una persona muy importante para la empresa —añadió dirigiéndose a Telma con tanta malicia en la voz que parecía que iba a envenenarse con sus propias palabras.

—Ya lo veo, ya… —alcanzó a responder Telma.

Celia prefirió no seguir escuchando aquella verborrea de sandeces y cortó por lo sano.

—Muchas gracias por haber venido, María Jesús. Me consta que cada minuto de tu tiempo es oro.

Le plantó dos besos sin llegar a rozarle la cara y dio por concluida la conversación girándose hacia donde estaba su madre y tirando de Telma por el brazo como si ambas tuviesen que darle un recado muy importante. La Chunga se dio por enterada y se alejó sin saber muy bien si sentirse aliviada por no tener que quedarse más, satisfecha porque la misión estaba cumplida, u ofendida porque la estaban invitando sutilmente a irse.

—Así que jefa de departamento, ¿eh? Qué calladito te lo tenías… —le dijo Telma dándole un toque con el codo como reprimenda por no habérselo contado—. ¡Enhorabuena, hermanita!

—Os lo iba a explicar el día que se murió la abuela. Es una chorrada de puesto, no te creas. Lo que pasa es que en la empresa les mola ese rollo americano, como lo del empleado del mes y eso. La única diferencia es que ahora voy a tener un despacho supuestamente guay que en realidad es una cutre pecera. Nada del otro mundo, vamos. Aunque a la abuela le habría hecho ilusión, seguro. Ya me la había imaginado contándoselo a Charo: «Mi nieta, mira tú, tan joven y ya jefa». Me da mucha pena que se haya ido sin saberlo.

Telma vio que su hermana iba a llorar otra vez.

—Seguro que lo sabe y habrá brindado por ti con el abuelo Rodrigo.

—Sí, con champán de nube, anda ya, Telma, que ya no soy pequeña —le sonrió Celia—. Te recuerdo que ahora soy jefa, jefa de departamento —añadió con mucha pompa—, suena bien, ¿eh?

Misión cumplida. Telma había logrado evitar que su hermana se pusiese a llorar otra vez sin consuelo. La cogió por el brazo para seguir en dirección a su madre.

—Anda, anda, menos aires, guapa, que teniendo que aguantar a la chunga esa, tu trabajo me inspira cero patatero.

—Ya te digo…

Al lado de la puerta de la sala número tres, con la silla de ruedas orientada hacia el porche, Amparo sujetaba a duras penas el abanico en una mano y un pañuelo en la otra mientras se preguntaba si sería posible que le estuviese doliendo más la ausencia de Marcos que la muerte de su madre. Ya no consultaba el reloj. El mensaje de su marido no podía estar más claro. Iris se lo había leído varias veces antes de salir de casa: «Me ha sido imposible coger un vuelo para llegar a tiempo. La semana que viene o la siguiente, en cuanto pueda, estaré ahí. Te quiero. Besos, Marcos». Si algo había aprendido Amparo en los últimos años habían sido palabras como paciencia, resignación, conformismo y, sobre todo, esperanza. «La semana que viene o la siguiente» era una expresión que requería paciencia y una gran dosis de resignación. No le quedaba más remedio que conformarse y aguardar sin perder la esperanza. Aunque por lo menos, podía haberla llamado. No, no debía dejar que la invadiese la rabia. En su fuero interno intentó excusarlo como pudo. Recordó la hora del mensaje: las cuatro de la mañana, hora española, las diez de la noche en Miami. Seguramente no había querido llamar para no despertarla. ¿Y después? ¿Por qué no la había llamado más tarde? Lógico: estaría durmiendo. Siempre decía que llegaba a casa agotado después de cada día lleno de consultas y gestiones. Sin embargo, por mucho que quisiera engañarse, aquellos no eran pretextos válidos para no llamar. ¿Qué importaban el cansancio o la diferencia horaria en un momento así? Amparo se dio cuenta de que estaba estrujando el pañuelo con más fuerza de la debida, como si aquel trozo de tela la hubiese ofendido. Nunca era mala idea descargar la ira contra un objeto inerte. Quizá, para cuando llegase Marcos, la rabia se le habría pasado; quizá, unas cuantas semanas después, quizá y solo quizá, podría recibirlo con una sonrisa y sin rencores. Pero no iba a ser tan fácil, y menos teniendo en cuenta que aquella mujer había tenido la poca decencia de presentarse en el tanatorio como si nada.

—¿Qué tal estás, mamá? —le preguntó Telma— ¿Querrás agua o algo?

—No, nada. A no ser que podáis explicarme qué hace aquí esa.

Telma y Celia se giraron para mirar en la misma dirección que su madre.

—Déjala. Allá ella si quiere hacer el ridículo… Y tú a lo tuyo, mami, que no hay mayor desprecio que no mostrar aprecio —sugirió Celia.

—¡Hola! Perdonad que os interrumpa...

Una voz como de locutor de radio, profunda y rasgada, las obligó a girarse de nuevo.

—Me imagino que eres Telma, por lo que me explicó mi abuelo. Vengo en su nombre, como él no puede, ya sabes.

—Pues ahora vas a tener que perdonarme tú porque no te sitúo, la verdad —contestó ella desconcertada.

—Tienes razón, ¡qué empanada mental la mía! Soy el nieto de Pío, que es un paciente tuyo que…

—¡Claro! ¡Pío! Empanada la mía, porque os parecéis muchísimo. No sé cómo no me di cuenta nada más verte.

—No sé muy bien cómo tomármelo —dijo él con una sonrisa—, es un honor parecerme a él, pero, por otro lado, conocer a una chica tan guapa y que te diga que te pareces a tu abuelo… No sé si venirme arriba o abajo —añadió manteniendo la sonrisa.

—Anda, mira, también en eso sales a él: un zalamero de primera.

Telma les explicó a Celia y a Amparo quién era Pío.

—Te tendrá mucho aprecio ese paciente —comentó Amparo—. Para haber mandado a su nieto a dar el pésame, ya se puede creer.

—Bueno, yo también lo aprecio mucho. Además, justo estaba con él cuando me llamó la abuela…

Telma se amohinó al recordar ese momento en el que todo estaba bien y ella y Pío hablaban de libros como si nada. Hasta que había vibrado el móvil en el bolsillo de su bata y… Por un instante pensó que iba a llorar. Por fin. Quizá eso la aliviaría, como decía todo el mundo. Creyó notar que se le humedecían los ojos. La sensación no pasó de una décima de segundo. Celia le pasó una mano por la espalda y la recorrió un escalofrío. Lo que podía haberse convertido en llanto se transformó en una sonrisa involuntaria acompañada de una frase que habría deseado no decir:

—No nos has dicho cómo te llamas, ¿verdad?

Se sorprendió con la pregunta, ¿la había hecho ella? Se giró hacia su hermana para saber si ella también lo había notado. Celia la estaba mirando con ternura. Claro que se había dado cuenta: si la abuela Gala hubiera estado presente, habría sido justo eso lo que habría dicho. Tal cual. Palabra por palabra.

—Soy Diego.

Al ver que Telma estaba rara, como aturdida, Celia tomó la iniciativa.

—Pues encantada, Diego —dijo plantándole dos besos—. Yo soy Celia, la hermana de Telma.

Con un gesto de la mano, prosiguió con las presentaciones:

—Amparo, nuestra madre.

Diego se agachó para darle dos besos.

—Encantado.

Acto seguido, le dio también dos besos a Telma y agarrándola suavemente por el codo, le dijo:

—Mi abuelo me ha hablado tanto de ti que ya tenía ganas de conocerte. Ojalá hubiese sido en otras circunstancias.

—Ya —asintió Telma parpadeando despacio—, hoy no parezco ni yo, la verdad. Me siento como si estuviera lejos de aquí y, además, algo ridícula así disfrazada. De negro. Jamás me pongo colores oscuros, pero es que la abuela era tan pesada con lo de vestirse adecuadamente… —añadió con un nudo en la garganta y sin entender muy bien por qué se estaba justificando ante aquel casi desconocido.

Por un instante, volvió a creer que por fin iba a llorar, pero de nuevo, Celia estuvo ahí para hacerla sonreír.

—¡Vaya chapas nos daba con eso! Hubo un miércoles que no me dejó quedarme a comer porque llevaba los vaqueros rotos, ¿te acuerdas?

—Pues igual que mi abuela —comentó Diego—. Tal cual.

—Ya Dios lo hace… —interrumpió Amparo con la mirada como perdida.

—¿Ya Dios hace qué, mami? —le preguntó Celia.

—Todo. Lo hace todo.

—¿Se puede saber por qué dices eso ahora? —se enfadó Telma.

Hacía casi cinco años que Amparo había sufrido un accidente en la autopista de Vigo a Pontevedra. Un día de lluvia intensa, iba conduciendo a bastante más de ciento veinte por hora y no pudo evitar el *aquaplaning*. El coche se desplazó patinando varios metros y acabó saliéndose de la carretera para dar una vuelta de campana en un terraplén. La peor de las secuelas no era la silla de ruedas. Podía caminar algunos pasos con ayuda y mucho esfuerzo y seguía mejorando. Lo peor había sido la pérdida de memoria. Al salir del coma, casi un mes después, se habían borrado de un plumazo todos los recuerdos de su vida adulta. Se despertó creyendo que estaba en su último año de instituto. Le extrañaba que Marcos estuviese tan envejecido, pero al menos a él lo reconocía y, además, lo miraba con ojos de adolescente enamorada hasta las trancas. Pero Telma y Celia, simplemente no existían para ella. Poco a poco, con mucha paciencia, muchas fotos y algunos vídeos, le habían ido componiendo un puzle de recuerdos, aunque algunas piezas ya no encajaban como antes. Ahora, Amparo tenía ratos en los que parecía estar en un universo paralelo y, de repente, irrumpía en el mundo real trayendo algo de su imaginación y arrojando unas sentencias rarísimas, o una pregunta sin respuesta que nada tenía que ver con lo que se estaba comentando en ese momento, o un comentario sin filtros cargado de alfileres, dependiendo de la situación. Sus hijas no acababan de acostumbrarse a aquellos cortocircuitos, de ahí el enfado de Telma. Ambas se negaban a aceptar que, además de la enorme dificultad para caminar, le hubiesen quedado otras secuelas. Preferían achacárselo a que se le había modificado el carácter a causa del cambio de vida y se esforzaban en paliar ese efecto.

Ajena a la irritación de Telma, Amparo remató la faena poniendo en evidencia a Julián.

—¿Se puede saber dónde está el mamarracho de tu novio? No lo he visto en toda la mañana.

Amparo no podía verlo ni en pintura. De hecho, ese era el principal motivo por el cual quien se encargaba de cuidarla era Celia y no Telma. Por ser la mayor y, además, enfermera, Telma se ofrecía con insistencia, sin embargo, siempre recibía rotundas negativas de su madre, que por nada del mundo estaba dispuesta a compartir techo con Julián.

—Pues estará por ahí, yo qué sé, mamá.

—¿Ves? Ya Dios lo hace.

—¿Hacer qué? Por favor, mamá, ¿qué va a pensar Diego?

—Pues eso. Ya Dios lo hace. Traer a Diego.

La respuesta tan surrealista los hizo reír a todos. Amparo abrió el abanico y, tomándolos por locos, se puso a lo suyo, que era vigilar a la mujer que había visto antes.

En ese momento, don Manuel, el sacerdote que iba a oficiar la misa, se acercaba al corrillo. El párroco se quedó sorprendido al ver a Telma y a Celia riéndose del comentario de su madre. Él las conocía bien. Las había bautizado, les había dado la primera comunión e incluso aún tenía esperanzas de casarlas.

—Me alegra ver que sois capaces de tener una actitud positiva, tal como a vuestra abuela le habría gustado —comentó al asomarse al grupo.

—Bueno, no se crea, don Manuel, si nos viese ahora, igual nos echaba la bronca y todo… «Niñas, no os estáis comportando como debe ser, que esto es un tanatorio y no un casino» —respondió Celia intentando imitar la voz de Gala.

—Doy fe, don Manuel. Ella les habría llamado la atención y usted ya está tardando en hacerlo.

—Pero si la madre de las criaturas es usted, Amparo —se quejó el sacerdote.

—Hace tiempo que dejé de serlo para convertirme en una carga.

Se quedaron todos de piedra. Lo que acababa de decir era más cierto que la frase «mañana será otro día», pero nadie se habría atrevido a verbalizarlo así. A causa del accidente, Amparo había dejado de ser un gran apoyo para sus hijas y había pasado a ser alguien a quien tenían que cuidar.

—De carga, nada, mami. Y tranquila, que ya sabemos cuidarnos solitas —replicó Celia—. Don Manuel, le presento a Diego —dijo para cambiar de tema—, un amigo.

—Encantado, Diego —saludó al joven estrechándole la mano—. Y ahora —continuó el sacerdote adoptando un tono más solemne—, me temo que ha llegado la hora. Primero vamos a despedirnos con unas oraciones y después subiremos a la capilla para celebrar la misa exequial.

Siguiendo a don Manuel, que les iba abriendo paso, se encaminaron hacia el interior de la sala abarrotada y se fueron agolpando como pudieron ante el cristal que mostraba el féretro rodeado de coronas y ramos de flores como si fuese el escaparate de una floristería. La mitad superior de la tapa estaba abierta. Gala estaba tan guapa como lo había estado cada día de su vida. Telma dejó a su madre con Celia, al lado de don Manuel, justo en el centro, y ella se fue a la esquina que estaba más lejos de la puerta, junto a Julián. Él estaba concentrado en su móvil y no se había movido de allí en toda la mañana. Nadie sabía muy bien el motivo. Quizá estuviese muy afectado por la muerte de Gala, o tal vez no le apeteciese hablar con nadie, o puede que hubiese visto una araña en el otro extremo de la sala, vete tú a saber, viniendo de Julián, un comportamiento así podía deberse a mil razones. Al acercarse, Telma le preguntó al oído:

—¿Estás bien, cariño?

—Tengo hambre —le respondió guardándose el móvil en el bolsillo del vaquero negro.

Ella agradeció que don Manuel empezase a leer el salmo responsorial para no tener que responder. ¿Tengo hambre? ¿Y si su madre tenía razón con lo de mamarracho? ¿Y qué hacía siempre con el teléfono en la mano? Intentó desechar el pensamiento de siempre: ¿otra? No, eso era imposible, Julián no era como su padre. De momento, iba a ser mejor concentrarse en la oración y ya pensaría después en el amor. Le cogió la mano por pura inercia y se sumó a la plegaria con un extraño escalofrío.

—El Señor es mi pastor, nada me falta.

Don Manuel decidió añadir un padrenuestro, un avemaría, un gloria y una salve, que era, según él, la oración preferida de Gala. Después habló brevemente sobre lo mucho que la apreciaba y sobre su inestimable labor en el ropero de la parroquia hasta el último día. Telma y Celia se buscaron con la mirada y ambas confirmaron con un gesto de los hombros que no tenían ni la más remota idea de aquello. Se sonrieron. La abuela era un pozo de sorpresas. Don Manuel dio por concluido el momento de recogimiento con un «Dale, Señor, el descanso eterno». Todos los presentes movieron los labios, algunos con más acierto que otros para decir «y brille para ella la luz eterna».

—Descanse en paz —concluyó don Manuel suspirando.

—Amén.

Justo entonces, Telma entendió para qué servía la mirilla instalada en la puerta corredera que había detrás del ataúd. El panel se deslizó hacia la derecha y entraron tres hombres vestidos con traje gris marengo. Con mucho respeto, cerraron la tapa y, haciendo uso de las ruedas del soporte, se llevaron el féretro por la puerta trasera. Telma se refugió en el pecho de Julián para no ver cómo desaparecían. Él la abrazó y le susurró:

—Venga, cariño, tienes que ser fuerte. Ya falta poco.

Durante el camino hasta la capilla situada en el primer piso, permaneció al lado de Julián. La llevaba cogida por la cintura y la había ayudado a subir las escaleras casi en volandas. Ella agradeció el gesto porque así había evitado pararse a hablar con la gente que había llegado a última hora. Celia ya esperaba en la primera fila de asientos. Había subido a su madre en el ascensor y la había instalado junto al pasillo lateral.

Julián dejó a Telma con su familia y se retiró a unas cuantas filas más atrás, sentándose al lado de Diego.

Los dos paños de una puerta corredera situada detrás del altar se abrieron dejando paso al ataúd portado por los hombres de traje marengo. La tapa estaba cerrada. Nadie la abrió. Telma intentó distraerse y pensar que no estaba allí, que aquello no estaba pasando. Se concentró en las siluetas grises que desaparecían por detrás del Cristo clavado en la cruz que presidía la capilla. Entonces, Celia le preguntó:

—No nos van a dejar volver a verla, ¿verdad?

¿Verla? ¿A quién? Aquella persona que estaba dentro de la caja no podía ser ella, la abuela Gala, la que hace nada estaba preparándoles una lasaña, la que había llamado para reñirle por ir mal maquillada, la que tanto amor les había dado, la que…

—Me parece que no —respondió pasándole la mano por el hombro a su hermana.

Entonces, Celia se echó a llorar una vez más. Telma buscó desesperadamente un pañuelo en su bolso. Al no encontrarlo, se giró hacia atrás para pedir uno. Se estremeció al comprobar lo solas que estaban entre tanta gente, como en una isla, con un par de filas vacías por detrás, solas en una sala llena de personas, desamparadas sin Gala capitaneando a la familia. Esa era la segunda vez que se quedaban sin capitán. Una oleada de rabia hacia su padre le subió desde los pies hasta la cabeza en un nanosegundo. Notó que se ponía roja de ira y se imaginó a sí misma con el gesto de la cara transformado en el de alguien peligroso. Sin recordar por qué se había girado, volvió a ponerse de espaldas a toda aquella gente que la miraba con compasión. Entonces, escuchó un sollozo de su hermana y la vio limpiarse la mejilla con el dorso de la mano. En ese momento, supo que no le iba a quedar más remedio que coger el timón. Parpadeó con fuerza y volvió a tomar el control de sí misma. La ira se fue tal como había llegado. Se giró en la dirección de Julián y le hizo un gesto aproximando la mano a la nariz para indicarle que quería un pañuelo. Antes de que este pudiera reaccionar, a su lado, Diego se echó la mano al bolsillo de su americana de algodón gris, sacó un paquete de clínex y se lo mostró a Telma. Ella asintió permitiéndose a sí misma dejar paso a una leve sonrisa. Él se lo acercó y volvió discretamente a su asiento.

Las palabras de don Manuel durante la homilía hicieron mella en todos los presentes menos en Telma, que, preocupada como estaba por el llanto persistente de su hermana, se pasó el resto de la ceremonia intentando consolarla. Celia logró recomponerse un poco cuando ya se escuchaba:

—Podéis ir en paz.

—Demos gracias a Dios —respondieron al unísono casi todos sin pensar qué decían.

La salida se les estaba haciendo eterna. Intentaban ir hacia la puerta, pero todo el mundo se acercaba a ellas para despedirse y, en lugar de avanzar, parecía que retrocedían. Entonces, Amparo vio a aquella mujer de cháchara con otras señoras en una esquina y empezó a ponerse nerviosa. Diego se aproximaba y ella le hizo una señal para que se agachase. Le dijo algo al oído y, acto seguido, él se dirigió a Celia:

—¿Me dejas llevar a mí la silla de tu madre? Creo que se está mareando... A ver si la sacamos de aquí cuanto antes.

Amparo puso su mejor cara de mareada y Diego cogió con fuerza las empuñaduras de la silla. Ella desplegó el abanico y él su sonrisa encantadora.

—Perdón, Amparo no se encuentra bien, ¿nos abrís paso, por favor?

Igual que cuando Moisés abrió las aguas del mar Rojo, se hizo un pasillo milagroso. Telma y Celia se dejaron guiar por Diego. En un santiamén estaban en el ascensor. En cuanto se cerraron las puertas, Amparo plegó el abanico, giró la cabeza para dirigirse a Diego y sentenció:

—Me caes bastante bien.

Ninguno pudo contener la risa ante el comentario.

Al alcanzar la calle, mientras se encaminaban los cuatro hacia el callejón en el que había aparcado Celia, Amparo preguntó:

—¿Quién vendrá por la tarde a buscar las cenizas?

—Julián y yo, mamá, ¿por?

—Pues asegúrate de ser tú quien se ocupe de llevarla, no le vaya a poner ese una mano encima a mi madre.

Telma se guardó el reproche. No valía la pena ponerse a defender a Julián como en otras ocasiones.

—Ea, al coche, mami —dijo Celia mientras abría el portón de atrás de su monovolumen adaptado.

Diego ayudó a acomodar a Amparo y se despidió:

—Bueno, pues yo tengo el coche justo ahí… ¿Te acerco a algún lado, Telma, o vas con ellas?

—No, gracias. Me voy con mi novio. Estaba en el vestíbulo, hablando con unos amigos.

Lo cierto era que no tenía ni idea de dónde estaba, pero mentir era más fácil y menos vergonzoso que intentar explicar que Julián no siempre estaba cerca cuando se le necesitaba.

—Bueno, pues…

Diego entró como pudo en el monovolumen para darle dos besos a Amparo. Cuando ya se estaba incorporando, ella lo agarró de la solapa y le dijo al oído:

—Has estado fantástico.

Él le devolvió una sonrisa y volvió a ponerse serio para salir del coche. Les dio un par de besos a cada hermana y se alejó.

Celia se sentó en el asiento del conductor y abrió la ventanilla para dirigirse a su hermana.

—¿Seguro que no quieres que os acompañe esta tarde?

—No, tú vete a buscar a Rafa al aeropuerto e intenta disfrutar un poco. En estos dos días has llorado como para rellenar dos veces el embalse de Zamanes. Además, recuerda que la abuela no habría querido vernos tristes.

—Lo sé.

—Bueno, pues entonces, a ver si puedes disfrutar un poco, que hace tres meses que no ves a Rafa y después van a pasar otros tantos hasta que podáis volver a veros.

El novio de Celia estaba trabajando en La Habana, gestionando el control de calidad de los hoteles Iberostar. Lo habían contratado para cubrir una baja de un año, pero ya iban casi dos. La distancia se les había hecho un mundo durante los primeros tiempos, pero una vez cogida la dinámica de la videollamada diaria y la visita de una semana cada tres meses, empezaron a acostumbrarse a la idea de tener un océano de por medio. Al fin y al cabo, aquello era algo temporal y unos cuantos metros cúbicos de agua salada no iban a acabar con un amor tan sincero. O eso querían creer ellos.

—¿Cuánto tiempo se va a quedar esta vez? —preguntó Telma.

—Nada, el fin de semana. ¡Menuda paliza de viaje! Solo viene por lo de la abuela. Está hecho polvo por no haber llegado a tiempo para el funeral. Por unas horas...

—¿Y qué iba a hacer el pobre si no había vuelo?

—Ya, como papá —dijo Celia concluyendo con un suspiro.

La ira iba a volver a apoderarse de Telma, pero logró controlarse y sonreírle a su hermana mientras se colaba por la ventanilla para darle un beso en la frente. Celia insistió:

—¿Y si venís un poco más tarde a lo de la abuela y así podemos acompañaros Rafa y yo?

—Anda, tira, que aún tienes que dejar a mamá en casa y, a estas horas, Iris ya te va a echar el sermón ese de que la comida fría no sabe igual.

Celia echó un vistazo rápido al reloj del salpicadero.

—Ya... Estará preocupada. Mi móvil está en silencio. Seguro que tengo ochenta llamadas perdidas.

—Venga, anda, vete ya, pesada.

Celia sacó el brazo por la ventanilla. Ambas entrelazaron los dedos para darse un apretón muy fuerte como hacían de pequeñas cada vez que se encontraban por los pasillos del colegio. Después, volvió a poner la mano sobre el cuero del volante y arrancó.

9

La luz roja del semáforo se reflejó en la tapa de la urna, que asomaba bajo la funda de terciopelo morado. Telma, sentada en el asiento del copiloto, apartó la vista del reflejo preguntándose si no iba a llorar. Habían pasado dos días con sus noches y seguía sin derramar ni una sola lágrima. Quizá era mala persona... El semáforo de la avenida de Castrelos se puso en verde y arrancaron dejando atrás el tanatorio. Se quedó mirando el parque de la derecha. La vida, indiferente a la muerte de Gala, seguía su curso allí dentro: los árboles centenarios amortiguaban la algarabía de los niños en los columpios, los *runners* pasaban por delante de las parejas que se fotografiaban con el estanque al fondo y un corrillo de señoras permanecía al lado de las columnas de piedra de la entrada alargando la despedida. Telma sonrió al acordarse de un guiñol que su hermana y ella habían visto allí con su abuela cuando eran pequeñas. Se titulaba algo de un lobo. No era Caperucita porque también se acordaba de una bruja que a Celia le daba tanto miedo que, cada vez que salía a escena, se refugiaba en el pecho de la abuela para no mirar. Acarició el terciopelo cárdeno y volvió a preguntarse qué iban a hacer con las cenizas mientras desechaba la opción del parque de Castrelos. Estaría prohibido y, si no lo estaba, sería desconsiderado por su parte.

—Tengo que decirte algo. Ya sé que no es el mejor momento —Julián carraspeó antes de continuar—, pero es que nunca es buen momento, ¿sabes? Esperé a que pasasen las Navidades, después fue cuando andabas desquiciada por no sé qué de tu padre, luego tu cumpleaños, ahora que si la abuela... Es que siempre hay algo, ¿entiendes? ¿Me estás escuchando?

Telma, que seguía con la mirada perdida entre los edificios y los coches de la avenida, contestó de forma automática:

—¿Que qué?

—No me estás escuchando, ¿lo ves?

Al ver que Julián le levantaba la voz, le advirtió:

—¡Eh! A mí no me hablas así.

Él bajó el tono y sentenció:

—Estoy harto. Me voy de casa. Se acabó. No puedo más.

Telma se giró para mirarlo como si fuese un extraterrestre.

—¿Qué me estás contando, Julián?

—Me voy. Se acabó —repitió él.

Ella se encogió de hombros y, convencida de que aquello era una especie de locura transitoria generada por el estrés de dos días de velatorio, le respondió:

—Muy bien. Pues vete.

10

Celia entró en el edificio del aeropuerto al mismo tiempo que se abría la puerta de la zona de Llegadas y empezaban a atravesarla algunos pasajeros, unos más despeinados y somnolientos que otros. Aceleró el paso para poder darle a Rafael la bienvenida que se merecía. Se sintió aliviada al alcanzar la barandilla de separación. Se estiró todo lo que pudo para ver si él aún estaba dentro y distinguió de lejos su silueta recogiendo el equipaje de la cinta. De pronto, algo la inquietó por dentro. ¿De verdad le apetecía verlo? ¿Estar con él era lo que más quería? Él se asomó sonriente. Sin duda, era del grupo de los despeinados.

A Celia le bastaron un par de segundos para recordar lo bien que se sentía cuando se refugiaba en sus abrazos. Como él era bastante más alto, ella dejaba reposar la cabeza en el hueco de su clavícula, donde encajaba como si fuese una almohada hecha a su medida. Ella lo abrazaba por la cintura y él le ponía una mano abierta y firme sobre la espalda mientras con la otra le acariciaba el pelo y se lo retiraba de la frente.

—Nunca se me había hecho tan eterno el viaje —le susurró Rafa—. Tenía tantas ganas de verte…

—Yo más.

Ella sabía que no era muy exacto ese «yo más» pronunciado sin pensar, aunque sí era cierto que tenía muchísimas ganas de verlo. Le habría gustado que él hubiese podido estar a su lado en el funeral de la abuela. Ahora estaba encantada de tenerlo tan cerca.

La máquina del aparcamiento insistía en no querer leer el ticket. Mientras Rafael se peleaba con los botones, Celia lo observó de pies a cabeza. Era bastante más alto que Nacho y tenía mejor porte, sin embargo, este tenía un aire que lo hacía infinitamente sexy, mientras que a Rafael había tenido que conocerlo por dentro para sentirse atraída por él.

Habían estudiado en el mismo colegio toda la vida y ella jamás se había fijado en él. Rafael, por su parte, estaba profundamente enamorado de Celia desde preescolar, tanto que nunca se había atrevido a dirigirle más de dos frases seguidas. Al llegar al último curso antes de la universidad, el destino había querido que se sentaran en pupitres contiguos. Poco a poco, había ido surgiendo entre ellos una complicidad muy peculiar. Para cuando los separaron a mitad de curso, y cada uno terminó sentado en una punta de la clase, ya eran capaces de comunicarse con una mirada y partirse de risa por el mismo motivo. En junio de aquel año, la noche de San Juan añadió a su relación la chispa de magia que les faltaba y, al calor de la hoguera en la playa de Panjón, Rafael se decidió a rozarle los labios con los suyos. Celia no le dio al gesto la misma importancia que tenía para él, no obstante, le agradó, por lo que al separarse le sonrió complacida. Aquella sonrisa prendió como las llamas de la hoguera en el interior de Rafael, que movido por el fuego que le estaba abrasando el alma, reunió todo su coraje, le acarició el cuello atrayéndola hacia sí y la besó. La besó de verdad. A Celia nunca le habían entregado tanta pasión y tanto amor todo junto en un mismo instante. Se dejó llevar. Con los ojos cerrados, formuló su deseo de la noche de San Juan: no olvidarse nunca de aquel momento. Hasta entonces, ella no había tenido mucha suerte con sus relaciones amorosas: un par de novietes más sinvergüenzas que otro poco que le habían durado un telediario y algún que otro ligue esporádico. Hasta esa noche, nadie le había dado un beso como aquel, cargado de un sentimiento mucho más profundo que la mera atracción. La sensación era como si algo muy bueno la estuviese invadiendo por dentro hasta la médula. Cuando por fin se separaron, Rafael le pasó la mano por el pelo y Celia sintió un escalofrío. Él se quitó el jersey de los hombros y la arropó. Volvió a acariciarle la melena y con la mirada imploró un «dime que no voy a perderte, dime que no lo he estropeado todo». Celia entendió perfectamente lo que estaban diciendo aquellos ojos suplicantes, ávidos de aprobación y anhelantes de cariño. Acercó sus labios a los de él y volvió a dejarse llevar por esa sensación de paz que le estaba resultando tan reconfortante. A partir de entonces, nunca más había besado otros labios y estaba completamente segura de que él tampoco. Llevaba meses sintiéndose atraída por Nacho, eso no se lo podía negar ni a sí misma ni a nadie, pero jamás se le habría pasado por la cabeza traicionar a Rafael. En todo caso, sí que se había llegado a imaginar que él la dejaba por otra y así ella tenía vía libre y la conciencia tranquila para poder acostarse con Nacho, porque tampoco pretendía pasarse la vida a su lado, qué va, eso ni pensarlo. En su imaginación, Nacho y ella viajaban unos días a algún sitio como París o Roma y, a su regreso, Rafael le suplicaba que volviese a salir con él y ella le decía que sí y eran felices y comían perdices.

—Misión cumplida —dijo Rafael enseñándole el ticket del aparcamiento—. ¿Vamos?

—Claro.

—Conduzco yo. Quiero llevarte a un sitio especial.

—¿No me vas a decir adónde vamos? —preguntó ella con tono sensual.

—No puedo. Es una sorpresa.

Celia hizo un esfuerzo por pensar que esa sonrisa de medio lado que tenía su novio en ese momento podía ser tan sexy como el hoyuelo del mentón de Nacho. En el mismo instante en el que pensaba tal cosa, se reprendió a sí misma. «Ya basta de Nacho, de su barbilla, de París y de Roma. Tu abuela acaba de morir y tú pensando en tu compañero de trabajo. Rafael está aquí, ahora, contigo, cogiéndote de la mano para consolarte, acaba de cruzar medio mundo para estar contigo unas horas, estará agotado y, aun así, va a llevarte "a un sitio especial". ¿A qué estás jugando, Celia? Ya basta de perdices.»

11

Telma tenía la sensación de que parte de ella se había ido a ningún lado para no volver. Y si la noche tenía el poder de magnificar los problemas de la mayoría de los seres humanos, su caso no era una excepción. El sentimiento de desolación era brutal. ¿Cómo iba a encajar que Julián se hubiese marchado de casa precisamente ese día? ¿Lo había soñado o la había dejado cuando ella tenía en el regazo las cenizas de su abuela todavía calientes? ¿Qué había hecho tan mal como para merecer algo así? Y mira que su madre se lo había advertido cientos de veces... Mamarracho, cretino y otros calificativos peores salidos de la boca de Amparo en numerosas ocasiones le llenaban la mente y se le clavaban como cuchillos en el ego dolorido.

Sin embargo, el dolor de verdad, ese que le estaba oprimiendo las entrañas, era por Gala. No dejaba de darle vueltas a un único pensamiento: «La abuela ya no está, no va a estar más, no va a volver, no vas a poder pasar ni un minuto más con ella, ya no está, ya no va a estar más...». En el tanatorio, la gente tampoco había ayudado mucho. «Es ley de vida.» «No sufrió.» ¿Y a ella qué le importaba todo eso? La abuela ya no estaba. Ya no iba a estar. Ni ese día, ni al siguiente, ni dentro de un año. No estaba. Punto. Eso era lo único real. Todos se empeñaban en decirle que tenía que llorar, que le vendría bien. No quería, ¿para qué? Si lloraba mucho, ¿volvería?, ¿era eso? No. Solo podía quedarse donde estaba, en la cama, hecha un ovillo, y mirar fijamente las flores y las mariposas que su abuela le había bordado en las sábanas con las que se arropaba. Se alegraba de que Julián ya no pudiera verlas. El muy cretino había llegado a pensar que iba a llevárselas.

—¿Se puede saber adónde crees que vas con ese juego de cama?

Lo había sorprendido en el pasillo, delante del armario de la ropa blanca, con las sábanas ya en la mano, preparadas para meterlas en la maleta. Él se había puesto nervioso con la pregunta de Telma. Había hecho amago de volver a guardar todo en su sitio y, un par de segundos después, había vuelto a crecerse.

—La abuela nos lo regaló a los dos —había replicado.

—Primero, no es «la» abuela, en tu caso, tendrás que decirme «tu» abuela. Que te quede claro para el futuro: solamente mi hermana o yo diremos algo como «la» abuela o «mi» abuela cuando nos refiramos a ella. Y, ya que estamos, te digo más, nunca me pareció bien que te refirieras a ella como «la» abuela, la verdad, pero es que ahora..., ahora me chirrían los oídos al oírte. Así que toma buena nota de lo que te estoy diciendo. —Telma levantó el dedo índice y lo agitó en el aire como hacía siempre su madre—. Nunca más vuelvas a referirte a ella como «la» abuela.

—Bueno, mujer, no te pongas así —replicó Julián poniendo tono de quien debe tener mucha paciencia con su interlocutor.

—No me pongo de ninguna manera. Es más, mira, ni la nombres, olvídala. Ya no tiene nada que ver contigo, es mi abuela, no la tuya.

—Era.

—¡Qué rastrero!

Telma notó que la rabia le subía en oleadas desde los pies hasta la cabeza, ondas de rabia que le recorrían todo el cuerpo dejándole la piel roja. Sus manos actuaron solas, sin permiso del cerebro, mientras su boca hablaba, también sola, para decir lo poco que quería añadir antes de que él cruzase el umbral de la puerta por última vez en su vida:

—¡Quita! Trae esas sábanas —dijo al tiempo que se las arrancaba de las manos—. Y cierra la maleta antes de que me dé por revisar qué más has metido dentro a escondidas y se ponga al descubierto lo miserable que puedes llegar a ser. Nunca pensé que fuese a sentir tanta vergüenza ajena por ti. Pena y vergüenza al mismo tiempo, es muy triste. Las sábanas de la abuela... ¿a quién se le ocurre?

No se reconocía a sí misma. Unas horas antes habría jurado que amaba a Julián con toda su alma y en ese momento le salían por la boca sapos y culebras cargados de odio. Pero es que aquello no tenía nombre, ¿cómo podía atreverse a dejarla el día del funeral de Gala?

Él se puso a cerrar la cremallera, cabizbajo.

—No, si yo... En realidad, no quería...

—Por favor, vete ya, no dejes que vea cómo te humillas. Me habría gustado guardar otro recuerdo de ti. Después de casi cuatro años, ¿me voy a quedar con esta imagen? —Telma cerró los ojos un segundo y suspiró antes de decir una última frase—. Habría preferido recordarte tal como creía que eras.

Antes era él sin sus miserias. Sin embargo, ahora estaba dejando de verlo como quería que fuera para pasar a verlo como era de verdad. Y estaba vestido, sí, pero lo vio más desnudo que todas las veces que lo había visto sin ropa. Ojalá sus palabras hirientes y sus gestos mediocres no lo hubiesen despojado de sus pantalones de marca y sus camisas de lino. Tapado, oculto bajo un exceso de celo por mantener las apariencias, había sido un ser más aceptable.

Un rato después, tumbada en la cama recién hecha a propósito con las sábanas bordadas por su abuela, intentaba lamerse las heridas en un estado semifebril. Pensó en él y se lo imaginó desnudo, de pie en una esquina de una habitación blanca con el suelo de baldosas también blancas. Se tapaba sus intimidades con ambas manos. Temblaba y alternaba la mirada entre el suelo y el lugar donde se suponía que estaba ella. Puede que fuese una especie de sala de interrogatorios de la policía. Quizá Telma estuviese detrás del espejo que ocupaba una de las paredes. O tal vez en la misma sala que él. No importaba. Se movía como un péndulo repitiendo siempre lo mismo: la araña, la araña. Era como si quisiese gritar, sin embargo, no le salía más que un tenue hilo de voz.

La vibración del móvil que tenía en la mesilla la devolvió a la realidad. Alargó la mano y volteó el teléfono para ver la pantalla esperando leer el nombre de Julián. Era Celia. No le apetecía hablar con nadie, pero si era su hermana, la cosa cambiaba.

—Telma, ¿cómo fue lo de las cenizas?, ¿cómo estás? —le preguntó.

Agradeció en el alma esas dos palabras: cómo estás. «Peor imposible», pensó. Sin embargo, se incorporó, apoyó la espalda en el cabecero y respondió:

—Bastante bien.

No fue capaz de mencionar a Julián. Empezó por contarle a su hermana que la abuela ya estaba en casa, en su casa. Intentó quitarle hierro al asunto bromeando sobre las vueltas que había dado por el piso con la urna en las manos para acabar dejándola en la estantería del salón, aunque le habría gustado más tener una chimenea para colocarla en la repisa superior, como en uno de esos dramas que ponían en la tele los domingos por la tarde. Después, se puso más seria para decirle que tendrían que tomar una decisión sobre las cenizas y se esforzó para contenerse cuando Celia sugirió esperar a que su padre llegase a Vigo para decidirlo entre todos. Para dominar la rabia, optó por cambiar de tema.

—¿Y tú? ¿Cómo estás tú? ¿Qué tal con Rafael?

—Mejor de lo que me esperaba, la verdad.

—No sabes cuánto me alegro. Te quiere tanto…

Telma sintió una oleada de remordimiento. ¿Tenía celos de alguien a quien adoraba? Desde luego, Rafael no le atraía lo más mínimo, pero él quería a Celia de verdad y había atravesado un océano para estar a su lado. El amor de Julián hacia ella había sido siempre tan mezquino que había tenido que dejarla precisamente el día que incineraban a su abuela. Lo cierto era que había envidiado antes a su hermana muchas veces, sobre todo por su capacidad para perdonar a su padre.

—Sí, ya casi ni me acordaba, pero se ha ocupado de recordármelo con una tarde inolvidable.

—¡Qué bien! Entonces no te preguntaré qué habéis hecho —bromeó Telma intentando no comparar su tarde con la de su hermana.

—Pues no te creas, nos pasamos casi todo el rato hablando.

—¿Hablando? ¿En serio? ¿Después de tanto tiempo?

—Bueno, a ver, fuimos a Mondariz y estuvimos hablando en un *jacuzzi* del Palacio del Agua.

—Eso cambia un poco lo que me estaba imaginando.

—Ya, pero no te imagines nada muy romántico... Me dio por seguir llorando, ya ves. Menudo panorama para un momento *jacuzzi*, yo llorando y él consolándome.

—Seguro que te sentó bien poder llorar a su lado —comentó Telma intentando alejar otra ráfaga de envidia.

—La verdad es que sí. Me desahogué bastante.

—¿Y te dio tiempo de disfrutar un poco?

—Bueno, para cuando paré de llorar ya estábamos arrugados como pasas y se nos hacía tarde para llegar a casa antes de que se marchara Iris.

—¡Vaya! Podías haberme llamado.

—Sí, ya, encima de haber pasado tú el trago de haber ido a buscar a la abuela... Ay, no puedo ni nombrarla sin que me entren ganas de llorar otra vez.

Telma tuvo que pasarse el siguiente cuarto de hora intentando consolar a su hermana, que parecía inconsolable, hasta que de repente Celia la cortó.

—¡Ups! Tengo que dejarte, que mamá se está quedando dormida en el sillón y ya sabes que como se duerma del todo no hay manera de llevarla a la cama.

—Podías haberme avisado y la habría acostado yo —volvió a regañarle Telma.

—Qué pesada eres, hermanita. Anda, vete a que te dé mimos Julián, que también los necesitas.

—Un beso.

—Otro. Te quiero mucho.

—Y yo.

Telma colgó, comprobó que no tenía ningún mensaje de Julián y dejó el móvil en la mesilla como si fuese una losa.

12

El piso de Gala tenía una cerradura diferente de las del resto del mundo. En cada vuelta de llave se oía un golpe seco que martilleaba algo muy sólido. Aquel sonido irrumpiendo en el silencio del descansillo la hizo estremecerse. Al abrir la puerta, esta chirrió levemente. Telma hizo una nota mental para echar 3-En-Uno antes de salir. De momento, lo primero que quería hacer era empaparse del olor a ambientador de gardenias que la estaba recibiendo. Olía a una mezcla entre la casa de la abuela y la propia abuela. Respirando esa fragancia era tan extraño pensar que ella ya no estaba allí... Y peor, que no iba a volver a estar. Nunca más. «Nunca» ya era «nunca más», pero había que ponerle el «más» para terminar de creérselo. Telma dejó escapar en alto un «nunca más», como si decirlo así pudiese ayudarla a aceptarlo. Seguía sin creérselo. Probó con un «nunca jamás». Suspiró profundamente y cerró la puerta tras de sí para coger el retrato de su abuela que estaba en el chifonier de la entrada.

—No puedo, abuela, ¿cómo me haces esto? Morirte así, sin más, ¿ya no estás?, ¿ya no vas a estar? Si supieras cuánto te necesito justo ahora...

Al darse cuenta de que no obtendría respuesta, volvió a dejar el retrato donde estaba y se dirigió al salón. Se sentó en el centro del sofá de terciopelo marrón chocolate y, como si el cuerpo le pesase toneladas, se inclinó hacia la derecha recostándose de golpe a lo largo de todo el asiento como un boxeador que cae tumbado de puro agotamiento. Las fuerzas le alcanzaron para ponerse un cojín debajo de la cabeza. Era el de antelina ocre que tanto le gustaba de pequeña. Probó a cerrar los ojos sellando los párpados con fuerza. Quizá cuando los abriese todo habría sido un mal sueño y su abuela estaría sentada en la mesa camilla, al lado del ventanal. «Los sofás son para los vagos o para los enfermos», escuchó. Le parecieron tan reales aquellas palabras..., sonaban como siempre. Abrió los ojos y, obviamente, la silla estaba vacía. Se fijó en el libro que estaba colocado en el atril que Gala solía tener encima de la mesa. El marcapáginas asomaba aproximadamente por la mitad. Desde aquella posición la vista no le alcanzaba para ver el título. A pesar de las pocas fuerzas que tenía, le pudo la curiosidad. Primero echó los pies al suelo y la inercia la ayudó a erguir el resto del cuerpo. En cuatro pasos consiguió apoyar la parte alta de la pierna en la mesa camilla, cosa que le resultaba imprescindible para permanecer en pie. La novela, de tapa blanda, ya tenía algunos años y, a juzgar por las marcas del lomo, quizá varias lecturas. El marcapáginas lo había hecho la propia Gala con unas ramas secas plastificadas sobre una acuarela de un campo de girasoles. Solía regalar libros y siempre iban acompañados de sus puntos de lectura. Telma se enojó al abrirla y comprobar que, como siempre, Gala la había subrayado con bolígrafo. ¡Qué manía de profanar las novelas! ¿No podía, por lo menos, hacerlo con lápiz? Se le pasó el enfado cuando leyó el párrafo que estaba destacado. Era una escena en la que una mujer joven arrodillada en una acera se aferraba a la mano de su marido tendido en el suelo y ella se desgarraba la voz pidiendo auxilio.

¿Cómo se suponía que debía entender aquellas líneas? Claramente, Gala habría revivido el momento más horrible de su vida al leer aquello. Era todo tan similar... Telma se estremeció al pensar cuánto debía de haber sufrido su abuela, aunque nunca la hubiera oído mencionar ese tema. Todo lo que sabían Telma y Celia era lo poco que les había contado Amparo, quien, a su vez, conocía lo sucedido por boca de su abuelo don Paco, el padre de Gala, y no por esta, que jamás hablaba de aquella parte de su pasado. Ahora ya era imposible preguntarle, ¿por qué nunca lo había hecho?, ¿por qué nunca se había atrevido? Ahora ya era demasiado tarde.

Desoyendo la opinión de la abuela sobre los sofás, Telma se volvió a tumbar de lado, apoyando la cabeza en el cojín ocre y abrazándose a otro de tonos grises. Cerró los ojos unos segundos y, cuando estaba a punto de quedarse dormida, se obligó a abrirlos. Su mirada recayó en la maceta del ficus. La tierra parecía seca, ¿tendría que regar la planta? Alzó la vista hacia las hojas, que casi rozaban el techo, recordando el día en el que su hermana y ella se lo regalaron a la abuela. Estaban vestidas con el uniforme del colegio, Celia llevaba la planta en las manos y se había pasado todo el camino muerta de risa porque las hojas le hacían cosquillas en la barbilla. Tal vez llevase unos quince años en el mismo sitio, ¿quién lo iba a cuidar ahora? De momento, Telma iba a regarlo y después ya se vería. Al incorporarse para ir a coger una regadera, se asustó con su propio reflejo en el espejo, que empezaba a quedar oculto por las hojas de la planta. Por un instante, hasta que se reconoció a sí misma, creyó haber visto a su abuela. Fue una sensación fugaz, pero la imagen le pareció tan real... La fragancia a gardenias se intensificó de repente. Notó que le flaqueaban las piernas.

—¡Ay, Abu, por Dios, no me pegues esos sustos! Bastante tengo con este olor, que parece que estás aquí... —dijo en alto mientras se encaminaba a la cocina para buscar algo con lo que regar la planta.

Inmediatamente, se sintió muy ridícula por haber creído que su abuela podría escucharla. Pensó que estaba hecha un desastre y que si la viese así vestida, le echaría una bronca de aúpa. De repente, cuando estaba entrando en la cocina se paró en seco. Le vino a la mente una frase con tanta claridad que casi podía oírla: «Mira detrás del espejo». ¿Había dicho «detrás»?

—Abu, ¡dijiste «detrás»! No «mírate al espejo» —volvió a hablar en alto con la esperanza de obtener respuesta—. ¡«Mira detrás del espejo»!

Dejándose llevar por la corazonada que la estaba invadiendo como si todo encajase, giró sobre sus talones y volvió al salón.

Visto desde el lateral, el marco tenía una profundidad considerable, aunque de frente, parecía un objeto normal y corriente, muy mono, claro, como todo lo de Gala, pero sin más. Telma pasó la mano con cuidado por la parte superior, como si quisiese ver si había polvo, pero no era suciedad lo que buscaba. Al llegar con las yemas de los dedos a la mitad, estos de toparon con un desnivel, un hoyo dentro del cual sobresalía una punta roma.

Descolgó el espejo de la pared para observarlo mejor y tanto el peso como el ruido de algo que chocaba en el interior le confirmaron que estaba en lo cierto. Aquello era más que una corazonada. Lo apoyó sobre la mesa camilla y, sonriendo de satisfacción, puso el dedo índice sobre la punta y apretó. En el silencio de la casa, se oyó un clic y Telma volvió a asustarse como cuando había visto su propia imagen reflejada.

—Ay, Abu, me vas a matar con tanto susto —dijo con las manos temblorosas intentando descubrir cómo terminaba de abrirse aquel artefacto—. Madre mía, qué habrá aquí dentro... ¿Cómo se te ocurrió semejante idea? —siguió recriminándole a su abuela—. ¿No era más fácil dejarlo a la vista? Qué manía con eso de que la chica anda fisgando en todo, no será para tanto... ¿Cómo se terminará de abrir esto ahora?

Siguió deslizando la yema del índice por el borde del marco y al llegar a la esquina, notó otro hueco con una punta en su interior. Esta vez bastó con hacer una leve presión y, al tiempo que se escuchaba otro clic, el espejo se despegó del marco abriéndose por la parte superior como una carpeta con fuelle.

Le sudaban las manos. Se las frotó en la pernera del pantalón antes de coger un sobre grande y abultado de color sepia que había en el interior. «Telma y Celia.» Eso era todo lo que estaba escrito en la parte frontal. La letra era la de Gala, sin duda, picuda y estirada, inconfundible.

—¿Y ahora qué, abuela? —Sonrió mientras negaba con la cabeza—. Resulta que no lo puedo abrir yo sola porque también está a nombre de Celia. Desde luego...

Inició un debate mental entre rasgar el sobre inmediatamente porque ya le estaba quemando en las manos o llamar a Celia para quedar con ella y abrirlo juntas, tal como debía de ser el deseo de Gala cuando había escrito los dos nombres. Mientras decidía qué hacer, actuando por inercia, regó la planta, echó 3-En-Uno a la puerta y abrió un poco una ventana para que la casa se ventilase. Después, cogió sus cosas, incluido el sobre, y salió dando dos vueltas a la llave mientras se escuchaban unos golpes secos en el interior de la cerradura. Al llegar a la calle, buscó el móvil dentro del mundo de cosas que llevaba en el bolso y se sentó en un banco para hablar con Celia.

13

Una hora más tarde, estaban las dos abrazándose en la plaza de la Princesa. Esperaron impacientes a que la camarera terminase de colocar la terraza del Cosmos. Como cualquier otro domingo, en poco tiempo empezaría a llenarse de parejas que iban a tomar el aperitivo con los niños correteando alrededor de la fuente en memoria de la reconquista de Vigo a los franceses. Familias, pandillas de amigos desde la infancia y grupos de señoras arregladas para ir a misa irían desfilando por sus mesas hasta caer la noche, dando buena cuenta de unas cuantas tortillas jugosas recién hechas. Se sentaron la una al lado de la otra, de espaldas a la cristalera, con el angelote que coronaba la fuente y varias palomas como únicos testigos silenciosos de un momento al que le estaban dando un aire muy solemne. Telma rasgó el sobre color sepia. Dentro había una carpeta de cartón azul de las de toda la vida, con sus gomas y sus solapas. Sobre la segunda de las tres líneas negras que había en la portada estaba escrita con rotulador de trazo grueso una sola palabra en mayúsculas: MEMORIAS. Había una carta prendida a la portada con un clip de color azul a juego con la carpeta, claro, no se podía esperar menos de Gala. Telma la abrió con las manos temblorosas y desplegó varias cuartillas invadidas de letras picudas y estiradas. Miró a su hermana buscando su aprobación y se aclaró la voz para empezar a leer en alto.

Mis queridas Telma y Celia:

Cuando leáis esto, ya no estaré aquí, así que, antes de nada, quiero pediros que no estéis tristes. Yo estaré donde deseo estar, ya lo entenderéis más adelante.

Telma se calló un momento. Le temblaba la voz y se le nublaba la vista a causa de las lágrimas contenidas. Miró a Celia. Ella llevaba llorando desde la primera palabra. Ambas se inclinaron a la vez, la una hacia la otra, para darse un torpe abrazo, de lado y con los reposabrazos de las sillas de por medio. Escondida en la melena de su hermana, Telma dejó escapar, por fin, una lágrima. La sensación de alivio la hizo sonreír. Siguió abrazando a Celia un rato más, frotándole suavemente la espalda con la mano que no sostenía la carta. Cuando Celia se serenó, Telma pudo separarse y secarse la mejilla con el dorso de la mano. Cogió aire para seguir leyendo.

Si cerráis los ojos, podréis verme, siempre que vosotras queráis, viviré en vuestro recuerdo. En el fondo, si lo pensáis bien, hasta puede ser mejor así: ya no tendréis que aguantar mis regañinas por los vaqueros rotos o por depilaros las cejas. (No me resisto a decíroslo por última vez: vestíos bien y no os quitéis más pelos que se os van a caer los párpados.)

Se rieron al unísono ahuyentando a una paloma que se había posado en el respaldo de una silla vacía.

—Genio y figura —comentó Telma buscando la aprobación de su hermana a tal afirmación.

—Hasta la sepultura. Y nunca mejor dicho. Es que no me lo puedo creer… —respondió Celia con una sonrisa—. Y voy yo y justo aparezco aquí para leer su carta con los famosos vaqueros rotos —añadió mientras intentaba disimular el agujero de la rodilla para que no pareciese tan grande.

—¡Ay, si te viese! —bromeó Telma.

—Voy a decir una tontería —dijo Celia, seria—, pero ¿tú crees que puede vernos?

—No es ninguna tontería. Supongo que todos nos lo planteamos cuando se muere alguien, aunque no todo el mundo se atreve a preguntarlo.

—Puede ser...

—Me imagino que la abuela nos estará viendo ahora. Vamos, estoy segura.

—Entonces debe de estar rabiando por mis pantalones —dijo Celia tapándose la sonrisa con las dos manos.

—Y por mis cejas ni te cuento, que esta vez se pasaron en la pelu con la pinza que no veas...

—Pues anda que estará contenta con nosotras... ¡Vaya dos!

—Bueno, ¿seguimos?

—Sí, venga. Y un poco sí que se le fue la mano a la esteticista...

—Eres mala, Celia. Podrías decirme que no se nota tanto. Ya te vale.

—Ahora que no está la abuela tendremos que ir aprendiendo a decirnos las verdades entre nosotras, ¿quién nos las va a decir si no?

—En eso tienes razón, y si la tienes, habrá que dártela —cedió Telma mientras Celia estiraba la espalda todo lo que podía—. Bueno, venga, voy a intentar leer todo seguido hasta el final, ¿vale?

—Sí, casi mejor. A ver si de verdad puede vernos y piensa que estamos cuchicheando de ella a sus espaldas. —Celia le guiñó un ojo a Telma y le hizo un gesto levantando la barbilla para que continuase.

Leyeron el resto de la carta muy concentradas, intercambiando tan solo miradas que iban variando según el párrafo, desde la sorpresa a la tristeza, pasando por la aprobación o la añoranza.

> A partir de ahora podréis recordar solo las cosas bonitas, lo mucho que os quise y las montañas de momentos que pasamos juntas riéndonos por todo y por nada. Con ese sonido de vuestra risa me iré. Ya falta poco. Rezo sin mucha fe, lo confieso, pero por si acaso funciona, pido que cuando me llegue el momento, se me permita tener un instante de lucidez para acordarme de vuestra risa y poder dejar este mundo con esa banda sonora.

Quiero que sepáis que no me voy triste. Si os soy sincera, en el fondo, hace muchos años que lo estaba deseando. Quizá os extrañe, pero hay un motivo. Es una razón muy simple y tiene nombre propio: Darío. Quiero irme con él. Hace tantos años que sueño con ese momento que todavía no entiendo cómo ni por qué he llegado hasta aquí. Seguramente sobreviví para conoceros a vosotras, mis nietas del alma, habrá sido por y para eso.

Os estaréis preguntando ahora en qué lugar queda entonces vuestro abuelo Rodrigo. Él fue vuestro abuelo. Eso no lo olvidéis nunca. Os quiso más que a nada en el mundo y nunca en la vida se cuestionó si la sangre que corría por sus venas era la misma que la vuestra. Sabéis bien que jamás ha importado eso en esta familia y así debe seguir siendo. No penséis que lo menosprecio al pensar en la eternidad junto a Darío. Estoy segura de que él lo entiende perfectamente, es más, os aseguro que él también se fue feliz porque al fin iba a estar con el amor de su vida, su siempre querida Pepita y, sobre todo, se fue pletórico pensando en su hijita. No había nada que desease más que volver a cogerla en brazos. Rodrigo y yo nos quisimos muchísimo, no lo dudéis. Ambos teníamos el corazón roto cuando nos conocimos y los dos supimos entender el sufrimiento del otro. Llegamos a amarnos con tanto respeto, con tanto cariño sincero, que lo mejor que puedo desear para vosotras es que lleguéis a tener un amor así.

¿A qué viene esto ahora? Veréis.

En primer lugar, me gustaría que leyeseis lo que podríamos llamar mis memorias. Ya habréis visto que están en la carpeta azul. Jamás he sido capaz de hablar de todo esto. Por lo que sé, le pasa a alguna gente. Cuando los recuerdos duelen tanto... Pero no se trata ahora de ir de mártir, ya sabéis que ese papel no me va y me consta que, gracias a Dios, a vosotras tampoco. Somos una familia de mujeres fuertes y estoy segura de que así seguirá siendo. Lo que no me parece justo es que todas estas cosas que nunca os he contado mueran conmigo. Forman parte de vuestras raíces y uno tiene que entender de dónde viene para saber hacia dónde va. Además, lo que me mueve ahora a hablaros de mi pasado es el amor. Hay algo que me viene preocupando últimamente y no quiero irme con este desasosiego. Os veo algo perdidas. Como creo que no me queda mucho tiempo, seré clara: Telma, querida, ¿no estarás ciega por alguien que no te merece?; y tú, mi pequeña Celia, ¿no ves el tesoro que podrías dejar escapar? Ahora solo espero que mi testimonio os pueda ayudar, ya que he tenido la suerte de conocer el amor de dos modos muy diferentes, pero ambos en toda su plenitud.

En segundo lugar, Telma, quiero que entiendas el motivo por el cual te he pedido que lleves mis cenizas a donde te dije, que sepas que no es un capricho.

No sé cómo serán mis últimos días, mis últimos momentos… Mi médico dice que falta poco. No puedo saber si la vida me dará la oportunidad de despedirme. Por si no es así, sabed que no puedo estar más orgullosa de vosotras. Se me ocurren ahora otros cientos de cosas que os diría una y otra vez si me quedase más tiempo. Son cosas que os he dicho tantas veces que hasta me da la risa al pensar que voy a repetirlas aquí de nuevo, pero ya sabéis que no lo puedo evitar. Esta carta no sería propia de mí si no acabase así, lo siento y prometo ser breve. Creo que un decálogo será suficiente:

1.– Cuidad de vuestra madre tan bien como lo habéis hecho hasta ahora. Ojalá yo hubiese sabido cuidarla así cuando tanto me necesitaba.

2.– No hay mayor tesoro que una buena hermana. Vivid la una para la otra.

3.– Intentad ser tan libres como sea posible. Para ello, leed mucho y no descuidéis vuestra formación, vivid aprendiendo.

4.– El amor es el motor del mundo. Sentidlo plenamente y haced que los que están a vuestro alrededor se sientan queridos.

5.– No juzguéis a nadie, nunca, bajo ningún concepto.

6.– Confiad en vosotras mismas y luchad por vuestros sueños sin miedo al fracaso.

7.– Cuando el viento no sople a favor, remad.

8.– Las mentiras son para los cobardes. Vosotras id siempre con la verdad por delante y nunca dejéis una promesa sin cumplir.

9.– No intentéis volar con heridas abiertas en las alas, dejad que cicatricen. Cada herida necesita el tiempo suficiente para curarse.

10.– La vida no es una sucesión de grandes momentos épicos, de esos hay pocos. Poned el alma en disfrutar del día a día.

11.– Ya sé que esto iba a ser un decálogo, pero ¿cómo me voy a ir sin deciros esto una vez más? Nadie es más que nadie, ni otro más que vosotras —no dejéis que os pisen—, ni vosotras más que otro, así que no piséis a nadie.

Espero que el camino que os queda por recorrer os trate con dulzura y que, cuando seáis muy viejitas, os vayáis con tanta paz interior como la que yo siento ahora.

Os querré eternamente,
La abuela Gala

P.D. Ojalá que la vida os regale unas nietas tan maravillosas como lo habéis sido vosotras para mí.

Telma pronunció las últimas palabras con dificultad, intentando ignorar el nudo que se le había formado en la garganta. Apoyó la carta sobre la mesa y abrazó a su hermana, que apretaba varios pañuelos de papel usados. Las lágrimas de Celia se diluyeron en aquel abrazo, amenazando con volver muy pronto.

14

La mañana del lunes resultó ser mucho más difícil de lo que Telma se había imaginado. Había pensado que la vuelta al trabajo le sentaría bien, que al estar distraída le pesarían menos las ausencias de su abuela y de Julián. Sin embargo, la gente del hospital, no con mala intención, sino todo lo contrario, no estaba ayudando con tanto pésame. No le comentó a nadie lo de Julián. Lo que menos le apetecía era hablar de él. No había vuelto a dar señales de vida y no pensaba llamarlo porque, desde luego, no era ella quien tenía que dar explicaciones.

Además, había dormido peor que fatal. La carpeta azul de su abuela le quemaba en el cajón del escritorio de la habitación donde la había guardado el día anterior. A lo largo de una noche eterna había tenido que luchar contra sí misma cada diez minutos para no levantarse a leer todo lo que su abuela había querido contarles a las dos. A las dos, ahí estaba el quid de la cuestión. Había quedado con Celia en que leerían juntas las memorias para saborear mejor aquellas últimas palabras que aún podían escuchar en boca de su abuela. Habían acordado hacerlo poco a poco porque sabían que cuando terminasen la lectura, su voz se habría apagado para siempre, pero, mientras tanto, todavía podían disfrutar de ella de alguna forma, aunque solo fuese un poco más, unas páginas de nada que en esos momentos lo eran todo para ellas.

Había sido una mañana de mucho trabajo en Povisa porque uno de sus compañeros estaba de baja por paternidad. Aun así, nada le resultaba distracción suficiente como para dejar de pensar en algunas imágenes que la perseguían de forma recurrente. Todas tenían en común la palabra *sin*: la carpeta azul con las memorias de Gala sin leer, Julián que seguía sin llamar, la araña del baño a la que había matado sin necesidad, la mancha de la solapa de la camisa negra que aún estaba sin lavar, la pulsera que seguía sin aparecer, las sábanas bordadas por su abuela (*su* abuela, de ella y de Celia, de nadie más) que había puesto en la cama sin planchar, el ficus que estaba sin regar… Le estaba resultando imposible escribir un informe de un paciente, sumida en ese remolino de pensamientos inconexos, cuando sonó el timbre de la cama de Pío. «Salvada por la campana», pensó mientras se dirigía a la habitación 556 con un andar mucho más liviano que el que llevaba arrastrando toda la mañana.

—¿Cómo está mi paciente favorito? —saludó, como siempre, al entrar.

—Siento mucho lo de tu abuela, Telma —dijo Pío intentando aparentar serenidad—. ¿Cómo estás?

—Como puedo. Lo normal, supongo. —Dudó un segundo si explayarse más o no—. ¿Y tú? Dime, ¿qué tal vas?

Él sintió como si le quitaran un peso de encima al ver que ella no quería hablar de Gala. Llevaba dándole mil vueltas a la cabeza desde que había visto la esquela. Se había imaginado cientos de veces que el médico le daba el alta antes de tener que volver a ver a Telma sabiendo lo que sabía. Le pidió a Diego que fuese al funeral en su lugar porque le parecía que era lo mínimo que podía hacer. Había pensado una y otra vez en eso llamado destino. No podía ser casualidad que la línea de la vida de Gala y la suya se volviesen a cruzar a través de Telma. Y había llegado a una conclusión: no debía desaprovechar la oportunidad de redimirse de alguna manera. Claro que eso nunca lo eximiría de su culpa, pero quizá pudiera funcionar como atenuante, aunque en comparación con el daño causado fuese una compensación tan ínfima y silenciosa que resultase imperceptible.

—Estaba esperando a que te reincorporases para despedirme. Esta noche será la gran fuga.

—¿Ah, sí? ¿Y qué tienes planeado esta vez? Al final, lo del funeral no te dio resultado, ¿eh? Y eso que te lo puse en bandeja…

—Ya ves, solo soy un cobarde fanfarrón. Pero, dime, ¿qué te parecieron mis tropas? Porque mandé una avanzadilla seleccionada con mimo, no te creas.

—Buena elección, sí, muy majo Diego. Y no tenías que haberlo molestado, Pío, ya sé que me aprecias y tú sabes que es mutuo, pero de ahí a tener que darle la lata a tu nieto… ¡Pobre!

—¿Pobre? Si volvió encantado… No sé qué clase de funerales hacéis en vuestra familia, pero él volvió contando que hasta se hizo amigo de tu madre.

—¿Eso dijo?

—Sí, y también dijo que tú eras muy guapa.

—Anda, Pío, anda… No me digas que ahora te vas a meter a celestino.

—No, por Dios, eso sería faltarle al respeto a mi querida Telma Melibea, que ya sé que estás feliz con tu Calixto Julián. Solo te lo comentaba por halagarte un poco y para que te animes, que esas ojeras son de noches sin dormir, y a un perro viejo como yo no le vas a decir lo contrario.

—¿Tan mala cara tengo?

—Bueno, no, no tanto… —Pío intentó retractarse, pero ya era demasiado tarde.

Telma se dejó caer en el sillón azul y las palabras que no habría querido soltar jamás, por pura vergüenza, le salieron solas:

—Julián me dejó el día del funeral de la abuela, ¿te lo puedes creer?

Pío abrió los ojos como platos y pidió que se lo tragase la tierra ya que, una vez más, no podía cumplir su deseo de salir corriendo al estar atado a aquellos hierros.

—¡Vaya! Lo siento.

No se le ocurrió nada mejor que decir. Le habría apetecido más insultar a Julián y soltar algo como «¡Qué hijo de la gran…!». Pero sabía que no debía decir cosas de las que después pudiese arrepentirse. Esa lección ya la tenía bien aprendida. Los jóvenes de hoy en día se dejaban y, después de haber contado por ahí cosas horribles el uno del otro, volvían a salir juntos. Así que, si te posicionabas dándole la razón a uno o al otro, luego te tenías que tragar tus propias palabras. Lo sabía porque lo había vivido en su familia, con su único hijo, Guzmán, el padre de Diego.

Guzmán se había separado de su mujer cuando Diego era un bebé. Ella siempre fue una chica equilibrada y sensata, excepto para lo relacionado con su peso. Después de tener al niño, su cuerpo se resistía a volver a la normalidad y empezó a sentir pánico. Esa fue la gota que colmó el vaso para que la depresión posparto pudiese con ella. Se vio tan superada como para tomar la decisión de volver a casa de sus padres dejando a Diego con Guzmán. Ese día y los siguientes, hasta casi tres meses más tarde, fueron una pesadilla para él. Al niño le costó horrores acostumbrarse a los biberones y al padre le costó más aún digerir los sentimientos de abandono y de rechazo que le ahogaban el alma. Durante ese tiempo, no había conversación familiar en la que no se criticase duramente a la mujer de Guzmán por lo que había hecho. Un buen día, reapareció por la puerta con la maleta, él la abrazó, los dos lloraron durante largo rato y después, sin más, ella cogió a su hijo en brazos y lo meció hasta que se quedó dormido. A partir de entonces, siguió repartiendo su amor entre sus seres queridos como había hecho siempre. Así que todos acabaron tragándose las palabras horribles que habían dicho sobre ella porque no era más que un ser humano y había cometido un error como los cometemos todos.

Con ese precedente, Pío decidió abstenerse de decir en alto lo que le rondaba por la mente sobre Julián y cambió el «¡Vaya cabronazo!» por el escueto «¡Vaya!», acompañado de un «Lo siento» para suavizarlo aún más.

—No lo sientas, Pío, no te preocupes. En el fondo, seguro que me hizo un favor. Mi madre lleva años advirtiéndomelo, lo que pasa es que como se le va la cabeza para casi todo, ya nunca le hacemos caso… Pero no lo podía ni ver, ¿sabes?, y qué razón tenía cuando decía que era un cretino y que me iba a hacer daño. Un cretino integral, así, con esas palabras.

Toc, toc. La puerta de la habitación se abrió sin que les diese tiempo de decir «adelante». Telma se levantó disparada del sillón azul y trató de alisarse la parte trasera de la bata.

—Ay, Diego, eres tú… ¡Qué bien! Creí que era mi jefa.

Se sintió ridícula con su propio comentario. Parecía una colegiala a la que hubieran pillado fumando en el patio, aunque también era cierto que no debería estar allí sentada, sino trabajando. La sonrisa de Diego la devolvió a su ser y se acercó para darle dos besos.

—¿Cómo estás, Telma? —le preguntó acariciándole la cabeza como si tuviesen una amistad de años.

Ella lo agradeció. Agradeció todo, la pregunta y el gesto.

Le sonrió encogiéndose de hombros.

—Bueno, a ratos…

—Ya, me imagino que no será fácil.

Pío empezó a ponerse nervioso. Otra vez Gala estaba en el aire de la habitación y la conversación podía volverse en su contra.

Entonces, Telma, sin saber muy bien por qué, huyó de las palabras de consuelo. Ya solo esa frase imprecisa, «no será fácil», empezaba a doler demasiado. Mintió sin necesidad:

—Pues aquí estábamos hablando de libros tu abuelo y yo, que parece que todo es más sencillo en la ficción que en la realidad.

Mientras decía esas palabras sin mucho sentido, sin entender por qué quería hacerse la fuerte delante de Diego, era otra la frase que escuchaba en su interior: «Las mentiras son para los cobardes. Vosotras id siempre con la verdad por delante».

—¿De libros? —Diego se dirigió a su abuelo—. No le estarás soltando tu famoso sermón sobre la importancia de leer, ¿verdad?

Pío entendió que Telma no quisiese hablar de Gala y se lo agradeció internamente a todos los santos de su devoción. Si no la mencionaban, le resultaría más fácil callarse y contener las ganas de liberar su secreto.

—Uy, ni falta que hace —comentó aparentando estar despreocupado—. Telma se zampa cuanto libro le cae en las manos.

—Qué va, al contrario, cada vez soy más selectiva, que no estoy para tostones —dijo Telma aliviada al comprobar que la conversación no iba a ser dolorosa.

—Haces bien —la animó Diego—. Yo hace meses que no leo por culpa del último, que me costó terminarlo...

—Pues ahora tienes que leer uno de esos que te enganchan y no puedes parar. Así ya vuelves a coger el ritmo. Y hablando de coger el ritmo... Os dejo, que me toca seguir trabajando. ¿Vendrás más veces por la mañana? —preguntó dirigiéndose a Diego.

—No creo... Ya sabes que el cascarrabias del abuelo no quiere visitas a estas horas. Ni siquiera sé por qué me ha mandado venir hoy.

—Ya te dije que tenías una misión —sonrió Pío.

—Esto se pone emocionante —bromeó Diego guiñándole un ojo a Telma.

—Oye, Pío, ¿no estarás pensando en fugarte ahora mismo? No me vayas a hacer esa faena en mi turno, que me metes en un lío de aúpa por no vigilarte bien.

—Nunca se sabe cuándo va a ser el momento, Telma. —A Pío se le mustió el semblante al decir aquello—. El destino es caprichoso, chicos, eso no lo olvidéis —añadió pensativo.

—Ay, abuelo, no me dirás que me has hecho venir para darme una lección sobre el destino, ¿verdad? —preguntó Diego medio riendo, medio preocupado.

—Ojalá, pero me temo que, de momento, no estoy preparado para ese sermón, ¡qué va! —respondió Pío forzando una sonrisa.

—Bueno, entonces os dejo planeando esa misión tan importante. Y a ti, ni se te ocurra fugarte en mi turno. —Telma se acercó a Pío y le cogió una mano entre las suyas—. ¿Queda claro?

—Como el agua, guapísima.

—Muy bien. Te dejo en buenas manos.

Le dio dos besos a Diego.

—Hasta pronto, Telma, y muchas gracias por todo lo que haces por él.

—Solo hago mi trabajo —respondió Telma ya con el picaporte en la mano—. Si necesitáis un plano de los conductos de aire acondicionado para la gran fuga, estoy aquí al lado y creo que podré conseguir lo que sea sin problema.

Sonrieron los tres mientras Telma ya recorría el pasillo en dirección a la sala de enfermería para terminar el informe que había dejado a medias. Consultó el móvil para ver la hora. Tenía un mensaje de Celia. Lo abrió rápidamente y leyó:

Te espero en casa esta tarde. Yo no he ido a trabajar, no tenía fuerzas para ver a la Chunga, así que ven a la hora que quieras. Mamá no estará, se va con Iris al cine. ¡No te olvides de traer las memorias! Besos.

Para no perder más tiempo, Telma decidió responder con un breve:

OK. Besos.

Y se puso manos a la obra con todo el trabajo atrasado. Dos minutos después volvió a coger el móvil para escribirle a Celia algo que no quería dejar de decirle:

No hay mayor tesoro que una buena hermana. Te quiero mucho.

15

—¿SE PUEDE SABER por qué no entras con tu llave? Esta sigue siendo tu casa, Telma, por favor, ¡qué manía de llamar al timbre!

Telma le dio dos besos a su hermana y respondió a la reprimenda.

—Hace tiempo que ya no es mi casa y lo sabes.

—Eso no es cierto.

—Anda, dame una cervecita, que tengo una sed...

—Cógela tú, que estás en tu casa —insistió Celia.

—Cuando te pones pesada no hay quien te gane —rechistó Telma avanzando por el pasillo hasta la cocina.

La casa familiar, en la calle Lepanto, seguía igual que cuando ella se había marchado a vivir sola en la calle Urzáiz, un par de manzanas más abajo. El edificio, del arquitecto Jenaro de la Fuente Álvarez, hijo del también arquitecto del Vigo señorial, Jenaro de la Fuente Domínguez, se conocía como La Peineta por su particular terminación en un semicírculo de columnas que, hasta hacía pocos años, había servido de valla publicitaria. Acababan de restaurar la fachada y, casi cien años después de su construcción, recuperaba su esplendor llamando la atención de los turistas. Era un piso enorme, casi tan grande como el de la abuela Gala. Hacia la izquierda del recibidor estaban las habitaciones, y hacia la derecha la cocina, el salón y un aseo. La cocina se dividía en dos partes separadas por una barra alta: a un lado, la zona de trabajo; y al otro, una amplia zona de estar tipo *office*, con su chimenea y todo. A Telma siempre le había encantado ese espacio. «No sé para qué tienes un escritorio en la habitación —solía regañarla su madre cuando la veía haciendo los deberes en la cocina—. Aquí es imposible que te concentres y esos taburetes te van a destrozar la espalda.» Ahora su madre ya no la reñía, pero no quería ni imaginarse la mirada de «Ya lo sabía yo» que le dedicaría cuando se enterase de lo de Julián. Antes de abrir la nevera se paró a acariciar la barra. Cerró los ojos. Podía describir cada veta de la madera sin mirar. La sed le recordó por qué estaba allí. Levantó los párpados despacio y se dirigió al frigorífico. Con una Estrella Galicia en la mano, le gritó a su hermana:

—¿Quieres una?

—Sí, gracias —susurró Celia a su espalda.

—¡Qué susto! —exclamó Telma intentando recomponerse—. Pensé que habías ido al salón.

La carcajada de Celia se oyó en todo el edificio.

—Sigues tan asustadiza como siempre —le dijo entre risas.

—Ya, pero también tengo tantos reflejos como siempre.

Telma alzaba orgullosa el botellín que, con el susto, había volado por los aires sin llegar a tocar el suelo gracias a sus reflejos.

—¡Ya te digo! —Se sorprendió Celia—. Venga, pásame una cervecita, anda. A juzgar por lo que acabo de ver, que acariciabas esta barra con más cariño que a Julián, diría que prefieres que nos sentemos aquí, ¿o te apetece más ir al salón?

—Oye, ¿y tú no vas a crecer nunca o qué? ¡Te parecerá bonito! A estas alturas de la vida estar espiando a tu hermana para meterle un susto de muerte… Anda que…

—Bua, para sustos aquel que te di cuando me metí dentro de tu armario mientras te duchabas, ¿te acuerdas?

Se rieron al recordar el grito de Telma cuando entró en su cuarto en albornoz y con la toalla enrollada en el pelo y, al abrir el armario para ver qué se ponía, Celia le saltó encima.

—Como para olvidarlo, vamos. Si te digo que aún tengo guardada la nota que me escribiste para pedirme perdón…

—¿En serio? ¡Ay, quiero verla!

—Va a ser mejor que no. Nunca has visto tantas faltas de ortografía juntas en una sola frase.

—Mentira —protestó Celia.

—Lo que tú digas. Ya lo verás. Un día que vengas a casa te la enseño.

Telma puso su bolso grande de cuero marrón encima de la barra y extrajo la carpeta azul. Celia se dirigió al aparador que compartía pared con la chimenea del *office* y sacó unos posavasos de corcho.

—Estos los trajo papá del Alentejo, ¿te acuerdas?

—No mucho —mintió Telma.

—Sí, mujer, trajo un montón de cosas de corcho. Yo aún tengo un neceser...

—Bueno, va —la cortó Telma sentándose—. ¿Quién lee?

—Empieza tú —le respondió Celia con sequedad, algo ofendida por el corte—. Y, si te cansas, te relevo —añadió suavizando el tono de voz.

Telma echó las gomas hacia atrás, miró a Celia buscando su aprobación y sacó de la carpeta un buen taco de folios manuscritos.

Como era de esperar, la primera página era una portada hecha a mano. En la parte superior estaba escrita la palabra «Memorias» y, en la inferior, alineado hacia la derecha se podía leer «Gala Freire». La parte central la ocupaba una acuarela en la que ambas reconocieron al instante la galería blanca de Villa Marta, la palmera y algunos frutales que habían visto en fotos en blanco y negro.

—¿Por qué no habremos heredado ese talento para el arte? —preguntó Celia—. Le quedaba todo tan bien...

Telma suspiró intentando apartar de su mente la imagen de las sábanas bordadas por Gala en las que ya llevaba durmiendo sola varias noches.

—No sé qué me da hablar de ella en pasado —continuó Celia—. Aún sigo mirando el móvil de vez en cuando, por si tengo alguna llamada perdida suya. —Ahora fue ella quien suspiró—. No pienso borrar su número de los contactos.

—¡Qué cosas tienes! Ni falta que hace. Desde luego… No habrás heredado su talento para el arte, pero lo del dramatismo sí que te ha dejado huella —bromeó Telma—. Bueno, va, ahora silencio —dijo muy solemne pasando a la primera página.

Se aclaró la voz y comenzó a leer.

LA INFANCIA EN VILLA MARTA

Yo habría sido otra persona si no me hubiera pasado lo que me pasó. Bueno, en el fondo, ¿y quién no? Si, al final, somos lo que nos va pasando. Por eso os lo voy a contar, para que sepáis que eso de la resiliencia, que os parece algo tan moderno, tiene más años que Matusalén. No hay ser humano adulto que no haya tenido que reinventarse una y otra vez contra viento y marea desde que el mundo es mundo.

Llegué a casa, a Villa Marta, el 15 de abril de 1938. Aunque ahora la zona de Las Traviesas pertenezca al núcleo urbano de Vigo, antaño era una zona de veraneo, de hecho, con el fin de pasar allí los veranos la construyó un empresario vinculado al transporte marítimo con las Américas. Según contaban, se enamoró de una joven mexicana y vendió el negocio y la casa para irse a vivir con ella al otro lado del océano. Mi abuelo paterno la compró por muy poco dinero, dejándosela en herencia a su único hijo, mi padre.

Allí nací, en casa, fruto del amor, eso tenéis que saberlo porque quien llega a la vida por la puerta grande no puede pasar por ella de puntillas. Mi padre adoraba a mi madre. Ella, por su parte, lo quería a él a su manera, si es que se puede querer con frialdad. De cualquier forma, el amor de mi padre era tanto que podría decirse que amaba por los dos. Y ambos compartían algo esencial: el mismo deseo de tener una familia grande con muchos hijos correteando por el jardín. Por aquel entonces, ya había nacido su primogénito, mi hermano José, que estaba empezando a dar sus primeros pasos.

Mientras el país trataba de salir de una guerra y buscaba la paz, yo decidí estrenarme como la gran actriz que dicen que era y me hice esperar para nacer. Nada más y nada menos que tres días estuvo mi madre, vuestra bisabuela doña Eulalia, con dolores de parto, ¿os lo podéis imaginar? Tras tanto sufrir, el alumbramiento tuvo lugar en un abrir y cerrar de ojos. Contaban por ahí que, después de aquel día, don Teodoro, el médico que asistió en el parto, pregonaba a los cuatro vientos que una vez había traído al mundo a un bebé que, en vez de llorar, había nacido riendo. Por guardar el secreto profesional, nunca reveló el nombre de la criatura, aunque casi todo el mundo sabía que se refería a mí. Mi madre, por lo visto, siempre lo negó. Supongo que quería protegerme, porque en esta Galicia nuestra y en aquellos tiempos, no habría sido de extrañar que me hubiesen puesto ya de recién nacida alguna etiqueta de meiga, de milagreira o de sabe Dios qué.

Con esa llegada triunfal de tres días que culminaron en risas, se acabó en la casa de los Freire la paz que reinaba alrededor del primogénito. José era tan solo un bebé grandote y mimado, de piernas rechonchas, que estaba aprendiendo a andar con algunas dificultades y demasiadas atenciones.

Al año siguiente, nació mi querido hermano Leonardo, y después, en intervalos de dos años, llegaron Felipe y Ovidio.

Durante mis primeros diez años de vida estuve, como veis, rodeada de varones. La mayor parte de los juegos acababan en peleas de cachorros salvajes para las cuales mis vestidos de volantes eran un verdadero incordio. Por eso vosotras siempre me habéis visto con pantalones, creo que no exagero si digo que fui una de las primeras mujeres de Vigo que desterró por completo las faldas de su armario, para siempre, y ya veis que hoy en día no hacen ninguna falta para ir impecable hasta a la fiesta más elegante.

Nuestro juego preferido era el de subir a los árboles de la finca y saltar de rama en rama para ver quién llegaba más lejos. Por supuesto, ganaba siempre José, que era el que tenía las piernas más largas, aunque si él hubiese tenido que llevar vestido, le habría ganado yo porque, la verdad, no quiero pecar de falta de humildad, pero no lo hacía nada mal.

Quien odiaba aquellas carreras por los árboles era Leonardo. Él prefería pasar las tardes enteras sentado en el suelo del salón delante de la chimenea, rodeado de cuentos, hojeándolos una y otra vez. Era mi protegido y no nos queríamos, nos adorábamos. Pasé muchas horas renunciando a corretear por el jardín para poder estar más tiempo con él. De aquellas tardes de chimenea nació mi amor por la lectura y mi afición a hacer marcapáginas con cualquier objeto que nos cayese en las manos. Leonardo y yo teníamos una caja de lata de color granate con un angelote grabado en la tapa en la que íbamos guardando pequeños tesoros que nos servirían después para confeccionar los puntos de lectura: una hebra de lana, una flor que previamente habíamos puesto a secar dentro de un libro, algunos recortes de las revistas de moda de nuestra madre… Hacíamos auténticas obras de arte. Los dos tuvimos siempre la creatividad a flor de piel, pero es que, además, contábamos con la ventaja de que nuestro padre, vuestro bisabuelo don Paco, era socio fundador de la mejor empresa de papeles de regalo de España. Casi todos los días nos traía algún recorte y, a veces, nos daba pliegos enteros de estampados que aún no estaban ni a la venta. Nos poníamos tan contentos con aquel material que no nos dábamos cuenta de la rabia que le daba a José que nuestro padre no le trajese nunca nada a él. De esto y de otras cosas que afligían a mi hermano mayor me enteré mucho después, cuando él mismo me lo contó todo, estando ya muy enfermo, días antes de dejar este mundo. Se ve que era algo que le pesaba desde entonces en la conciencia. El desprecio de papá lo afligió durante años y nosotros tan felices, sin enterarnos. Pobrecito mío, cuánto le tocó sufrir de niño, pero bueno, esa es otra historia.

Os estaba diciendo que durante los diez primeros años de mi vida estuve siempre rodeada de niños, mis hermanos: José, Leonardo, Felipe y Ovidio.

Todo cambió con la llegada de Valentina.

—¡Me encanta! ¿Seguimos? —preguntó Telma antes de darle un trago a la cerveza.

—Sí, claro, sigue —suplicó Celia—. Es como si ella estuviese aquí contándonos todo esto.

—Siempre nos hizo regalos preciosos, pero este supera todo lo demás con creces.

—Ya. Lee despacio. No quiero que se acabe.

—Ni yo.

UN MILAGRO EN LA FAMILIA

El día del nacimiento de Valentina es uno de los que mejor recuerdo de mi infancia, o eso creo. Lo cierto es que, a estas alturas de la vida, una ya no sabe muy bien si los recuerdos son reales o inventados, pero así lo tengo guardado en mi memoria. Si pasó exactamente así o no es lo de menos, lo importante es que así lo recuerdo ahora y así es como os lo voy a contar.

Los cinco hermanos correteábamos por el pasillo jugando al fútbol con una pelota de trapo marrón mientras Rosa, la señora que trabajaba en casa desde que el mundo era mundo, intentaba sortearnos a la vez que transportaba grandes barreños de agua caliente desde la cocina hasta la habitación de mis padres.

—¿Cuántas veces tengo que decirles que se vayan a jugar al jardín? —protestaba sin éxito—. Y usted, cálcese, señorita Gala, que le vamos a tener que pegar los zapatos a los pies. Si la ve su madre, descalciña como una pobre...

Rosa solo nos trataba de usted cuando nos regañaba, pero como lo hacía con cariño, su voz suave no le daba ni pizca de autoridad. Si alguna vez obedecíamos sus órdenes era porque nos convenía, como cuando teníamos hambre y nos mandaba lavarnos las manos para cenar. Por supuesto, aquel día no fui a calzarme, ni aquel ni tantos otros en los que escuché el mismo sermón de la pobre descalciña. Dentro de casa solo había una razón para que me pusiese algo en los pies: una mirada de mi madre. Ella sí que sabía dar órdenes y lo hacía sin decir ni una palabra. Supongo que de ahí me viene, escrito en los genes, eso que vosotras llamáis «el superpoder de la mirada que te deja estatua». Espero no haber heredado de ella nada más.

Villa Marta tenía un sinfín de estancias en las que perderse y, a pesar de que nuestra preferida era el cuarto de juegos contiguo al salón de la planta baja, aquella tarde no había manera de hacernos salir del piso superior, del larguísimo y anchísimo pasillo, especialmente del último tramo, ya que la puerta del fondo daba acceso al recibidor de la habitación de nuestros padres, donde ambos llevaban horas encerrados, desde que mi madre había roto aguas durante un paseo por el jardín. El sol entraba por las puertas abiertas de las habitaciones de la izquierda creando franjas de luz sobre las alfombras de Arraiolos que, una tras otra, iban cubriendo el suelo de madera separadas por breves distancias idénticas, como si fuesen vagones de un tren.

Don Teodoro salía de vez en cuando con el estetoscopio en las manos, bajaba al jardín a despejarse un poco y volvía a subir. Yo tenía diez años largos por aquel entonces y siete décadas después, sigo sintiendo escalofríos al recordar los gritos de dolor de mi madre durante aquel interminable parto en casa.

De pronto, sucedió lo que todos estábamos esperando. Oímos llorar al bebé. Paramos el partido de fútbol y nos quedamos muy quietos, como si estuviésemos jugando a las estatuas, volvimos a oír el llanto y sonreímos. Felipe chutó hacia el fondo del pasillo y celebró su gol mientras los demás lo llamábamos tramposo por aprovecharse del momento de despiste.

—Seguro que es otro niño —comentó él para que nos olvidásemos de su tanto marcado a traición.

—Pues yo creo que llora como una niña —apostó José.

—Es que los niños, por no saber, no sabéis ni llorar —opiné yo con las manos en las caderas para desafiar a José.

—Ya ves, para lo que hace falta… —replicó él.

Leonardo salió en mi ayuda blandiendo un argumento irrefutable:

—Para empezar, hace falta llorar para vivir, so burro, ¿no ves que si naces y no lloras, no vives?

Sonreí orgullosa de mi hermano pequeño a no poder más y feliz de haber fastidiado un poco al mayor. Una cura de humildad no le venía mal a nadie, y mucho menos a José.

Felipe aprovechó la discusión para hacerse otra vez con el balón de trapo. Chutó desde el fondo del pasillo con todas sus fuerzas y la pelota pasó por encima de las cabezas de todos mis hermanos para ir a estamparse contra la puerta de la habitación prohibida justo en el momento en el que se asomaba nuestro padre. Este hizo un paradón involuntario con la frente desatando una tremenda carcajada general. Cuando nos dimos cuenta de que él no se reía, frenamos en seco la algarabía y nos quedamos quietos otra vez, como peones de un ajedrez guardando silencio ante el rey. Había demasiado silencio. Entonces, él anunció con solemnidad que el bebé era una niña y que se llamaría Valentina. A mis hermanos no les hizo mucha gracia la noticia, pero yo estaba que no cabía en mí de la emoción. ¡Por fin una niña!

A continuación, nuestro padre nos mandó pasar a la salita del piso superior, contigua a su habitación. Nos pidió que nos sentásemos y nosotros obedecimos y nos apretujamos en el sofá de flores que estaba al lado de la ventana. Entonces, se puso muy serio y, mientras se paseaba de un lado al otro de la salita, nos contó que la pequeña había tenido muchas dificultades para nacer. No se sabía hasta qué punto estaría preparada para sobrevivir, los próximos días serían cruciales y todos debíamos hacer el mayor esfuerzo posible por ayudar a nuestra madre a descansar y comportarnos para que en la casa reinase un ambiente de paz y sosiego.

Nos mandaron a jugar al jardín y mis hermanos obedecieron encantados. Yo le supliqué a mi padre que me dejase pasar a ver a la niña. No fue muy difícil convencerlo porque siempre fui su ojito derecho. Lo cierto es que no recuerdo que me haya negado algo jamás en la vida, para eso ya estaba mi madre con sus silencios.

Nada más entrar en el recibidor que precedía a la habitación de mis padres, vi a don Teodoro sentado en la butaca. Tenía los antebrazos apoyados en las rodillas y la mirada perdida en algo que sujetaba entre las manos. Había cambiado el estetoscopio por un rosario. Levantó la vista y se sorprendió al verme allí.

—Gala, querida, doña Eulalia está muy cansada, yo creo que no deberías…

—Será un minuto, don Teodoro —le explicó mi padre tirando de mi mano hacia la siguiente puerta.

La habitación estaba a media luz, con las contraventanas entornadas para que no entrase directamente el sol de la tarde. Ella estaba en la cama, algo incorporada con varios almohadones. Parecía muy enferma. La piel cetrina, los ojos hundidos, el pelo suelto y lamido cayéndole a ambos lados de la cara, los labios secos... A su lado había un bulto demasiado pequeño como para parecer un bebé. Por un instante dudé si aquel paquete diminuto que respiraba con dificultad sería mi hermana. Entonces, Rosa, que estaba sentada en una silla cerca de la cama, me dijo:

—Pasa, filliña, dale un beso a tu madre, que le hará bien.

Mi padre, que aún me llevaba de la mano, me la soltó, y yo, impactada por aquella imagen de mi madre moribunda, me di media vuelta y salí corriendo. Volé por el pasillo y bajé las escaleras a trompicones. Al llegar a la puerta que daba al jardín trasero, me recompuse, tomé aliento, giré el picaporte y salí. Cuando mis hermanos se agolparon a mi alrededor llenando el aire de preguntas, improvisé:

—Valentina es preciosa y se pondrá bien. Mamá os manda besos para todos.

Pasaron dos días con sus noches y seguía sin haber novedades. El aire de Villa Marta se enrareció. Los adultos iban y venían de puntillas por el pasillo del piso superior mientras los niños, al volver del colegio, jugábamos en el salón a lo poco que nos dejaban, cosas que no fuesen «ni de correr ni de gritar», como las cartas o el dominó.

Al final de la tercera tarde, mi madre estaba segura de que el corazón de Valentina no latiría durante mucho tiempo más. Según nos contó después miles de veces, aquella tarde, mientras paseaba por la habitación con la niña en brazos, la imagen de santa Marta surgió como de la nada, como si nunca hubiera estado allí, presidiendo la cómoda de su cuarto. La había tocado, limpiado, recolocado... Pero, sobre todo, la había ignorado durante años. En aquel momento, la niña, un bebé diminuto más azul que el mar, ya casi no respiraba. La desesperación hizo que mi madre se fijase de nuevo en la figura de la santa. Cerró muy fuerte los ojos, apretó a la niña contra su pecho y suplicó en un murmullo: «A ti te la ofrezco, santa Marta, cúramela, por Dios, cúramela».

La niña siguió azul y agonizante mientras mi madre se preguntaba cómo había podido creer que la figura de una santa iba a hacerle caso a ella, que no era más que una pobre infeliz pecadora y desquiciada por la certeza de saber que su hija no pasaría de esa noche. Don Teodoro le había dicho que una semana, quizá, pero su instinto de madre le decía que aquellas serían las últimas horas. Y lo prefería así. No soportaba ver a su hija sumida en una agonía tan lenta. ¿De qué servía prolongar tanto sufrimiento a la pobre criatura? Era tan pequeña..., dos kilillos de nada, un corazón del tamaño de una habichuela intentando bombear la sangre al resto de su minúsculo cuerpo.

Toc, toc.

—Doña Eulalia, ¿está usted bien?

Se acercó a la puerta de la habitación con la niña en brazos. Abrió una rendija, lo imprescindible para decirle a Rosa en un susurro que preparase un baño de agua tibia con lavanda para Valentina. Ya no sabía qué hacerle y en el agua parecía que respiraba mejor que en su regazo. Empezaba a caer la tarde y la luz iba tomando un color anaranjado que daba a la habitación un aspecto más acogedor.

—Tienes que ver esto tan bonito, mi reina —le susurró a la niña mientras la acercaba a la ventana—. El sol elige Vigo para despedirse cada día, ¿ves?

Giró un poco a Valentina para poder enseñarle el sol acariciando la ladera del monte Alba y tiñéndola de naranja. Quería pensar que, por lo menos, le habría enseñado algo bonito, y ese momento mágico que estaban compartiendo ya no se lo quitaría nadie.

Fue al girarla cuando se fijó en el color de las mejillas de su hija. «Será que vemos lo que queremos ver —pensó—. No puede ser, será un efecto de la luz del atardecer». Valentina ya no tenía el rostro azul, sino rosado como el de un bebé sano. Ya no quedaba ni rastro del tono mortecino que la había cubierto como si fuese una señal de la propia parca acechándola minutos antes. Rosada, estaba rosada como las hortensias del jardín. Con los ojos muy abiertos de incredulidad, mi madre apartó la vista de la niña para volver a mirarla a continuación. Ya solo entraba un rayo de sol hasta el fondo de la habitación, atravesando la alfombra con una zanja luminosa que ascendía por la cómoda y se detenía colmando de brillo la imagen de santa Marta.

Mi madre detuvo la mirada en la santa.

—¡Ay, Dios mío, que me la ha salvado!

Telma levantó la vista y se encontró con la sonrisa de su hermana, que tenía la cabeza apoyada en las manos, con las que se enmarcaba el rostro.

—¿Tú sabías eso del milagro? —preguntó Celia.

—Algo había oído, sí. Creo que por eso la abuela iba todos los años a la procesión de los ataúdes de santa Marta de Ribarteme.

—Ay, pues yo, ni idea. ¿Sería verdad? ¿Habrá habido un milagro en la familia?

—Anda ya, hermanita. Eran otros tiempos. Ahora cualquier médico podría explicar algo así en menos de un minuto —dijo Telma pensando en varios argumentos científicos.

—Pues yo me lo creo.

—Cree lo que quieras, mujer, si te hace feliz…

—Feliz no, pero… Un milagro en la familia, ¡me encanta! ¿A ti no?

Celia estiró la espalda con orgullo.

—Bueno, ¿y ahora qué? —preguntó Telma—, ¿un capítulo más?

—Genial.

—Pues dame solo un minuto.

Telma se encaminó hacia el aseo consultando el móvil. Necesitaba tener noticias de Julián. No podía haberse esfumado así de su vida para siempre. Nada. Nada de nada. ¿No pensaba mandar ni un mísero mensaje para preguntarle cómo estaba o para decirle si él estaba bien? Se quedó un rato observándose en el espejo e intentando decidir si lo que se leía en su cara era decepción o, si la cosa iba más allá, sería más preciso describirlo como frustración. No sabía cuánto tiempo más iba a aguantar sin contarlo. Ni siquiera entendía muy bien por qué no se lo había dicho aún a Celia. Tal vez fuera porque sabía que, en cuanto se lo dijese, le iba a ir con el cuento a su madre y el «ya lo sabía yo» que le iba a tocar escuchar la frustraría todavía más. A Celia también le iba a faltar tiempo para decírselo a su padre. Él jamás la llamaría para decirle «ya lo sabía yo», lo cual sería aún peor.

Se alegró de que Gala no pudiese ver su mal aspecto, o quizá sí podía y se estaba revolviendo en la urna de las cenizas. Las cenizas. Esa era otra cosa que iba a tener que confesar tarde o temprano. En su carta, Gala decía que al leer las memorias entendería por qué le había pedido que llevase las cenizas a un sitio concreto. Pues si le había dicho tal cosa, ella no lo recordaba.

La voz de su hermana llegó desde la cocina.

—¿Estás bien?

—¡Sí! ¡Ya voy!

Se echó el pelo hacia atrás y se pellizcó un poco las mejillas como le había enseñado a hacer Gala para tener mejor color. Probó a disfrazar la frustración con una sonrisa y el resultado no le disgustó tanto como su imagen anterior. Tiró de la cisterna para disimular y volvió a la cocina intentando llevar la cabeza alta.

—¿Seguimos?

—Vale, pero ahora leo yo —se ofreció Celia.

MARUXA

Me convertí en una madre para Valentina. Podría decirse que creció en mis brazos. Cuando nació, yo estaba a punto de cumplir once años y ya era toda una mujer mucho más responsable que todos mis hermanos juntos. Como mi madre se encontraba muy débil y Rosa se había fijado en que tenía buena mano con la niña, por las tardes, cuando llegábamos del colegio, me la traía a mi habitación. Así, mi madre podía descansar y Rosa hacer las tareas del hogar, que no eran pocas teniendo en cuenta que éramos ya una familia con seis hijos. Valentina era feliz conmigo y todos lo sabían. Pero la semilla de los celos empezó a germinar en mi madre y, cuando quise darme cuenta, una especie de cactus gigante se había levantado entre ella y yo, con las espinas afiladas por ambos lados. Empezó a odiarme porque le estaba quitando a su hija y ella no tenía fuerzas para recuperarla. Yo detestaba su desprecio y empecé a detestarla a ella en general, todo lo que hacía me parecía mal y le buscaba siempre un sentido siniestro y oculto a cada uno de sus movimientos. Lo cierto es que nunca nos habíamos llevado especialmente bien. Yo era la niña de los ojos de papá y ella tenía celos hasta de las piedras del camino que pisaba mi padre. Cuando afilaba sus palabras para usarlas contra mí y la ira me recorría todo el cuerpo, mi hermano Leonardo era el único que lograba calmarme un poco. Refugiada en su abrazo se me pasaban todos los males y volvía a ser yo. No os podéis imaginar cuánto siento ahora su ausencia. Me reconforta saber que dentro de poco me reuniré con él. ¡Vaya fiesta nos vamos a hacer el uno al otro cuando llegue el momento!

A medida que fuimos creciendo, mi madre ya casi no me dirigía la palabra y a mí ya casi no me hacía daño su falta de aprecio. Por las mañanas, el instituto era mi hogar. Subía las escaleras de la entrada con la ilusión por aprender renovada cada día y aprovechaba al máximo cada minuto de clase. En el recreo, la mayor preocupación era saber qué me habría hecho Rosa de merienda para compartir con mis tres buenas amigas: Charo, Belita y Asun. Jugábamos al escondite, a las tabas o a saltar a la comba como si siguiésemos siendo niñas, como si hubiéramos hecho un paréntesis en la adolescencia. Las tardes en casa se me pasaban volando, entre cuidar a Valentina y leer. Leonardo y yo devorábamos cuanto libro nos caía en las manos. En las estanterías repartidas entre el salón, el pasillo y la salita, teníamos una buena biblioteca. Además, contábamos también con los fondos de la casa de nuestra vecina Maruxa, de quien Leonardo estaba profundamente enamorado, aunque no había en el mundo amor menos correspondido. Nos hicimos los tres tan amigos y estábamos tan unidos que a Maruxa no se le pasaba por la cabeza pensar en ningún tipo de relación amorosa que pudiese estropear algo tan sagrado como nuestra amistad. Ella venía a casa a pasar tardes enteras porque no tenía hermanos y su padre, viudo, estaba siempre enfrascado en sus proyectos. Era arquitecto y se codeaba con la crème de la crème *de su profesión en Vigo, tanto es así que no era raro verlo con profesionales de la talla de Desiderio Pernas, con quien intercambiaba opiniones sobre la casa que este estaba proyectando para su familia en la Gran Vía. Ambos compartían, además, la pasión por la música y por el arte, por lo que sus charlas eran interminables. A Maruxa, todo aquel ambiente de conversaciones sobre materiales o sobre cálculos imposibles para escaleras de caracol no le importaba ni lo más mínimo, así que siempre que podía cogía las de Villadiego, o como decía ella, las de Villa Marta.*

Nos pasábamos las tardes encerrados en la salita de arriba, estudiando, hablando sobre libros, ayudando a Valentina a hacer dibujos, jugando con ella o haciendo payasadas que la hiciesen reír a carcajadas. Normalmente, cuando Rosa nos llamaba a media tarde, ya teníamos todas las tareas hechas. Bajábamos a la cocina y compartíamos mesa con José, Felipe y Ovidio para merendar, cosa que a Maruxa le encantaba porque en su casa jamás se acordaban de darle un tentempié a esa hora. Solíamos tomar pan con chocolate o bocadillo de mantequilla con azúcar, o con un poco de suerte, mi preferido: el de queso de tetilla con membrillo. A Valentina le seguían haciendo puré de frutas variadas o de plátano, naranja y galleta porque don Teodoro había dicho que la niña tenía que tomar muchas vitaminas. Al terminar la merienda, la sacábamos a pasear. «Mucho aire fresco y largos paseos, eso es lo mejor que se le puede dar», había afirmado don Teodoro muy solemne cuando la niña se había curado tan milagrosamente. Ya habían pasado algunos años desde entonces y era una niña que crecía completamente sana, aunque la seguíamos tratando como si estuviese enferma y si se le caía un diente de leche aquello era un drama, no fuese a ser que se le infectase la encía, o si se ponía a correr por el jardín jugando con Felipe y Ovidio, enseguida la llamábamos para distraerla y que no se fatigase. Al igual que con todo lo que tenía que ver con ella, Leonardo y yo habíamos asumido la responsabilidad de que no le faltara su paseo diario. Ese era todo el ejercicio que se le permitía hacer. Salíamos los tres de casa, o si estaba Maruxa, los cuatro, y caminábamos por la Gran Vía durante una media hora, que era el tiempo que nos llevaba ir desde las Traviesas hasta la plaza de España y volver. A veces, Ovidio se empeñaba en venir con nosotros y a José le daba una rabia que se moría. Cuando era así, Felipe y él cogían las bicicletas y subían en paralelo por el camino de San Amaro para esperarnos en el alto y espiar nuestros movimientos, que, ya ves tú, no tenían nada de particular.

En una de esas ocasiones, creo que tendríamos unos dieciséis o diecisiete años, José le fue al padre de Maruxa con el cuento de que la había visto besándose con Leonardo y añadió que no era la primera vez que veía algo así. Por supuesto, era una mentira como una catedral. Le salió el tiro por la culata y se armó una confusión providencial para Leonardo. Según contaba Maruxa, cuando ella llegó a casa, su padre le plantó un gran abrazo, le dio un beso en la frente y le dijo:

—¡Qué feliz me haces, hija! Me encanta Leonardo para ti. Ya sé que es pronto, pero cuando quieras, empezamos a pensar en el proyecto para tu casa.

—¿Qué dices, papá?

—Pues eso, que el día de mañana, Leonardo y tú vais a necesitar una casa y había pensado que esta finca es enorme y allí al fondo, en la zona donde ahora está la bodega, podríamos construir un chalé bien grande, con un buen porche para el verano y una galería de invierno que sería la envidia de todos los parroquianos…

El padre de Maruxa siguió hablando durante un buen rato enumerando las estancias de la casa que, seguramente, llevaba media vida imaginándose para su hija. Pero Maruxa ya no lo escuchaba. No entendía por qué le estaba diciendo aquello de la casa y sobre todo no entendía qué tenía que ver Leonardo. De repente, dejó de plantearse los porqués y pasó a imaginarse con Leonardo en el porche, con Leonardo en la galería... Y lo que imaginaba le gustaba, le gustaba mucho. Fue en ese momento, gracias a la mentira de José, cuando se dio cuenta de que, efectivamente, Leonardo le gustaba, le gustaba mucho.

Así que José, en contra de sus planes, acabó haciéndole un enorme favor a Leonardo, porque al día siguiente, Maruxa vino a casa como cualquier otro día, pero cuando le abrí la puerta me pidió si podía dejarla a solas con él un rato.

—Así como quien no quiere la cosa, te inventas algo para llevarte a Valentina a la cocina un momento, ¿vale?

Yo cedí sin hacer preguntas porque no me hacía falta. Éramos amigas del alma, como lo seguimos siendo toda la vida, y como buena amiga, nada más abrirle la puerta, antes incluso de que hubiera abierto la boca, ya había notado que Maruxa estaba pletórica. Irradiaba todo el amor que había estado contenido en su interior. Yo me alegraba tanto por ella como por mi hermano.

De aquel encuentro surgió una relación de amor adolescente que se convertiría en incondicional y que duraría toda la vida, una vida en la que decidieron centrarse en que Leonardo pudiese dedicarse a su pasión: la enseñanza de la Literatura. Maruxa, por su parte, ni siquiera se planteó cuál sería su pasión o a qué le gustaría dedicarse. Ya sabéis que antes eran pocas las mujeres que contemplaban esa opción como una posibilidad real. En ese sentido, creo que yo debo incluirme en el privilegiado grupo de mujeres que evolucionaron con su tiempo. Para empezar, me atreví a darle calabazas a Alonso.

—¿Alonso? No me suena de nada, ¿a ti? —preguntó Celia.

—Hay una foto en algún álbum, creo que en el verde grande. Está la abuela paseando con un chico mucho más alto que ella por la calle del Príncipe, donde está ahora el museo. Me la enseñó una vez que le dije que cuando tuviese un hijo lo iba a llamar Alonso y se llevó las manos a la cabeza.

—Entonces, ¿ya sabes por qué le dio calabazas?

—No me acuerdo muy bien —mintió Telma para dejar que su hermana disfrutase de la historia en palabras de Gala.

—¿Qué hacemos? ¿Leemos uno más?

—No sé... Yo creo que ya vale por hoy, ¿no? A este ritmo se nos va a acabar enseguida. Habíamos dicho un poco cada vez...

—Ya. Eso es cierto —dijo Celia contrariada—. ¿Te quedas a cenar? Mamá e Iris deben de estar a punto de llegar y les gustará verte.

—No, muchas gracias, Julián me estará esperando —volvió a mentir a pesar de estar acordándose del decálogo de la abuela: «Las mentiras son para los cobardes»—. Y, además, mañana toca madrugar.

—Ni me lo recuerdes. ¡Qué pereza tener que volver a verle el careto a la Chunga!

Telma guardó las memorias de Gala en la carpeta, comprobó que seguía sin haber mensajes en su móvil, lo metió todo en el bolso y se despidió de su hermana con un abrazo muy largo.

—Dale un beso a mamá de mi parte.

—Se lo daré, claro. Va de fuerte con eso de que era ley de vida, pero yo sé que no lo está llevando nada bien. A ver si papá puede venir pronto.

—Seguro que está haciendo todo lo posible —respondió Telma.

Y ahí estaba, mintiendo por tercera vez en cuestión de segundos, como san Pedro. Mintió porque estaba segura de que no iría, sabía que ni siquiera lo intentaría, pero si a su hermana se le hacía todo más llevadero creyendo que sí, ¿para qué la iba a martirizar ahora? Para mártires ya estaba el mismísimo san Pedro, por poner un ejemplo. Ellas no estaban para grandes heroicidades y si Celia prefería seguir negando lo evidente, no iba a ser Telma quien la sacase de su paz y mucho menos en el descansillo, con la puerta del ascensor en la mano y muy pocas ganas de cruzarse con su madre para no tener que darle explicaciones de su vida.

—Hablamos mañana —dijo entrando en el ascensor.

—Te quiero mucho —le gritó Celia cuando la puerta ya se había cerrado.

—Yo más —respondió Telma—. Yo más —repitió al llegar al portal.

16

En contra de lo que se había imaginado, a Celia se le había pasado el día volando porque no había tenido tiempo ni para respirar. El nuevo cargo era infinitamente peor de lo que pensaba, y encima, su «equipo» había dejado que se le acumulase el trabajo en una montaña de papeles nada más y nada menos que tirados en el suelo, unos encima de otros al lado de su nueva mesa. «Te lo fuimos poniendo todo ahí para dejarte la mesa despejada», le habían explicado. Ni se molestó en preguntar de quién había sido la brillante idea porque aquello tenía el sello de la Chunga. Sin embargo, según fue transcurriendo el día, descubrió que lo de los papeles en el suelo podía haber sido idea de cualquiera de aquel departamento.

Su nuevo equipo estaba compuesto por ocho personas. Al mediodía ya se había dado cuenta de que, más que para ayudarla, siete estaban allí para que alguien se hiciese cargo de ellos. Y había sido precisamente ella la persona seleccionada por el mundo para mantener a aquel grupo de colegiales entretenidos con el objetivo de evitar un mal mayor en la sociedad. El octavo, bastante mayor que los demás, tenía pinta de saber cuidarse solito demasiado bien.

A media tarde, Celia hizo una pausa en su empeño por quitarse toda aquella montaña de papeles de encima. Necesitaba parar un poco o le iba a dar algo. Aprovechó para ir al despacho de la Chunga con la esperanza de que se apiadase de ella. Por el camino iba repitiendo su nombre para no equivocarse: María Jesús, María Jesús…

—¡Hola, María Jesús! —Una vez superada la dificultad inicial, se soltó—. Yo venía a consultarte una cosa... Me preguntaba si podría hacer algunos cambios en mi equipo.

—No.

Así, un no rotundo, con sus dos letras y punto, dejando bien claro que por sus venas no corría ni una gota de sangre gallega. Realmente, no hacían falta más que esas dos letras, una ene y una o, para negarle algo a alguien. Por supuesto, Celia ya se esperaba una negativa, sin embargo, se había imaginado otras respuestas como: va a ser imposible, de momento es mejor dejar las cosas como están, es pronto para tomar ese tipo de decisiones... El «no» que acababa de escuchar no dejaba ni una mínima rendija abierta al diálogo, así que se dio la vuelta y salió de allí sin decirle ni adiós a su jefa.

Volvió a su nuevo despacho aún más abatida. Ya había despejado casi toda la montaña de papeles, pero seguía viéndola medio llena. Para colmo de males, Nacho no había ido a la oficina para alegrarle la vista. Estaba en una reunión en Madrid con los jefazos. Si algún día le permitían hacer cambios, lo primero que haría sería poner a Nacho en su equipo y sentarlo justo en el puesto de trabajo que quedaba delante de su pecera, en esa mesa en la que ahora estaba sentado el «Octavo». O quizá iba a ser mejor empezar a llamarle el «Superchungo». Calculó que tendría unos ocho o diez años más que ella, por lo que no le habría hecho mucha gracia que la trasladasen a ella de departamento para cubrir la jubilación de quien había ocupado la pecera anteriormente. ¿Cuántas veces se habría imaginado sentado en la silla de Celia? Eso explicaba la mirada de desprecio con la que la había recibido, el apretón de manos sin apenas rozarla y esa vibración tan incómoda que le estaba mandando en ese mismo momento desde el otro lado del cristal. Un buitre esperando la carroña, eso era exactamente el Superchungo. No lo conocía de nada y ya le irritaba todo de él, desde su pelo grasiento cayéndole en mechones pegajosos por la frente hasta esa postura de alimaña, agazapado detrás de la pantalla del ordenador, encogiendo el pecho y sacando chepa. Tendría cuidado con él. Suspiró imaginándose qué diferentes serían sus vistas si pudiese cambiarlo por Nacho. A continuación, abrió el cajón donde había guardado por la mañana la foto de Rafael y la puso encima de la mesa, en una esquina. Después la pasó al frente, haciendo barrera visual con lo que no quería ver. «Así está mejor, Celia, mucho mejor», pensó.

Volvió a concentrarse en su montaña. Trabajar en modo pico y pala, eso era lo que iba a hacer para liberarse cuanto antes.

Media hora después, el móvil empezó a vibrar insistentemente. Tenía que concentrarse, si perdía el hilo de lo que estaba haciendo... A la tercera llamada decidió atender por si era Gala. Al girar el teléfono y ver el nombre de Telma en la pantalla se dio cuenta de lo estúpido que había sido pensar que pudiera ser su abuela.

Quedaron en verse a la salida del trabajo, esta vez en casa de Telma, que quería contarle no sé qué de Julián.

17

TELMA ABRIÓ LA puerta con un nudo en la garganta y sin decir ni hola, le soltó a su hermana la frase que llevaba ensayando toda la tarde.

—Julián se ha ido —le dijo—. Me ha dejado —añadió sin haberlo planeado—. Y tuvo el valor de hacerlo el día del funeral de la abuela. —Y esto sí que no entraba para nada en sus planes confesarlo.

—¡Qué fuerte! —exclamó Celia aún en el felpudo.

—Pasa, anda. Y no me mires así, dame un abrazo o algo…

Celia sonrió antes de obedecer. El abrazo resultó un bálsamo para ambas. Se separaron y se dieron otro de rebote, uno de esos que se dan cuando el primero te ha sabido a poco. Después, Telma guio a su hermana por el pasillo. Las maderas crujieron bajo sus pies hasta llegar a la habitación. Una vez allí, Telma abrió las puertas del armario de par en par y las perchas vacías en la mitad derecha de la barra hablaron por ella. Se sentó en el borde de la cama contemplando el armario medio vacío y su hermana la imitó. Estuvieron un buen rato en silencio hasta que Celia se atrevió a soltar lo que le rondaba la mente.

—¿Por qué no me habías dicho nada?

Telma se encogió de hombros y siguió callada.

—¿Crees que volverá?

Al ver que tampoco obtenía respuesta, Celia decidió cambiar de estrategia. Cuando Telma se bloqueaba de aquel modo, había que ir poco a poco y por la tangente.

—¿Pasamos de Julián y nos vamos al salón con la abuela? Yo quiero saber lo de ese tal Alonso, ¿tú no? Seguro que era un plasta y la abuela pasó de él. ¿Ves? Cuando un tío es un cretino, más vale tenerlo lejos.

Se arrepintió de la frase que, de algún modo, dejaba al descubierto su opinión sobre Julián. Agradeció que Telma siguiese pasmada mirando el armario. No se había dado cuenta ni del comentario ni de que Celia ya se había levantado. La cogió de la mano para ayudarla y esta vez fue ella quien guio a su hermana por el pasillo hasta el sofá.

Un par de minutos después, le ponía un ColaCao en las manos mientras le preguntaba por la carpeta azul.

—En el bolso marrón grande que llevaba ayer, en el perchero de la entrada —respondió Telma en modo automático.

Celia volvió con la carpeta, se sentó en un sillón al lado de su hermana, la miró a los ojos y mientras retiraba los folios manuscritos le dijo:

—Ahora te vas a relajar y te vas a limitar a escuchar, ¿qué te parece el plan?

—No puede ser más perfecto —respondió pensando en el decálogo de la abuela, «No hay mayor tesoro que una buena hermana».

Celia buscó el capítulo cuarto y empezó a leer.

UN BESO FURTIVO

Alonso, un par de años mayor que yo, era hijo de un juez amigo de la familia de toda la vida. De pequeños habíamos jugado juntos muchas veces, cuando sus padres venían a nuestra casa a pasar la tarde de algún sábado y lo traían a él y a sus nada más y nada menos que siete hermanos menores que él.

Uno de aquellos sábados, cuando yo debía de tener unos quince o dieciséis años, nuestros padres habían ido juntos al teatro Tamberlick y nos habían dejado al cargo de los pequeños. También estaba Rosa, claro, pero la pobre ya no podía normalmente con Felipe y Ovidio, conque para ocuparse de siete criaturas más. Así que mi hermano José y Alonso se pusieron al mando. Decidieron que el mejor juego para entretener a todos a la vez era el escondite. Estaba lloviendo a mares y pusieron como límite la planta baja de la casa, que era más que suficiente para esconderse miles de veces en sitios diferentes. Los pequeños estaban felices y los mayores nos hacíamos los contrariados por tener que dedicar nuestro sábado a algo tan infantil, aunque en realidad nos lo estábamos pasando pipa. Cuando ya faltaba muy poco para que llegasen nuestros padres, Alonso me cogió de la mano y tiró de mí para que nos escondiéramos juntos. Supongo que me dejé llevar más por el desconcierto que por otra cosa. Atravesamos el pasillo en dirección a la puerta trasera y salimos al porche. Yo no quería hacer trampas y me negué a quedarme allí. Felipe, que sí que era un tramposo oficial, se estaba saltando números al contar. Teníamos que ser rápidos. Arrastré a Alonso hasta la cocina, donde Rosa, de espaldas a la puerta, daba vueltas a la masa de un bizcocho al son de un bolero de la radio. Conseguimos meternos a tiempo en la despensa sin que nadie nos viese. Teníamos el corazón acelerado por la carrera. La oscuridad y la falta de espacio hicieron el resto. De repente, noté que me acariciaba el pelo y que empezaba a ejercer una ligera presión en la nuca para atraerme hacia él. No me opuse. Nuestros labios se encontraron y él fue poco a poco, muy despacio, estirando el momento desde el roce muy ligero hasta el beso apasionado de dos adolescentes que no quieren separarse. Justo en el instante en el que nuestras bocas se estaban distanciando, aunque con intención de repetir, la puerta de la despensa se abrió de par en par dejando entrar la luz de la cocina. Rosa pegó un grito al encontrarnos allí abrazados. Nos mandó salir muy sofocada y me advirtió que mis padres no debían enterarse de aquello por nada del mundo.

—Juradme que no se lo vais a contar a nadie.

Cuando estábamos asintiendo avergonzados, llegaron a la carrera varios de nuestros hermanos capitaneados por José. Habían oído el grito de Rosa.

—¿Qué es lo que no le pueden contar a nadie? —preguntó José relamiéndose al notar que un secreto horrible relacionado con mi persona flotaba en el ambiente.

—No tiene ninguna importancia —respondió Rosa al reconocer el peligro en la mirada de mi hermano.

—Yo también tengo derecho a saberlo —protestó—. Soy el mayor y mi madre me ha dicho literalmente: «Cuando llegue quiero que me informes de todo lo que ha pasado» —y en un tono de lo más agresivo, añadió—: Le ordeno que me lo cuente, Rosa.

El aire de la cocina se cortaba con cuchillo. Los presentes íbamos alternando la mirada de Rosa a José y viceversa como en un partido de tenis, hasta que Rosa supo cómo finalizar aquella conversación y pararle los pies.

—El que esté libre de pecado que tire la primera piedra.

En un segundo, José se puso rojo de los pies a la cabeza, se dio media vuelta y se escucharon unos pasos apresurados y un portazo en la puerta de atrás.

Nunca supe si José se había ruborizado por la ira o por su propio «pecado», pero estaba claro que Rosa también le guardaba algún secreto y que a él le convenía mucho que ella mantuviese la boca cerrada. De lo contrario, habría insistido hasta la saciedad para enterarse de todo con pelos y señales y poder usar contra mí lo que fuese que no se podía contar.

El tintineo de la campanilla de la entrada dispersó la tensión. El hall se llenó de abrazos a nuestros padres y, con tanto jaleo, nadie se dio cuenta de que José no estaba por allí.

Ese fue mi primer beso, ya veis, un beso furtivo. Muy intenso, eso sí. Lo recuerdo con cariño y, es más, creo que no me equivoco si os digo que fue uno de los mejores besos de mi vida. Además, él era muy guapo, todo hay que decirlo, era uno de esos chicos… ¿cómo decís ahora?, ¿populares? Pero, aunque en el fondo me atraía, yo no estaba enamorada de él.

Pasaron semanas hasta que volvimos a vernos, y esa vez no tuvimos ocasión de estar a solas porque ni Rosa ni José nos quitaban el ojo de encima. Un par de meses después, él se fue a estudiar

Derecho a Madrid. El beso se fue enfriando, y si en algún momento se me pasó por la cabeza que pudiera sentir algo por él, se me olvidó. Nuestros padres también se distanciaron. No es que dejasen de ser amigos, supongo que evitaban el carácter cada vez más agrio de mi madre.

Ya de jóvenes, coincidimos un par de veces durante el verano anterior al último año de carrera de Alonso. En una de esas ocasiones, él me había pedido que nos carteásemos y yo había accedido gustosa, ya que me encantaba escribir y, por aquel entonces, mi vida era bastante aburrida.

Al terminar el instituto, había batallado contra viento y marea, pese a la disconformidad de mis padres, para hacer un cursillo de mecanografía que fui alargando como pude hasta que acabé un curso completo de secretariado a lo largo de los tres siguientes años. A mi padre no le importaba mucho que continuase estudiando, «si la niña quiere...», pero mi madre lo llevaba fatal. Aún hoy no sabría explicaros por qué quería tenerme encerrada todo el día en casa con ella si todos sabíamos que no me soportaba. No sé si era por celos, de mi padre o de Leonardo y de Valentina, que estaba claro que me querían más que a ella. O quizá, aunque menos probable, fuese simple envidia porque yo me estaba labrando un camino para ser libre mientras que ella había tenido que conformarse con la única salida que le había ofrecido la vida: el matrimonio con mi padre, que acabó por agradarle tanto que se obsesionó con él. Pero casarse no había sido su decisión, sino la de los padres de ambos. Y si ella no había sido libre para elegir su destino, ¿por qué iba a concederme a mí ese privilegio?

Cuando concluí secretariado quise buscar trabajo, pero en esa ocasión mis padres se negaron rotundamente. Rosa ya no era tan joven, Valentina empezaba a dar señales de una preadolescencia complicada y mi madre tenía jaquecas con mucha frecuencia. Yo hacía falta en casa, eso era cierto. Así que cuando Alonso me propuso que nos carteásemos, me pareció buena idea para distraerme. El beso ya había quedado en el olvido y lo que permanecía era una bonita amistad. ¿Qué daño podía hacernos intercambiar algo de correspondencia de vez en cuando?

A mis padres les ilusionaba ver que recibía cartas de Alonso y no hacían más que elogiarlo y alabar las excelentes calificaciones que estaba obteniendo en Derecho. Sus padres y sus hermanos volvieron a visitarnos como antes y su madre siempre me traía algún detalle: una bufanda que había tejido para mí, un pañito de bandeja bordado por ella, una novela romántica...

Cuando terminó la carrera, lo nuestro no pasaba de ser una relación exclusivamente epistolar. Sin embargo, unos días después de su regreso a Vigo, mi madre me anunció con mucha solemnidad que ese sábado Alonso vendría a casa con sus padres. Me dijo que debía ser yo quien hiciese el bizcocho para la merienda. Yo no había cocinado en la vida. Ante semejante novedad, le vi las orejas al lobo y me fui preparando para dar una respuesta tan convincente que no dejase lugar a dudas.

Llegó el gran día y el bizcocho me salió impresionante, aunque, todo hay que decirlo, solo tuve que seguir al pie de la letra las instrucciones que Rosa me iba dando. Pensar que el olor tan delicioso que salía del horno provenía de algo hecho con mis propias manos, me hizo descubrir otra de mis grandes pasiones: la cocina. Ahora miro hacia atrás y creo que el paso de Alonso por mi vida fue mucho más importante de lo que él podría haberse imaginado jamás, no solo por aquel primer beso clandestino y por haberme iniciado en el arte culinario, sino también porque aquel día supe que dentro de mí había un tesoro: mi libertad.

Aquella tarde, tal como me había temido, el objetivo de la visita era que nos hiciésemos novios formales para casarnos en menos de un año.

Cuando ya habíamos dado cuenta del bizcocho con chocolate caliente, y tras los consabidos elogios hacia mi persona, a una señal de su madre, Alonso se sacó del bolsillo un paquete pequeño envuelto en un papel de regalo de espiguilla azul. Me lo entregó con una enorme sonrisa de satisfacción. Lo desenvolví con cuidado. Dentro había una caja de piel de color pardo con unas letras repujadas que decían: JOYERÍA SUÁREZ, MADRID. Al abrir la tapa, me deslumbró un colgante circular con una esmeralda rodeada de brillantes. Era una preciosidad, pero nada más verlo, cerré la tapa y cogí fuerzas para decir lo que quería y no lo que se suponía que diría. Lo tenía tan claro como el agua. El chico era un partidazo y yo le tenía mucho aprecio, pero no estaba enamorada ni de lejos y no estaba dispuesta a compartir mi vida con él.

—Sabes perfectamente el aprecio y el cariño que te tengo, pero no puedo aceptarlo.

Alonso se quedó helado, sus padres aún más y los míos me querían matar allí mismo. Hasta mi padre, que siempre me entendía mejor que nadie, intentó hacerme entrar en razón explicándome que viviríamos en una casa muy cerca de Villa Marta. La madre de Alonso también insistió contándome entusiasmada que ya estaba todo previsto. Hasta había un chalé apalabrado en el camino de los Ángeles, casi llegando a la plaza de Zamora, la que vosotras ya conocisteis como plaza de la Independencia, que empezaba a consolidarse como centro de reunión en Las Traviesas. Nos casaríamos en la iglesia de Santiago de Vigo y oficiaría el enlace nada más y nada menos que el señor obispo de la diócesis de Tuy-Vigo. Según iba dándome detalles, la que ya se veía como mi futura suegra, se iba emocionando más, como si no se hubiese enterado de la negativa. Por mi parte, según iba escuchando todo aquello que se había urdido a mis espaldas, más me iba enfadando, no con Alonso, que, al fin y al cabo, de poco se habría enterado él desde Madrid y a quien quizá no le importara que lo manipulasen así, sino con nuestros padres, especialmente con el mío. Me enojó pensar que él pudiera haber creído que alguien como yo iba a ser feliz con toda aquella trama de hilos para una marioneta. Decidí que no podía seguir escuchando todos esos detalles que me estaban haciendo daño y, antes de que la ira se apoderase de mí, me levanté despacio, miré a Alonso a los ojos y le pregunté si podíamos hablar en el jardín.

Nos sentamos en el porche trasero, uno al lado del otro, y le cogí las manos. Él se soltó. Estaba ofendido. Me dijo que él ya había tomado la decisión de casarse conmigo desde aquel beso en la despensa. Lo dijo porque le parecía que era algo bonito, pero a mí me chirrió en los oídos esa decisión unilateral tomada como si yo no tuviese voz ni voto en mi destino. Si tenía alguna duda, aquella conversación en el porche me dejó dos cosas claras. La primera, que Alonso sí que quería casarse conmigo de verdad y que no era cosa de sus padres como yo había llegado a pensar por el discurso de su madre. La segunda, que yo no quería ni casarme con Alonso ni que nadie se atreviese a intentar manipularme de aquel modo en el futuro.

Poco a poco, le fui haciendo entender que, si lo nuestro no era amor, no íbamos a ser felices juntos. Volví a cogerle las manos y ya no rechazó las mías. Nos miramos a los ojos fijamente y, por fin, convencido de que mi negativa era firme, me preguntó:

—¿Tú crees que podremos seguir siendo amigos? No quiero perderte, Gala.

—Claro, Alonso. Si ya éramos amigos, ¿por qué íbamos a dejar de serlo ahora?

Lo dijimos los dos muy convencidos, pero lo cierto es que aquel fue el final de lo que parecía ser una amistad para toda la vida. Sus padres no volvieron a casa nunca más. A él lo vi de lejos en el entierro de Darío, hablando con Leonardo, que después me transmitió sus condolencias, elogió su presencia y lo excusó por su falta de valor para acercarse a darme un abrazo. Me habría gustado, me habría reconfortado recibir su cariño en aquel día gris, húmedo y siniestro que ahora no quiero recordar. Os lo contaré, sí, pero más tarde, no nos adelantemos.

Cuando Alonso y yo volvimos a entrar en el salón, se hizo un silencio tenso, como el que se generaba en el juzgado cada vez que su padre se disponía a comunicar una sentencia. Nuestros padres nos miraban con la esperanza de que anunciásemos nuestro compromiso.

—Bueno, creo que es hora de retirarse —dijo Alonso.

Y como a buen entendedor, pocas palabras bastan, su madre hizo acopio de toda la dignidad que le quedaba y mientras se levantaba del sofá tirando de su marido, lanzó por lo bajini un arma mortal:

—Ya se sabe, no se puede dar margaritas…

—No te atreverás a terminar esa frase en esta casa, ¿verdad? —preguntó mi padre apretando los puños para contener la ira.

Antes de que ella pudiese replicar, mi padre se giró hacia Rosa, que providencialmente estaba entrando en el salón con más chocolate y le indicó:

—Rosa, por favor, acompañe a los señores a la puerta que tienen algo de prisa. Y deje aquí ese chocolate tan bueno, que doña Eulalia y yo aún vamos a tomarnos otra taza. —Después, miró a la madre de Alonso y añadió—: Perdonad que no nos levantemos para despediros, pero es que ya se sabe, no se puede dar margaritas… —Con la misma, se giró hacia mi madre y le dijo—: ¿Otro tazón de chocolate, mi amor?

Yo quería que la tierra me tragase y creo que Alonso más aún. Me apretó la mano con disimulo y yo le correspondí. Después, me dio dos besos fugaces antes de salir del salón detrás de sus padres que, a su vez, seguían los pasos de Rosa.

Me dejé caer en la butaca que había sido de mi bisabuela sin saber qué hacer, viendo cómo mi padre servía el chocolate para mi madre y para él.

—No sé cómo pudimos pensar que era buena idea. Perdona, hija, perdona, de buena suegra te has librado —dijo mi padre aún ofendido—. ¡Venir a insultarnos a nuestra propia casa!

—¿Por qué no me contasteis nada, papá? ¿Por qué no se os ocurrió preguntarme?

—No lo sé, hija, lo dimos por hecho… Tantas cartas, una amistad de tantos años, un chico tan bueno con un futuro por delante… Lo normal habría sido que te hiciese muy feliz —dijo sin reproche—. Se ve que estábamos equivocados.

Entonces, mi madre, que no había abierto la boca, se atrevió a contrariarlo:

—Eres una caprichosa —me dijo fulminándome con la mirada. Después se giró hacia mi padre y añadió—: Y mejor nos iría a todos si tú, en vez de consentirle todo, le dieses la bofetada que se merece, ahora que aún estás a tiempo. O quizá ya sea demasiado tarde.

Me quedé tan helada que no reaccioné. Me invadió una especie de flojera que dejaba mi alma al descubierto. Todo lo que había sentido como falta de paciencia o como celos por parte de mi *madre, era verdadero desprecio, ni más ni menos. Mi padre le sostuvo la mirada y guardó silencio de nuevo con los puños apretados.*

—Quiero pensar que quien habla es tu enfermedad y no tú.

Hacía poco tiempo que le habían detectado un tumor cerebral inoperable que explicaba sus jaquecas y sus intermitentes pérdidas de cordura cada vez más evidentes y frecuentes. Pero tanto mi padre como yo, sabíamos que quien hablaba era ella y no su tumor. Hablaban sus entrañas dejando brotar el veneno acumulado, como cuando un volcán escupe la lava que ya estaba ahí, calentándose durante años, aunque no se dejase ver. Ella estaba deseando que mi padre se pusiese furioso contra mí, pero, gracias a Dios, nunca se llegó a cumplir su deseo.

Como os podéis imaginar, en mi vida hubo un antes y un después de ese día. A partir de entonces, se abrió otra brecha en la familia, una brecha profunda y oscura entre mi madre y yo. Mi padre siguió adorándome aún más si cabía, aunque como también adoraba a mi madre, se escudó en el argumento de la enfermedad para excusarla y poder seguir amándola a su manera. Eso templó las aguas en casa de modo que la convivencia, aparentemente, siguió siendo como hasta entonces. Sin embargo, entre mi madre y yo se había declarado una terrible guerra fría y silenciosa.

—Jamás oí a la abuela hablar mal de su madre, ¿y tú? —preguntó Celia.

—Yo tampoco. Se ve que era uno de esos recuerdos dolorosos de los que no quería acordarse, de esos que mencionaba en su carta.

Un mensaje que entró a la vez en el móvil de ambas hizo que Celia sonriese y que Telma parpadease lentamente como queriendo borrar de su mente el sonido de la notificación entrante.

—Seguro que es papá —comentó Celia animada consultando su móvil.

Telma no se movió.

—Sí, es él. Dice que ya tiene billete y... ¡Llega mañana! —se alegró Celia—. Pregunta quién puede subir a buscarlo al aeropuerto por la tarde.

Telma se sorprendió. No pensaba que su padre fuese a hacer el esfuerzo de ir a Vigo. Como ella tenía las tardes libres y Celia no, no le quedó más remedio que ofrecerse a recogerlo. Guardó las memorias de Gala sin preguntar y reunió las fuerzas suficientes para lograr que su hermana se marchase de su casa sin sospechar hasta qué punto la noticia de la inminente llegada de su padre le había sentado como un tiro.

Se dio una ducha muy caliente y se metió en la cama arropándose con las sábanas de flores y mariposas bordadas por Gala. Para no pensar ni en Julián, ni en su padre, ni en la pulsera desaparecida, ni en ese desasosiego que sentía al intentar recordar qué tenía que hacer con las cenizas de la abuela, se concentró en imaginarse cada estancia de Villa Marta, el jardín, el beso de Alonso en la despensa…, hasta que se durmió.

18

DESDE LA CRISTALERA del aeropuerto lo vio bajar las escalerillas del avión. Ese aire prepotente tras un vuelo de varias horas solo podía conservarse si la altivez se llevaba tatuada en la médula. Telma notó que un escalofrío le recorría todo el cuerpo mientras calculaba lo que se le venía encima.

Vio que se ponía las gafas de sol, el modelo clásico de aviador de Ray-Ban en esa ocasión, con ese su colección rondaría los trescientos pares. No conocía a ningún hombre a quien le importasen tan poco los demás y tanto sus gafas de sol. Quería detestarlo con todas sus fuerzas, pero siempre acababa por resultarle imposible porque, a pesar de todo, a pesar de la decepción y de la rabia, a pesar de esa sensación permanente de desprecio y de abandono, también era cierto que, muy en el fondo y por más que se lo negase, lo seguía queriendo y deseaba su cariño.

Cuando se abrió la puerta deslizante, apareció con una sonrisa de medio lado y sin quitarse las gafas, como si le hiciesen falta dentro del aeropuerto, igual que un trasnochador alcohólico que necesita ocultar su resaca.

Telma dio un paso al frente y alzó la mano para que él la reconociese entre la multitud que esperaba a los pasajeros de aquel vuelo. Sin embargo, Marcos no tenía ojos para ella, estaba más pendiente de una morenaza despampanante que se atusaba la melena en primera fila. Telma se puso de puntillas y volvió a agitar la mano por encima de varias cabezas. Nada, ni caso. Lo vio avanzar hacia la derecha para pasar por delante de la chica y dedicarle la mejor de sus sonrisas. Solo después, se acomodó las gafas en el pelo y paseó la mirada por entre la gente hasta encontrar a su hija.

—Cuánto siento no haber podido llegar para el funeral —dijo mientras le daba dos besos como si se hubiesen visto el día anterior—. Sé lo importante que era para ti y para tu hermana, pero ya sabes que no es tan fácil.

¡Lo importante que era para ti y para tu hermana! ¿Para ti y para tu hermana? ¿Y para él qué? ¿Nunca le había importado Gala? Impresionante. En fin, tendría que aguantarlo unos días y después se marcharía, como siempre. Unos días, así, sin definir. ¿Le costaba mucho precisar cuánto iba a durar su estancia? El sufrimiento es menor cuando hay un límite claro. Algo tan simple como ir tachando los días en el calendario y poder hacer una cuenta atrás le habría supuesto un alivio para el alma, pero él no le iba a ofrecer esa posibilidad.

Mientras guardaban la Samsonite en el maletero del coche, Telma calculó que aquello era equipaje suficiente para un mes y suspiró.

—Bueno, y entonces, ¿qué pasa con el cretino ese?

¡A Celia le había faltado tiempo para contárselo a su padre! Eso no se lo iba a perdonar a su hermana tan fácilmente, ¿por qué había tenido que irle con el cuento? Quiso llamarla en ese instante para ponerla de vuelta y media, pero sabía que no debía hacerlo en caliente. Hizo un esfuerzo por contenerse y se giró hacia Marcos para decirle lo primero que se le pasó por la cabeza.

—Julián, se llama Julián y tampoco es tan cretino —replicó entrando en el coche.

¿Lo estaba defendiendo? No se reconocía. Bueno, daba igual si lo defendía o no, un momento de debilidad lo tenía cualquiera, lo importante ahora era impedir que su padre traspasase la delgada línea roja que separa las conversaciones de ascensor de aquellas en las que, sin querer, nos descubrimos abriéndole el corazón a un desconocido.

—Es solo que se acabó el amor, nada más.

En ese momento, cayeron un par de gotas en la luna delantera, como el maná llovido del cielo. La excusa perfecta para desplegar en la conversación la cinta con el texto de «No pasar».

—Uy, parece que va a llover, qué mala suerte, con lo mal que están estos limpiaparabrisas. Ensucian más que limpian. Tenía que haberlos cambiado ayer, pero la verdad es que se me pasó.

—Ya se lo llevo yo mañana a José Ángel y, de paso, que le hagan una puesta a punto. A saber desde cuándo no llevas este cacharro al taller.

—Pues no hace tanto —mintió ella.

—Y si eso que lo laven —añadió Marcos girándose para ver el aspecto de la parte trasera—, porque este olor a podrido no tiene más explicación que la falta de limpieza.

Lo cierto es que ya ni se acordaba de la última vez que lo había lavado, y mucho menos de llevarlo a revisión. Además, estaba dispuesta a aguantar cualquier reproche con tal de no tener que tocar el tema de Julián.

—Bueno, y dime, ¿cómo está tu madre?

—¿Por qué hablas de ella como si no fuese tu mujer?

Telma se arrepintió de haberle soltado esa pregunta a bocajarro, pero ya era demasiado tarde para arrepentimientos. Las palabras, una vez dichas, ya no se pueden rebobinar.

—¿Cómo está mamá? ¿Te gusta más así, hija? —dijo él recalcando las palabras mamá e hija.

Se pasaron el resto del camino hablando de Amparo, más concretamente de la evolución de sus problemas físicos, que era lo que le interesaba saber a Marcos. Lo que le fuese en el alma a su mujer podía esperar, siempre podía esperar.

19

Nacho entró en la pecera sin llamar.

—¡Hola, preciosa! Te echábamos de menos.

Celia levantó la vista de la pantalla para encontrarse con la sonrisa que tanto había ansiado ver el día anterior.

—¡Ay, Nacho, qué alegría! ¿Y tú por aquí? ¿No estabas en Madrid?

—Acabo de llegar. Venía a darte un beso, pero si no lo quieres…

Ella notó cómo se le subían los colores como una mancha que nacía del centro del pecho y ascendía por el cuello para apoderarse de su cara.

—¿Un beso?

—Bueno, un beso y un abrazo, pero si sigues ahí sentada no me lo pones nada fácil.

Mientras Celia se levantaba desconcertada y roja, Nacho siguió hablando.

—No le perdono a la Chunga que no me dejase ir al funeral —dijo abriendo los brazos.

Celia se dejó abrazar más tiempo del que habría sido razonable.

—Sé bien cuánto querías a tu abuela. —Nacho le pasó la mano por el pelo como si ella fuese un cachorro desvalido.

—Ay, gracias, Nacho —suspiró ella separándose.

Sabía de sobra que había un único motivo por el que no estaba aprovechando la situación para besarlo de otro modo allí mismo: Rafael. Era una razón más que suficiente y, además, sabía también que el esfuerzo por contenerse le valdría la pena a la larga, pero en aquel instante... ¡Por favor! ¡Cuánto le estaba costando!

—Lo siento mucho, de verdad. Es más, te voy a contar un secreto, pero me tienes que prometer que no se lo vas a decir a nadie porque eso acabaría con mi reputación de tío duro y no volvería a comerme un rosco en la vida.

—Cuenta, cuenta —lo animó ella haciendo el gesto de cerrarse los labios con una cremallera.

—Mi abuela murió hace dos años —dijo poniéndose serio—. Desde entonces, no ha pasado ni un solo día, bueno, igual estoy exagerando, alguno quizá sí, en el que no haya llorado por ella.

—¡Vaya! Lo siento. Aunque eso no me ayuda mucho, Nacho, la verdad.

—Lo que quiero decir es que sé lo que duele y no te creas que vas a encontrar a mucha gente que te entienda cuando te dé un bajón, que te darán bastantes, seguro.

—Pero ¿tú has venido a hundirme o qué? —le preguntó ella dejando asomar una sonrisa.

—No, he venido a avisarte. A mí me habría gustado que alguien me avisase. Jamás me imaginé que se podía llegar a sentir tanto la falta de alguien y hubo momentos en los que pensé que me estaba volviendo loco, o que estaba enfermo, que había perdido el juicio... Lo que quiero es avisarte. Bueno, eso y que sepas que estoy aquí. Y que voy a entenderte si necesitas un hombro en el que llorar.

Celia bajó la mirada hacia la foto de Rafael mientras pensaba en cuánto le gustaría ahora aceptar ese hombro que Nacho le estaba ofreciendo.

—Muchas gracias. Te avisaré si lo necesito, de verdad —mintió.

20

—¿No tienes llaves? —preguntó Marcos extrañado.

Telma se limitó a asentir.

—¿Y se puede saber por qué llamas al timbre?

—Ya no vivo aquí.

Cuando Marcos se disponía a buscar su propia llave en el bolsillo de la maleta, se abrió la puerta.

—¡Bienvenido a casa! —saludó Iris radiante de alegría.

—Muchas gracias, Iris, estás tan guapa como siempre.

Telma resopló antes de hablar:

—¿Qué tal, Iris? ¿Mi madre está en el salón?

—Claro, pasad. Celia también debe de estar a punto de llegar.

—¡Qué rico huele! —comentó Marcos.

—He hecho picaña para cenar. Telma, te quedas, ¿verdad? —preguntó Iris sin esperar respuesta—. Yo ya me voy, en cuanto llegue Celia. La picaña está en el horno y la mesa está puesta en el comedor. Sé que a ti te gusta más la barra de la cocina, pero no está hecha para tu madre. Además, la ocasión bien lo merece. —Iris seguía hablando ensimismada mientras avanzaban hacia el salón—. He puesto velitas y unas guirnaldas y todo.

—Esto no es una fiesta, Iris. Papá está aquí porque acaba de morir la abuela —explotó Telma.

Los tres se pararon en seco. Marcos se giró hacia Telma y le bastó con lanzarle una mirada de reproche para que ella rectificase.

—Lo siento. Seguro que lo habrás preparado todo con mucho cariño, pero…

Ella la abrazó antes de que pudiese terminar la frase.

—No pasa nada, cielo, estás susceptible, es normal, entre lo de la abuela y lo de Julián....

Escondida en el abrazo de Iris, Telma maldijo la hora en la que se lo había contado a su hermana. ¿Acaso ya lo sabía todo el mundo? Cuando la pillase por banda se iba a enterar, por bocazas. Esta no se la perdonaba.

—Bueno, ¿vamos al salón o qué? —las azuzó Marcos—. ¡Amparo, mi amor, ya estoy en casa! —gritó desde el pasillo.

Nada más traspasar el umbral de la puerta, vieron a Amparo en el suelo del salón, tumbada boca abajo y haciendo vanos intentos de levantarse. Marcos corrió a ayudarla. La aupó y la sentó en la silla mientras la llenaba de besos. Se puso de cuclillas delante de ella para mirarla a los ojos y le cogió la mano.

—Mi amor, ¿estás bien? Ya pasó, ya estoy aquí —le susurró acariciándole la rodilla.

—Estoy mejor que nunca. Por fin estás aquí —suspiró—. ¿Vas a quedarte?

Marcos sonrió.

—No sé cuánto tiempo estaré esta vez, pero te prometo que será el máximo posible.

—¿Seguro que estás bien, mamá?

Amparo levantó la vista hacia su hija.

—Cuánto me alegro de que te hayas librado del cretino ese.

Telma volvió a maldecir en silencio el momento en el que se lo había contado a su hermana, pero, por lo menos, se alegraba de no haber tenido que escuchar el tan odioso «ya lo sabía yo».

Entonces, Amparo volvió a mirar a Marcos y, poniendo los ojos en blanco, le dijo refiriéndose a lo de Julián:

—Se veía venir.

El sonido de un sollozo hizo que todos se girasen para mirar hacia la puerta del salón. Iris estaba apoyada en el marco y se tapaba la cara con las manos. Telma se acercó para consolarla.

—Justo hoy, tenía que caerse justo hoy, ahora. Siempre tengo muchísimo cuidado porque no es la primera vez que la pillo intentando bajarse sola de la silla —explicó limpiándose las lágrimas—. Y sabe que no puede… Llevo tanto tiempo temiendo este momento y tiene que ser precisamente hoy. Sabía que un día iba a pasar…

—Estoy mejor que nunca, Iris —la animó Amparo—. Solo quería que mi marido me viese sin este trasto —añadió dándole una palmada al reposabrazos de la silla.

—¡Papá!

El grito de alegría de Celia al entrar y ver las maletas se oyó en todo el edificio. Medio segundo después estaba intentando entrar en el salón con los brazos abiertos. Telma e Iris se apartaron para dejarle paso.

—¿Cómo estás, preciosa? —le preguntó Marcos cogiéndola por la cintura y dándole una vuelta en el aire.

—Estaba deseando verte.

—Yo también a vosotras.

Telma agradeció sentirse incluida en ese «vosotras». Una sola palabra calmó esa extraña incomodidad que le causaba la presencia de su padre. Sabía que ese malestar no tardaría mucho en volver de forma recurrente durante los próximos días.

Intentó despedirse para marcharse a su casa, pero su padre insistió tanto en que se quedase a cenar que no fue capaz de negarse, aunque lo que menos le apetecía del mundo era tener que presenciar cómo su madre le ponía ojitos al hombre que la había traicionado antes de darle la patada definitiva y volar para cumplir su sueño americano, dejándola atrás en su recién estrenada silla de ruedas. Disfrazó su marcha de un miserable argumento: «Aquí vas a estar mejor, en tu entorno, más acompañada y, además, con los cuidados de Iris, enseguida te pondrás bien y después… igual vienes a Estados Unidos a vivir conmigo, o ya vuelvo yo, harto de tanta hamburguesa». Se había acogido a un programa de investigación para odontólogos de todo el mundo en una prestigiosa clínica de Miami, un proyecto que tenía una duración prevista de tres años, prorrogables a diez. Ya llevaba cuatro allí y, además, había abierto una clínica propia que contaba con ocho trabajadores. En su día, les había explicado a sus hijas que era una oportunidad de oro para crecer en su carrera. Consideraba que Vigo se le quedaba pequeño para su talento, como si unos dientes mal colocados en la boca de un vigués le resultasen poca cosa al lado de la sonrisa de un estadounidense.

Telma se sentó al lado de su madre para no tener que ver cómo la mirada de Amparo revivía con la visita de Marcos. La picaña de Iris actuó de lenitivo. Estar allí sentada fingiendo que estaba encantada, por lo menos, tenía su compensación en el paladar. La conversación fue tal y como se la había imaginado: Celia, entusiasmada preguntándole a su padre por sus logros, sus premios y sus conferencias; él, explayándose con el ego más allá de las nubes; Amparo, embobada observando a su guapísimo marido al que había que perdonarle todo; y ella..., ella conteniéndose en aras de la paz familiar mientras por su cabeza rondaban las preguntas de la canción de Morat: «¿Cómo te atreves a volver a darle vida a lo que estaba muerto? ¿Por qué volviste si te vas a ir? ¿Cómo te atreves a volver?».

Nada más apoyar el tenedor tras los postres, Telma se escabulló con la excusa del madrugón de cada día por estar trabajando en el turno de las mañanas y se despidió de sus padres en el salón dándoles dos besos a cada uno. Celia la acompañó a la puerta.

—¡Qué alivio que esté aquí papá!

—¿Alivio? ¿Por? —preguntó Telma.

—Bueno, no sé, así podemos tomarnos un descanso de preocuparnos por mamá.

—Quizá, ahora que no está Julián, mamá quiera venir a pasar algunas temporadas a mi casa cuando se vaya papá. Tenemos que hablarlo, ¿vale?

—Anda, déjate de chorradas, que en tu edificio no hay ascensor y sabes de sobra que ella se niega a salir de aquí. Esta es su casa. Además, ¿qué problema hay? —Celia se puso muy seria—. No te parecerá que mamá está descuidada, quiero pensar.

—¡Claro que no! Pero insisto: no creo que papá se quede muchos días y, cuando se vaya, ya hablaremos para organizarnos mejor.

—Tengamos la fiesta en paz, por favor. Venga, dime, ¿a qué hora quedamos mañana?

—¿Quedamos? —se sorprendió Telma, que aún estaba pensando en su padre más que en cualquier otra cosa.

—Para seguir leyendo a la abuela. No habrás seguido sola, ¿verdad?

—¿Quién te crees que soy? —respondió ofendida.

Entonces fue Telma la que se puso muy seria. Había estado tentada varias veces de terminar de leer el manuscrito a solas, más por impaciencia que por cogerle la delantera a Celia, por supuesto, pero lo cierto era que se había mantenido firme con respecto al trato de leer juntas las memorias de Gala.

—¡Ay, hija! Yo qué sé… Como eres tan rara…

—Pues gracias por el piropo, guapa. Y ya que estamos, ¿a ti quién te ha dado permiso para contarle a todo el mundo lo de Julián?

—A todo el mundo, qué exagerada, por Dios, Telma. Además, lo hice por tu bien, porque te ayudará poder hablarlo.

—¿Será posible? ¿Qué sabrás tú?

—Bueno, mujer, no te piques.

—No me pico, Celia, me enfado, y mucho. No me ha hecho ninguna gracia.

Mientras Celia buscaba algún argumento para defenderse, Telma abrió la puerta y salió al rellano para llamar el ascensor.

—Mañana a las ocho en mi casa —sentenció sin dejar lugar a réplicas—. Y cuenta con quedarte a cenar.

Con la misma, se metió en el ascensor y sin mirar a su hermana a la cara, sin besos y sin *tequieros*, apretó el botón de la planta baja.

21

—¿Te puedes creer que no me ha mandado ni un mensaje? Nada, ni un cómo estás, ni siquiera un estoy vivo, cero.

—¿Y tú?

—¿Yo qué, a qué te refieres? —preguntó Telma mientras le ajustaba el gotero.

—¿Lo has llamado? ¿Le has escrito algún mensaje?

—Pues claro que no, Pío. Fue él quien me dejó, así que debería ser él quien se preocupase por saber de mí. —Se separó del gotero para terminar su razonamiento con los brazos en jarras—. ¿No te parece?

—Bueno, hay la misma distancia de un teléfono a otro, y tú, si hubieses querido, ya lo habrías llamado. —Pío hizo una pausa para suspirar antes de completar su opinión—. Pero ¿sabes qué creo? Pues que si no lo has hecho es porque no has querido, sin más. Nuestros actos no mienten, ¿sabes? Nos pasamos la vida engañándonos a nosotros mismos con palabras que nos alivian, pero lo que de verdad queremos, lo que nos va en el alma, está en lo que hacemos, no en lo que decimos.

Telma lo miraba desconcertada.

—Piénsalo bien. ¿Por qué no lo has llamado tú? ¿Lo que quieres es saber si está vivo, como dices? Pues es muy fácil, solo necesitas un teléfono y lo tienes en el bolsillo.

Ella seguía callada, de pie al lado de la cama y aún con los brazos en jarras. Entonces admitió:

—Podría ser.

—Sin embargo, no lo llamas, ¿por qué? Pues porque lo que

en realidad necesitas no es saber si está vivo, ya sabes que sí, de lo contrario, te habrías enterado. Lo que de verdad quieres es poner una tirita encima de esa sensación de abandono, de rechazo, de frustración o de lo que quiera que estés sintiendo estos días. Quieres que él te llame para saber que le importas.

Telma dejó caer los brazos y apartó la mirada mientras suspiraba.

—Puede que tengas razón.

Pío se estiró como pudo para cogerle la mano.

—Telma, querida, ese chico te ha hecho un favor al marcharse. No te voy a decir que no te merecía porque no lo conozco y esa es precisamente la razón que me lleva a pensar que estarás mejor sin él.

—¡Vaya! ¿Qué querías, que trajese a mi novio a visitarte? —preguntó ella sonriendo.

—Uy, quita, quita, ya sabes que no quiero visitas por las mañanas. No, claro que no es eso. Es que, fíjate, llevo aquí casi dos meses y podría decirse que nos hemos hecho muy amigos, ¿o no?

—Y tanto, mira a quién le estoy contando mis penas…

—Bueno, pues en todo este tiempo, solo me has mencionado a Julián un par de veces, una al principio, cuando me contaste que llevabas un año viviendo con él porque, si no recuerdo mal, era de Lugo, pero había venido a Vigo por no sé qué de un trabajo en una escuela de música. Y que conste que ese día ya me comentaste que no sabías si había sido buena idea lo de meterlo en tu casa. Y la otra vez que me hablaste de él fue el otro día, cuando me contaste que te había dejado nada más y nada menos que el día del funeral de tu abuela. No quiero meterme donde no me llaman, pero a estas alturas sabrás que te hablo desde el cariño. Piénsalo, Telma, ¿no crees que si fuese el hombre de tu vida quizá me habrías hablado muchas más veces de él?

Cuando ella se despidió y salió de la habitación, Pío se sintió orgulloso de sí mismo, agradecido por la oportunidad de redención que el destino le estaba ofreciendo. De algún modo, estaba feliz de que la vida hubiese puesto a la nieta de Gala en su camino. Era un privilegio poder cuidarla de alguna manera, aunque solo fuese aconsejándola, haciéndole ver que el tal Julián ese no podía ser el amor de su vida ni de lejos. Pero el entusiasmo no le duró más que unos segundos. ¡Reparar tanto daño con un par de consejos! ¿Cómo se le podía ocurrir semejante idea? Una familia entera destrozada para siempre y él pensando que iba a redimirse con cuatro palabras. Y sin dar la cara. Se sintió tan avergonzado del ser cobarde que habitaba dentro de él que cerró fuerte los ojos para no verse ni las manos.

22

Celia estaba empapada por la lluvia que la había cogido por sorpresa bajando por Gran Vía, de camino a casa de Telma.

Aparcaba su coche en el quinto pino, en un garaje que había alquilado casi llegando a la plaza de España. Todo por no pagar una tarifa que consideraba abusiva en el aparcamiento que estaba justo al lado de su casa. No llevaba paraguas, había pensado que serían cuatro gotas. De cuatro nada, el diluvio universal no era comparable a la que había empezado a caer de repente. Antes de llegar al semáforo del cruce de la calle Braille, se refugió en las escaleras de la Once para ver si amainaba un poco. Quiso consultar el móvil para ver la hora, pero no tenía ni dónde secarse las manos. Ya llegaba tarde, así que se acordó de los anuncios de los supermercados gallegos Gadis y dijo en alto: «Vivamos como galegos. Se chove, que chova». Con la misma, levantó la frente y siguió bajando la cuesta como si la lluvia no le molestase. Pasó por delante de lo que toda la vida había sido el colegio de San José de Cluny, y que habían convertido en una residencia de la tercera edad con grandes ventanales impecables, cuidadoras sonrientes uniformadas de blanco y un jardín con un aire japonés un tanto fuera de lugar pero que lograba inspirar paz a pesar del tráfico que había siempre en el exterior. Se acordó de Gala. Ella quería que la llevasen allí cuando no se valiese por sí misma. Un poco más abajo, en el bulevar central de la Gran Vía, los rederos de la escultura de Ramón Conde luchaban por salir de la galerna arrastrando las redes bajo una cortina de agua que se abría y se cerraba de forma intermitente.

Las figuras de los fornidos hombres de mar, que tanto le gustaban a Celia, quedaban difuminadas por la lluvia. Pensó que se parecían más a Nacho que a Rafa y sonrió para sus adentros por la comparación, ya que, en realidad, a Nacho también le habrían faltado muchas horas diarias de gimnasio para lograr un cierto parecido con alguno de aquellos marineros. Levantó la vista hacia la calle Lepanto y vio luz en varias ventanas de su casa. Estuvo tentada de subir a darles un beso a sus padres, pero se acordó de que Telma ya estaba enfadada con ella. Calculó que sería bastante tarde y, si encima la hacía esperar más, su hermana se iba a poner furiosa. Telma se ponía así muy pocas veces, pero cuando lo hacía era mejor estar lo más lejos posible. Ante tal panorama, prefirió girar a la izquierda por Urzáiz y bajó el tramo de calle con paso firme, mirando al suelo, sin pararse a mirar escaparates, con cuidado de no meter un pie en un charco.

Cuando Telma abrió la puerta y se encontró a Celia hecha una sopa, ni la saludó.

—Ni se te ocurra entrar así, que me vas a poner la casa perdida.

Le cerró la puerta en las narices y, antes de que Celia pudiese salir de su asombro, volvió a abrir con dos toallas en las manos.

—Ten. Con esta te secas un poco, y esta otra —dijo extendiendo una de las toallas en el suelo de la entrada— es para que te desvistas aquí encima. Ahora te traigo un chándal o algo... ¡Madre mía! ¿Cómo se te ocurre meterte en medio de este diluvio sin un paraguas? —la reprendió acompañando sus palabras con el crujido de sus pasos alejándose por el pasillo.

Celia obedeció sin cuestionar a su hermana mayor. Estaba exagerando un poco con tanta parafernalia. Con unos minutos de secador habría bastado, pero al fin y al cabo, aquella era su casa y cada uno tenía sus manías.

Telma regresó trayendo unos *leggins* negros y una sudadera *oversize* amarilla.

—¿Me traes un disfraz de abeja Maya?

La pregunta las hizo sonreír.

—No, te traigo la ropa más cómoda que tengo para ir preparando el terreno y ponértelo fácil.

—¿Fácil?

—Es por si te quieres quedar a dormir. —Telma no esperó a ver la reacción de Celia para continuar—. Había pensado que como no está Julián, y aprovechando que papá está con mamá... No tienes excusa. Quédate, anda.

Celia sonreía mientras se peleaba con la manga de la sudadera, que se resistía a enderezarse en su brazo. Su hermana estaba haciendo el papel de enfadada más patético de la historia. Esa forma tan rebuscada de decir te perdono y te necesito a mi lado, a Celia le hacía gracia. Si fuese ella la enojada se lo habría dicho así «te perdono y te necesito», tal cual, y punto.

—Así podríamos leer varios capítulos esta noche —continuó Telma.

—Pero ¿no habíamos quedado en leerlo poco a poco?

—Yo no sé si seguiré siendo capaz de contenerme durante mucho tiempo más.

—Ya...

—Además, luego podremos releer cada capítulo todas las veces que queramos, ¿cómo lo ves?

—Perfecto. Si tienes ColaCao, me quedo a dormir.

—¿Lo dudas? —Sonrió Telma.

—Entonces, prepárame uno bien calentito mientras me seco el pelo, ¿vale?

—Genial. Tienes un secador en mi baño y otro aquí, en el aseo, usa el que prefieras.

—Me gusta más tu baño. Ese aseo es diminuto, no sé cómo puedes revolverte ahí por las mañanas...

Esta vez era Celia quien estaba haciendo crujir las maderas del pasillo con los pies descalzos. Telma recogió rápidamente la ropa que su hermana había desperdigado por el suelo de la entrada. Después, escuchando el ruido del secador de fondo, puso la ropa a secar en el lavadero y llevó al salón una bandeja con dos ColaCaos calientes y dos dónuts. Se dispuso a encender las cuatro luces bajas y, cuando iba por la última, por la que iluminaba la esquina entre los sofás, Celia apareció en el salón haciendo unos gestos rarísimos con las manos en el pelo.

—¿Se puede saber qué haces? —le preguntó Telma sorprendida.

—Ahuecarme el pelo, ¿no lo ves? Como no haga esto, no le doy volumen ni de broma, que estos cuatro pelos que me han tocado... —Se acercó a Telma y le cogió un buen mechón de pelo como acariciándolo—. Si llego a tener yo tu pelo...

Celia había hecho el comentario en un tono que daba a entender que la melena de Telma era un desperdicio por estar en el cuerpo equivocado.

—Si llegas a tener tú mi pelo, ¿qué? —se ofendió Telma.

—No, nada, digo que... —Celia no sabía cómo arreglarlo.

—Mejor no digas nada, no vaya a ser que lo estropees más. Como diría la abuela, corramos un tupido velo, que no hay mayor tesoro que una buena hermana. Anda, vamos a seguir a lo nuestro.

Celia sonrió con cara de no haber roto nunca un plato.

Telma sacó la carpeta azul y abrió las memorias de Gala por donde las habían dejado la última vez, donde terminaba la historia de Alonso.

LA PRIMERA VEZ QUE VI A DARÍO

El mes de enero de 1959 fue un mes de grandes cambios. El día de la Epifanía, mi vida dio un vuelco. Por fin mi padre había cedido a mi insistencia para empezar a trabajar como secretaria. Eso sí, con la condición de que mi primer empleo fuese cerca de casa, por si era necesaria mi presencia allí de forma urgente, dado el empeoramiento de la salud de mi madre. Así que se me ocurrió que podía ofrecerme para ayudar al padre de Maruxa con la montaña de papeles que había ido acumulando en su mesa desde hacía años hasta dejarla prácticamente sepultada. Él nunca consideró necesario archivar ordenadamente todo aquello. Decía que era dueño de su caos y lograba encontrar cualquier papel en menos de un minuto. Le propuse trabajar gratis durante tres días para probar. Me empleé a fondo en despejar, en concreto, dos de los infinitos montículos de papeles, los que había en la parte derecha de su mesa. Le estaban resultando un estorbo tan silencioso y a la vez tan incómodo como un leve picor de ojos. Ya casi no podía alargar el trazo de las líneas hacia ese lado, pues su codo se topaba irremediablemente con alguno de esos edificios de papel que habían creado una ciudad entera en aquella estancia de la casa. Al término de los tres días, el padre de Maruxa podía manejar su escuadra con mucha más soltura. Me lo agradeció no solo contratándome cuatro mañanas a la semana, de lunes a jueves, sino asignándome también un salario que superaba con creces las expectativas que pudiera tener cualquier chica de mi edad.

Pero fue el 25 de enero de 1959 cuando mi vida entró en otro tramo del camino.

Ni Darío ni yo podíamos imaginarnos hasta qué punto se avecinaban grandes cambios para ambos. La mañana había empezado dando señales de que no iba a ser un día como otro cualquiera. Era pleno invierno, pero parecía que había llegado la primavera. Los termómetros de Vigo alcanzaron los veintiún grados a la hora de la comida, tantos grados como años estaba deseando cumplir yo en abril. Fue al caer la noche cuando nuestras vidas se cruzaron. Podía no haber sucedido nunca, y de ser así, no seríais vosotras, sino otras quienes estuviesen leyendo no estas, sino otras palabras. Si no me llego a asomar a la puerta del salón aquel día, no existiríais. ¡Bendito día! Brindad por ello cada 25 de enero durante el resto de vuestras vidas.

La primera vez que nos vimos, Darío estaba en casa despachando con mi padre algún asunto de negocios entre la empresa de su padre y la del mío. Su familia, de origen vigués, se dedicaba al sector de los embalajes en Puerto Rico y le había tocado a él llevar las riendas de la expansión hacia España con idea de que pudiesen regresar todos algún día. Él estaba de espaldas, sentado en el enorme sofá que dividía el salón por la mitad. Me encantaba aquel sofá de líneas sencillas, tapizado en terciopelo verde carruaje, con las patas de madera a la vista. No sé qué habrá sido de él. Pero no dejemos que la nostalgia me despiste; os decía que él le daba la espalda a la puerta corredera. Deslicé las dos hojas de roble acristaladas separándolas lo suficiente como para asomar la cabeza y, entonces, él se giró. Le sonreí por puro trámite, como si no fuese a volver a verlo en la vida, tal como había hecho cientos de veces con las muchas visitas que recibía mi padre cuando despachaba en casa.

—Papá, me voy.

—¿Ahora?

Mi padre estaba sentado en uno de los sillones individuales situados frente al sofá, que hacían juego con este y que tenían, además, unos reposabrazos de madera, combinados con las patas, en los que estaba grabada la inicial «F» de Freire. Lo separaba de Darío una mesa baja sobre la que descansaba un enorme caracol de plata con concha de nácar creado con tanto detalle que parecía desplazarse lentamente sobre la superficie de ónix verde. Había una bandeja de pastas caseras junto a la chocolatera de San Claudio. Darío sostenía en las manos una taza de chocolate caliente y se la acercó disimuladamente a la nariz para disfrutar del olor intenso del cacao. Rosa había tenido a bien informarlo de la procedencia cuando se lo había servido: Guinea Ecuatorial. Según me contó después, al ver mi tez morena y mi sonrisa, lo primero que se le ocurrió pensar fue que le encantaría viajar conmigo a Guinea Ecuatorial. ¡Qué idea! Supongo que tal delirio se debería a los efectos del chocolate. Con razón dicen algunos que es una bebida con poderes casi mágicos. Pero ya conocéis de sobra mi debilidad por el cacao, así que volvamos a aquel instante en el salón.

—No voy a tardar mucho, de verdad —insistí.

—¿Y puede saberse adónde vas a estas horas? Es noche cerrada.

—Aún son las ocho…

—Ya, pero es una noche muy oscura…

—Tranquilo, papá, que me acompaña Leonardo. Ya me está esperando fuera.

—No te creas que me agrada la idea. No hay ninguna necesidad de salir de noche un día entre semana.

—Solo vamos a casa de Maruxa un momento.

Le puse mi mejor sonrisa y le mandé varios besos por el aire, un arma que sabía infalible para combatir cualquier argumento. De hecho, surtió efecto. Él me sonrió al tiempo que suspiraba dando la batalla por perdida.

Fue entonces cuando, casi sin darme cuenta, me fijé en Darío muy de refilón, sin detener la mirada en él salvo esas décimas de segundo que pueden cambiar una vida para siempre.

—Hasta la vista —le dije sonriendo distraída.

Él, ensimismado, no fue capaz de articular palabra. Inclinó lentamente la cabeza en señal de despedida y cuando la levantó, yo ya no estaba allí.

Mientras recorría el pasillo de camino al vestíbulo, me vino a la mente la imagen que acababa de ver sin fijarme. Aquel no era un señor como los que solían hablar con mi padre, era un chico de mi edad, o quizá algo mayor y… ¿era realmente tan guapo como me había parecido? Ojos verdes, rizos rubios, frente despejada, barbilla partida, labios carnosos, bigote muy cuidado y pómulos marcados. Habría visto mal. No podía ser para tanto. Como en un acto reflejo, en vez de adelantar el siguiente pie, lo atrasé y en una marcha invertida, a paso de cangrejo, como cuando de pequeña jugaba al escondite inglés, llegué otra vez hasta la puerta acristalada del salón. Me asomé lo justo para espiar, suponiendo que los nervios se debían a la sensación de estar haciendo algo prohibido. ¿Qué iba a pensar mi padre si me veía de esa guisa?

—¡Gala! ¿Se puede saber qué estás haciendo?

Mi madre me dio un susto de muerte. Me aparté de la puerta refugiándome en la penumbra del pasillo mientras el corazón se me salía del pecho. Ella parecía un fantasma en el otro extremo del corredor, tan pálida y envuelta en un vestido de mil capas de tul en tonos crema.

—¿Qué estás haciendo descalza en pleno invierno, mamá? ¿Dónde se ha metido Rosa?

—¿Rosa? ¿Qué Rosa?

Puse los ojos en blanco y resoplé. Me olvidé de mis planes de espía y, sin mediar palabra, fui al encuentro de mi madre, la cogí de la mano y la llevé hasta la salita del piso superior, donde estaba Valentina haciendo una copia mientras en la radio sonaba Lola Flores con su «Pena, penita, pena». Como era una de las canciones preferidas de mi madre, no fue difícil hacer que se sentase en el sofá.

—¿Puedes atender a mamá un momento? Hay que abrigarla y no sé dónde se ha metido Rosa.

—Y tú, ¿adónde vas?

—Voy a casa de Maruxa con Leonardo. Volvemos enseguida.

—Pero yo también quiero ir —protestó.

—Tú te quedas aquí y te ocupas de mamá. Y no hay más que hablar.

Al haber crecido con tantas atenciones, especialmente mías y de Leonardo, y con el agravante de mamá cada vez más «ausente», Valentina estaba entrando en una edad difícil y estaba dando el paso de niña a mujer con el pie demasiado cambiado, así que Leonardo y yo nos habíamos propuesto usar una nueva estrategia y obligarla a asumir algunas responsabilidades.

Me di media vuelta y la dejé sola, al cargo de nuestra madre. Bajé las escaleras y al atravesar el pasillo aproveché para echar un vistazo furtivo al salón, pero él estaba de espaldas, esta vez de pie, observando la noche en el jardín desde la galería.

Fui hasta la entrada y abrí la puerta. Allí estaba Leonardo, sentado en las escaleras del porche, fumando y esperando pacientemente para ir a ver a la niña de sus ojos.

—¿Vamos?

Aquella noche, que podía haber sido como otra cualquiera, sentí que algo había cambiado. Al cerrar la puerta tras de mí, no me fui pensando en cómo habría que hacer para llevar a Valentina por el buen camino, ni siquiera pensaba en la mente enferma de mi madre. No, en aquel momento, mi preocupación principal había pasado a ser otra: ¿volvería a ver a aquel chico algún día?, ¿cuándo? Una imagen fugaz pero recurrente pasó a acaparar mi pensamiento: aquel chico, al que había visto sentado en el sofá verde, iba a ocupar el sillón de mi corazón como si se tratase de un trono que hubiese sido hecho a su medida. Ya me imagino que ahora os estaréis partiendo de risa con esta cursilada. Podéis reíros a placer, no me importa, a estas alturas de la vida (o de la muerte, y esto lo escribo sonriendo, no os aflijáis, es solo que se me hace muy raro pensar que ya no estaré por aquí cuando leáis esto), a estas alturas, decía, qué más dará si digo cursiladas (o si hago bromas macabras, tanto da). Así que reíd a placer, que reconozco que la imagen es la mar de cursi, pero así es como lo recuerdo, ocupando el trono de mi corazón.

—Pues a mí no me parece tan cursi —opinó Celia muy seria.

—Mujer, un poquito… —dijo Telma sonriendo.

—Bueno, algo sí, pero es bonito que lo recordase así tantos años después. Y yo que pensaba que el amor de su vida había sido el abuelo Rodrigo… —cedió Celia sonriendo también—. Sigue, porfa.

—Vale, pero deberías llamar a papá para asegurarte de que se puede quedar con mamá, ¿no?

—Claro que puede, ¿adónde iba a ir si no?

—Y yo qué sé, a cenar con sus amigos, por ejemplo —contestó Telma, aunque no estaba pensando precisamente en eso.

—Bueno, voy a avisar. Por mamá, porque habrá contado conmigo para la cena y eso.

Celia quería pensar que su madre ya la estaría echando de menos, pero lo cierto era que cuando estaba Marcos, a Amparo se le olvidaba un poco todo lo demás, incluidas sus hijas.

—Claro, llama a mamá y dale un beso de mi parte. Yo, mientras, voy a ir metiendo la pizza en el horno. ¿Te apetece pizza? Es de cuatro quesos, tu favorita.

—Sí, genial.

—¿Le pongo también unas anchoas por encima?

—Mejor imposible.

Telma se levantó, cogió su móvil de encima de la mesa baja y, antes de llegar a la cocina, ya estaba viendo si tenía algún mensaje de Julián. Nada. Se apoyó en el marco de la puerta y se quedó mirando fijamente el icono de llamada manteniendo el dedo a un centímetro de distancia. Solo la separaba un centímetro de volver a hablar con él y necesitaba escuchar su voz pidiéndole perdón o, al menos, dándole una explicación. ¿Sería un centímetro de qué, de orgullo, de dignidad o, tal vez, de sensatez? Alejó el dedo del teléfono. Su madre tenía razón, él era un cretino que la había dejado sin más, sin un motivo de peso, como si tanto tiempo juntos pudiese tirarse a la basura así porque sí. Además, ¿había podido hacer algo peor que dejarla el día del funeral de la abuela?

—Mamá dice que todo bien —le gritó Celia desde el salón—, que papá no va a salir y que no nos preocupemos. ¿Quieres ayuda?

—No, gracias. Enseguida voy.

Volvió a guardarse el móvil en el bolsillo, abrió la lata de anchoas y preparó la pizza en un minuto. Dejó el horno a ciento ochenta grados y volvió al salón agradeciendo para sus adentros que estuviese allí su hermana, de no ser así, quizá habría acabado llamando a Julián.

—¿Seguimos? —preguntó al sentarse.

—Ya estás tardando —respondió Celia con una sonrisa.

DARÍO

Por suerte para mí, no tuve que pasar mucho tiempo sufriendo por el ansia de volver a ver a Darío. Por lo visto, mi padre y él habían dejado algún asunto pendiente el día anterior y la tarde del 26 de enero se repitió la misma escena. Me asomé al salón y allí estaba él, sentado en el mismo sitio.

Esta vez no iba a dejar pasar la oportunidad de verlo de cerca. Me acerqué con decisión y pregunté:

—Papá, ¿no me vas a presentar a tu invitado?

—Gala, ¡por Dios! ¿Qué modales son esos?

No me regañó más por pura vergüenza. Era imposible encontrar una buena excusa para justificar lo que él consideraba que era un descaro por mi parte, así que ni lo intentó. Se pusieron los dos de pie y, una vez hechas las presentaciones formales, mi padre enseguida entendió que el interés por conocernos era mutuo. Debió de calcular en segundos la conveniencia de una posible relación entre nosotros, porque enseguida alegó una preocupación repentina por algo que estaban liando Felipe y Ovidio en el jardín y se disculpó por tener que ausentarse unos minutos. Nunca me cansaré de agradecerle aquella ausencia.

La conversación entre Darío y yo fluyó como si llevásemos años deseando encontrarnos para contarnos miles de cosas. Jamás había tenido una sensación parecida y nunca más me volvió a ocurrir. Para cuando volvió a entrar mi padre en el salón, ya no había vuelta atrás.

—Don Paco, estábamos hablando… —explicó Darío para mi sorpresa—. No sé si esto le parecerá muy precipitado, pero Gala me estaba comentando que le encanta el teatro y resulta que tengo cuatro invitaciones para la función de este domingo. Si usted y su esposa quisiesen acompañarnos, estoy seguro de que podríamos pasar una velada muy agradable. ¿Qué le parece?

Por supuesto, yo no salía de mi asombro ante una proposición tan precipitada, pero tenía clarísimo que quería ir, ¡vaya si quería! Mi padre tampoco daba crédito, no obstante, le agradó tanto la propuesta que nos puso en bandeja un plan inmejorable.

—Le agradezco mucho la deferencia, mi querido Darío. Sin embargo, considerando que la salud de mi esposa es frágil, debo declinar la invitación.

Cuando yo ya iba a protestar, añadió algo que mi madre jamás habría consentido de estar en su sano juicio.

—Permítame que le sugiera lo siguiente, Darío, ¿por qué no van usted y Gala con Leonardo y Maruxa?

Darío me interrogó con la mirada.

—Leonardo es mi hermano, al que quiero con locura, y Maruxa es mi amiga del alma, así que no me puedo imaginar mejor compañía.

—Perfecto —dijo sonriendo.

Además de con los labios, sonreía también con la mirada y él sabía que eso lo hacía tremendamente atractivo. Cuando pienso en él, esta es una de las imágenes que sigo viendo con nitidez, la de él pletórico en el salón de casa, mirándome como si le hubiese tocado la lotería. Por desgracia, otras se han ido difuminando con el tiempo.

Salimos juntos durante casi dos años. No penséis que los noviazgos de antes eran como los de ahora. Empezamos con aquella obra de teatro y seguimos con largos paseos por toda la ciudad, siempre acompañados por Leonardo y Maruxa, desde la calle del Príncipe a las Avenidas, donde el entretenimiento era caminar por los jardines hasta ver pasar algún tren de mercancías por unas vías que casi rozaban el mar. Nos quedábamos embobados escuchando el traqueteo y contando los vagones. Cuando el tren se perdía en lontananza y las Avenidas volvían a su tranquilidad habitual, entrábamos en el club náutico a jugar al ping-pong y regresábamos a casa a la hora de la cena.

Un buen día, por fin, pudimos ir solos al cine, cosa que me costó muchas discusiones con mi madre, ya que si tenía algún momento de lucidez, era para amargarme la existencia. Pensábamos ir al Cinema Vigo, al que mis padres llamaban Royalty, su antiguo nombre. Era un edificio precioso, con aire oriental, muy parecido al del cine Odeón, del arquitecto a quien más admiraba el padre de Maruxa, el francés afincado en Vigo, Michel Pacewicz. Ambos desaparecieron pocos años después para dejar paso a grandes edificios modernos, y aunque el Odeón resurgió junto al Tamberlik, ya no volvió a su esplendor. Para que os situéis, sobre el solar del Cinema Vigo está ahora la iglesia de Los Apóstoles, en Velázquez Moreno, haciendo esquina con Marqués de Valladares. Cuando estábamos pasando por esta calle, nos encontramos a Antucho, un amigo de Darío que nos invitó a entrar al Aeroclub. Un minuto, dijo. La que iba a ser nuestra primera salida sin carabina, se convirtió en una tarde con él y con sus padres, una familia encantadora, pero que le robó todo el romanticismo a aquella cita.

Lo cierto es que valió la pena la espera porque unos días más tarde fuimos al concurso hípico, que ya era una tradición en los veranos de la ciudad, pero a mí nunca me había apetecido ir con mis padres. No tenía ni idea de lo bien que se podía pasar apostando. Ya sabéis que no me gusta perder y supongo que, por la suerte del principiante, acabamos con el triple del dinero que habíamos llevado. Estaba tan eufórica que, en la confusión de la salida, guie a Darío debajo de las gradas de madera y, entre hierros, nos besamos durante largo rato, con la mala suerte de que unos amigos de mis padres nos vieron y les fueron con el cuento al día siguiente.

Tras ese incidente, no me atrevía a pedir permiso para salir, pero mi padre me dio una alegría al anunciarme que ya podía ir a recoger el vestido que la que muchos consideraban la mejor modista de la ciudad, Casilda Rivas, me había confeccionado para la fiesta de blanco y negro del casino. Era un evento al que solo se podía asistir con invitación, nosotras de blanco y ellos de esmoquin. Se celebraba la puesta de largo de varias chicas, entre ellas mi prima Carmita. Mi padre dio por hecho que mi acompañante sería Darío y permitirme ir con él era un gesto que daba por zanjado nuestro comportamiento en el concurso hípico. El casino estaba en la parte alta del teatro García Barbón, donde ahora hay una biblioteca, esa en la que tantas veces estudiasteis vosotras. Fuimos tan elegantes que parecíamos actores de cine. Bailamos sin tregua para poder estar el uno con el otro sin que nadie viniese a molestarnos con parloteos. Darío llamaba la atención de muchas jóvenes, pero él no tenía ojos más que para adorarme a mí. Y que conste que tampoco me faltaban admiradores. Escarmentados por la que habíamos armado por unos besos de nada, aunque moríamos de deseo, logramos comportarnos como se esperaba de nosotros, pero esa misma noche empezamos a hablar de matrimonio y tomamos la decisión de casarnos en cuanto nos fuera posible.

Ambos compartíamos el gusto por el deporte. Yo le enseñé a jugar al tenis y él a mí a nadar. Jugábamos a dobles en casa de

Maruxa, contra ella y Leonardo. Nos pasábamos más tiempo riendo que dándole a la raqueta, pero entre risa y risa, Darío se fue convirtiendo en un gran jugador, aunque, todo hay que decirlo, nunca llegó a superar mi pericia en la pista. Yo, en cambio, aprendí a nadar lo justo porque, pese a que me encantaba, solo practicaba en verano por culpa del frío. Él era un nadador nato. A veces nos preguntábamos si habría sido pez en otra vida o algo parecido. Durante el invierno, algunos domingos por la tarde, íbamos al muelle de Bouzas, y desde allí, Darío nadaba un par de kilómetros hasta la playa de A Mourisca mientras Leonardo, Maruxa y yo íbamos dando un paseo. Casi siempre llegábamos antes que él. Cuando lo veíamos aproximarse, yo iba hasta la orilla a llevarle dos toallas, una grande para taparse la espalda y otra pequeña para secarse las piernas. A veces salía del agua de color azul, pero enseguida entraba en calor retando a Leonardo a una carrera por la playa. Mi pobre hermano aceptaba el desafío más por cortesía que por ganas, hasta que un día se cansó de tanto perder y Darío tuvo que empezar a correr contra sí mismo.

Aunque siempre organizaba muy bien su tiempo para poder estar conmigo, trabajaba dejándose la piel en la fábrica que acababa de establecer en Galicia. Era una filial de la que tenía su familia en Puerto Rico. Sus padres vivían en San Juan desde que habían emigrado nada más casarse. Allí, su padre fue forjando un futuro para la familia a base de sangre, sudor y lágrimas, haciendo lo que mejor sabía: muebles. Habían partido del puerto de Vigo a finales de los años veinte llevando en la maleta un par de mudas, bastantes nervios, mucha juventud y un cuaderno con algunas direcciones de «gente importante», según les había dicho el amigo de la familia, emigrante retornado, que se las había proporcionado. Durante la travesía, su padre aprovechó cada minuto para llenar el cuaderno de bocetos de todo tipo de muebles pensados para casas grandes y elegantes. Sus diseños recibieron una buena acogida y muy pronto tuvo a su cargo a una cuadrilla de ayudantes. Vivieron tiempos de buena fortuna durante los cuales Darío y sus cinco hermanos mayores, todos varones, fueron creciendo a la par que el negocio. Sin embargo, una enfermedad prolongada de su padre hizo que bajase considerablemente el volumen de ventas. El hermano mayor tuvo que coger las riendas y echarle imaginación y valor para empezar a producir también embalajes de madera de todo tipo. Poco a poco, fue dejando atrás los muebles y, para cuando su padre se recuperó, en la fábrica ya solo se hacían cajas de todos los tamaños. Al ver que ya no era imprescindible en el día a día del negocio, el padre de Darío empezó a invertir en terrenos con muy buen criterio. En una de sus visitas para comprar, se topó con la casa de sus sueños y él y su mujer decidieron dejar San Juan para irse a vivir al campo. Darío tenía catorce años y, de tanto suplicar que no lo sacasen de la ciudad, lo que acabó consiguiendo fue un billete en barco a Vigo, donde estudiaría en el internado de los jesuitas por recomendación del obispo de San Juan, ya con idea de ampliar el negocio más adelante abriendo otra fábrica en España similar a la de Puerto Rico.

En eso estaba Darío cuando lo conocí, pidiéndole consejo a mi padre sobre la organización de la maquinaria dentro de la fábrica que había abierto unos meses antes, especializada en cajas de madera para transportar dos tipos de productos: loza y botellas de vino. La calidad de sus productos, su encanto personal y su buen hacer le allanaron el camino para empezar a crecer.

Todo iba de maravilla tanto en la fábrica como entre nosotros, hasta que a mi hermano José, quien obligado por mi padre había entrado a trabajar bajo las órdenes de Darío, le dio por inventarse una historia relacionada con una chica misteriosa a la que se suponía que Darío también estaba cortejando. Era algo completamente ridículo y José carecía de pruebas o argumentos para hacer tal acusación, pero me insistió tanto en que la había visto varias veces entrando y saliendo del despacho de Darío que la semilla de la duda germinó. ¿Sabéis aquello de «tú difama que algo queda»? Pues tal cual. Nos hizo mucho daño. Yo llegué a pensar que iba a morirme de celos y Darío, de desesperación por mi falta de confianza. Si no llega a ser por la mediación de Leonardo, que me aportó la sensatez que me habían quitado los celos, quizá nunca habríamos llegado a recomponer nuestro amor. Sé que también hubo una conversación muy seria entre Darío y José cuando se calmaron los ánimos. No sé si, incluso, llegaría a haber más que palabras, pero aquel encuentro entre ellos dos supuso un antes y un después en la vida de mi hermano. Nunca más volví a tener una queja de él, todo lo contrario. Su actitud hacia mí y, sobre todo, hacia sí mismo cambió como si hubieran apretado algún interruptor secreto. Dejó de estar enfadado con el mundo y se agarró a la segunda oportunidad que le estaba brindando Darío para convertirse en su mano derecha dentro de la empresa y en su buen amigo fuera de ella.

No obstante, esos días de celos, intrigas y desconfianzas, no fueron la etapa más difícil de nuestro noviazgo. Hubo un tiempo en el que lo pasamos fatal, o eso nos parecía a nosotros en aquel momento.

Cuando llevábamos un año de novios, Darío se tuvo que ir a Puerto Rico a vender unos terrenos que estaban a nombre de los seis hermanos y que les estaban dando más problemas que beneficios. Una vez allí, la burocracia se complicó tanto que lo que iba a ser un viaje de ida y vuelta, coser y cantar, se alargó casi tres meses durante los cuales tuvimos que conformarnos con intercambiarnos unas cartas infinitas que tardaban milenios en atravesar el océano y llegaban con palabras atrasadas. Darío se había llevado un retrato mío que me había hecho para la ocasión en el estudio de la familia de fotógrafos Pacheco. Cualquier excusa era buena para ir a aquel prestigioso local de la calle del Príncipe, desde estrenar un vestido hasta un cumpleaños. El padre, de origen portugués, era un genio en el dominio de la luz y su obra es todo un referente documental de Vigo. El hijo, que continuó con el negocio, tenía pasión por los retratos. Ya sé que os sorprenderá esto, pero, desde que abrieron el Archivo Pacheco en la Casa das Artes hace años, voy con alguna frecuencia y me pongo a buscar a Darío en cada una de las imágenes expuestas. Hay una de una botadura de un barco en la que un joven que está de espaldas podría ser él, o no, claro. Una locura de vieja, qué le vamos a hacer, mis queridas nietas. Yo no tenía ninguna foto de él, pero llegó con su primera carta. Es la que todavía llevo en mi cartera. Está vestido con un traje claro de lino, apoyado en la barandilla de las escaleras de entrada a su casa de San Juan. Para mí, sin duda, el hombre más atractivo del mundo, y no exagero. A mis ojos, nunca hubo nadie más guapo que él.

Mientras Darío estuvo fuera, mi hermano José se hizo cargo de la fábrica demostrando bastante acierto en sus gestiones gracias a la ayuda de mi padre. La experiencia que estaba adquiriendo sería providencial en un futuro, por desgracia, no tan lejano.

Un buen día, por fin, Darío se presentó en casa por sorpresa. La carta que anunciaba su regreso llegó una semana después que él.

Volvió cargado de regalos para todos y traía uno muy especial para mí.

—Espera. Para. ¿No te huele un poco a quemado? —preguntó Celia olfateando el aire del salón.

—¡Ay, Dios! ¡La pizza!

Salieron las dos pitando hacia la cocina. Al abrir el horno salió una humareda considerable, pero la pizza, aunque algo chamuscada, se podía comer.

—Nunca fuiste muy buena cocinera, ¿eh?

—¿A que te mando a paseo y me quedo yo solita leyendo la mar de bien? —bromeó Telma.

—Anda, que no saber hacer ni pizza... ¡Qué vergüenza! Si te viese la abuela... Cada día te pareces más a ella, pero lo de cocinar, se ve que no lo llevas en los genes.

—Ni que tú fueses Jordi Cruz.

—Está claro que no, pero ¡quién lo pillara!

—Ay, sí, está cañón.

—Pues ya sabes, a por él, ahora que eres libre... Puedes empezar por impresionarlo con tu famosa pizza chamusquina cocinada en su humo de horno viejo —dijo Celia intentando imitar la voz del chef Chicote.

—No sé qué me sienta peor, si lo de «ahora que eres libre», que no hacía falta recordármelo, o lo del «horno viejo» —respondió Telma simulando estar ofendida—. Y por cierto, ¿tienes algún problema con esta casa? Antes el aseo era pequeño, ahora el horno es viejo…

—Le tengo manía.

—¿Y eso? —se sorprendió Telma.

—No quería que te fueses de casa. Nunca lo entendí.

Telma salió por la tangente para no tener que dar explicaciones que no venían al caso.

—Vamos, anda, que si esto se nos queda frío, ni te cuento. Pizza chamusquina cocinada en su humo de horno viejo a baja temperatura, un asco.

—Quita, quita. Aunque el nombre del plato le iba a encantar a tu Jordi.

—«Tu Jordi» —se rio Telma—. ¡Ya te gustaría a ti! Vamos, que ya te estoy viendo: «Mi cuñado Jordi por aquí, mi cuñado Jordi por allá…».

Se sentaron a la mesa de la cocina y, mientras hacían repaso de todos los famosos que estaban de buen ver, fueron comiéndose la pizza que, regada con una cantidad generosa de Estrella Galicia, hasta se dejaba comer.

23

Les había sentado bien pasarse un rato hablando de banalidades, fingiendo que no estaban tristes, como si Gala no se hubiese muerto. Empezaban a darse cuenta de que el vacío inmenso que su abuela les había dejado no podía llenarse ni siquiera con sus palabras o con su recuerdo. Leer sus memorias era algo parecido a sentirla cerca, sí, pero no dejaba de ser una comunicación parcial, unidireccional, del emisor al receptor y punto. Ninguna de las dos quería reconocer que aquello no le bastaba, que necesitaban a Gala en su totalidad, con su mirada, con sus abrazos, con su olor a gardenias e incluso con el sabor de su lasaña.

En un minuto, recogieron lo poco que habían desordenado en la cocina y volvieron a los sofás para retomar la lectura. Mientras Telma igualaba el taco de hojas dándole unos golpes sobre la mesa baja, Celia comentó:

—¡Qué suerte poder leer todo esto ahora! Así es como si la tuviésemos más cerca.

En realidad, Celia estaba buscando que Telma la contradijese. Lo que estaba sintiendo era que aquello no llenaría nunca el espacio vacío que Gala había dejado. Sin embargo, Telma se limitó a dedicarle una sonrisa de ternura y comenzó a leer.

Era un colgante con forma de llave. Sí, ese que jamás me he quitado y que espero que ahora llevéis puesto alguna de las dos.

—Lo tengo bien guardado —le explicó Telma a Celia—. Por si me pasa algo, que sepas que está en la caja que tengo en el armario del pasillo.

—¡No digas esas cosas! No me hace ninguna gracia.

—Bueno, mujer, es solo para que lo sepas.

—A ti no te va a pasar nada. Lagarto, lagarto, toco madera, *meigas fora* —dijo Celia tocando la mesa baja.

—Pues ya que haces toda esa parafernalia, hazlo bien, no vaya a ser que por hacerlo mal... No puede ser madera con patas.

Celia miró a su alrededor y chasqueó la lengua mientras se levantaba a tocar la estantería que se apoyaba directamente en el suelo. Entonces repitió:

—Lagarto, lagarto, toco madera, *meigas fora*, ¿así te vale?

—Claro. Eso ya es otra cosa. Madera con patas... Vaya supersticiosa de pacotilla estás hecha. —Telma le señaló el sillón—. Venga, va, que sigo leyendo.

Celia alargó la mano y acarició con las yemas de los dedos la urna que contenía las cenizas de la abuela. Suspiró desde el fondo del alma y se sentó invadida por la nostalgia mientras Telma retomaba la lectura repitiendo las dos últimas frases.

Era un colgante con forma de llave. Sí, ese que jamás me he quitado y que espero que ahora llevéis puesto alguna de las dos. Darío me ayudó a ponérmelo y, cuando aún estaba detrás de mí, asomó la mano a la altura de mi cadera con otra cajita idéntica a la que había contenido el colgante, aunque esta era un poco mayor.

—La llave que llevas al cuello es la de mi corazón. Lo que contiene esta otra caja abre la puerta de lo que será, si tú quieres, un hogar muy feliz.

Efectivamente, allí estaba, entre algodones, la llave del piso de la calle Reconquista en el que viviríamos tantos momentos felices hasta que todo se acabó súbitamente.

Telma siguió leyendo sin preguntar si pasaban al siguiente capítulo.

CAMPANAS DE BODA

Ya habéis visto mil veces las fotos de la boda. Creo que somos la viva imagen de la expresión «estaban radiantes». Estábamos tan seguros el uno del otro, éramos tan amigos, tan cómplices y había tanta química entre nosotros que contagiábamos bienestar a nuestro alrededor. Era diciembre y ni siquiera llovía ni hacía frío. La película de super-8 pasada a vídeo que me regalasteis hace años fue el mejor regalo de mi vida. Poder volver a verlo así, tan vivo… No os podéis imaginar cuántas veces la he puesto. Hace poco, le pedí a la chica que me ayudase a hacer una limpieza general aquí, en casa, y la muy bruja estaba empeñada en tirarme el aparato de vídeo. Que nadie usaba ya el VHS, decía. Mentira. Yo lo sigo usando para poder ver a mi Darío. Y que a nadie se le ocurra quitármelo porque no respondo de mí.

Fuimos de viaje de novios a Barcelona, dos semanas, y creo que volví ya embarazada. Antes no sabíamos los detalles de la gestación como se saben ahora. Me refiero a eso de «estar de no sé cuántas semanas», antes estabas en estado de buena esperanza y punto. Es más, me parece que no me excedo si os digo que, por aquel entonces, casi ni habrías sabido explicar cómo podía haberte sucedido tal cosa, lo intuías, sí, y con un poco de suerte algo habías escuchado, pero de ahí a estar segura… El caso es que me empecé a encontrar mal al poco tiempo de llegar a Vigo y tuve que dejar el trabajo con el padre de Maruxa. Me dio muchísima pena porque me encantaba sentirme útil y era un honor conocer los entresijos de los edificios que proyectaba aquel genio.

Darío se empeñó en que tuviésemos ayuda en casa y contratamos a Nati, una santa. ¡Quién me la diera ahora en vez de esa bruja que fisga en todo! Menos mal que solo viene los martes y los jueves. Sé que me la mandáis con todo vuestro cariño, pero ya no sé cómo deciros que no la quiero sin haceros daño. Igual tengo que ponerme más firme con este asunto.

En fin, volvamos al piso de la calle Reconquista, donde a pesar de ser la mujer más feliz del mundo, pasé un embarazo horrible entre el cuarto de baño, la cama y el sofá. Estaba peor por las mañanas, así que agradecía sobremanera la ayuda y la compañía de Nati. La siesta se volvió obligatoria, ya que pasaba las noches casi en vela. Me despertaba algo mejor, muy poco, pero lo suficiente como para que me animase la voz de Valentina de fondo, tomando un café recolado en la cocina y departiendo con Nati sobre todo y sobre nada. Parece que las estoy viendo entre risas, Valentina calentándose las manos con la taza y Nati mojando en el café con leche aquellos trozos de pan duro cortados con un cuchillo de sierra y lanzados al interior de la taza como si fuesen picatostes en un salmorejo. Valentina nos visitaba a diario y siempre traía algo de Villa Marta: manzanas, naranjas, grelos, huevos... A veces, venía con una de las pocas cosas que mi cuerpo toleraba: bizcocho hecho por Rosa, una delicia. Entonces, me sentaba con ellas en la cocina y me dedicaba, básicamente, a intentar tragar, sin mucho éxito, una infusión de unas hierbas horribles que me había recomendado el médico. Me encantaba escuchar las conversaciones de aquellas dos adolescentes con unas vidas tan incompatibles como el agua y el aceite y que, sin embargo, compartían ilusiones tan primarias como la de encontrar el amor. Valentina iba a cumplir catorce años y no había visto más lucha que las de Felipe y Ovidio, que se pasaban el día retándose como cachorros de felino. Nati ya tenía quince, y sí, ya lo sé, hoy esto se llamaría explotación infantil, pero puedo aseguraros que, a pesar de la edad, ella era toda una mujer hecha y derecha. Desde que tenía uso de razón, había tenido que luchar para hacerse cargo de sus tres hermanos pequeños mientras sus padres cumplían jornadas de trabajo interminables en una conservera. Hasta que un día, una de las máquinas de la fábrica se tragó literalmente la mano derecha de su madre y tuvieron que cambiarse los papeles. Su madre se quedó en casa para cuidar a los pequeños e intentar recuperarse y Nati buscó trabajo para poder llevar el pan a casa, ya que el salario de su padre no alcanzaba para cubrir los gastos y alimentar a tanta criatura.

Nati era la responsabilidad en persona, mientras que Valentina seguía pensando que la vida era un camino de baldosas amarillas en el que siempre había espantapájaros, hombres de hojalata y brujas buenas dispuestas a sacarnos las castañas del fuego. Al observar tan de cerca el contraste entre ambas, me preocupaba Valentina. La culpa era nuestra, por tratarla siempre como si fuese de cristal. Hasta mi hermano José se esforzaba por traerla en palmitas, con eso os digo todo. Valentina era la única persona del mundo que nunca había sido víctima de sus bromas de mal gusto, de sus intrigas o de sus calumnias. Y quizá eso no fuese tan bueno como podía parecer. Entre todos habíamos criado a un ser que no sabía defenderse. Se creía intocable, como si la historia del milagro se prolongase en el tiempo y ella hubiese pasado a ser una protegida de santa Marta. Aquella era mi mayor preocupación: Valentina y la sobreprotección. Gran cosa. Mi estado de buena esperanza me resultaba tremendamente incómodo y desagradable por las náuseas, pero no me preocupaba demasiado. En ese sentido era una ignorante y la ignorancia es santo remedio contra el miedo.

Lo peor del embarazo fue perderme la boda de Leonardo y Maruxa por prohibición expresa del médico. Después de mucho estudiar, mi hermano había logrado el sueño de su vida: ser profesor de Literatura. El puesto tenía dos grandes pegas: la incorporación inmediata y el hecho de estar a unos quinientos kilómetros de Vigo, en Portugal, más concretamente en el Instituto Español de Lisboa, en Algés. A pesar de los inconvenientes, Leonardo se sentía muy honrado de entrar a formar parte del cuerpo de docentes del primer centro educativo español en el exterior, en el que había estudiado, decía él, nada más y nada menos que la infanta Margarita de Borbón. Al recibir la noticia de su colocación, Maruxa y él se casaron en cuanto pudieron y en menos de un mes estaban haciendo las maletas. Levaron anclas con muchísima ilusión. Ambos eran tan felices el uno con el otro como Darío y yo. Si bien es cierto que también tuvieron su cruz, porque la vida nunca quiso mandarles un tesoro como nuestra Amparo. Ese vacío que nunca llegó a llenarse se fue tapando con montañas de libros que se convirtieron en su tabla de salvación, y la pasión por la literatura los mantuvo siempre unidos. Yo los echaba mucho, muchísimo de menos, aunque nos carteábamos con frecuencia y Darío me había propuesto ir a visitarlos en cuanto la vida nos lo permitiese. El mero hecho de tener la ilusión de ese viaje en mente ya me reconfortaba. Me pasaba muchas tardes imaginando cada tramo de un trayecto que nunca llegaríamos a realizar.

Durante los dos últimos meses de embarazo, para cuando Darío llegaba a casa a última hora de la tarde, las molestias me daban un respiro para poder charlar con él y hacer planes de futuro. Era mi tiempo de tregua. No sé si era por el momento del día o porque simplemente me encontraba mejor a su lado. Teníamos tantos proyectos que no nos llegaban los días para hacer castillos en el aire.

Cuando, por fin, nació Amparo en un parto sin complicaciones, la casa se llenó de luz y mi cuerpo no tardó en volver a su ser. Pese al sueño infinito a causa de tantas noches sin dormir, vivimos tiempos en los que nuestras oraciones no eran más que agradecimientos por todo lo bueno que nos estaba pasando y por la suerte que teníamos de estar juntos.

Amparo crecía entre algodones. Su primer diente, sus primeros pasos..., vivíamos todo con la intensidad que le ponen los padres primerizos a cada momento. Tal como había hecho en su día con Valentina, me esforzaba por dar largos paseos por la calle con la niña. Primero, en su cochecito azul marino custodiado por el medallón del ángel de la guarda que le regaló mi padre al nacer. Por cierto, que ese mismo medallón llegasteis a usarlo vosotras. No sé qué habrá sido de él, estará en vuestra casa, supongo. Sería bonito que algún día pudiesen llevarlo vuestros hijos también, y yo os prometo que, esté donde esté, ya me las ingeniaré para verlos. Pero bueno, no nos pongamos tristes. Estábamos con Amparo creciendo feliz. En cuanto pudo mantenerse sentada, la sacaba a pasear en una silla que tenía unas bolas de colores insertadas en una barra frontal. Podía pasarse horas moviéndolas de un lado a otro, siempre las mismas bolas, siempre los mismos movimientos. Los niños de ahora, que se aburren de cualquier cosa en un minuto, jamás lo entenderían, pero ella era feliz en su silla.

Los miércoles, Darío no iba a trabajar por la tarde, a no ser que fuese imprescindible. Se venía con nosotras de paseo. Bajábamos hasta la zona del Berbés. Siempre había familias de pescadores tomando el aire en la calle a esas horas de la tarde. Conocían a Amparo de tanto pasar por allí y los niños se asomaban a la silla para hacerle una carantoña o preguntaban qué tal se encontraba. Recorríamos todo Orillamar y al llegar a los astilleros de Barreras, dábamos la vuelta pensando ya en la merienda que solíamos tomar sentados junto a la cristalera de la cafetería Flamingo. La idea era ver pasar a la gente por la calle del Príncipe, pero lo cierto es que no hacíamos más que mirarnos el uno al otro. No sé cómo podíamos tener siempre tanto que contarnos.

Después, dejábamos a la niña en casa con Nati y aprovechábamos para dar una vuelta por la Puerta del Sol o por la calle del Príncipe mientras veíamos las novedades de los escaparates o aprovechábamos para hacer alguna compra. Darío tenía debilidad por los zapatos. Los llevaba siempre tan impecables que parecía que estrenaba un par al día. Le gustaba la moda casi tanto como a mí. Cuando pasábamos por la sastrería Esmar entrábamos a saludar a su amigo José Luis y él nos ponía al día de lo que se llevaba y de lo que no.

Darío solía regalarme ropa, exceptuando el colgante con forma de llave, no tenía demasiada imaginación para los regalos. Bueno, también por nuestro primer aniversario, me hizo un regalo diferente que, por desgracia, nos cambiaría la vida para siempre. Era una bicicleta blanca preciosa de la marca Orbea. Protegiendo la rueda trasera tenía una redecilla de las que usábamos antes para que no se nos enganchase la falda. Las había de todos los colores, pero la mía era especial porque parecía un arcoíris. En el sillín de cuero, Darío había mandado repujar mi inicial, la «G» de Gala, y en la barra, al lado del nombre de la marca, había pegado una placa pequeña de latón con dos fechas grabadas, la de nuestra boda y la de nuestro primer aniversario. Habría sido un regalo excelente si no hubiese pasado lo que pasó. Ya os lo cuento ahora, pero antes dejadme disfrutar de algún otro recuerdo al lado del amor de mi vida.

Aprovechábamos al máximo los fines de semana. Los viernes cenábamos en casa los dos solos. Nati se ocupaba de Amparo. Era nuestro momento especial, con velas, música de fondo, flores frescas… No faltaba detalle en aquel salón donde, al terminar, teníamos charlas interminables acurrucados en el sofá. Los sábados por la mañana íbamos a jugar al tenis a casa del padre de Maruxa. Después, pasábamos por Villa Marta a dar un beso a quien estuviese por allí. Volvíamos al centro a tomar el aperitivo con los amigos en el Barlovento, en la calle Carral. Por la tarde nos quedábamos en casa, leyendo, jugando con Amparo o recibiendo a algunos amigos. A última hora, si no teníamos ningún compromiso, nos acercábamos a la terraza del hotel Universal a escuchar el repertorio de Olga, con su marido acompañándola al piano. Aquello era un no parar de saludar porque era un lugar de reunión habitual de muchos de nuestros conocidos. Ya veis, ese era el tipo de salidas que se hacían por aquel entonces, aunque de vez en cuando íbamos a bailar a un local con vistas a la ría que había en el último piso del emblemático edificio Moderno, en la Puerta del Sol. Nos chiflaba bailar. Darío podría haber sido bailarín profesional y no estoy exagerando porque lo tenga idolatrado. Me encantaba dejarme llevar por él. Cierro los ojos y nos veo en medio de la pista, con la gente alrededor abriendo un corro y nosotros dando vueltas como si fuésemos uno. A veces me pregunto si cuando llegue al cielo me dejarán tener el cuerpo de entonces para poder volver a bailar así con él. Espero que sí.

¡Ay, mis niñas! Tengo que dejar de escribir por hoy. Estos recuerdos son tan bonitos…, pero a la vez me resultan tan dolorosos…

Telma levantó la mirada del papel y la dirigió hacia Celia, que se había acurrucado en el sofá y estaba tapada con una manta escocesa en tonos crema.

—Sigue leyendo, por favor. Tu voz se parece tanto a la de la abuela que, a veces, siento como si estuviera aquí con nosotras.

—Ojalá.

Se quedaron en silencio. No era uno de esos silencios incómodos, al contrario. Era reconfortante, respetuoso, un paréntesis para pensar en Gala sin tener que disimular la pena ante nadie. Al cabo de un rato, Telma suspiró profundamente y continuó.

HASTA LA DECISIÓN MÁS TONTA TIENE SUS CONSECUENCIAS

Una tarde como otra cualquiera, después del paseo con Amparo, había ido en bici hasta la calle López Mora para tomar un chocolate en casa de mi amiga Charo. Volví pedaleando apurada porque aún tenía que ir a La Favorita para comprar unas camisetas interiores para la niña. Crecía muy rápido y todo se le quedaba pequeño enseguida. Pasé por casa para coger dinero, aunque no me habría hecho falta porque Juan y Tito me conocían de toda la vida y me habrían fiado sin problema, pero si jamás había dejado nada sin pagar, no iba a hacer semejante cosa justo en La Favorita, donde siempre había tanta gente que era imposible no encontrar a alguien conocido comprando unas zapatillas, unos botones o una cremallera. Además, me encantaba pasar por la caja, un cubículo de madera con ventanilla en la puerta que, al igual que todo lo demás, permanecía inmutable desde la inauguración del comercio a principios de siglo. Aquella habría sido la solución de mi vida: decidir no pasar por casa, decidir que me fiaran unas camisetas interiores. Una decisión tan tonta le habría salvado la vida a Darío. Pero opté por ir a buscar el maldito dinero. Y no solo eso, sino que, además, al dejar la bici en el portal, me decanté por no candarla. No, no fue un despiste. Era algo que solía hacer. Dejaba la bici así, suelta, y encima, con el portal abierto. Salía y entraba con frecuencia y lo del candado era un engorro. Además, normalmente estaba el conserje. Sin embargo, aquel día era tarde y acababa de marcharse. Darío me lo había advertido miles de veces: «Un día te la van a robar y te vas a llevar un disgusto...». Aquella tarde, mientras esperaba el ascensor, me giré y pensé que, por lo menos, podía cerrar la puerta del portal. Pero el ascensor llegó y yo me volví a girar en dirección contraria a la calle, entré en la cabina y apreté el botón del tercero.

No tenía que haber tardado más de un minuto en coger el dinero, que estaba en el cajón del escritorio del salón. Sin embargo, quiso el destino que Nati, al escuchar el tintineo de mis llaves, viniese corriendo a la entrada porque Amparo se había cortado en un dedo con la hoja de un cuento y estaba sangrando. Me acuerdo de aquellos minutos como si estuviesen pasando ahora. Me recibió diciendo, literalmente, nada más y nada menos, que la niña tenía «una hemorragia», eso fue lo que me dijo, así de alarmista, una hemorragia. Y algo sí que sangraba, sí, quizá un poco más de lo normal para ser un corte hecho con una hoja, pero nada que no se parase levantando el brazo. En aquel momento yo no podía saber que esa sangre era premonitoria, el preludio de un concierto fúnebre que llegaría a su clímax en unos instantes. Sangre de su sangre que empezó por unas gotas y después se convirtió en un charco que no paraba de crecer, una mancha roja y caliente que se extendería por el suelo de mármol blanco tiñendo nuestras vidas de un dolor insoportable.

Me paré a ponerle un algodón con una gasa, más por contentar a Nati que porque la niña lo necesitase. Después fui al salón, abrí el cajón del escritorio, levanté la vista hacia el reloj de pared y vi que, a pesar de que ya era bastante tarde y Darío estaría a punto de llegar, aún tenía tiempo para ir a la calle del Príncipe y llegar a La Favorita antes de que cerrasen. Cogí unos billetes y me los guardé en el bolsillo del abrigo que ni siquiera me había quitado. Le dije adiós al aire desde la entrada y cerré rápido, antes de que Nati quisiese entretenerme con alguna otra nimiedad. El ascensor aún estaba en el tercero. Apreté el botón de la planta baja. Eso fue lo último que hice en mi otra vida, cuando yo era otra, apretar un botón de ascensor, la última acción de mi yo sin cicatrices.

—No entiendo por qué nunca nos contó todo esto.

—Porque le resultaba doloroso, Celia, yo lo entiendo. A mí me pasa lo mismo y a mamá ya ni te cuento... Nos cuesta más hablar de lo que nos hace daño. Tú es que estás hecha de otra pasta.

—Ya, yo me parezco más a papá.

—Solo en algunas cosas, gracias a Dios.

—¡Ya estamos! ¿Y tú de dónde sacaste ese rencor? ¿Te venía en algún gen o tienes que esforzarte para cultivarlo?

Telma se quedó callada.

—Es que, hija, ya está bien —continuó Celia—, que papá no es ningún monstruo para que lo trates así.

—¡Ay! Para, anda. Déjame volver a leer esta última frase. —Telma le señaló el manuscrito.

—¿Por?

—Porque yo también siento que estoy empezando otra vida sin Julián.

—Bueno, no exageres, será otro capítulo de tu vida. Ya verás qué pronto te vas a olvidar de él —la animó Celia.

—No es tan fácil... Lo echo de menos todo el rato.

Celia no pudo evitar bajar la cabeza y taparse la cara con ambas manos mientras pensaba que tenía que haber escuchado mal, que su hermana mayor no podía estar tan ciega. Entonces se acordó de una historia que le había contado Rafael sobre una señora de su pueblo.

—Mira, Rafa me contó una vez que una mujer de Sabarís lloraba sin parar en el entierro de su marido.

—¿Y eso qué tendrá que ver?

—Ten calma. Verás. Resulta que todo el pueblo sabía que el marido la tenía amargada perdida a la pobre infeliz y que le hacía la vida imposible. Entonces, alguien se le acercó y le preguntó: «Pero, Floriña, ¿cómo lloras tanto, mujer?». ¿Y sabes qué le respondió ella?

—Pues no —replicó Telma empezando a perder la paciencia.

—Respondió entre sollozos: «Sinto falta daquela repunancia», ¿entiendes? Echaba de menos su mal humor, sus desprecios... ¡Es que es muy fuerte!

—Oye, que a mí Julián nunca me trató mal —contestó Telma enfadada.

—Si dejarte con las cenizas de la abuela aún calientes no te parece suficiente…

Telma volvió a arrepentirse de habérselo contado, pero no le quedó más remedio que darle la razón.

—Fue muy inoportuno, eso es cierto.

—¿Inoportuno, dices? ¿En serio? Telma, cariño, abre los ojos, eso no es ser inoportuno, eso es ser un cabrón con todas sus letras.

—Puede ser —admitió ella por un instante—. Pero yo lo quería, ¿sabes? Y hasta que metió la pata con eso, siempre me trató muy bien.

—A ver, yo no digo que te tratase mal, pero bien, lo que se dice bien…

—¿Por qué dices eso? —preguntó Telma tratando de defenderse, aunque, en el fondo, sabía que su hermana tenía razón.

—Pues mira, por ponerte un ejemplo, sin ir más lejos, tú piensa, ¿dónde están tus amigas?

—¿Y qué tienen que ver mis amigas con Julián?

—¿Cuánto tiempo hace que no las ves? ¿Cuándo dejaste de estar con ellas?

—Bueno, sí, cuando él se vino a vivir a Vigo, pero eso es normal, él no tenía amigos aquí. Me fui distanciando de ellas, nada más —dijo Telma a la defensiva—. ¿Qué iba a hacer?, ¿dejarlo solo en casa?

—No voy a responder a eso. Se ve que no estás preparada para esta conversación. Haya paz, ¿vale?

—Sí, mejor. Igual es que ya estamos cansadas. Yo tengo algo de sueño —mintió Telma mientras recordaba una vez más la frase de Gala sobre las mentiras y los cobardes—, ¿tú no?

—Bastante —mintió también Celia.

Pío

Noviembre de 1963

Pío empezó a subir la calle Reconquista dejando atrás la Alameda. Agradeció el viento frío en la cara y agradeció más aún que no hubiese ni un alma por la calle. Así no tenía que esforzarse por disimular unas lágrimas que ni él mismo sabía si eran consecuencia del aire o de la pena que había entrado en su vida para quedarse desde que había perdido al niño y, prácticamente, a Isolina. Para más inri, la jornada de trabajo había sido agotadora y el tranvía se había quedado parado antes del Berbés a causa de un apagón, por lo que había tenido que apearse y caminar. Al salir de la fábrica, tenía ganas de llegar a casa para descansar, pero se le había ocurrido una buena idea y, para ponerla en práctica, antes tenía que pasar por los almacenes El Pilar. Iba a comprarle un regalo a su mujer. Por la mañana ni siquiera se había acordado de felicitarla. Tal y como estaban las cosas entre ellos, quizá no fuese tan buena idea lo del regalo, pero tenía que intentarlo. Sabía que se le había acabado el agua de colonia que solía ponerse después de ducharse. Tal vez se alegrase, al menos durante un par de minutos. Puede que volviese a sonreír.

Iba absorto en sus pensamientos cuando al pasar por el primer portal de la calle se fijó en el interior. Una bicicleta de mujer, blanca y plateada, con el asiento de cuero marrón, estaba apoyada en el zócalo de mármol, como si alguien la hubiese abandonado. No le dio mayor importancia y siguió subiendo la cuesta mientras calculaba si le sobraría dinero para comprar unas flores, además de la colonia. La imagen del portal abierto se le apareció de nuevo en la mente como un destello. Ya había pasado de largo, pero retrocedió unos pasos para comprobar si su vista no lo había engañado. Se apoyó en la puerta abierta de par en par mientras buscaba con la mirada instintivamente el candado. Le dio un escalofrío. El portal estaba helado. Se fijó una vez más: no había candado ni nada que se le pareciese. ¿Cómo se podía dejar así una bicicleta, a la buena de Dios? «Si mi Isolina tuviese una, seguro que la cuidaría mucho mejor», se dijo. Puso la mano en el picaporte dorado para cerrar la puerta dejando aquel tesoro algo más protegido de cualquier ladrón de tres al cuarto. Entonces, cuando estaba a punto de escuchar el clic del cierre, los vio. Tres jóvenes algo desaliñados bajaban por la misma acera. Venían discutiendo quién iba a pagar la siguiente ronda de cervezas, entre risas y empujones. «Yo no puedo hacerlo, pero ellos tal vez sí», pensó Pío. ¿Cómo pudo llegar a pensar semejante cosa? Esa sería la primera pregunta que lo torturaría el resto de su vida. No cerró. ¿Por qué no cerró aquella puerta y siguió su camino sin más? Esa sería la segunda pregunta a la que jamás llegaría a encontrar respuesta. Dejó la puerta entornada y empezó a subir la calle en dirección hacia los tres jóvenes.

—La siguiente ronda, la pago yo —les dijo interrumpiéndoles el paso—, pero antes tenéis que hacerme un favor. Ese portal de ahí —dijo señalándolo con un gesto de la cabeza—, está abierto. Dentro hay una bicicleta. La cogéis y me la traéis a la esquina de Colón con Marqués de Valladares. Os pagaré bien.

—¿Y por qué íbamos a hacer eso? —preguntó el que iba más sereno—. Eso sería robar.

—No, hombre, no. Es la bici de mi hermana y solo quiero gastarle una broma.

—¿Cuánto es «os pagaré bien»? —preguntó otro.

Pío calculó lo que tenía para el regalo más el dinero del tranvía, que no le haría falta si regresaba a casa en bicicleta.

—Treinta y cinco pesetas.

El tercero, el que no había dicho nada, comentó:

—Pues ya puede ser odiosa tu hermana para que te gastes todo ese parné en hacerla rabiar.

—Bueno, eso es cosa mía —respondió Pío cortante—. Entonces, ¿qué? ¿Lo haréis o no?

—Claro, hombre, eso está hecho —dijo despreocupadamente el que había preguntado por el dinero.

—Bien, pues os espero en la esquina de Colón.

Pío giró apresuradamente por Marqués de Valladares, caminando cabizbajo, como con temor de que se pudiese leer en su cara la incertidumbre de sí mismo: «¿Acabo de comprar a unos borrachos para que roben una bicicleta?». El frío de noviembre lo sacudió con una ráfaga de viento que se le metió en el cuerpo calándole los huesos y empezó a temblar como una vara verde. Pensó que se estremecía de frío cuando, en realidad, era el arrepentimiento lo que lo estaba removiendo por dentro. «¿Qué he hecho? ¿Qué he hecho?» Estaba casi llegando al cruce de la calle Colón. Se paró en seco. Se quedó inmóvil con la mano derecha sujetándose la frente para que la cabeza no se le cayese del todo. «¿Me he vuelto loco o qué?» Durante unos segundos deseó volver atrás en el tiempo, desandar sus pasos y desdecir lo dicho. Pero entonces, en un arranque de valentía infundida por las ganas de volver a ver la sonrisa de Isolina, se irguió y retomó su camino con la frente bien alta, diciéndose a sí mismo cosas que después le parecerían demenciales como: «No haberla dejado ahí, a la vista, sin candado» o «Seguro que sea quien sea esa chica, si vive en un edificio como ese, mañana tendrá otra bici igual y aquí no pasó nada». Llegó a la esquina indicada algo más tranquilo, tirando de ese recurso tan humano de engañarse a uno mismo y restarle importancia al asunto cuando ya no tiene remedio. «Igual, con un poco de suerte, hasta ni se da cuenta, no hay más que ver cómo la valora… Ahí tirada en el portal… Mi Isolina sí, ella sí que va a saber cómo cuidar bien esa bici.»

24

El sábado amaneció igual de gris que el día anterior. Seguía lloviendo y, aunque ya no diluviaba, en el cielo no había ni un solo claro. Telma no había pegado ojo en toda la noche pensando en las últimas palabras que habían leído en el manuscrito de Gala, esas que hablaban sobre la Gala de antes, como si hubiese sido otra persona o, al menos, así parecía que se recordaba a sí misma.

Había dado mil vueltas en la cama compartida con Celia, cosa que ya de por sí habría sido motivo suficiente para no dormir porque su hermana roncaba igual que una ballena. ¿Roncarían las ballenas? Esa fue una de las primeras preguntas semioníricas que se hizo Telma a lo largo de una noche interminable.

Empezaba a tomar conciencia de que, tal como había leído en aquellas palabras de su abuela, también en su caso se estaba escribiendo otra parte de su vida, y, como no hay nada peor que una noche en vela para magnificar los problemas, le dio por hacerse preguntas imposibles de responder.

¿Sería ella otra persona diferente ahora que su vida se escribía sin Julián y sin la abuela? ¿O seguiría siendo la Telma de siempre? Y de ser así, ¿quién era ella en realidad?, ¿quién era la Telma de siempre?

Cada vuelta en la cama venía acompañada de una pregunta diferente.

¿Era feliz? Se giraba a la derecha sin encontrar respuesta.

¿Lo había sido alguna vez? Creía que sí. Se acordaba de cómo jugaban sin tregua en su enorme habitación de la calle

Lepanto, con aquel armario de pared a pared en el que ahora estaban guardados todos los juguetes que habían pasado por sus manos desde bebé y que siempre había compartido con su hermana. No recordaba haber sentido nunca celos de Celia, quizá porque solo tenía un año cuando nació y se habían criado tan juntas que mucha gente pensaba que eran gemelas. Hasta que Telma pegó aquel estirón. Otra vuelta, esta vez hacia la nuca de su hermana que se había pasado toda la noche sin inmutarse a pesar del movimiento constante de Telma y a pesar de sus propios ronquidos. ¿Por qué había crecido tanto de la noche a la mañana? Era algo que no se había preguntado jamás, pero las noches de insomnio son eternas y cualquier ser humano que no duerma cuando los demás sí lo hacen sabe que uno acaba por no ser tan dueño de sus pensamientos como lo era unas horas antes, cuando aún no se había puesto el sol. Con la luna llena, Telma razonaba aún peor. Eran pensamientos surrealistas, encadenados sin ton ni son, que se parecían a los sueños sin llegar a serlo. Por eso le dio por pensar en aquel estirón, en cómo podría haber afectado a su vida, para llegar a la conclusión de que, en realidad, aquel crecimiento tan repentino que resultaba inverosímil para quien no sabía que había sido real, le había cambiado la vida. Y es que no era para menos. Cuando tenía trece años, una noche como otra cualquiera, se acostó siendo de la misma estatura que su hermana un año menor, o sea, que siempre había sido tirando a bajita. «Sin haber cenado espinacas ni nada», como le diría después su madre al médico, durmió profundamente y, a la mañana siguiente, se despertó con unos dolores horribles en todo el cuerpo. Al levantarse no podía dar crédito a lo que estaba viendo. Las mangas del pijama le quedaban casi por la mitad del antebrazo y las perneras bastante más arriba de los tobillos. Abrió la puerta del armario y cuando se vio en el espejo interior, gritó con todas sus fuerzas «Mamááááá». A partir de aquel día, por la diferencia de estatura, nadie volvió a creer que Telma y Celia fuesen gemelas y eso le daba pena. Le gustaba más cuando lo creían. En el surrealismo de la noche concluyó que quizá ese había sido el primer día del resto de su vida, el día en el que dejó de ser gemela de Celia.

O tal vez no, tal vez el antes y el después lo marcaba el día del funeral de su abuela. ¿Julián había sido tan cretino como para dejarla en un momento así? ¿Se había acabado el amor? ¿En serio, así, sin más explicaciones y «con las cenizas de la abuela aún calientes», como había dicho Celia? ¿Tendría razón su hermana? ¿Había perdido a sus amigas por culpa de su ex?

Otra vuelta hacia la pared vino acompañada de la siguiente pregunta. Su mente, más poderosa de lo que habría podido imaginar, había encontrado, por fin, una escapatoria para no pensar en Julián. Pensar en un asunto ridículo para tapar uno importante podía ser una buena forma de protegerse. ¿Cuántos días habían pasado desde la última vez que había limpiado la estantería del salón? ¿Diez? ¿Tal vez doce? En el límite entre la consciencia y el subconsciente, se felicitó por la estrategia de defensa y siguió pensando en ese asunto trivial como si fuese un tema de importancia vital. Ni de broma iba a consentir que la nueva Telma fuese descuidada con la limpieza. Se propuso no dejar pasar ni un día más sin vaciar toda la estantería para dejarla impoluta, que no era poca empresa teniendo en cuenta su obsesión por coleccionar libros.

En cuanto el primer atisbo de luz empezó a asomarse entre las láminas de la persiana, se levantó con cuidado de no despertar a Celia, cosa que no habría sido necesaria porque seguía durmiendo a pierna suelta. La miró con envidia antes de abandonar la habitación para dirigirse a la cocina.

Preparó café, descongeló unos cuantos bollitos de pan de Portugal que solía comprar cada vez que iba a Valença, abrió la mantequilla con sal, la preferida de Celia, y sacó de la despensa la mermelada de frambuesa que le había traído Lorena de Francia. Preparó la mesa con dos manteles individuales de los muchos que había bordado Gala. Estos, confeccionados en tela de Panamá de color crema, tenían un marco de vainica, otro de espiguilla y en una esquina unas setas rojas rodeadas de hojas marrones. Al extenderlos sobre la mesa, le pareció que eran más otoñales que primaverales. Estuvo a punto de cambiarlos, pero se ahorró el trabajo de buscar otros argumentándose que, como el tiempo andaba tan revuelto, tampoco se verían demasiado anacrónicos. Las servilletas a juego y las tazas de flores de la vajilla de San Claudio completaron un conjunto del que podía sentirse satisfecha.

—¿Así te vale, abuela? —preguntó al aire—. ¡Ah! Claro, ¡qué despiste! Falta un centro mono —respondió para sí—. ¡Marchando!

En un cuenco de cristal puso varias naranjas y las adornó con unas cuantas hojas secas de magnolio robadas al ramo que tenía en el salón.

—No es perfecto, pero puede pasar, ¿no?

Se dio el visto bueno, asintió y abrió la puerta de la cocina para ir a despertar a Celia.

—¡Ahhh! —gritó—. ¡Qué susto!

Celia estaba saliendo de la habitación al mismo tiempo y, al ver su sombra moviéndose al fondo del pasillo aún a media luz, a Telma casi se le salió el corazón por la boca. La risa de una se oyó tanto como el grito de la otra. Celia se dobló por la cintura del dolor de tripa que le estaba dando por no poder parar de reírse.

—Un día me vas a matar y no te va a hacer gracia —le reprochó Telma enfadada.

—Calla. ¡Para! —logró decir Celia entre carcajadas a la par que se rendía al dolor de barriga y se tiraba al suelo para intentar aplacarlo—. Tu salto… Es que no puedo… Casi tocas el techo…

—No tiene gracia. Anda, vamos a tomar un café. Aunque yo, mejor me tomo una tila.

Al ver la mesa preparada con tanto cariño, Celia no pudo evitar una sonrisa.

—Cada día te pareces más a ella.

—Ya ves —respondió Telma estirando la espalda para mostrar una postura más propia de Gala.

Desayunaron comentando la lectura del día anterior. La mayor parte de lo que habían leído era nuevo para ambas. Gala nunca hablaba de aquella parte de su pasado. Cuando mencionaba al abuelo Darío, solía hacerlo de pasada y en cuestiones muy triviales, por ejemplo, un día que estaban merendando fruta comentó: «A Darío no le gustaba nada el olor de las mandarinas». A veces, añadía una pizca de nostalgia a sus palabras y nunca explicaba qué había querido decir exactamente. Hacía relativamente poco, en un paseo por Bouzas, había comentado: «Vuestro abuelo Darío era muy buen nadador, fue él quien me enseñó a nadar y eso ya no me lo quita nadie». Ellas habían crecido conociéndolo a través de esas frases medio misteriosas que iban seguidas de un cambio de tema, como si Gala siempre se arrepintiese de haber mencionado su nombre en alto.

—Me está encantando saber más de ella.

—Ahora podrás imitarla mejor —bromeó Celia—. No, en serio… A mí también.

Se miraron a los ojos durante un par de segundos hasta que Telma arqueó una ceja como preguntando algo.

—Tranquila, no voy a llorar otra vez —le dijo Celia añadiendo un suspiro al final de la frase.

Se acomodaron en los sofás del salón igual que el día anterior. Fuera, el cielo estaba cada vez más gris y las gaviotas protestaban más que de costumbre. Hacía un día perfecto para dedicárselo a Gala. Celia cruzó las piernas como los indios y se las tapó con la manta de cuadros escoceses en tonos crema. Telma alargó el brazo para llegar al interruptor de la lámpara que estaba entre los sofás. Una luz innecesaria pero cálida las envolvió y Celia volvió a suspirar mientras su hermana empezaba a leer.

POR MI CULPA

Cuando el ascensor aún estaba en el tercer piso, mi alma encajaba en mi cuerpo y yo me movía en armonía por la vida. Era la Gala de antes, una que vosotras no llegasteis a conocer, una Gala con más futuro que pasado.

Bajé los tres pisos despistada, jugando con el pulgar de la mano izquierda a retirar de la uña del dedo índice de la derecha un vestigio de la sangre de Amparo. Estaba entretenida en esa nadería cuando llegué al bajo, empujé la puerta del ascensor con el hombro y di un par de pasos sin enterarme de nada. Entonces, mi mirada, que aún se concentraba en la uña, fue un poco más allá, enfocando hacia el suelo porque mi subconsciente sabía que debía tener cuidado con el escalón del portal.

Y lo vi.

Darío, mi Darío, estaba en el suelo, boca arriba, con la cabeza apoyada en el escalón que separaba la entrada de la zona del ascensor. Y la sangre. Un charco que empezaba a gotear del peldaño hacia abajo. Y su cuerpo. Inmóvil.

Me llevé las dos manos a la boca y me quedé como una estatua. Quería moverme, correr a su lado, cogerle la mano, que estaba abierta, con la palma hacia arriba, al final de aquel brazo desparramado sobre el suelo del portal. A veces, los segundos parecen horas. Lo único que me hacía saber que el tiempo no se había detenido en ese instante era el sonido de cada gota rebasando el escalón, un sonido ínfimo pero omnipresente rebotando en el mármol blanco del espacio casi vacío. Era una escena contra natura: un hombre joven y sano con toda una vida por delante acababa de morir. Sin embargo, las gotas rojas sí que seguían con obediencia las leyes de la naturaleza, atraídas sin tregua por la fuerza de la gravedad. Quizá también fuese la fuerza de la gravedad lo que me hizo salir de mi estado de verdadera petrificación.

Las manos se me escurrieron hacia el cuello dejando salir el grito que habían bloqueado. Primero fue algo gutural, primitivo, tan ininteligible como desgarrador. Después, no sé cómo logré formar una palabra. «¡Ayuda!», grité mientras bajaba el escalón. Con la sensación de que las piernas no me sostenían, caí arrodillada al lado de Darío. La flojera hizo que me doblase aún más, descargando el peso de mi cuerpo sobre los talones. Entonces, por fin, pude cogerle la mano.

Su mano no apretó la mía. Su mirada, clavada en el techo, tampoco me miró. Apoyé la cabeza en su pecho con la esperanza de que, como cada noche, su corazón me gritase que me amaba. Tampoco su corazón me habló. «¡No, no, no!», chillé con todas mis fuerzas una y otra vez. De repente, todo se volvió borroso, como si una niebla de dolor hubiese entrado en el portal y en mi vida para llevarse mi alma muy lejos de allí.

Llegaron varias personas para socorrernos. No recuerdo sus caras. Escuché frases que decían que tenía que darme el aire. Me agarré con todas mis fuerzas a las solapas del abrigo de Darío. Mis gritos se convirtieron en murmullos: «No, no, no…». Después, solo sé que alguien me arrancó de allí y me arrastraron en volandas hasta la acera. Había una ambulancia en la calle. Unos hombres portando una camilla se abrieron paso entre la muchedumbre. El cuerpo, su cuerpo, estaba cubierto con una sábana. Se lo llevaron. No preguntaron nada. Cerraron las puertas y emprendieron la marcha. No encendieron la sirena. Ya era demasiado tarde para las prisas.

Fue entonces cuando me invadió el miedo. Sí, miedo, espanto, pánico. No penséis que me morí de pena, la pena vendría más adelante. La ambulancia giró por Marqués de Valladares y, cuando dejé de verla, me morí de pavor, de terror a una vida sin él. Tuve pánico de estar viva sin él.

Celia no pudo evitar interrumpir a su hermana.

—¡Qué fuerte! Tuvo que ser horrible.

—No me puedo ni imaginar cuánto sufriría. No me extraña que no quisiese hablar de esto… —dijo Telma pensando que ella misma no era capaz ni de decir en alto que Julián la había dejado, y eso que el dolor no tenía ni punto de comparación—. Eran tan felices y, de repente… ¡Buf! Hoy estamos y mañana no.

—Ya. Lo que es increíble es que lograse sobrevivir a algo así. Yo me habría suicidado.

—No digas tonterías. La abuela era una mujer fuerte, pero tú también lo eres y saldrías adelante como lo hizo ella.

—Esperemos que la vida no me ponga a prueba, Telma, porque me temo que te decepcionaría —Celia dudó un instante antes de continuar—. Aunque, bueno, yo te tengo a ti y eso me hace ser más fuerte.

Telma sonrió.

—Claro que me tienes siempre para lo que quieras, pero no eres más fuerte por eso. Hoy no haces más que decir bobadas, hermanita querida.

—No es una bobada, soy más fuerte porque sé que tengo la retaguardia cubierta, que mientras estés tú ahí, nunca me va a pasar nada, y entonces me crezco.

—Anda, anda, que yo me pareceré a la abuela, pero tú eres igualiña a papá, sois unos genios del arte de hacer la pelota.

—¡Que no! Que no lo digo por decir —protestó Celia.

—Si ya lo sé, mujer... Si yo tengo la misma sensación, también me siento protegida por ti, lo que pasa es que no sé decirlo así, como lo dices tú... —Telma se estaba encontrando incómoda al desnudar un poco sus sentimientos—. Venga, va, vamos a seguir.

Una multitud se agolpaba a mi alrededor en la acera. Algunos hacían comentarios entre ellos dando por hecho que había sido un accidente: un simple resbalón con un desenlace fatal, un golpe en la nuca contra la arista del peldaño. Varias personas me sujetaban como para ayudarme a mantenerme en pie. Yo quería decirles que no me tocasen, pero no era capaz de emitir un solo sonido, solo lloraba y temblaba, temblaba y lloraba. Una mujer me abanicaba con una revista y un señor de pelo muy blanco me estaba tomando el pulso cuando vi que dos policías venían abriéndose paso en mi dirección. Vi que movían los labios y me miraban, sin embargo, no lograba escuchar sus voces. En mi mente solo había silencio y pánico. Al ver aquellos uniformes, el miedo a tener que vivir sin Darío se convirtió, de repente, en terror a que me llevasen presa. Yo tenía la culpa. La bicicleta ya no estaba. Yo la había dejado allí. Yo sabía que no había sido un accidente. Lo vi claro. Alguien había entrado a robar la bicicleta. Yo tenía la culpa. Darío solía llegar a casa a esa hora. Se habría encontrado al ladrón en el portal. Yo tenía la culpa. Darío era valiente. Nada lo asustaba. Ahora era yo quien estaba aterrorizada porque yo tenía la culpa. Mientras uno de los policías seguía moviendo los labios, me imaginé el forcejeo en el portal. Habría bastado un mal empujón para que el cuerpo de Darío, mi Darío, fuese a caer contra el suelo. Y el peldaño estaba ahí, esperando. Yo tenía la culpa. Yo había dejado ahí la bicicleta suelta, a pesar de las muchas veces que él me había advertido que no lo hiciese. Y ahora venían a por mí. Me llevarían presa. Y Amparo se quedaría sin padre y sin madre el mismo día. Su padre muerto y yo en la cárcel. Aterrorizada, atenazada por esa idea, seguía sin escuchar nada.

Llegó otra ambulancia. Me dejé guiar hasta ella sin oponer resistencia. Supongo que pensé que era mi tabla de salvación, una posibilidad de huir de aquellos policías que habían venido a detenerme para encerrarme de por vida. Alguien me tendió una mano para ayudarme a subir por la puerta trasera. Durante un segundo creí que estaba a salvo, que la puerta se cerraría detrás de mí y me llevarían con Darío, lejos de allí. Pero los dos policías también se subieron, la ambulancia arrancó y yo seguí temblando.

—¿Cómo pudo pensar que la iban a meter en la cárcel por dejar una bicicleta en el portal? —interrumpió Celia—. La abuela era lista, no lo entiendo.

—Supongo que es lo que tiene el miedo, no te deja pensar con claridad, te ofuscas.

—Creo que nunca me ha pasado nada parecido, ¿a ti?

—La verdad es que tampoco —mintió Telma.

Hacía muy poco tiempo, un sábado por la noche, Julián había salido y ella estaba sola en casa, sentada en la butaca de la habitación, viendo una película en el portátil. Oyó ruidos en la cocina, como si alguien estuviese moviendo las sillas y abriendo los cajones. Parecía tan real… Cerró de golpe la tapa del ordenador para escuchar mejor. Empezó a imaginarse que eran varios ladrones. Los ruidos cesaron de repente. Entonces, justo cuando iba a volver a abrir el ordenador, oyó varios crujidos en el pasillo, como si alguien se acercase a la habitación. El miedo se había apoderado de ella de tal manera que se había quedado atenazada. Quería alargar la mano hasta el móvil para llamar a Emergencias, levantarse y encerrarse en el baño hasta que llegase la policía. Pero no fue capaz. No solo no pudo moverse ni un milímetro, sino que, además, sin darse cuenta, se había orinado encima, sentada en la butaca como estaba. No pudo evitarlo. No volvió a escuchar más ruidos y, aun así, seguía paralizada. Julián llegó al poco rato y la encontró completamente rígida. Al verlo, ella suspiró y se le destensaron los músculos. Le dolía todo el cuerpo de puro agarrotamiento, como si hubiese estado haciendo un esfuerzo infinito. Julián le preparó un baño caliente y se encargó como pudo de la butaca que aún tenía una zona desteñida en el asiento que Telma se esforzaba en tapar con una de sus mantas escocesas. Aquel día empezó a entender a Julián cuando se quedaba bloqueado por una araña de nada.

—El miedo es muy poderoso. Desde siempre ha sido un arma de la humanidad contra la propia humanidad. No hay más que pensar en algunos episodios de la Historia —concluyó Telma.

—Ya, pero la gente tiene miedo de cosas que asustan, sin embargo, el miedo de la abuela era una estupidez. Pensar eso, que la iban a llevar presa, no sé… ¿Cómo se le ocurrió semejante cosa?

—Nunca sabemos cómo vamos a reaccionar en una situación de estrés.

Celia se quedó pensativa.

—Puede ser —cedió.

—Sigo, ¿vale?

—Vale.

REGRESO A VILLA MARTA

Recuerdo vagamente el paso por el hospital. Debieron de administrarme algún calmante. O quizá sea eso que llaman memoria selectiva. Es extraño. Las imágenes del portal siguen tan vivas como el primer día, sin embargo, no tengo noción de haber ido a la morgue a reconocer el cuerpo. Supe que había pasado ese mal trago por el informe de los policías que leí días más tarde. Por lo que estaba escrito en aquel papel grisáceo, sé que les dije que Darío era mi marido y cómo se llamaba. Les confesé lo de la bicicleta y me pidieron que la describiese con todo lujo de detalles porque era la única pista que tenían. Había que encontrarla para poder llegar hasta el culpable. Después, les conté que había encontrado a Darío al salir del ascensor y que había gritado pidiendo ayuda.

Ellos llamaron a mi padre. Recuerdo su cara de angustia al llegar, eso sí lo recuerdo, y su abrazo, y su forma de acariciarme el pelo. Yo tenía la cabeza hundida en su pecho. «Mi niña, estoy aquí», me susurraba una y otra vez.

Me acurruqué en el asiento del copiloto. Seguía temblando y llorando. Mi padre me cubrió con su abrigo y me arropó como cuando éramos pequeños y venía a darnos las buenas noches. Poco después estábamos entrando en Villa Marta. Nada más cruzar el umbral, paré de temblar y aunque seguía llorando, ya no era aquel llanto desgarrado, simplemente, las lágrimas caían solas, no como una cascada, sino más bien como un río bajando remansadamente por su cauce.

Fue mi padre quien se encargó de todo. Me dejó con Rosa y con Valentina y salió de casa sin dar explicaciones, solo dijo que volvería pronto, que yo tenía que descansar y que él se iba a ocupar de las gestiones oportunas. Yo ni siquiera sabía de qué gestiones hablaba.

Me sentaron en la cocina. Y digo me sentaron porque fue literalmente así. Era una marioneta agradecida por haber ido a parar justo al sitio en el que quería estar. Rosa me abrazó, lloró conmigo y cuando vio que era capaz de reponerse, me dijo que me iba a hacer un bizcocho de los que tanto me gustaban. Se puso a batir los huevos mientras Valentina se paseaba alrededor de la mesa lamentándose y murmurando cosas como «¡Virgen Santa, primero mamá y ahora Darío!». Rosa le advirtió que, o se tranquilizaba, o la echaba de allí. Entonces, mi hermana se sentó a mi lado, me cogió las manos que reposaban sobre la mesa y nos quedamos así un buen rato, sin hablar, con las manos apretadas, viendo cómo Rosa trajinaba con la harina, la leche y la levadura. Antes de meter la masa en el horno, puso tres tazas, la tetera y el azucarero sobre la mesa, y le dijo a Valentina que fuese sirviendo las tilas. Eligió un molde rectangular sin adornos, vertió la masa en él y puso el bizcocho a hornear. Después, se sentó con nosotras, bebió un par de sorbos de tila y se puso muy seria.

—Ahora vas a tener que ser fuerte, Gala. Yo no tengo estudios ni nada, pero sé de la vida.

—Es muy injusto —protesté entre sollozos.

—Lo sé, pero también sé que vas a salir adelante.

—No quiero eso, no quiero vivir así. Dime, Rosa, ¿qué viene ahora? ¿Las sobras de la vida?

De un momento a otro, no solo me había quedado viuda, sino que también me había convertido en mi propia enemiga. Además de la culpa que cargué sobre mí sin piedad, me cayó también encima, por desgracia, esa idea de haber agotado mi tiempo para ser feliz: ¿hasta aquí? ¿De verdad? ¿Esa había sido la parte bonita que me había tocado vivir? ¿Y ahora qué? Si él ya no iba a estar, lo que viniese a partir de entonces solo podía ser peor.

No sé cuántas horas pasé lamentándome en aquella cocina al calor del horno, sentada a la cabecera de la mesa, con Rosa a un lado y Valentina al otro, ambas deshaciéndose en intentos frustrados de consolarme. Desde entonces, no puedo oler un bizcocho sin que se me remueva la pena por dentro del alma, aunque, es curioso, también es un olor que me reconforta y me hace sentir arropada.

Escuchamos el motor de un coche apagándose en el jardín y Rosa se levantó para asomarse a la ventana. Mi padre llegaba con

Nati, con la niña y con varias maletas. Agradecí infinito no tener que volver a mi piso, sin embargo, ese alivio se vio empañado por la situación que tendría que enfrentar a continuación.

Amparo acababa de cumplir dos años y, por supuesto, adoraba a su padre como cualquier niña de esa edad. Obviamente, su momento más feliz del día no era cuando Nati la obligaba a comer el puré de verduras que detestaba con todas sus fuerzas. Tampoco lo era la hora del baño que tanto le gustaba. Ni siquiera era su preferido el momento del cuento, la historia que yo le leía, o me inventaba, antes de la siesta, como premio por haberse acabado el puré. No. Su minuto de oro empezaba con el tintineo de las llaves de su padre entrando en casa. Amparo vivía para salir corriendo a trompicones por el pasillo hasta llegar a tirarse en sus brazos. Él la levantaba con cuidado y la sentaba sobre sus hombros para iniciar un ritual que duraba hasta que Darío quedaba exhausto. La agarraba con firmeza por las manos y, entonces, despegaban y se dedicaban a ir en avión por toda la casa. Su primera misión era encontrarnos a Nati y a mí. Darío nos hacía saber desde la entrada que el juego había empezado. «Ahí vamos, a pillaros dondequiera que estéis, no podréis ocultaros de estos aviadores intrépidos...». Jugábamos encantadas a escondernos en alguno de los cuatro o cinco sitios de costumbre. Cuando nos encontraban era una fiesta para todos. Montábamos una algarabía como la que puede hacer una familia entera al recibir a un hermano en la estación de tren tras una larga ausencia. Después, Nati y yo volvíamos cada una a sus quehaceres mientras Darío y Amparo seguían su viaje en avión para completar otra arriesgada misión: comprobar que todo estaba en orden en cada rincón de la casa.

Aquel día, Amparo entró en la cocina dando saltos. Al verme, se paró en seco y se echó a mis brazos asustada por ese sexto sentido que tienen los niños para olérselo todo sin que nadie les diga nada. La senté en mi regazo y la abracé muy fuerte. «Nunca más podrá ir en avión con su padre. Se acabaron para siempre las fiestas, los besos y los momentos de alegría», pensaba mientras la apretaba contra mi pecho. Ese fue el segundo peor momento de mi vida. Entre el primero y el segundo no habían pasado más que unas horas. Yo tenía razón, hasta ahora había vivido, pero a partir de entonces me tocaba sobrevivir. Sin Darío, lo que quedaba por venir solo podía ser horrible: quedaban los restos, los despojos de mi vida.

Pío

Noviembre de 1963

El chico que había llegado pedaleando estaba más blanco que una pared y no paraba de tiritar. A Pío no le extrañó mucho la palidez. Tener que subirse a la bici con unas cervezas de más no debía de ser tarea fácil. Lo del temblor se explicaba por el viento helado, aunque se suponía que el alcohol mantenía el frío a raya. De hecho, parecía más bien un tembleque nervioso. Pío pensó que era normal su inquietud. De los tres, aquel era el que había preguntado por el dinero, y treinta y cinco pesetas serían una fortuna para un imberbe de aspecto desaliñado. Además, tal vez estuviese intranquilo porque tenía intención de marcharse con todo el botín para él, sin repartirlo con sus compañeros de juerga. Pero eso ya no era asunto de Pío.

—Las perras primero —dijo apeándose sin soltar el manillar.

Pío tenía los billetes apretados en la mano, dentro del bolsillo de su cazadora de paño gris. Se los tendió.

Le extrañó que el chico se guardase el dinero en la manga del jersey sin pararse a contarlo y sin decir ni una sola palabra más. El joven le pasó el manillar con brusquedad y echó a andar como si llevase mucha prisa. Pío se quedó esperando unos segundos hasta verlo desaparecer en la dirección opuesta a aquella por la que había venido. Después, se montó en la bicicleta y pedaleó sin parar mientras pensaba en lo contenta que se iba a poner Isolina.

Con cada vuelta de rueda iba dejando atrás el arrepentimiento por lo que acababa de hacer, al tiempo que se crecía de orgullo por su ingenio. Había logrado hacerse con la bicicleta que tanto deseaba su mujer a precio de saldo. Porque robar, robar, lo que se dice robar, él no la había robado y nadie podía decir lo contrario. Él solo se la había comprado a unos borrachos. Entonces, se dio cuenta de que esa versión no iba a ser del agrado de Isolina, así que, mientras seguía pedaleando, dejó que su imaginación volase. La adrenalina hizo el resto. Cuando le faltaban unos metros para llegar a casa, estaba eufórico y ya lo tenía claro. Le diría a Isolina que se la había comprado a su jefe. Eso era mucho más tolerable y menos sospechoso que unos pobres borrachos. Para hacer más creíble la historia, le contaría también que la mujer de su jefe se había comprado una mejor y por eso le había vendido la antigua a él a muy buen precio.

25

El timbre de la puerta sonó cuando estaban a punto de empezar a leer otro capítulo. Telma miró a Celia con cara de susto y le suplicó:

—Abre tú, por favor. Va a ser Lorena, ya verás, pero ¿y si es Julián? Creo que no quiero verlo. ¡Ay! No lo sé. Abre tú.

Celia se levantó de mala gana y fue protestando por el camino hacia la puerta.

—Y si es él, ¿qué le digo, que no estás? ¡Vaya papelón!

—Ya se te ocurrirá algo, como dice la abuela, quien tiene una hermana tiene un tesoro.

—Tienes un morro...

Celia se asomó a la mirilla y abrió despreocupada.

—¡Anda, Lorena! ¡Cuánto tiempo!

—Bueno, mujer, un par de semanas, quizá. Estuve haciendo un curso en Barcelona. Oye, siento mucho lo de vuestra abuela. Cuando llamé a Telma, tú estabas hablando con no sé quién. Espero que se haya acordado de darte el abrazo que te mandé.

—Pues no voy a mentirte, si me dijo algo de tu parte ni lo sé, pasó todo tan rápido...

—Entonces te lo doy en persona —dijo abriendo los brazos.

—Gracias, sienta bien.

—¿A que sí? A mí un buen abrazo me cura cualquier pena. Bueno, ¿y qué? Vaya juerga os estáis montando desde bien temprano, ¿no?

—No te habremos despertado.

—Es un placer despertarse con tu risa, cariño, aunque por un momento pensé que el edificio estaba tomado por una manada de hienas.

Celia se rio un poco cohibida, intentando no parecer una hiena, al recordar el susto que le había dado a Telma y que la había hecho reír tanto.

—Bueno, ¿qué?, ¿habrá un cafecito para esta pobre vecina por ahí?

Telma se acercó a la entrada al escuchar lo del cafecito.

—Celia, hija, eres una maleducada, ¿cómo tienes a Lorena aquí, en el recibidor?

—No te preocupes, cariño —dijo Lorena dándole otro abrazo a Telma—, si hubiese querido pasar al salón, ya lo habría hecho. Prefiero pasar a la cocina, porque lo que quiero es un café, que iba a salir ahora al súper, pero con esta lluvia me da una pereza…

—Venga, marchando unos cafés.

Pasaron a la cocina y, mientras rellenaba el azucarero, Telma empezó a hacerle preguntas a Lorena para que ella no le preguntase por Julián. La táctica surtió efecto y tomaron el café acompañadas por las aventuras de Lorena en los aeropuertos de todo el mundo. Después, les contó sus últimos flirteos en Barcelona durante las clases de técnicas avanzadas de primeros auxilios. Hasta que, inevitablemente, llegó la pregunta.

—¿Y Julián?

A Telma no le quedó más remedio que contarle lo que había sucedido entre ellos mientras Lorena iba exclamando a cada frase «¡Qué fuerte!» o «¡No me lo puedo creer!», alternativamente. Cuando Telma le dijo que no había vuelto a saber nada más de él, Lorena frunció el entrecejo y ladeó la cabeza para decir:

—Pero si yo lo vi ayer saliendo del portal…

Telma se levantó de la silla como si tuviese un resorte en el cojín y fue directa al armario de la ropa blanca que estaba al fondo del pasillo. Abrió las dos puertas de par en par rabiosa de ira y, entonces, se acordó de que las sábanas que estaba buscando eran las que estaban puestas en la cama. Lorena y Celia la observaban atónitas desde la cocina. La vieron volver con un aire más calmado.

—No sé por qué pensé mal.

—¿Qué pensaste, cariño? —preguntó Lorena extrañada.

—Una tontería. Se ve que ya se me va la pinza. Creí que había venido a llevarse las sábanas de la abuela. —Hizo un leve chasquido con la lengua mientras negaba con la cabeza—. Lo más seguro es que quiera hablar.

—Pero ¿tiene llaves? —preguntó Celia extrañada.

—Supongo que sí.

—¿Cómo que supones? ¿Tiene llaves o no tiene llaves?

—Sí, claro.

—De claro nada, guapa, es tu casa —afirmó Lorena con contundencia—. Ahora mismo llamas a un cerrajero para que te vengan a cambiar la cerradura.

—Igual no es mala idea —reforzó Celia.

—Estáis piradas. ¿No estaréis pensando que Julián podría hacerme daño? ¡Pero si tiene miedo hasta de las arañas...!

—Precisamente, linda, ese tío no es muy normal.

—¿Y quién lo es, Lorena? —preguntó Telma sin esperar respuesta—. ¿Y a ti no te caía bien? Yo pensaba que sí.

—A ver, puedo tomarme una copa con él y pasármelo en grande con sus aventuras musicales, pero eso no quiere decir que sea un tío que me guste para ti. No me acaba de convencer, hay algo que... No sé, no me sorprendería si mañana leo en el periódico que hizo algo extraño, ¿entiendes?, algo como, yo qué sé, atracar un banco o salir desnudo a la calle.

Las dos hermanas se rieron con la exageración de Lorena. Ella siguió hablando cada vez más preocupada por Telma.

—Oye, en serio, cambia esa cerradura. Ayer estuvo aquí. Estoy segurísima.

—¿Pero no hablaste con él?

—No, yo llegaba del viaje y nos cruzamos en las escaleras, casi en el portal. Me saludó con un «Hasta luego, Lorena», como si nos hubiésemos visto el día anterior y salió escopetado.

—Normal, no querría tener que darte explicaciones.

—Telma, hija, ¿tú sigues enamorada después de lo que te hizo? —le preguntó su hermana—. ¿Cómo puedes defenderlo?

—Tampoco es que me haya hecho nada tan grave —se justificó.

—¡¿En serio?! —exclamó Celia perdiendo los nervios—. ¿Te parece poco dejarte el día del funeral de la abuela?

—Ya... Puede ser. No sé... Bueno, hablando de la abuela —Telma decidió que ya bastaba de hablar de ella y de Julián—, Lorena, no te vas a creer el tesoro que encontramos.

Entre las dos le contaron a Lorena su hallazgo y lo mucho que les estaba gustando leer las memorias de Gala. La invitaron a quedarse a la lectura del siguiente capítulo, pero ella se excusó diciendo que había quedado con sus primas para ir a tomar el aperitivo y aún tenía que arreglarse.

Cuando volvieron a sentarse en el salón, Celia quería coger a Telma por la solapa del pijama y zarandearla. En vez de eso, hizo un último intento verbal de hacerla entrar en razón.

—¿De verdad que no quieres llamar a un cerrajero?

—¡Qué va!

—Entonces llama a Julián y pregúntale qué estaba haciendo ayer aquí.

—Después.

—Pues yo voy a poner la cadena de dentro de la puerta.

Celia ya se estaba levantando y Telma la cogió por el brazo para volver a sentarla.

—Seamos sensatas, por favor, que es Julián, no es el violador del barrio.

—Vale, pero leemos un capítulo más y después nos vamos a comer con papá y mamá. Yo paso de seguir aquí, que me está dando yuyu. ¿Quedaste con alguien hoy?

—No, no tengo ganas.

—Yo tampoco, la verdad, y estaba pensando... ¿Y si te quedas a dormir en casa hoy? A papá y mamá les hará ilusión.

—Sí, papá seguro que se muere de ilusión.

La frase le salió en un tono de rencor tan evidente que Celia, que con ese tema intentaba mirar hacia otro lado, se vio obligada a intervenir.

—Cómo estás hoy, ¿eh? ¿No va siendo hora de que lo perdones? Si es que, además, no tiene ningún sentido que tú te pongas así. Si mamá lo perdonó, ¿quiénes somos nosotras para no hacerlo? Por mi parte, está todo olvidado. Claro que no me agrada saber que le hizo tanto daño a mamá, pero tengo clarísimo que es cosa suya y no me cabe en la cabeza que tú puedas verlo de otra manera.

—Lo pensaré, de verdad. Puede que tengas razón —le dijo Telma para quitársela de en medio.

—De lo que estoy segura es de que no es problema nuestro. No sé cómo no lo entiendes.

—Te prometo que lo pensaré, de verdad. Y ahora, silencio. —le sonrió con cariño—. Con tanto parloteo, a ver si no nos va a dar tiempo de leer otro capítulo antes de ir a comer.

MÁRMOL BLANCO

El día del entierro de Darío fue el más plomizo de todo el año. Diluviaba dentro de mí. En el exterior, ni siquiera se podía decir que lloviese, pero poallaba lo suficiente como para que la gente mantuviese los paraguas abiertos. Cogida del brazo de mi padre, escuché cada roce de la paleta del enterrador deslizándose por los contornos del nicho para fijar la lápida de mármol blanco, igual al que le había quitado la vida. Si me hubiesen preguntado, obviamente, habría elegido otro material. Quise enfadarme con mi padre por haber decidido sin consultarme. Me habría gustado poder culparlo de algo, por si cargar a alguien con algún peso en la conciencia pudiese aliviar la mía. No pude. Se estaba desviviendo por cuidarnos a Amparo y a mí. Se había ocupado de todo hasta tal punto que incluso había logrado que Leonardo y Maruxa pudiesen llegar desde

Lisboa a tiempo para el entierro. Así que no pude enfadarme con él por lo del mármol. Al contrario, cuando el enterrador dio por terminado su trabajo, me aferré al brazo de mi padre y, mientras él me acariciaba la mano cada poco tiempo, fui dejando que pasasen las caras que se despedían de mí entre lágrimas, condolencias, suspiros, besos, frases hechas y abrazos prolongados. Quería marcharme cuanto antes, salir de allí corriendo y le suplicaba al oído: «Papá, por favor, sácame de aquí». Pero él se mantuvo firme y eso también se lo agradeceré siempre.

Esperó a que se hubiese ido todo el mundo y me soltó de su brazo para situarse delante de mí, entre mi cuerpo y la lápida de mármol. Buscó mis ojos con los suyos y me sujetó suavemente el mentón para asegurarse de que yo no bajaba la mirada. Me dijo que ahora era yo quien debía despedirse de Darío. Entonces, se alejó unos cuantos metros para esperarme.

La solemnidad que mi padre imprimió a su voz y la fuerza de su mirada, me hicieron entender el alcance del momento y ese minuto a solas con Darío acabó por ser crucial para mi consuelo. Hubo un antes y un después del instante en el que, allí sola, sin apenas fuerzas para mantenerme en pie, fui capaz de susurrar: «Lo siento. Espero que puedas perdonarme dondequiera que estés. Te quise con toda mi alma y te querré siempre». Después, a medida que me iba girando para darle la espalda y comenzar a caminar hacia mi padre, fui consciente de la lucha interna que se estaba librando en cada centímetro de mis movimientos, como si mi corazón luchase por permanecer cerca de lo que quedaba de mi amor y, al mismo tiempo, mi mente supiese que había llegado la hora de seguir adelante sin él. Me había pasado todo el entierro atolondrada, al igual que durante el velatorio, pero en ese momento me sentí plenamente consciente. Estaba volviendo en mí tras varios días de un letargo profundo y oscuro en el que ya no podría refugiarme más. La vida tenía que continuar, aunque solo fuese por Amparo, tenía que despertar y seguir viviendo. Me alejé despacio y al llegar hasta mi padre, le dije sin llorar: «Gracias, papá, tenías razón, lo necesitaba».

Caminé hasta la salida del cementerio cogida del brazo de mi padre, creyendo que lo peor ya había pasado.

Aunque habían acordado leer hasta ese punto, Telma estaba tan metida en la historia que empezó a leer el siguiente capítulo. Celia hizo como si no se hubiese dado cuenta. Echó un vistazo al reloj con disimulo y calculó que tenían tiempo de sobra. Volvió a relajarse y cerró los ojos para concentrarse en la voz de su hermana, que tanto se parecía a la de Gala.

TOCAR FONDO

Toqué fondo un mes después, cuando se disipó la rabia dejando paso a una tristeza más profunda y consciente. Comenzaba a sentir que ya no se me permitía llorar. En todas partes empezaron a decirme que tenía que seguir viviendo por Amparo. Incluso insistían en que no debía olvidarme de volver a ser feliz. ¿Felicidad? ¿Qué palabra era esa sin Darío?

Llegué a la conclusión de que fuera de los límites de Villa Marta había demasiada vida para mí: niños corriendo, madres sonrientes, novios enamorados, todo me resultaba insoportable. Fue entonces cuando opté por el encierro voluntario. Me pasé meses sin cruzar el umbral. No penséis que era agorafobia o algún trastorno similar, era pura necesidad de estar rodeada de gente que me quería. Ellos eran el único motivo que tenía para seguir viviendo. La idea de quitarme la vida se hizo recurrente, pero mi imaginación nunca llegaba ni siquiera a urdir un plan.

Os preguntaréis si no me movía a mantenerme en pie el amor por Amparo. Sé que es horrible decir esto y que suena antinatural e incomprensible, pero no, no fue por mi hija. Por eso estas memorias no son para ella, sino para vosotras. A ella, estas letras le harían mucho daño ahora. Por aquel entonces, era muy pequeña y yo solo podía ofrecerle tristeza. Si me hubiese quitado la vida, no se habría acordado, no habría sufrido. Puede que Leonardo se la hubiese llevado a Portugal y allí habría empezado una nueva vida rodeada de amor, con un padre y una madre maravillosos. Sin duda, ella habría salido ganando. Así que ya veis, en aquel momento no fue mi hija el motor de mi vida, sino mi padre. Sobreviví principalmente por él. También por Rosa y por Valentina, e incluso por Leonardo y Maruxa, que, aunque estaban lejos, los tenía muy presentes y me escribían casi a diario unas cartas larguísimas a las que yo nunca respondía. Pero todos ellos habrían logrado sobreponerse a mi muerte y habrían sido capaces de llevar esa carga, por más que les hubiese costado. Mi padre no. Si me hubiese quitado la vida, él se habría muerto al instante siguiente. Así que creo que podría decirse que sobreviví por respeto a mi padre.

Era un despojo humano que deambulaba por la casa envidiando a Penélope. Ella podía esperar con esperanza. Odiseo estaba vivo, se había ido a la guerra, sí, pero no se había ido para siempre jamás. ¿Qué podía esperar yo? Consideré que levantarme cada mañana y seguir viviendo ya eran obligaciones más que suficientes para mí, así que dejé todos los cuidados de Amparo en manos de Nati y de quien se prestase a ayudarla mientras yo no hacía nada, absolutamente nada más que sentarme con la mirada perdida en el vacío.

Nati había estado consternada durante la primera semana, pero Rosa enseguida le leyó la cartilla. Entre ellas se entendían bastante bien porque tanto la edad como la antigüedad en casa marcaban una jerarquía incuestionable. Una llevaba la batuta y la otra obedecía sin rechistar. En muy poco tiempo Nati se convirtió en una pieza fundamental para el buen funcionamiento de Villa Marta. Absorbió como una esponja cada uno de los consejos que le fue dando Rosa. Trabajó con dedicación total, descansando solo cuando Valentina llegaba de clase. Se encerraban las dos en la cocina y se tomaban un café que les duraba media hora, tiempo durante el cual Nati se quitaba el delantal y volvía a ser joven. Rosa solía hacer mutis por el foro para dejarlas solas y aprovechaba ese momento del día para irse a su habitación a rezar el rosario y unas cuantas oraciones más, una por cada difunto de su familia y una extra por una señora de Gondomar que se había muerto estando ya tan sola que no tenía a nadie en este mundo que pudiese rezar por ella. Después, Rosa regresaba a la cocina para decir su frase favorita: «¡Ea! A trabajar, que el trabajo hecho no corre apuro». Entonces, Valentina subía a despertar a Amparo de su siesta y Nati volvía a ponerse el delantal para regresar al mundo de los adultos.

Yo había perdido por completo el apetito y me estaba quedando en los huesos. Rosa, Nati y Valentina se aliaron para chantajearme con no cuidar a Amparo si yo no cumplía unos mínimos para alimentarme. Me vi obligada a desayunar un vaso de leche con una rebanada de pan y tomar una taza de consomé de ave cada mediodía y cada noche. De vez en cuando le añadían un huevo, y aunque lo odiaba con todas mis fuerzas, me lo tomaba sin poner mala cara. Era lo menos que podía hacer por ellas. Y eso que ya no hacía nada por los demás, solo eso.

Me convertí en un ser egoísta a más no poder. Es cierto que nunca había sido especialmente generosa, eso lo aprendí después, al lado de vuestro abuelo Rodrigo. En aquella época me daba exactamente igual lo que les pasase a los demás. Tal vez estuviesen tristes, eso lo admitía, pero me parecía que no tenían derecho a quejarse de nada porque nada era comparable a mi desgracia. No sé si ahora lo recuerdo todo magnificado y estoy exagerando demasiado, pero creo que no voy muy desencaminada si os confieso que me creía superior porque mi desgracia era mayor que la de nadie. Eso me daba derecho a no preocuparme por los demás, incluida Amparo. La niña me buscaba para jugar, pero yo había perdido la paciencia por completo. Si apenas era capaz de mantenerme en pie, ¿cómo iba a ponerme a jugar a nada con una niña llena de energía? Solo prestaba algo de atención si me hablaban de Darío y eso era casi imposible porque su nombre había empezado a convertirse en un tabú que tenía el extraño poder de helar el aire cuando yo lo mencionaba. La niña tampoco preguntaba por él y eso me dolía como nada. Mi drama era una ridiculez visto desde sus ojos infantiles. Si su padre se había ido al cielo y allí estaba en la gloria tal como le habíamos contado, pues genial para él, y los que nos habíamos quedado por aquí, pues a otra cosa, mariposa. Así que, aunque ella me buscaba constantemente, yo no hacía más que inventar excusas para mandarla junto a Valentina.

Tras varios meses de encierro egoísta vagando por Villa Marta como un alma en pena, una mañana como otra cualquiera, le pedí a mi padre que trajese mi cama de la calle Reconquista a Villa Marta. Era algo que venía pensando desde hacía días porque se me ocurrió que, si quedaba algo de Darío en algún lugar de este mundo, sería en nuestra cama. Mi padre, cómo no, accedió encantado de poder complacerme en algo. Por la tarde, dos mozos bien fornidos sudaron la gota gorda para subir la estructura de nogal por la escalera y meterla en mi habitación.

Fue mano de santo. Serían las siete de la tarde cuando cerré la puerta para que no me molestase nadie y me tumbé en mi lado, girada hacia el de Darío, imaginándome que él estaba allí. Dormí durante veintiséis horas seguidas. Sí, sí, como lo oís, dormí durante veintiséis horas seguidas. Que me parta un rayo si no es cierto. Cuando me desperté, era capaz de pensar ordenadamente, de hilar una idea con otra y sacar conclusiones lógicas. Os parecerá algo demasiado simple, pero fue un gran logro para quien estaba sumida en aquel pozo tan lleno de tristeza. También tenía hambre. Por primera vez en tanto tiempo, me apetecía comer. Bajé a cenar pensando que habría dormido un par de horas. Cuando mi padre me dijo que había sido más de un día, volví a escuchar mi risa. Y me gustó. Él me miraba entre ilusionado y perplejo. Entonces empezó a reírse conmigo. Fue un momento fugaz pero suficiente, una tenue señal de que aún había vida dentro de mí. Estaba empezando, muy lentamente, a cortar las redes que me aprisionaban el alma.

Pío

Febrero de 1964

PÍO LLEVABA TRES meses temiendo aquel momento. Uno de los jefes de la fábrica entró en la sala de montaje número cinco y se acercó a hablar con el encargado. Este asintió y lo señaló con la mirada. El jefe se acercó hacia él con la chaqueta del traje desabrochada y las manos en los bolsillos del pantalón.

—¿Es usted Pío Louro Rodríguez?

Pío asintió con un gesto y se quedó callado, pero su jefe tampoco estaba esperando una respuesta. Sacó la mano del bolsillo y le hizo una señal, como si fuese a meter un gol de cabeza, para que lo siguiese.

—Venga conmigo.

Pío se tomó un segundo para limpiarse las manos sudorosas en su bata de trabajo azul marino y lo siguió unos pasos por detrás.

Al llegar a la puerta que daba a la zona de oficinas, el jefe lo esperó sosteniéndole la puerta ya desde el pasillo interior. Cerró y se quedó parado con la mano agarrada al picaporte para bloquear el paso de cualquier inoportuno. Le habló muy bajo y muy despacio.

—Le están esperando arriba unos policías que quieren hacerle unas preguntas sobre no sé qué de una bicicleta robada. Confío en que esto sea un malentendido.

Pío agradeció para sus adentros que el jefe empezase a subir las escaleras en silencio. Con los nervios, no habría sido capaz de darle explicaciones. Cada peldaño le ofrecía algo de tiempo para recordar la versión que había perfeccionado en su imaginación durante aquellos tres meses por si algún día llegaba ese momento. Cuando entraron en las oficinas del segundo piso, lo tenía claro.

Sabía que solía haber un poli bueno y uno malo. Intentó adivinar quién era quién mientras hacían las presentaciones y lo invitaban a sentarse en la mesa redonda de la sala de juntas. La primera impresión le dijo que ambos eran polis buenos y eso le dio la serenidad que necesitaba para poder hablar sin titubear cuando le preguntaron su nombre completo y su dirección.

Le aclararon que estaban allí porque su mujer, que estaba bien, que no se asustase, estaba en el hospital a causa de un accidente con una bici robada. Le dijeron que podría ir a verla en cuanto les explicase por qué su mujer afirmaba que se la había regalado él.

—¿Seguro que está bien mi mujer?

—Está perfectamente, no se preocupe. Y ahora, díganos, ¿es cierto que le regaló usted una bicicleta robada?

—Es cierto, yo se la regalé, ¡pero no la robé! Tengo un trabajo, soy un hombre honrado. Como podrán imaginarse no iba a robar una bicicleta, no sabría ni cómo hacerlo. Me gano el pan de cada día y sé cuánto sudor cuesta —dijo pellizcando la pechera de su bata azul en donde se leía el nombre de la empresa—. Jamás en la vida se me ocurriría quitarle algo a alguien por la fuerza. —Eso no lo había preparado, pero le pareció que había sido convincente y le sirvió para crecerse y continuar—. La bicicleta, la encontré, estaba abandonada.

—¡Ah! —dijo el policía más corpulento fingiendo sorpresa—. ¿La encontró? ¡Qué casualidad! ¿Y dónde dice que estaba?

—Aún no lo ha dicho, Gómez, tenga paciencia y deje a este señor tan amable tomarse su tiempo para explicarse —comentó el más flacucho con la punta del lápiz apoyada sobre un cuaderno y con ganas de apuntar algo más que un nombre y una dirección.

Pío se dio cuenta de que empezaban a jugar. El del lápiz iba de poli bueno, así que sería mejor dirigirse al otro, al tal Gómez, que estaba expectante, como un león aguardando un despiste de su presa para atacar, deseoso de cazarlo en alguna incongruencia. Sin amilanarse, lo miró a los ojos y le dijo, palabra por palabra, lo que había ensayado tantas veces cuando estaba a solas.

—La encontré cerca de mi casa, estaba abandonada —repitió—, en el Campo das Silvas.

—¿Eso dónde es? —preguntó Gómez.

Ya había calculado que le harían esa pregunta. También había calculado que sería importante explicarlo con todo detalle para que cuando fuesen a comprobar, constatasen que decía la verdad y para que viesen que se estaba mostrando colaborador. Les dio todas las indicaciones para que pudiesen encontrar el lugar exacto, entre el estadio de Balaídos y la avenida de la Florida.

—Es un descampado que está algo más arriba de mi casa. Te pones de espaldas a la grada de tribuna y si ves el reloj, las menos diez señalan la dirección en la que está el Campo das Silvas, para que se hagan una idea.

El policía delgaducho tomaba nota con agilidad, no obstante, Pío siguió su intervención con parsimonia, como si fuese un profesor y le estuviese haciendo un dictado. Le pareció que eso también le estaba dando ese aire colaborador que buscaba. Continuó su dictado adornándolo con todo lujo de detalles inventados sobre la posición de la bicicleta abandonada entre piedras y helechos, en un lugar en donde uno podía encontrar de todo, dependiendo del día, desde colchones mugrientos a muñecos sin cabeza. Para concluir, añadió un ofrecimiento, ahora ya a la velocidad normal del habla.

—Si quieren ir a echar un vistazo, los puedo acompañar, aunque primero me gustaría ir a ver a mi mujer, claro.

Estaba dando por hecho que se iría de allí tal como había venido y que, por supuesto, nadie le iba a cargar con un robo a las espaldas. Esa actitud formaba parte de su estrategia premeditada. Empezaba a dejarse llevar por unos nervios diferentes de los iniciales. Ahora se estaba alterando al ver lo bien que lo estaba haciendo. No podía confiarse. No es que lo fuesen a meter en la cárcel por robar una bicicleta, que, además, en cierto modo, tampoco había robado, sino que, siendo rigurosos, él solo se la había comprado a un pobre borracho. Lo que más le había angustiado todo ese tiempo no había sido el posible castigo de la justicia si lo descubrían, su verdadera preocupación había sido seguir ocultándole la verdad a su mujer. Ella no podía enterarse por nada del mundo. Su Isolina jamás habría aceptado un regalo obtenido de algún modo que no fuese estrictamente honrado.

Se dio cuenta de que la congoja casi no le había dejado pensar en su mujer.

—Aparte de que está bien, ¿saben decirme algo más de ella? Porque..., ¿por qué sigue en el hospital? —Ahora estaba cayendo en la cuenta—. ¿No habrá sido grave?

—Solo está un poco confusa y han tenido que darle algunos puntos. —Gómez se señaló una zona cercana a la sien—. Han sido pocos, tres o cuatro. Además, me temo que debe de tener alguna lesión en el brazo.

—¿Lesión? ¿A qué se refiere? —preguntó Pío imaginándose algo irreversible.

—Ay, no sé, hombre, médico no soy, pero quédese tranquilo, se habrá roto un hueso o algo. Nosotros solo estamos investigando un caso que tenemos pendiente desde hace meses.

—Eso. Volvamos a lo nuestro para que pueda irse usted cuanto antes —dijo el que tomaba notas preparando otra vez el lápiz.

Pío se sintió tremendamente aliviado al escuchar la palabra «irse» y, encima, seguida de «cuanto antes». Gómez carraspeó antes de hablar.

—¿Vio usted a alguien en el descampado?

—No, aunque podía haber alguien, no lo sé. Ya era de noche y estaba oscuro. Aquello es grande, ¿sabe? Algunos gamberrillos del barrio van allí a fumar a escondidas de sus padres. Se sientan en unas piedras que hay hacia el fondo, pero creo que ese día no estaban, si no se habrían llevado ellos la bici, eso seguro.

—¿Sabría decirnos el nombre de alguno de esos jóvenes?

—¡Uy! No tengo ni idea, y no es que no quiera decírselo, es que no les conozco ni las caras. Los veo de lejos, al pasar, y no es que estén allí siempre, yo diría que es más los domingos, cuando volvemos de misa en San Antonio.

Pío se volvió a crecer con su respuesta. Ya había quedado claro que era un hombre honrado y ahora, además, sabían que era un hombre de fe. Su imagen ya debía de haber quedado limpia con esas palabras. Calculó que a continuación se despedirían y se acabaría todo. Entonces, el flacucho dejó de apuntar para mirarlo a los ojos y preguntó:

—Si dice que ya era de noche y estaba oscuro, ¿cómo es que vio la bicicleta?

Esa respuesta también la había preparado. Había sido lo primero que había hecho cuando se le ocurrió lo del Campo das Silvas: estudiar la luz.

—Hay una farola en el camino. Es la única que hay. Está justo delante del descampado y alumbra la parte donde encontré la bicicleta. Tal vez no la habría visto si no me hubiese fijado. Lo que pasa es que siempre me fijo. La gente del barrio deja allí cosas que ya no le sirven por si pueden ser de utilidad para otros. A veces hay algo aprovechable. Hace poco encontré un cesto buenísimo, de los de la leña, al que le faltaba un asa. ¿Se lo pueden creer? ¡Tirar un cesto porque le falta un asa! Lo cogí y con un poco de cuerda trenzada, ahí está, en casa, cumpliendo su función.

Otra pregunta superada, y además había desviado la atención hacia el asunto de las cosas que se tiran a la basura sin ton ni son. No había duda de que ahora sí, ahora sí que lo dejarían en paz.

—Necesitamos que haga memoria y que piense si se encontró con alguien en ese camino en el que está el descampado —insistió Gómez poniéndose muy serio.

Esa pregunta no se la esperaba. Aunque *a priori* le pareció que sería mejor decir que no, intentó ganar tiempo para pensar mejor en la respuesta más conveniente.

—¡Caray! ¡Cuántas preguntas por una bicicleta! Para que luego digan algunos que la policía no se toma en serio los asuntos menores...

—Este no es un asunto menor —dijo Gómez poniéndose muy serio—, señor...

—Louro, Pío Louro —lo ayudó a recordar el que apuntaba.

—Señor Louro, todo parece indicar que antes de que la bicicleta llegase a sus manos, alguien la robó...

—Sí, sí, eso lo entiendo...

—Pero es que la cosa no acaba ahí. Todos los indicios apuntan a que hubo un forcejeo y el presunto ladrón le dio un mal empujón al marido de doña Gala Freire, dueña de la bicicleta...

—Entiendo.

Pío estaba empezando a ponerse nervioso otra vez. ¡Qué mala suerte! Así que los borrachos se habían encontrado al marido de esa tal Gala Freire en el portal y él les había plantado cara. ¿Un empujón? Esperaba que no hubiese sido grave, aunque vete tú a saber, igual le habían partido un brazo o algo... El que le había llevado la bici parecía un enclenque, pero creía recordar que había uno que era más fuerte.

—No, no entiende nada —lo corrigió Gómez—. Hay más.

—¿Más? —preguntó Pío ya sin pensar en disimular sus nervios.

—Un fallecido. El marido de doña Gala. Estamos hablando de un homicidio. Creemos que la muerte se produjo a causa de ese empujón. Se golpeó la nunca contra el borde de un escalón. La defunción se produjo en el acto.

Las palabras fallecido, homicidio, murió, defunción... no estaban en el guion que Pío había imaginado tantas veces. Se le hicieron bola en el cerebro hasta formar la palabra asesino. ¿Todo eso significaba que él era un asesino? ¿Qué le estaban contando? ¿Había matado él a aquel pobre hombre? Aunque no lo hubiese matado con sus propias manos, como mínimo, había muerto por su culpa. Para no venirse abajo literalmente, apoyó los dos codos en la mesa, se sujetó la cabeza poniendo los pulgares como soporte de la mandíbula y se tapó la boca con los dedos de ambas manos estirados hacia arriba.

—Puede que ahora sí que entienda que es importante para nosotros que haga memoria. —Gómez suplicó con la mirada—. Le repito la pregunta. El día que encontró la bicicleta, ¿vio a alguien transitando por el camino del descampado?

Pío eligió la respuesta más breve que pudo por miedo a que le temblase la voz.

—No —dijo tan alto y claro como pudo.

Los nervios iban *in crescendo* según iba tomando conciencia de la gravedad del asunto.

—¿Es usted consciente de que su testimonio puede ser una pieza clave de nuestra investigación? —recalcó el que apuntaba todo después de hacer un último apunte.

—Claro.

—Bien, en ese caso, le rogamos que lo piense con calma. Si hubiese visto a alguien saliendo del descampado, por ejemplo, su descripción sería fundamental, quizá sea la última oportunidad que tengamos de llegar hasta el culpable.

Pío debía averiguar cuanto antes qué sabía la policía y Gómez se lo acababa de poner muy fácil. Cogió aire y se armó de valor para preguntar.

—¿Y no tiene huellas o algún otro testigo...? No sé, digo algo de eso que se ve en las películas de policías...

—La vida real es más complicada, amigo. —Gómez estiró la mano para apretarle el hombro como si realmente fuese su amigo—. Nada, no tenemos nada. El robo se produjo en el portal del fallecido, el portero acababa de terminar su jornada laboral, era un día muy frío y no había mucha gente de paseo que digamos. Vamos, que no hubo ningún testigo. Había algunas huellas dactilares en el pomo de la puerta, pero no nos aportan información relevante. El autor de los hechos debe de ser un ladronzuelo de tres al cuarto, quizá sin antecedentes. Incluso podría ser uno de esos chiquillos que frecuentan el tal Campo das Silvas, por eso es tan importante que haga memoria, ¿entiende?

—Sí, claro que lo entiendo —dijo Pío algo más aliviado al ver que no tenían nada—, pero es que ya le digo que no vi a nadie, como usted bien dice, hacía frío, lo recuerdo muy bien, la gente estaría metida en su casa.

—Bien, tome mi tarjeta. Si recuerda algo, por favor, llámenos cuanto antes —le dijo Gómez levantándose y haciéndole un gesto de cabeza para que se levantase también—. ¡Ah! Y entenderá que la bicicleta, que está ahora en dependencias policiales, le será devuelta a la viuda. Así que lo siento mucho por su mujer, pero se ha quedado sin ese transporte.

—No se preocupe. Estoy trabajando mucho para ascender a encargado y, en cuanto pueda, le compraré otra.

—Bien, Pío, parece usted un hombre honrado, no obstante, no conviene que se ausente sin avisar durante los próximos días, por si tenemos que hacerle más preguntas —aclaró Gómez.

Se dieron los correspondientes apretones de manos mientras Pío le decía:

—No se preocupe, nunca vamos a ningún lado.

—Puede ir saliendo, nosotros aún tenemos que ordenar algunas notas antes de irnos —le indicó el flacucho.

Al salir al pasillo y cerrar la puerta tras de sí, querría haber dejado allí mismo lo más profundo de su ser en un largo suspiro, sin embargo, tuvo que seguir manteniendo el tipo. El jefe lo estaba esperando con los brazos cruzados apoyado en el pasamanos de la escalera.

—No se preocupe —alcanzó a decirle Pío—, asunto arreglado, un malentendido.

—Bien. Espero que no tenga que volver a ausentarse de su puesto de trabajo en horario laboral.

—Gracias, puede estar tranquilo —dijo mientras se apresuraba a bajar las escaleras.

No se atrevió a pedir permiso para ir al hospital. Además, faltaban veinte minutos para acabar la jornada y necesitaba algo de tiempo para poder calmarse y pensar qué le iba a decir a Isolina. Si los policías habían estado con ella, ¿le habrían dicho que

26

—No sé qué gracia tiene tomar un suflé frío —protestó Amparo.

—Bueno, ya vale, mamá. Llegamos tarde, sí, pero tampoco es para tanto —se enfadó Telma.

Antes de marcharse de fin de semana, Iris les había preparado su especialidad: suflé de chayote, una bomba calórica que recién salida del horno estaba para chuparse los dedos y unos minutos después se convertía en un plato con más pena que gloria.

—Háblale bien a tu madre —le reprochó Marcos.

Telma optó por morderse la lengua por enésima vez en su vida, consciente de que no sería la última.

—Mamá tiene razón, Telma, esto está mucho más rico recién hecho, la verdad.

Telma le lanzó a su hermana una mirada que cruzó la mesa llevando escritas las palabras traidora, pelota y otras varias que habrían sonado bastante peor si se hubieran pronunciado en alto, cosa que no hizo falta porque Celia le hizo saber que se había dado por enterada soltando los cubiertos y enseñándole las palmas de las manos en son de paz.

Se produjo un breve silencio que en otro momento no habría resultado tan incómodo, hasta que a Marcos se le ocurrió romperlo con una pregunta:

—Bueno, ¿y qué?, ¿qué tal te va en el trabajo?, ¿sigues con la jornada esa de seis horas?

—Cinco horas, papá, de nueve a dos, para ser exactos —lo corrigió Telma.

—Pues cinco, qué más dará, la cuestión es que así nunca vas a tener un sueldo decente.

—Me apaño bien, no te preocupes.

Telma y Celia habían heredado, a partes iguales, los ahorros de la tía abuela Valentina, quien había dejado el mundo siendo una feliz soltera de oro con una hucha también de oro. Había llevado una vida tranquila trabajando como funcionaria. Había ascendido en su carrera poco a poco, presentándose a una oposición tras otra como una hormiguita. Por las mañanas iba a trabajar y por las tardes estudiaba en la biblioteca. Lo hacía con tanto gusto que cuando no tenía una oposición a la vista, se pasaba los días vagando sin rumbo por la vida hasta que encontraba alguna convocatoria interesante. Jamás gastaba el dinero en nada que no fuese necesario, por no decir imprescindible. Se guardaba cada mes en el bolsillo más de la mitad de su sueldo, que no era poco, además de las pagas extra íntegras. A sus ahorros había que añadir la parte correspondiente de la herencia que había recibido de sus padres. Bastante antes de llegar al final de sus días, Valentina había tenido el cuidado de ir al notario para hacer testamento y asegurarse de que sus ahorros servirían para hacerle a «las niñas» la vida más fácil. Celia, que había heredado también el espíritu ahorrador de la tía, no había tocado ni un céntimo ni pensaba hacerlo a corto plazo. Telma, sin embargo, había hablado con los padres de su amiga Lorena para comprarles el piso que vendían en el mismo edificio en el que vivía la azafata. Ellos, movidos por el interés de darle una buena vecina a su hija y teniendo en cuenta que no es que les hiciese mucha falta más dinero, se lo habían dejado a un precio irrisorio. Ella ni lo dudó. La relación con su padre, que por aquel entonces aún vivía con ellas, se había enturbiado demasiado y poner un par de manzanas de distancia podía ser la solución perfecta. Tanto a Marcos como a Amparo les pareció una pésima idea que se fuese de casa siendo tan joven. Terminó la carrera al mismo tiempo que las obras de reforma. Con su primer sueldo se compró la cama gigante que aún tenía, con el segundo, la nevera, y con el tercero hizo una buena compra para llenarla antes de instalarse casi con lo puesto al día siguiente. Bajó la calle Urzáiz con una maleta grande de ruedas. Iba tan feliz que el primer inconveniente de su vida de mujer emancipada le sentó como un tiro. Las escaleras. Imposible subir una maleta tan pesada hasta el tercero. Llamó a Lorena para que le echase una mano, pero no estaba en casa. Probó a subir tres escalones y descansar. Ascendió un total de nueve antes de que las fuerzas le fallasen definitivamente. Se quedó varada a una distancia considerable del primer piso y aún tenía que llegar hasta el tercero. Se sentía tan frustrada, malhumorada y rabiosa consigo misma que no se le ocurrió abrir la maleta e ir llevando las cosas en varios viajes. Entonces, Celia la llamó para decirle que ya la estaba echando de menos y por puro orgullo Telma no fue capaz de pedirle que se acercase a ayudarla. Al colgar, se quedó sentada en las escaleras, apoyada en la maleta hasta que llegó Lorena y la subieron entre las dos.

—¿Qué significa que te apañas bien?

—Pues que llego a fin de mes sin problema y aún puedo comprarme un libro cada dos o tres semanas.

—Vale, pero si, por ejemplo, quisieses venir a verme a Miami, tendría que pagarte yo el billete, ¿o no?

—Haberlo pensado antes.

Las tres palabras le salieron sin querer, al igual que a Celia la exclamación:

—¡Hala!

Marcos optó por fingir que no le había dolido.

—Mientras quieras empeñarte en seguir pensando así —dijo aparentando indiferencia—, tú misma —añadió como si el asunto no fuese con él—, aunque me gustaría recordarte que aún estás a tiempo de estudiar Medicina. Yo estaría encantado de ayudarte, ya lo sabes.

La guerra había comenzado cuando Telma tenía diecisiete años. Su expediente académico, de los mejores de Galicia, y su notaza en las pruebas de acceso a la universidad, le dejaban abierta la puerta grande a cualquier facultad de Medicina, tal como su padre deseaba. Pero ella había preferido estudiar Enfermería, y aquello era algo que a Marcos no le cabía en la cabeza a pesar de las mil y una explicaciones de Telma sobre su vocación de cuidar a pie de cama.

—Me parece que no me lo habías dicho nunca —ironizó Telma—, ¿o sí?

—¿Qué hay de postre? —preguntó Celia al aire para quien quisiera aprovechar la pregunta para cambiar de tema.

—Helado —apuntó Amparo—. A tu hermana le sentará bien para apagar esa rabia que le quema por dentro —añadió como si Telma no estuviese presente.

Esta puso los ojos en blanco y resopló, dándole pie a su madre para insistir.

—¿Lo ves? Pura rabia. El helado te sentará bien.

—¿Es de Capri? —preguntó Celia hablando casi por encima de su madre para cortarla.

—Claro, hija. A veces tienes cada cosa…

Parecía un chiste de esos del colmo de los colmos, Amparo diciéndole a Celia que tenía «cada cosa». Hasta Telma tuvo que reírse del comentario.

Con el ambiente más relajado, el tintineo de las cucharillas en las copas aprovechando hasta la última gota de helado, puso fin a la comida y les dejó un sabor más dulce de lo que se podía esperar unos minutos antes.

Pío

Febrero de 1964

Volver a mentirle a Isolina le resultó algo más fácil de lo que había creído. Se la encontró bajo los efectos de los sedantes, aunque estaba despierta. Pío no pudo evitar que la voz se le notase entrecortada y temblorosa, pero al menos, estaba siendo capaz de hablar. Se quedó de pie, al lado del gotero, y empezó por decirle que sentía muchísimo no haberle contado la verdad sobre la bici. Después, volvió a mentir, cambiando una mentira por otra que le convenía más. Le dijo lo mismo que a los policías: que la había encontrado y había tenido miedo de que ella se ofendiese si sabía que le estaba haciendo un regalo sacado de la basura. Ahora se daba cuenta de que había sido una tontería mentirle. También le aclaró que jamás se habría imaginado que pudiera ser robada, solo estaba abandonada. Le prometió que le compraría otra en cuanto lo ascendiesen a encargado.

Isolina lo escuchaba parpadeando despacio, como si le costase levantar los párpados cuando los dejaba caer. Lo dejó hablar durante un par de minutos. Entonces, se incorporó ligeramente y logró decirle:

—Todo eso ya da igual.

Pío se quedó de piedra. Se temió lo peor. Había hablado con el médico antes de entrar en la habitación y este le había dicho que se tranquilizase. Isolina se recuperaría pronto. Aunque había algo más, pero sería mejor que se lo contase su mujer. Un remolino de pensamientos le nubló la vista durante un segundo. Pensó en posibles secuelas, ¿y si no podía volver a caminar? ¿Y si la maldita bicicleta le había destrozado la vida también a su mujer? ¿Cómo iba a encajar todo aquello? ¿Cómo iba a perdonarse algún día? «No, por favor, ella no, Dios mío, no nos hagas esto, por favor», rezó antes de atreverse a preguntar:

—¿Por qué dices eso, mi amor?

—Estoy en estado —respondió Isolina sonriendo con la mirada.

Pío inspiró hondo y, al espirar, notó cómo se le iba destensando cada músculo del cuerpo. La noticia no podía haber llegado en mejor momento. «Gracias, Dios mío, gracias por bendecirnos de este modo justo ahora. Perdóname, perdóname algún día», rezó. Quiso abrazarla, pero la barra de hierro en el lateral de la cama se lo impedía. Le cogió la mano y se inclinó para llenársela de besos mientras ella resplandecía entre las sábanas blancas. Cuando Pío cesó su besuqueo y se irguió de nuevo, Isolina dejó de sonreír y le clavó una mirada más dura y fría que los hierros de la cama. A él se le heló la sangre.

—Estoy segura de que va a ser un niño y esta vez no vamos a cometer el mismo error —le advirtió ella en un tono que no dejaba lugar a réplicas—. Ahora mismo le vamos a dar algo que será suyo para siempre, algo que ya no podrá quitarle nadie jamás. ¿Qué te parece Guzmán?

Pío sonrió aliviado.

—No me puede gustar más. Guzmán Louro Candeira.

Isolina elevó la mirada al techo y sonrió imaginándose ya a Guzmán con las mejillas sonrosadas, dedicándoles una sonrisa desdentada desde la cuna que volverían a montar. Por la mente de Pío se asomó la que sería a partir de ahora su peor tortura, su peor pesadilla, su peor enemiga… Su propia conciencia, agazapada dentro de sí mismo, se mostró por primera vez dejando claro que había llegado para quedarse, dispuesta a amargarle cualquier momento feliz que pudiese cruzarse en su vida. Su imaginación lo llevó a un siniestro cementerio en el que estaban dando sepultura a un ataúd pequeño y blanco como el de su primer hijo. Al lado de la fosa estaba preparada una lápida que rezaba: «Aquí yace Guzmán Louro Candeira, que murió para pagar por el pecado de su padre, el cobarde ladrón y asesino Pío Louro Rodríguez».

27

En cuanto pudieron, las dos hermanas se encerraron en la habitación de Celia mientras Amparo veía a medias, entre sueño y sueño, la película de la tarde y Marcos, a su lado, con el ordenador portátil en el regazo ligeramente girado hacia la izquierda, se enfrascaba en una conversación escrita con alguna interlocutora del otro lado del Atlántico.

La habitación de Celia tenía forma de ele, lo que daba lugar a dos ambientes. La zona de descanso la ocupaban varios muebles de madera de haya: una mesilla de líneas rectas, una cama grande y un tocador con un banco tapizado de cretona rosa *nude*. Encima de la consola había un cesto con todos los cachivaches necesarios para arreglarse los cuatro pelos que, según Celia, Dios había podido darle, porque ya no le quedaba gran cosa después de agraciar a Telma con semejante melenaza. De la pared colgaban un espejo redondo y un corcho. Las chinchetas, de cerámica verde agua, sujetaban fotos, collares de colores, entradas de conciertos… Escondido de la vista por una palmera artificial muy lograda, un aro dorado, como el de las peluquerías, sujetaba un secador de pelo profesional. La cama estaba hecha con un edredón blanco estampado con hojas verdes diminutas. A los pies, una colcha verde botella hacía juego con dos butacas separadas por un velador que presidían la zona de estar. Allí tenía también su mesa de trabajo heredada de la academia del abuelo Rodrigo. Sus numerosos libros estaban ordenados en dos estantes de escayola dispuestos a media altura de la pared. En la esquina de la derecha, las baldas se interrumpían por la doble puerta corredera que daba acceso al balcón.

Celia se descalzó para sentarse en la cama con las piernas entrelazadas y la espalda muy recta como si fuese a practicar yoga. Telma se acomodó en una butaca y apoyó la carpeta azul en el velador. Mientras extraía los folios carraspeó para aclararse la voz y empezó a leer.

SIN RESPUESTAS

Llegó el día en el que tuve que asumir que nunca iba a obtener respuestas para las preguntas que me consumían por dentro.

Los dos policías que me habían acompañado durante las peores horas de mi vida se presentaron en casa sin avisar. Yo estaba en la salita de arriba, escribiéndoles a Leonardo y Maruxa la primera carta desde lo de Darío. No había respondido ni a una sola de sus epístolas casi diarias y estaba siendo un alivio para el alma contarles por escrito cuatro tonterías sin ningún interés, sobre todo porque eso quería decir que ya era capaz de pensar en otras cosas que no incluyesen las palabras muerte, rabia, pena, venganza o tristeza. Nati subió a avisarme de que habían venido dos policías y me esperaban en el salón.

Bajé las escaleras a toda velocidad, como si fuesen a traerme noticias de Darío. Al llegar abajo me paré en seco en el último peldaño sintiéndome tremendamente estúpida. No sé cómo se me pudo pasar por la cabeza pensar que traerían buenas noticias, pero os digo de verdad que lo pensé. Es increíble el poder de la mente cuando hay algo que deseamos tanto, está claro que creemos lo que queremos creer. Respiré unas cuantas veces agarrada al remate esférico del pasamanos de castaño antes de encaminarme hacia el salón.

Los policías se presentaron como si no nos hubiésemos visto antes. Yo ni siquiera estaba segura de que fuesen los mismos de aquel día. Gómez era el más corpulento y de bigote canoso, e Ibarra, el más bajito y barbilampiño. Ibarra permaneció callado todo el rato mientras Gómez hablaba.

—Hemos venido a informarle de que hemos recuperado su bicicleta y ya puede disponer de ella. Se encuentra en la parte trasera del jardín. Me temo que es lo máximo que podemos hacer en relación con este caso.

«Caso», así lo recuerdo, con esa palabra. Me acuerdo porque me dolió, aunque no se lo tuve en cuenta porque era evidente que Gómez se expresaba como si estuviese redactando un informe, con esa forma de hablar tan enrevesada y frecuente en su gremio. Quizá lo del jardín me lo estoy inventando y solamente es fruto de mi imaginación, que ahora quiere adornar con árboles frutales y mirtos el recuerdo de la bicicleta que nos destrozó la vida.

Después, el policía pasó a la parte de la investigación, que era lo que a mí me interesaba. Ansiaba con todas mis fuerzas saber quién había sido el monstruo que había truncado nuestras vidas de aquel modo. Quería pensar que ponerle un rostro a un culpable disminuiría mi sensación de culpa. Además, confieso que también deseaba profundamente verlo entre rejas y sufriendo lo máximo posible.

—Por suerte, aquí mi compañero el inspector Ibarra, se encontraba ayer en la zona de Balaídos adquiriendo unas entradas para el partido del Celta. Al escuchar un golpe provocado por el impacto de un objeto contundente contra un vehículo estacionado, y a pesar de que no estaba de servicio, se aproximó al lugar de los hechos. Ya desde lejos, la red salvafaldas multicolor que usted nos había descrito, lo alertó. Cuando estuvo lo suficientemente cerca, pudo comprobar mediante inspección visual que, efectivamente, era su Orbea blanca con la inicial G repujada en el asiento de cuero y la chapa con dos fechas grabadas debajo del logotipo de la marca. La habíamos estado buscando durante todos estos meses sin descanso, y esto lo digo para que sepa que en ningún momento se dio el caso por cerrado. Así que Ibarra supo lo que tenía que hacer desde el primer momento. La mujer accidentada había perdido el conocimiento, por lo que le resultó imposible preguntarle in situ por la procedencia de la bicicleta. No obstante, un par de horas después, pudimos *hablar con ella en el hospital. Allí afirmó que el objeto sustraído había sido un obsequio de su marido. Sin más dilación, acudimos a interrogarlo a su puesto de trabajo, con la sospecha de que sería el autor de los hechos. No obstante, encontramos a un trabajador honrado que declaró haber encontrado la bicicleta abandonada en un descampado cercano a su casa, en un lugar en el que suele haber desperdicios y objetos viejos. Manifestó también que aquel día no se encontró con nadie en la zona, ni siquiera en el camino. Tanto a Ibarra como a mí nos pareció que decía la verdad. Para cerciorarnos fuimos a comisaría y comprobamos si tenía antecedentes. Por supuesto, no encontramos nada. Queriendo estar aún más seguros de nuestro parecer, telefoneamos al párroco de San Antonio de la Florida, puesto que el sospechoso había mencionado dicha iglesia durante la entrevista. El sacerdote, don Miguel, afirmó con rotundidad que pondría la mano en el fuego por él, que era un hombre de fe sobre el que jamás había escuchado un mal comentario. También pasamos a inspeccionar el descampado y todo coincidía con la descripción que nos había dado el buen hombre. Preguntamos a todos los vecinos de las fincas colindantes con el terreno en cuestión. Nadie vio nada. Nadie sabe nada —Gómez carraspeó antes de continuar—. Me temo que se nos han agotado las posibilidades de aclarar este caso.*

El policía siguió excusándose y hablando de esperanza. A mí ya no me interesaba su conversación. ¿Esperanza de qué? Jamás llegaríamos a saber la verdad, tan solo teníamos una versión adulterada en la que se mezclaban los datos de la autopsia y la imaginación con el hecho del robo de mi bicicleta como telón de fondo, un puzle de suposiciones que dejaba en el aire demasiadas dudas. ¿Qué había pasado exactamente en aquel portal?, ¿cuáles fueron sus últimas palabras?, ¿su último pensamiento? Quizá el ladrón ni siquiera sabía lo que había hecho y vivía tan feliz. Tal vez le había dado un empujón a Darío y le había dado la espalda para salir corriendo con la bici sin mirar atrás, ignorando que le había quitado la vida y que había destrozado la mía y la de Amparo. Aunque, en realidad, todo eso ya daba igual, nunca sabríamos su nombre, pero ¿acaso importaba? ¿Acaso era él el culpable? Si yo no hubiera dejado allí la bicicleta, si hubiera hecho caso a las advertencias de Darío, si no me hubiera entretenido arriba, si hubiera bajado un par de minutos antes...

El tiempo transcurre en una sola dirección, sin mirar atrás y sin piedad, y a mí no me quedaba más remedio que aceptarlo. En aquel momento, el único camino posible se dibujaba hacia adelante, pero yo no tenía fuerzas para recorrerlo, solo era capaz de quedarme parada, muy quieta, para encajar ese nuevo golpe: mi sed de venganza jamás podría saciarse y eso me frustraba extremadamente, pero lo peor era pensar que yo era la única culpable conocida, que jamás podría descargar mi culpa en la espalda de otro. Iba a tener que aprender a vivir con ello, porque ni siquiera se me iba a conceder el privilegio de saber la verdad.

Se miraron a los ojos sin saber ni qué decir. Celia arqueó las cejas y negó levemente con la cabeza al tiempo que suspiraba.

—Dame un momento. Voy a ir a echarle un vistazo a mamá por si necesita algo.

—Pero si está papá con ella... —se extrañó Telma.

—Ya. Era una excusa para despejarme —confesó Celia—. Me gustaría tanto poder abrazar a la abuela ahora...

Telma se levantó de la butaca para abrazar a su hermana y le susurró:

—Si quieres lo dejamos aquí por hoy.

—No. Sigue, sigue, porfa. Ya está. En realidad, solo necesitaba un abrazo.

HUNDIDA

Le pedí a mi padre que se deshiciese de la bicicleta antes de que la fuesen a tocar Ovidio o Felipe. Estaba convencida de que estaba maldita. Era mejor pensar así, me convenía porque, de ese modo, parte de la culpa podía recaer en una supuesta maldición y mi alma se liberaba ligeramente de esa carga. Pero no era alivio suficiente, el mismo pensamiento volvía una y otra vez: quizá si hubiesen encontrado al ladrón, podría haberlo culpado a él, pero al saber que no aparecería jamás, tenía que asumir que la culpa se quedaría en mí, que no podía pasársela a nadie más que a la ridícula idea de una bici maldita.

Me volví a hundir. Estaba peor que antes de que trajesen la cama. Retrocedí kilómetros en mi recuperación. Enfermé. No sé cuánto tiempo estuve en la cama con fiebres tan altas que me hacían delirar. Sin embargo, en el fondo, me sentía bien así. Soñaba con Darío y cuando despertaba, siempre había alguien sentado en la butaca de mi habitación, velando por mí: Rosa, Nati, Valentina, o incluso mi padre, que dejó de ir a trabajar muchas veces para quedarse a mi lado.

Cuando mi estado físico mejoraba un poco, Rosa tiraba literalmente de mí para hacerme levantar, y Felipe y Ovidio me llevaban del brazo al comedor para sentarme a la mesa cada mediodía y cada noche. Mi padre mandó que me volviesen a preparar los consomés de ave diarios para mantenerme con vida, pero yo no era capaz de tomarlos. Ya ni siquiera preguntaba por Amparo, no tenía nada que ofrecerle, y ella también había dejado de buscar mi compañía. Cuando ya no hubo forma humana de hacerme entrar en razón para que me esforzase por vivir, me llevaron al hospital. Estaba escuálida y la piel se me había quedado casi transparente. A base de suero y de inyecciones diarias de Dios sabe qué salí adelante en contra de mi voluntad. Después de una semana sedada, el médico que me dio el alta me recomendó mucho aire libre, pero yo no estaba dispuesta a ir más allá del jardín de Villa Marta.

Pío

Enero de 1965

Pío NUNCA SE había imaginado que el día de su ascenso a encargado sería un día triste. Y lo fue. Lo fue porque él había dejado de ser una persona alegre.

Desde que aquellos policías le habían contado lo que había provocado, no podía dejar de pensar en un nombre: Gala Freire. Cada día se levantaba tentado de apostarse en la calle, delante de su portal, y abordarla para pedirle perdón, para preguntarle cómo podía reparar tanto daño. Después, siempre acababa por irse a trabajar sin atreverse a dar semejante paso. Al fin y al cabo, ¿cómo iba a compensarla? Ya era demasiado tarde. Era imposible devolverle a su marido. Ni siquiera sabía si tenía hijos. Era muy probable que su funesta idea hubiese dejado a alguna criatura inocente sin su padre, y él acababa de ser padre de un niño precioso, ¿cómo podía ser todo tan injusto?

Nunca encontraría el valor suficiente para dar la cara. Iría a prisión y eso tampoco era justo, ¿dejar a Guzmán sin su padre? ¿Era él culpable de un homicidio que no había cometido? Ninguna opción era razonable y no había nada que pudiera hacer para redimirse. ¿No dormir, vivir sin sosiego y huir de sí mismo permanentemente sería penitencia suficiente para pagar por un error tan grave?

Encontraba algo de paz en las noches de insomnio gracias a la biblioteca de sus vecinos Marta y Jaime, que a pesar de no ser ni muy extensa ni muy variada, le servía para mantener la mente lejos de su carga. Había empezado por las novelas del Oeste que le iba recomendando Jaime y más tarde se había sumado a la moda de Corín Tellado, dejándose llevar por la intensidad con la que Marta hablaba de aquellas lecturas. Después, cualquier cosa le servía, desde el periódico del día anterior que le guardaban en el bar Campina hasta el diccionario. Lo importante era despistar a la conciencia para poder superar tantas horas en vela. Durante el día, tenía dos refugios perfectos: el trabajo y Guzmán. Aun así, nunca volvió a ser la misma persona, aquel que abrazaba a Isolina levantándola del suelo para darle vueltas en el aire, aquel Pío había muerto junto al hombre joven al que su error había matado.

Por eso, el día que ascendió a encargado, ni siquiera lo celebró. Le molestó. Se avergonzó de sí mismo mientras se incorporaba a su nuevo puesto. No se lo merecía. No se merecía nada.

28

Justo cuando iban a empezar a leer un nuevo capítulo, Marcos entró en la habitación de Celia sin llamar.

—¿Interrumpo algo?

—Pues sí, la verdad, tan oportuno como siempre —respondió Telma levantando la vista del manuscrito de Gala.

—Oye, me da igual que tengas casi treinta años. A mí no me hablas así. Te guste o no, soy tu padre, ¡que ya está bien, hombre!

—Acabo de cumplir veintinueve, para que lo sepas. Y, por cierto —añadió Telma con aire recriminatorio—, aún estoy esperando tu felicitación.

—Felicidades, hija —dijo él con tono de quien está llegando al límite de su paciencia.

—No te vas a creer lo que estamos leyendo, papá —intervino Celia intentando calmar los ánimos.

—Pues como no me deis una pista…

—Son las memorias de la abuela Gala, ¡escritas por ella!

Telma le lanzó a Celia una mirada asesina para que se diese cuenta de que no tenía que haber dicho nada. La abuela les había dejado las memorias a ellas dos, solo a ellas dos. Estaba claramente escrito en el sobre de color sepia: «Telma y Celia». Su hermana podía ser una santa en muchos sentidos, pero también era una bocazas. ¿Para qué tenía que haberle dicho nada a su padre? Telma, que ya estaba rabiosa, se enervó aún más. Su hermana estaba ignorando su mirada de cállate la boca y la presencia de su padre la estaba molestando. Ahora, encima, iban a tener que darle explicaciones. Y ya lo único que faltaba era que quisiese sentarse a escuchar.

—¿Y eso? —se sorprendió Marcos.

—La abuela nos escribió sus memorias a Telma y a mí y nos las dejó escondidas en su casa. Telma las encontró el otro día detrás del espejo del salón.

—¡Caramba! ¿Y qué cuenta Gala? ¿Se puede leer? Con lo peliculera que era, no os vayáis a creer nada...

—Claro que no se puede leer —lo cortó Telma—, y mucho menos tú.

La paciencia de Marcos tenía un límite y ella acababa de tocarlo.

—¿Puedes venir un momento a la cocina, por favor? —le dijo a su hija en un tono recriminatorio que no dejaba lugar a una respuesta negativa.

Telma interrogó a Celia frunciendo el entrecejo. Por toda respuesta recibió un gesto de su hermana encogiéndose de hombros.

—Faltaría más. Si tú me dices ven, lo dejo todo —ironizó Telma mientras se levantaba desafiando a su padre con la mirada.

Mientras recorrían el pasillo hacia la cocina no se dirigieron la palabra. Una vez allí, su padre retiró un taburete de la barra y la invitó a sentarse. Él eligió el sitio de enfrente para poder mirarla a los ojos.

—¡Para! Ya vale de torturarme, de castigarme o de lo que sea que estés haciendo desde hace años —le dijo Marcos muy tajante—. Debí haberme puesto serio contigo y cantarte las cuarenta en su día, pero entonces no tenía fuerzas para emprender batallas y ahora igual ya es demasiado tarde.

—No sé de qué estás hablando.

—Lo sabes perfectamente, ¿qué tienes en mi contra? ¡Venga, dímelo! —levantó la voz para insistir—. ¡Venga, suéltalo todo! ¡Ya está bien! ¡Estoy harto!

—Sabes de sobra que nunca te voy a perdonar lo que le hiciste a mamá, acostarte con su amiga, qué poca vergüenza, y encima, para rematarlo, te vas al otro lado del mundo después del accidente y la dejas aquí tirada —escupió todo sintiéndose mejor con cada palabra y remató—. Y a nosotras que nos den, ahí queda eso.

—No seas ridícula, hija, por Dios. Yo le fui infiel a tu madre una vez. Punto. Y ella me perdonó, es un asunto del pasado, pasado, pasado —insistió—. Además, ni siquiera llegué a acostarme con otra, como tú dices. Quedamos para comer un día, flirteamos, bebimos un par de copas de vino y nos dimos cuatro besos de nada. Eso fue lo que vio tu amiga y no sé lo que te habrá contado, pero te juro que no hubo nada más.

—Todo eso no se lo cree nadie. Bueno, parece que mamá y Celia, sí. Pero yo no, no señor, no soy tan ingenua. A ver, dime, ¿con quién hablabas antes? Era una mujer, de eso estoy segurísima.

—Telma, hija, ¿y qué si era una mujer? ¿Basta que me veas hablar con una mujer para que te montes una película? Por el amor de Dios, ¿cómo tengo que decírtelo? —Marcos puso los ojos en blanco antes de continuar—. Yo adoro a tu madre. La quiero tanto que no soporto verla así. A ver, dime, ¿acaso tú sabes cómo y por qué tomé la decisión de irme?

—Vete tú a saber —le respondió ella simulando desinterés.

—Cuando pasó lo del accidente de tu madre, me sentía tan impotente, tan vacío... Ella ya no era ella. La Amparo con la que compartía todo, de repente, ya no estaba y, en su lugar, había alguien que no se acordaba de nada que hubiésemos vivido juntos más allá del noviazgo. Que no recordase todo lo que habíamos superado a lo largo de tantos años de matrimonio era tan frustrante...

—Me lo estás contando como si nosotras, Celia y yo, no hubiésemos tenido que pasar por lo mismo, y mira, aquí estamos, ¿o qué crees, que no fue horrible para nosotras? Igual piensas que no nos importó quedarnos sin madre, como quien dice, de la noche a la mañana, porque eso fue lo que nos pasó a nosotras, por si no te habías dado cuenta. —Telma estaba subiendo demasiado el tono de voz y Marcos le hizo un gesto para apaciguarla moviendo un par de veces en el aire las manos estiradas hacia abajo, pero ella siguió elevando el volumen con cada palabra—. Nos quedamos huérfanas de madre con una madre viva, viva pero sin memoria, ¿qué creías, que nosotras no nos sentíamos perdidas?

—Claro que sé que pasasteis un infierno —le dijo pausadamente—. Lo que intento explicarte es que, a mí, ese mismo infierno me obligó a irme.

—Pues no lo entiendo —lo interrumpió Telma—. Bien podías haberte quedado.

—No. No podía.

—¡Anda ya! —exclamó Telma chasqueando la lengua con desprecio.

—Oye, un respeto.

La mirada que le clavó su padre la hizo rectificar de actitud.

—Vale, perdona, te escucho, a ver.

—Te decía que me sentía impotente, que ya no era ella. No fui capaz de gestionar eso. Me pudo la tristeza y entré en depresión. Haciendo un esfuerzo sobrehumano, no lloraba delante de vosotras ni delante de mis pacientes, claro, pero el resto del tiempo me lo pasaba llorando. La echaba de menos a todas horas, te recuerdo que tu madre también trabajaba conmigo antes de tener el accidente. Estábamos siempre juntos, éramos un equipo para todo, ¿entiendes? Un día, al final de la tarde, al acabar las pocas consultas que seguía manteniendo, me quedé solo en la clínica. Entonces, abrí de par en par la ventana de mi despacho y me senté en el alféizar. No sé si te acuerdas, pero era un octavo piso y las ventanas eran enormes.

—Claro que me acuerdo.

—Me giré para ponerme de lado, saqué una pierna hacia la parte exterior del edificio y, cuando iba a sacar la otra, me acobardé, gracias a Dios. A partir de ahí, fui de mal en peor. Cada día tenía menos fuerzas para trabajar y la clínica empezó a dar pérdidas. Cuando me quise dar cuenta, estaba endeudado hasta las orejas. Los bancos me cancelaron las tarjetas, y si no llega a ser por la ayuda de vuestra abuela Gala, nos habrían embargado este piso y el de la clínica. No lo vendí porque me hubiesen hecho una oferta inigualable como os conté en su día, lo despaché por cuatro duros porque no me quedó otra alternativa.

—No tenía ni idea…

—Ya lo sé.

—Pues no entiendo por qué no nos lo dijiste.

—Vuestra abuela Gala me puso dos condiciones para ayudarme. La primera: vosotras no debíais enteraros de nada. No quería que sufrieseis por mí, decía que bastante teníais con sufrir por vuestra madre. La segunda, aceptar un tratamiento psiquiátrico. Le di mi palabra de que así sería y así fue. Justo cuando empezaba a recuperar las fuerzas, surgió la oportunidad del proyecto de investigación en Estados Unidos, una oportunidad irrecusable para poder salir del pozo. La situación económica de aquel momento no me permitía hacer grandes elecciones. Además, es algo temporal. En cuanto todo esté rodando allí, volveré para quedarme. No voy a darte más explicaciones. Solo te diré que, si me hubiera quedado, no habríais tardado mucho en enterrarme, estoy seguro. —Hizo una pausa para suspirar y continuó—: Y tú llevas años siendo tremendamente injusta conmigo. Desde que pasó aquello me juzgas por algo que no he hecho y ahora me vienes con… ¡Abandonadas! Eso parece que he hecho, abandonaros, ¿no? Bien, pues ya ves. Puede que sea abandono trabajar como un desgraciado cada día para poder mandar el dinero necesario para mantener la casa, pagar todas las facturas, a Iris, los médicos y que tu madre esté como una reina. También puede ser abandono pasarme el día solo al otro lado del océano y mandarle cada día un mensaje a mi hija para recibir, a diario también, la bofetada de la ausencia de respuesta. Ya está bien, hombre, ya está bien, ni que fueras una cría.

—Vaya. No sabía lo de las deudas.

Telma no sabía qué decir. Ni siquiera sabía si creerse o no todo lo que le acababa de contar su padre.

—Bien, pues eso es todo —dijo Marcos levantándose del taburete—. Ahora espero que no le vayas con el cuento a tu hermana, no tiene por qué saber todo esto.

buscaban a un ladrón de bicicletas?, ¿le habrían mencionado el homicidio?

Se paró antes de acceder a la fábrica. Se tapó la boca con ambas manos y dejó caer su cuerpo hacia delante hasta que su frente chocó con la puerta, se separó un par de centímetros y volvió a dejarse caer. Quería hacerlo con más fuerza, pero el encargado estaba al otro lado y no podía permitirse que lo escuchase dándose cabezazos. Ahora tocaba poner buena cara y fingir de nuevo. Entró con aire apresurado.

—¿Algún problema, Pío? —preguntó el encargado.

—Nada, un malentendido —respondió dirigiéndose hacia su puesto de trabajo—. No hay de qué preocuparse.

Ella siguió sin pronunciarse y sin moverse mientras él abandonaba la cocina en dirección al salón. Le habría gustado levantarse y darle un abrazo, pero siguió allí sentada porque, aunque quería creerse todo a pies juntillas, se daba cuenta de que nunca iba a saber la verdad. Porque no hay una verdad, solo distintas versiones contadas desde la perspectiva que le interesa a cada uno, realidades maquilladas al gusto de cada conciencia.

Cuando volvió a entrar en la habitación de Celia, la pilló sentada en la butaca con los papeles del manuscrito en las manos.

—¡Pero bueno! ¿Estabas leyendo sin mí?

—No, yo... Bueno, sí.

—Anda que... Menos mal que soy yo quien guarda la carpeta, si no tú no me habrías esperado ni medio segundo.

—En realidad, solo estaba echando un vistazo.

—Ya, sí, claro.

Celia optó por echar mano de su especialidad: el cambio de tema.

—Oye, ¿y papá qué?

—¿Qué de qué?

—Que qué te quería, ¡¿qué va a ser?!

—¡Ah!, nada, cosas nuestras.

—Papá tiene razón, Telma, siempre lo estás retando...

—Bueno, ya está, son cosas nuestras.

—Yo solo digo que...

—Nada, tú no tienes nada que decir en esto, Celia.

—Perdona, pero ahí te equivocas. Te recuerdo que también es mi padre, y por más que te adore, porque sabes que te adoro, no me gusta que lo trates así.

—No empecemos, anda, no empecemos.

—Pues tú sabrás a qué juegas, pero intenta no salpicarnos a los demás, por favor —dijo Celia—. ¿Qué? ¿Seguimos? La parte que viene ahora te va a encantar.

—Habló la que solo estaba echando un vistazo... ¿Cuánto has leído? Confiesa.

—Un poquito de nada.
—Ya. Seguro.

MÁS ALLÁ DE VILLA MARTA

Había pasado más de un año desde la muerte de Darío y yo seguía en letargo, sentada en el banco del porche trasero de casa. Fue entonces cuando mi padre decidió que había pasado el tiempo suficiente para que mis heridas se convirtiesen en cicatrices. Ya era hora de tomar alguna medida drástica para hacerme salir del bucle en el que había entrado. Y optó por mentirme.

Se compinchó con José y entre los dos se inventaron una especie de crisis en el sector de los embalajes para explicarme que la empresa estaba pasando dificultades financieras. Mi hermano había tomado las riendas de la fábrica de Darío y gestionaba los beneficios que seguía generando. Todos los meses me traía un sobre con dinero. Yo se lo entregaba a mi padre sin abrir, para pagar a Nati y ayudar con los gastos de Villa Marta. Me creí cada palabra sobre aquella crisis inventada. Estaba tan ausente del mundo que me rodeaba, tan inmersa en mí misma y en mi pena, que me habría creído cualquier cosa que me contasen si el hecho en cuestión transcurría fuera de los límites del jardín de Villa Marta. Para no asustarme demasiado, José me habló de varios presupuestos ya entregados a clientes nuevos que muy probablemente saldrían adelante. Aunque, de momento, ese mes había tenido que echar mano de sus propios ahorros para completar los salarios de los trabajadores. Mi padre, por su parte, también se inventó su propia situación de inestabilidad en su fábrica. Me contó con todo lujo de detalles que había tenido una avería en la máquina que enrollaba los pliegos de papel de regalo. La pieza necesaria para la reparación tenía que venir de Holanda y costaba una fortuna.

—Con este panorama, entenderás que ni José ni yo podamos ocuparnos de tantos gastos en casa ahora mismo —me presionó

mi padre—. Necesitamos que trabajes, aunque sea unas pocas horas al día, al menos durante un par de meses, hasta que las cosas mejoren.

—Claro, puedo hablar con el padre de Maruxa, igual le viene bien que vuelva a echarle una mano…

—Me temo que hace tiempo que tiene un ayudante.

—Bueno, no pasa nada, algo encontraré, ya verás.

Lo animé a la vez que me animaba a mí misma porque ya estaba empezando a gustarme la idea de sentirme necesaria para alguien. Quizá sabía que había llegado la hora de retomar una pizca de vida normal. Tal vez, en el fondo, yo quería vivir más que sobrevivir, pero el sentimiento de culpa no me daba permiso para sincerarme. Había llegado a un punto en el que no quería estar triste, sin embargo, me resultaba inconcebible la idea de autorizarme a mí misma a dar por concluida aquella fase del duelo. Mi padre me lo estaba poniendo en bandeja y hablé con mi conciencia: «No quiero salir de este encierro en mi pena, pero si mi padre me lo pide, tendré que hacerlo, es mi obligación».

—Hablé con Leonardo —me dijo—, porque hace poco me comentó que su amigo Ángel estaba buscando a alguien para poner en orden la secretaría de su academia.

—Suena bien, ¿sabes algo más?

—Son dos socios, Ángel y otro chico que no sé cómo se llama. Desde que abrieron hace un par de años solo se han preocupado de dar clase, sobre todo a preuniversitarios, pero también tienen alumnos que ya están en la universidad. Creo que jamás han archivado un papel y ni siquiera tienen dónde hacerlo. Por lo visto, hay una estancia de la academia que está llena de documentación importante, modelos de exámenes, listas de antiguos alumnos… Todo acumulado en montañas en el suelo.

—¡Madre mía! Eso ya no suena tan bien, papá, por Dios, no me digas que quieres que trabaje ahí.

—Es un trabajo como otro cualquiera y te diré que tienen previsto comprar estanterías y carpetas —dijo mi padre riendo.

—Pues eso ya lo arregla todo —ironicé yo.

—Bueno, tú vete mañana por allí a media tarde. Te estarán esperando para hacerte una entrevista. Vas, ves qué sensación te da, te haces una idea de cómo sería el trabajo y después decides con calma. ¿Puede ser? ¿Puedes hacer eso por mí?

Era un chantaje emocional muy fácil de aceptar, sobre todo porque ya os digo que, en el fondo de mi ser, estaba deseando tener una excusa para vivir.

Al día siguiente, al llegar al edificio de Gran Vía que me había indicado mi padre, me paré ante un enorme portón de madera. La idea de entrar en un portal no me gustaba ni lo más mínimo. Cogí aire y levanté la vista preguntándome si los estudiantes más jóvenes no tendrían dificultad para abrir semejante puerta. Estaba entornada, por lo que decidí probar suerte y empujar. Para mi sorpresa, no pesaba tanto como parecía. Me asomé hacia la parte trasera y me detuve observando el soporte que la hacía más liviana mediante un entramado de cuerdas y poleas que parecían sacadas de alguna novela como Frankenstein. *Sin embargo, el resto del portal no tenía nada de siniestro, era muy amplio y recordaba más a un patio andaluz que a una entrada gallega. Las paredes estaban rematadas en la parte inferior por un generoso zócalo de granito rosado y en la parte superior por una guirnalda floral de escayola apoyada en falsos capiteles que surgían de la pared como ramas. Parecía que una poderosa vegetación exterior se había colado por unas grietas imaginarias de la pared. A la derecha, un banco de jardín de hierro forjado con varias capas de pintura blanca estaba flanqueado por una colección de diferentes especies de palmeras diminutas. A la izquierda, alineadas en batería y dispuestas en macetas de colores muy vivos, la variedad de plantas era similar a la de un invernadero, desde pequeñas fittonias hasta grandes scheffleras. Pero la joya de la corona de aquel portal tan peculiar era el filodendro de la esquina. Cada una de sus hojas bien podía servir de paraguas a un adulto si no fuese por los espacios intercostales que habrían dejado entrar el agua. Estaba tan absorta en la contemplación de aquel vergel que casi me mata del susto una voz dándome los buenos días a mis espaldas.*

—¡Ay, Dios! Por poco me hace saltar el corazón por la boca.

—Gajes del oficio —respondió sin inmutarse el portero.

—¿Es que ya ha matado a alguien de un susto?

—No —dijo más serio que un ocho—. Por ahora —añadió y continuó sin más charla llamado por el deber—. ¿Tendría la amabilidad de decirme a qué piso va?

—Voy a la Academia Tiempo.

—En tal caso, no necesitará el ascensor. Le ruego que se abstenga de usarlo. Encontrará el centro de estudios subiendo ese tramo de escalera.

Subí con parsimonia los trece escalones de granito que, aunque aún no lo sabía, me estaban separando del resto de mi futuro.

Al llegar al descansillo comprobé con agrado que la puerta de dos hojas estaba abierta de par en par dejando a la vista un mostrador de madera de boj con una cenefa de marquetería dispuesta a lo largo de todo el mueble. Me quedé prendada de aquella pieza tan noble y enseguida me vi muy ajetreada en una estancia que encajaba a la perfección en mi idea de un lugar agradable para trabajar. Estaba dejándome seducir por el ambiente cuando un olor a limpio, como a lavanda, me invitó a girarme hacia la derecha.

—Buenos días, usted debe de ser Gala.

—La misma, sí señor. Y usted será Ángel.

—Él está ahora mismo en clase, yo soy Rodrigo. La estábamos esperando y le confieso que con cierta impaciencia. ¿Cuándo puede empezar?

Así fue como conocí a vuestro abuelo Rodrigo. No penséis que fue amor a primera vista ni nada parecido. Para empezar, él era casi diez años mayor que yo y eso lo convertía, a mis ojos, en un señor. Para continuar estaba su aspecto. Era algo parecido a un Einstein joven, con el pelo bastante largo, ondulado y revuelto. Tenía más canas de las que se esperaría en alguien de treinta y pico. Era unos cuatro dedos más alto que yo e iba vestido con una camisa de milrayas verticales que le estilizaban la figura. La llevaba suelta, por fuera de un pantalón vaquero, como muchos alumnos que empezaban a vestirse como los hippies de otros países de Europa. Por supuesto, aquella indumentaria me pareció de lo más inadecuada para dirigir una academia. Estaba claro que allí se necesitaba a alguien que aportase un poco de saber estar y buen gusto.

—¿Empezar? ¿Así, sin más?

—Tiene razón, discúlpeme, primero tendrá que conocer también a mi socio, Ángel, y quizá sería conveniente que le mostrase las instalaciones. No suelo ser tan descortés, pero...

—No, si no es eso lo que me sorprende. Pensé que iban a hacerme una entrevista o alguna prueba de mecanografía o taquigrafía.

—¿Con la carta de recomendación que la precede? Creo que podremos saltarnos esos trámites sin temor a equivocarnos.

—Ah...

No sabía que tuvieran una carta de recomendación. Tenía que ser del padre de Maruxa. Estaba claro que mi padre y Leonardo habían estado moviendo hilos a mis espaldas.

—¿Qué le parece si nos vamos informando con calma y nos ahorramos la presión de una entrevista laboral al uso?

—Suena bien. —Hacía rato que había tomado la decisión de adueñarme de aquel mostrador—. Pero por lo menos, debería presentarme a su socio, ¿no le parece?

Rodrigo asintió mostrando una media sonrisa que me pareció muy tierna y algo impropia de una figura tan seria como la de aquel que ya era mi jefe. Me di cuenta de que ya estaba imponiendo mi criterio antes de colocar mi bandera en lo alto del castillo y me alegré por mí. Empezaba a despertar la Gala de antes, o por lo menos, lo poco que quedaba de ella, los rescoldos de mi yo anterior.

Aquella tarde, nada más llegar a casa, le pregunté a Rosa por Amparo. Me dijo que estaba jugando en el jardín con Nati y Valentina. Me acerqué y la cogí en brazos para llenarla de besos por primera vez desde la muerte de Darío. Había pasado más de un año, pero creía que aún estaba a tiempo de recuperar el amor de mi hija. Ella se dejó besar manteniendo el cuerpo tieso como un palo. Después, salió corriendo detrás de un gato que se había colado entre los mirtos. No miró atrás.

ALIVIO

Al día siguiente me levanté con ilusión, sin embargo, abrir el armario fue como un jarro de agua fría. Todo tan negro... Decidí inmediatamente que ya era hora de pasar al alivio tranquilizando mi conciencia con el argumento de que una vestimenta tan fúnebre no era adecuada para un lugar lleno de estudiantes jóvenes con sus ropas de mil colores.

Había aceptado el trabajo sin conocer a Ángel, el socio de Rodrigo, pero la academia me había encantado. Además, Rodrigo parecía una de esas personas sin complicaciones, que está en la vida para facilitarle la suya a los demás. Me causó tan buena impresión que supuse que no podía tener un socio que no estuviese a la altura.

Era sábado por la mañana y había quedado en empezar a trabajar el lunes. El reloj marcaba las diez, así que había tiempo de sobra para reaccionar. Me vestí con mi ropa negra y bajé a desayunar. Mi padre estaba leyendo el periódico en el sofá del salón mientras Amparo, aún en camisón, a su lado, le estaba haciendo un dibujo con rayas y círculos de colores que se suponía que eran ella y él. Se acercó a la mesa para enseñarme su obra de arte.

—Mira, mamá, somos papá y yo.

Había empezado a llamar papá a mi padre, su abuelo. Era lógico. Nos escuchaba a todos llamarlo así y nadie se había molestado en corregirla. Mucho menos mi padre, que la quería tanto que he de confesaros que es posible que en alguna ocasión yo hubiese llegado a tener celos de mi propia hija. No era para menos. Él estaba como loco con ella. De hecho, sin ir más lejos, aquella mañana me costó convencerlo para que me acompañase a la boutique Karina para renovar mi vestuario.

—Es que ya había quedado con la niña en ir hasta las marismas de La Ramallosa en el tranvía. Hace una temperatura estupenda y puede que veamos alguna garza real.

—¿Y no podéis dejar ese plan para mañana?

Aceptó a regañadientes con la condición de que la niña viniese con nosotros. Mientras yo me quedaba en la tienda probándome modelitos, ellos irían a dar un paseo por las Avenidas y a ver los barcos y los terrenos donde estaban a punto de iniciarse las obras de la piscina del club náutico.

—Va a ser la primera piscina cubierta de Galicia —le dijo a la niña como si tuviese que darle explicaciones del cambio de planes—, y tú vas a aprender a nadar allí.

Amparo salió corriendo en busca de Valentina para contarle las novedades, y mi padre apoyó el periódico en la mesa baja de ónix verde, al lado del caracol de plata, para venir a sentarse conmigo a la mesa del comedor y hacerme compañía mientras desayunaba. Se llevó la mano al bolsillo del pantalón y sacó un fajo de billetes sujetos por la pinza con su nombre grabado que le había regalado mi madre cuando aún eran novios.

—¿Crees que te arreglarás con esto para la ropa?

Me estaba tendiendo una cantidad desorbitada de dinero. Entonces confirmé que lo del trabajo había sido un engaño. Debería haberme enfadado con él. Ni crisis, ni máquina averiada, ni nada de nada, me había manipulado para obligarme a salir de casa. Estaba clarísimo que tanto él como José me habían mentido. Sin embargo, por una vez, no me enfadé, sino todo lo contrario, se lo agradecí para mis adentros, ya que el orgullo no me dejaba admitir en alto que me había dejado engañar como una boba.

29

—¿Un capítulo más?

—Espera —interrumpió Celia—, ¿eso que suena no es tu móvil?

—¡Ay, sí! Si no me avisas, no me entero —dijo Telma mientras rebuscaba en el fondo de su bolso.

—A ver si vas a tener que mirarte lo del sonotone.

El móvil dejó de escucharse.

—Nada, nunca lo encuentro a la primera.

Telma se levantó para vaciar el bolso encima de la cama de Celia. Mary Poppins no habría estado mejor preparada que ella para cualquier eventualidad.

—¿En serio llevas una navaja suiza en el bolso? ¡No me lo puedo creer! ¿Y esto? —le preguntó Celia intentando averiguar qué era una multitud de objetos metidos dentro de un neceser transparente.

Telma no respondió. Solo podía reírse de sí misma al ver el neceser en manos de su hermana.

—¿Cinta aislante? ¿En serio? —Celia seguía anonadada con la colección de *porsiacasos*—. Unas pinzas de depilar, bueno, vale. ¿Una linterna? ¿Quién lleva una linterna en el bolso hoy en día? Pero si cualquier móvil tiene linterna… Y, además, si la luz ya no falla como en tiempos de la abuela, mujer…

—Pues es superpráctica —se defendió Telma entre risas—. Y, ¡hale!, deja ya de revolver en mis cosas —dijo separando el móvil y volviendo a meter todo en el bolso.

—Es flipante todo lo que llevas ahí.

—Nunca se sabe. Mujer precavida…

—Sí, ya, vale por dos…, o en tu caso, por cinco o seis.

El móvil empezó a sonar otra vez. Telma vio el nombre de Julián en la pantalla y exclamó:

—¡Aleluya!

—¿Qué pasa? ¿No será Julián? —preguntó Celia mientras su hermana abría la puerta del balcón para salir a hablar sin que la oyeran.

—Shhh —le dijo Telma antes de atender la llamada.

Bastaron dos minutos para que Telma volviese a entrar con una sonrisa de oreja a oreja.

—Al final no voy a poder quedarme a dormir. Lo siento.

—¿Y eso? —Celia se hizo la tonta.

—Julián quiere que vayamos a cenar para hablar de lo nuestro.

—¿Y tú quieres ir?

Telma se encogió de hombros.

—¿Por qué no? —respondió queriendo aparentar cierto desinterés.

—Eres más tonta y no naces —le dijo Celia sin pensar.

—Gracias, hermanita querida, tú, sin embargo, eres un sol, siempre apoyándome en mis decisiones, así da gusto —ironizó Telma.

—No sé, es que a lo mejor necesitas que alguien que te quiera te recuerde que ese mismo Julián con el que vas a ir a cenar te dejó el día del funeral de la abuela.

—Pues gracias por recordármelo, ya se me había olvidado, sí —siguió ironizando Telma—. Y ahora, aunque me encantaría seguir disfrutando de tu compañía, tengo que irme.

—Pues no se hable más —Celia se levantó con brusquedad, abrió la puerta de su habitación y se quedó esperando con el picaporte en la mano—, no seré yo quien te retenga. Y date prisa, no vaya a ser que hagas esperar a tu príncipe azul —añadió ladeando la cabeza para indicarle la salida.

Telma recogió todas sus cosas, incluidas las memorias de Gala, también con gestos bruscos.

—Adiós, guapi —le dijo a Celia con retintín dándole dos besos helados.

Empezó a recorrer el pasillo aguardando el portazo de Celia. Efectivamente, no se hizo esperar. El bum que retumbó en toda la casa hizo que su padre se asomase a la puerta del salón.

—¿Se puede saber qué está pasando?

—Habrá sido una corriente de aire.

—¿Y tú te vas? ¿No ibas a quedarte a dormir?

—Un imprevisto.

—Ya. Un imprevisto que se llama Julián, ¿no? Anda que...

—No empecemos —le pidió Telma—. ¿Mamá?

—Pasa, está viendo *Sonrisas y lágrimas* como si no la hubiera visto nunca. Espera que se la paro para que puedas despedirte, si no, igual no te hace caso —le dijo mientras entraban en el salón.

—Mamá.

Tal cual. Ni caso.

Amparo había visto esa película cientos de veces. Siempre había sido una de sus preferidas.

—¡Mamá! —exclamó Telma al tiempo que Marcos pulsaba el botón de pausa.

—¡Vaya! —se sorprendió Amparo.

—¿Qué peli estás viendo? —le preguntó Telma poniéndola a prueba.

—*Sonrisas y lágrimas*, un poco previsible, aunque muy bonita, y, además, no me preguntes cómo, pero el caso es que me sé la letra de todas las canciones.

—¡Qué curioso! —Telma fingió sorprenderse mientras a Marcos se le escapaba una risita por lo bajini.

—¡Ya ves! —dijo Amparo encogiéndose de hombros—. Y tú, ¿qué? ¿Te vas?

—Sí, ya me voy.

—Una pena, Telma, una pena. Me hacía ilusión que te quedaras a dormir —afirmó en un arranque de lucidez total—. Hace tiempo que no dormimos los cuatro bajo el mismo techo.

—Otro día, mamá.

—Muy bien. Entonces déjame seguir viendo la película, que la familia Von Trapp va a cantar en el festival. Todos juntos, van a cantar todos juntos, ¿ves?

Amparo le señaló la tele, donde la familia numerosa del capitán austríaco esperaba en la imagen congelada. Estaban en un escenario, realmente muy juntos y con las bocas abiertas, preparados para cantar y, a continuación, huir hacia su nueva vida. Telma pensó que estaría bien poder avisar a Liesl de que unos minutos después su querido Ralph los traicionaría a todos. En lugar de eso, le dio dos besos a su madre y otros dos a su padre.

—No, no, espera que te acompaño al ascensor —dijo él.

Marcos volvió a darle vida a los Von Trapp que empezaron a cantar «Edelweiss» con Amparo haciéndoles los coros, después, le dirigió a Telma una mirada de entre resignación y ternura. Ella le devolvió una leve sonrisa de complicidad por primera vez en varios años.

La acompañó a la puerta y ya en el descansillo, él le preguntó si podría ir a comer al Náutico al día siguiente.

—No sé. Mañana te digo.

—Vamos hablando, entonces.

—Eso, vamos hablando —le respondió ella entrando en el ascensor.

30

Telma bajó la calle República Argentina con paso firme para ocultarse a sí misma su nerviosismo. Elevó la mirada buscando la luna para poder echarle la culpa de su inquietud, porque solía afectarle bastante, pero ni luna llena ni nada, había una «C» blanca siluetada entre las estrellas. «Cuarto menguante», dijo en alto acordándose de Gala cuando, de pequeñas, les decía que la luna era mentirosa porque si dibujaba una «C», no estaba en cuarto creciente, sino menguante. Mientras dejaba atrás la plaza de Portugal, iba autoconvenciéndose de que había aceptado aquella cita porque necesitaba una explicación para pasar página, nada más. Por mucho que Julián quisiese volver con ella, no iba a ceder. En el fondo, Celia tenía razón con lo de que era imperdonable que la hubiese dejado con las cenizas de la abuela aún calientes, eso no se le hacía a nadie y, desde luego, ella no se lo merecía. Solo necesitaba entender algunas cosas y, a ser posible, escuchar alguna disculpa de boca de Julián, por eso había accedido a ir a la cena, eso lo tenía claro. Al llegar al cruce de García Barbón, pensó en volver a casa a cambiarse de ropa. ¿Se habría arreglado demasiado? Quizá debería cambiarse los pantalones negros tan ajustados por unos vaqueros normales y corrientes, y la americana de algodón gris por un jersey de pico con algún pañuelo al cuello. La camisa blanca sí que estaba bien. Gala decía que una camisa blanca con buena caída servía para cualquier ocasión, que solo había que prestar atención a los complementos. Definitivamente, tenía que volver, no se había puesto ni un mísero colgante y los pendientes de aro plateados le gustaban para el día a día, pero tal vez podía ponerse aquellos largos de corales rojos que tanto le gustaban a Julián. Sacó el móvil de su bolso negro para ver la hora. Ya llegaba tarde. El semáforo se puso en verde para los peatones y ella se quedó parada unos segundos mientras decidía si avanzar o retroceder. Acabó por acelerar el paso para poder cruzar antes de que se le pusiese en rojo. La ropa ya daba igual. Tenía que centrarse en lo importante: iba a escuchar aquello que Julián le había dicho por teléfono que le quería contar. Cuando pasó por la estatua de Rosalía de Castro, obra de Armando Martínez, en la que la escritora gallega les leía un libro a sus hijos, se puso a pensar en lo bonito que habría sido que hubiese sido su abuela quien les leyese sus propias memorias.

Al llegar a la entrada del restaurante, respiró hondo, abrió la puerta y se preocupó de entrar con el pie derecho. Una de las camareras le indicó que la mesa que había reservado Julián era la de la ventana. Él todavía no había llegado. La puntualidad nunca había sido su fuerte y tampoco se trataba ahora de pedirle peras al olmo. Telma pidió un ribeiro y se dispuso a esperar armándose de paciencia.

Unos metros calle abajo, Julián salió de la penumbra de un portal cuando vio entrar a Telma en el restaurante. Él había llegado puntual por una vez en la vida, pero había preferido que fuese ella quien lo esperase para parecer menos desesperado. Antes de entrar, se miró de arriba abajo: su camisa beige de lino muy limpia y bien planchada, la cazadora vaquera recién lavada y los pantalones negros ni muy flojos ni muy ajustados... Cuando llegó a sus pies, chasqueó la lengua. Quizá debería haberse puesto un calzado más formal. Los botines de ante, que ya estaban pidiendo la jubilación, le daban justo el aspecto contrario al que buscaba esa noche. Con un poco de suerte, ella no se fijaría en sus zapatos. Estiró la espalda todo lo posible y cogió aire antes de cruzar la calle. Estaba a punto de hacer la mayor apuesta de los últimos tiempos, tocaba jugar a todo o nada: volver con Telma y poder seguir apostando, o arruinarse para siempre.

—Hola, cielo —la saludó con una sonrisa de oreja a oreja.

Ella se levantó con intención de darle dos besos helados, pero él la retuvo en un abrazo. El primer impulso de Telma fue intentar zafarse, sin embargo, acabó por ceder y se dejó abrazar durante unos segundos. Se estaba bien así, era reconfortante. ¿Le estaría pidiendo perdón con ese abrazo? Tal vez esa fuera la mejor manera que había encontrado para disculparse.

—¿Cómo estás? —le preguntó ella mientras se sentaban.

—No, cómo estoy yo, no, cuéntame de ti, ¿cómo llevas lo de la abuela?

A Telma le dio rabia que se refiriese a ella así, «la abuela», otra vez, como si también fuese su abuela... Sin embargo, habían ido en son de paz y por eso se tragó la corrección del determinante. Por lo menos, se estaba interesando por ella, por cómo estaba, que ya bastante era, tratándose de Julián, que no hubiese empezado por enumerar sus logros musicales de los últimos días, logros inventados, multiplicados o magnificados, según el caso.

—Bueno, pues acordándome mucho de ella, la verdad.

Le habría gustado más responder que fatal, pero no le apetecía que Julián sintiese compasión. No quería mostrarse ni débil, ni frágil, ni vulnerable, ni nada que pudiese dar la impresión de que necesitaba que él volviese a su vida. Tampoco quería contarle lo de las memorias, ni mucho menos mencionar lo que Gala le advertía acerca del amor en su carta. Un camarero sonriente la salvó de mayores explicaciones.

—Os dejo el pan por aquí y ahora vengo a tomar nota. Os recomiendo los langostinos, el rebozado tiene un ingrediente especial que os va a encantar.

Tardaron muy poco en decidir qué pedir. Los gustos de ambos ya se habían adaptado a los del otro. Julián odiaba la cebolla y eso reducía las posibilidades de la carta a menos de la mitad. A Telma no le hacía mucha gracia la salsa de soja ni la mostaza y eso restaba otro par de platos.

—¿Las croquetas son caseras, caseras? —le preguntó Julián al camarero cuando regresó para tomarles nota.

—Caseras, caseras —dijo cambiando la sonrisa por un gesto de ofensa—, ¿no lo pone en la carta?

Optaron por aceptar la sugerencia de los langostinos y añadieron unas setas y, por último, las croquetas.

Cuando el camarero se alejó con la comanda, Julián aprovechó para rozar la mano de Telma muy levemente con el dedo índice. Ella hizo como si no se hubiese dado cuenta y cogió la copa para tener una excusa que le permitiese cortar ese acercamiento sin brusquedad.

—Verás, te he llamado porque… Creo que es mejor que no nos andemos por las ramas. Necesito explicarte algo que te parecerá muy raro porque a mí también me lo parece. Creía que jamás me iba a pasar algo así, pensaba que eso solo le pasaba a la gente mediocre.

—¡Qué manía! ¿Qué es la gente mediocre, Julián? ¿Gente como tú y como yo? ¿A eso te refieres?

—Ya sabes que no. Si tú fueses mediocre, nunca en la vida habría salido contigo, y por lo que a mí respecta, ya sabes que algún día mi música va a llegar muy lejos y que estoy en el buen camino. La promesa de la discográfica de escuchar mi nuevo *single* sigue en pie.

—Una promesa al aire, y más que caducada, y un nuevo *single* que no vio la luz en los tres años que estuvimos juntos, ¿o acaso ha llegado ya la inspiración que estabas esperando? —Telma ladeó la cabeza esperando una respuesta, pero solo obtuvo un breve gesto negativo—. Y con respecto a mí, cielo, abre los ojos, no puedo ser más del montón, siento decepcionarte. Sin embargo, te diré que a pesar de ser una mediocre, me considero sumamente especial, tanto como cualquiera de los que están a nuestro alrededor ahora y tanto como cualquiera de los que se suben al mismo autobús que yo cada mañana para ir a trabajar. ¡Mediocre!, ¿qué palabra es esa, Julián, por Dios?

—Bueno, mujer, tampoco te pongas así…

Él se dio cuenta de que no podía soltar el discurso que llevaba preparado mientras ella estuviese a la defensiva, primero había que ablandarle el corazón. Se remangó la camisa para entrar en faena. Y si había que cambiar de estrategia y pasar a dar algo de pena, por esta vez, podía tragarse su orgullo.

—Es que lo estoy pasando tan mal estos días sin ti... —Julián hizo una pausa e intentó hacer pucheros, pero no le estaba quedando muy creíble la interpretación y decidió continuar sin llorar, además, tampoco había que exagerar, una sobreactuación podía echarlo todo a perder—, que es que ya no sé ni lo que digo, Telma.

—Perdona que te diga que no me creo nada. Hasta ahora mismo no parecías precisamente triste, sino más bien entusiasmado.

—Y estoy entusiasmado, claro, que hayas accedido a venir a cenar significa mucho para mí —afirmó llevándose la mano al corazón.

—Pues si estabas tan mal no entiendo que ni siquiera te dignases a dar señales de vida. Si al menos tuvieras Instagram o algo, habría podido saber de ti... Llegué a pensar que habías vuelto a Lugo y que habías desaparecido para siempre.

—Fue para protegerte —dijo Julián bajando la mirada.

Era un momento crucial. Si Telma no se tragaba eso de la protección, el resto de la conversación que había imaginado se torcería.

—¿Para protegerme?

—Sí, para protegerte de mí.

—¿De ti? ¡Pero qué chorradas dices, Julián! Pues sí que estás mal, sí.

—No es ninguna chorrada, cielo, ¿quieres saber la verdad?

—Pues claro, para eso estamos aquí, ¿o no?

—Bien, pues, ¿me dejas que te cuente?

El camarero llegó con los langostinos, las croquetas y su sonrisa.

—Marchando la comidita rica, rica. Que aproveche.

—Gracias —le sonrió también Telma.

Julián le lanzó una mirada que rozaba el odio. Tenían que haber quedado después de cenar para tomar una copa, habría sido mucho más fácil tener una conversación sin interrupciones.

—Bueno, pues te decía que estoy aquí para contarte la verdad, que no es ninguna chorrada.

—Vale, perdona. Te escucho, dime.

—Pues para que veas que mi intención es ser completamente sincero, empezaré por decirte que la pulsera de tu cumpleaños la tengo yo.

—¿Y eso? Ya te vale… ¡Mira que la busqué! ¡Madre mía! Revolví Roma con Santiago.

—Eso quiere decir que la valoraste, que te gustó y que entendiste que era un regalo que significaba mucho para mí.

—Pero si me dejaste a los tres días, ¿qué me estás contando, Julián?

—Verás, Telma, yo… —se paró a recordar la frase que tantas veces había ensayado en el espejo—, tuve un problema, pero ya está solucionado. ¿Te acuerdas de un día, hace unos meses, antes de Navidad, que me olvidé las llaves dentro de casa y tuve que esperar a que llegaras?

—Sí, perfectamente.

—Como hacía frío, entré en la casa de apuestas de debajo de casa. No había jugado a nada en la vida, tú me conoces, Telma. ¿Alguna vez me has visto meter una moneda en una tragaperras de un bar, por ejemplo?, ¿a que no? Bueno, pues me puse a curiosear la máquina de hacer apuestas, por hacer tiempo mientras te esperaba. El caso es que había apuestas para todos los gustos y no sé cómo llegué a las de Moto GP. Solo estaba echando un vistazo, por entretenerme, te lo juro, pero ya sabes que yo, por mi Jorge Lorenzo, iría al fin del mundo, así que aposté. No me preguntes cómo ni por qué porque no sabría explicarte qué me movió a dar el paso, fue un impulso, un impulso de nada, como si aquello fuese un gesto de apoyo, como si de alguna manera le estuviese diciendo a mi deportista favorito que confiaba en él.

—Lo puedo entender —le dijo Telma—, pero ¿qué tiene que ver todo eso conmigo?

—Aquella fue la primera vez. Perdí la apuesta, Jorge no está pasando su mejor momento, todo hay que decirlo. La cosa debería haber quedado ahí, sin embargo, cada vez que pensaba en las motos, notaba algo de desasosiego. A la semana siguiente, vi todos los entrenamientos desde el jueves, y el sábado ya era obvio que iba a ganar Márquez, eso si no se caía, claro. Yo sabía quién iba a ganar y tenía la casa de apuestas debajo de casa. Empecé a pensar en el dinero que tenía ahorrado, en lo fácil que sería multiplicarlo. Recuerdo que esperé a que tú te metieses en la ducha. Me temblaban las piernas mientras volaba escaleras abajo. Gané mucho dinero, Telma. Después, todo se confunde en mi memoria en una espiral descendente. Volví a apostar y perdí, pero logré recuperarlo todo al poco tiempo, y volví a perderlo… Siempre respetando lo tuyo como si fuera sagrado, eso no lo dudes, cielo, por favor. Sin embargo, eso cambió cuando me pasó lo de la pulsera. Por eso me fui, ya no era digno de estar en tu casa. Me creas o no, se me caía la cara de vergüenza, no podía ni mirarte a los ojos y, encima, justo pasó lo de la abuela y yo no estaba a la altura para consolarte.

Julián paró su relato para darle un trago al ribeiro. Pensó que en ese punto estaría bien añadir un par de lágrimas, pero estaba demasiado nervioso como para ponerse a llorar.

Telma no daba crédito a lo que estaba escuchando. Se había imaginado que podía haber otra mujer, alguien que se hubiese cruzado en su camino quizá con más afinidad que ella, alguien a quien le gustasen las carreras de motos y le apasionase la guitarra o la gaita tanto como a Julián. Así lo habría entendido mejor, pero todo aquello de las apuestas era algo completamente inesperado.

—Uno de mis mayores golpes de suerte fue justo antes de tu cumpleaños. Y fui feliz de poder comprarte un buen regalo, por fin. Estaba harto de estar siempre contando los céntimos, Telma. La música es mi vida y tú lo sabes, pero cuatro clases particulares y un par de grupos en una academia no son gran cosa, y ya sé que tengo que aguantar hasta que pueda lanzar mi primer álbum…

—Un álbum que nunca va a llegar si no trabajas en él, Julián. Y a mí nunca me hicieron falta grandes regalos para ser feliz, estás muy confundido.

—Solo quería demostrarte que lo que siento por ti no es algo cutre.

—Me parece mentira que puedas pensar así. El amor no se demuestra con cosas caras. Un mensaje con un «Te quiero» tiene mucho más valor que cualquier joya.

Julián aprovechó la reflexión que quedó en el aire para dar otro trago al ribeiro.

—Cuando volvimos a casa, el día de tu cumpleaños, digo, consulté en el móvil el estado de mi cuenta. Acababa de perderlo todo, absolutamente todo, en una apuesta de boxeo. Porque había empezado a probar en otros campos, claro, desde fútbol hasta carreras de galgos, ya me daba igual, el caso era jugarme el dinero a lo que se me pusiese por delante. Cuando te vi guardar la pulsera en la mesilla se me ocurrió cogerla prestada para salir del bache. Al día siguiente la llevé a una casa de empeños y, con lo poco que me dieron, volví a apostar y gané, pero no lo suficiente como para recuperarla. Desde entonces, estoy esperando el momento adecuado. Y es ahora. Mañana domingo. Estoy a punto de lograrlo, Telma, a punto, te devolveré tu pulsera, pero necesito que me ayudes.

A Telma se le hundió el mundo. Ahora era ella la que necesitaba un trago. Se bebió el resto de la copa sin respirar y, enfrentando el miedo a la respuesta, preguntó:

—¿Me propusiste venir a cenar para pedirme dinero?

—No —respondió él, prolongando mucho la «o» y poniendo cara de ofendido.

—No, ¡qué va!

—¿Cómo puedes pensar eso de mí, cielo? —le preguntó Julián acariciándole la mano.

La cabeza de Telma daba vueltas intentando atar cabos. Por su mente pasaban algunas imágenes de los últimos tiempos, en ellas aparecía Julián siempre consultando el móvil, y ella que había llegado a pensar que había otra mujer en su vida...

—Dime una cosa, ¿por eso estabas siempre con el móvil últimamente?

—Bueno, es que me bajé una aplicación de apuestas, pero no te creas que jugaba todo el rato, es que hay que estudiar los movimientos que vas a hacer. Por eso ahora controlo, ¿entiendes? Esto que te digo, para lo que necesito tu ayuda, va a salir bien, te lo juro, vamos a recuperar tu pulsera, cielo.

Telma ya no lo estaba escuchando, su cerebro acababa de ofrecerle dos imágenes seguidas: una, Julián con las sábanas de la abuela en las manos, parado delante del armario del pasillo, avergonzado de que ella lo hubiese sorprendido allí, y la otra, Lorena contándole que había visto a Julián bajando las escaleras del edificio el día anterior.

—El día que te fuiste... —dijo intentando parecer tranquila porque sabía que si lo asustaba no confesaría—, en realidad no querías llevarte las sábanas de la abuela, ¿verdad? Solo las estabas apartando para poder abrir la caja de mis ahorros, ¿sí o no?

—En realidad, ese día solo iba a pedirte algo prestado, pero como estabas tan enfadada que ni me escuchabas... Pensaba devolverte cada céntimo, eso que quede claro, te lo juro. Y ahora es el momento de actuar, cariño, en serio, hazme caso, la apuesta de mañana va a ser la última, es una de esas oportunidades que solo se presentan una vez en la vida, un tren que pasa y si no lo coges...

Ella lo cortó de nuevo.

—¿Estuviste ayer en casa?

—Ya tuvo que irte con el cuento tu amiguita, ¿no? —Julián intentó serenarse, la conversación se estaba torciendo y él empezaba a perder los nervios, ese «amiguita» había sonado demasiado despectivo y lo peor que le podía pasar era que Telma se pusiese más a la defensiva de lo que ya estaba—. Sí, estuve allí, quería hablar contigo, nada más. Decirte que te echo de menos, que me fui porque estaba pasando una mala racha, pero mañana eso ya será historia, te lo juro. Subí hasta el segundo y me arrepentí, no tuve valor para mirarte a los ojos. Por eso te llamé hoy, reunir el coraje suficiente como para hablar por teléfono fue más fácil. Pero es que necesitaba hablar contigo, Telma, sabes que siempre te he querido, que te quiero con toda mi alma. Tenía que explicarte que esto ha sido algo pasajero, pero mi amor por ti sigue intacto y ahora se presenta la oportunidad de volver a empezar. Mañana podemos cerrar esto entre los dos y darnos la oportunidad que merecemos porque yo sé que tú me quieres…

—Júrame que no entraste ayer en casa.

—¿Qué pasa? ¿No me crees? —preguntó Julián intentando hacerse el ofendido.

—Júrame que voy a llegar a casa, voy a abrir la caja que está en el armario de las sábanas y voy a encontrar todo tal cual lo dejé hace unos días. Júramelo, Julián.

Él se quedó callado mientras su piel lo traicionaba. Primero se le enrojeció el cuello, después, el color fue ascendiendo hasta cubrirle la cara como una careta de diablo.

Telma se levantó y se colgó el bolso mientras fulminaba a Julián con la mirada. Con la cabeza bien alta, se dirigió a la barra y pagó la cuenta de una cena que no habían tocado, más que nada por no pasar la vergüenza de irse sin pagar sabiendo que él no iba a hacerlo.

Al llegar a la calle se tapó la cara con las dos manos durante unos segundos y deseó no haber sido tan ilusa. Había pensado que acudía a una cita de dos personas que se querían, pero lo único que quería Julián era dinero. La realidad la golpeó con fuerza. Recorrió las primeras manzanas de República Argentina caminando como si llevase su casa a cuestas. Mientras atravesaba el paso de peatones de Rosalía de Castro se dio cuenta de que quizá a él se le podía ocurrir salir corriendo tras ella y aceleró la marcha. Subió el resto de la calle, hasta llegar a Urzáiz, pensando en el colgante de la abuela, la llave de Darío. La había guardado en la caja el día que se la entregaron en el tanatorio. No, Julián era un cretino, en eso ya no le quedaba más remedio que darle la razón a su madre, un cretino integral, pero esperaba que no tanto. Subió las escaleras de tres en tres, rezando para que el colgante estuviese en la caja. Ya le daban igual sus ahorros, al fin y al cabo, lo de ahorrar no era su fuerte y no había gran cosa. Pero el colgante no, no, por favor, no. Le costó atinar a meter la llave en la cerradura y le costó más aún dar los últimos pasos por el pasillo con la flojera que sentía en las piernas. Abrió la puerta del armario con decisión e hizo que su brazo bucease por detrás de las sábanas en busca de la caja. Cerró los ojos para levantar la tapa y cuando los abrió, comprobó que no había nada, nada excepto el colgante de la abuela. Apoyó la caja encima de las sábanas, cogió el colgante, se lo puso al cuello y lo apretó muy fuerte contra su pecho. Pensó que era una suerte que la cadena fuese larga y le entrase por la cabeza porque estaba temblando como una vara verde y no habría sido capaz de manipular un cierre tan pequeño.

Se fue a la cocina, se preparó una tila y se sentó para llamar a su hermana.

—Celia, estoy bien, no te asustes, pero si pudieses venir…

Mientras esperaba a que Celia llegase, tomó varias decisiones rápidas. La primera, no debía contarle a su hermana todo con pelos y señales, ya había aprendido que no era muy buena idea hacer eso. La segunda, Julián ya era cosa del pasado, ni siquiera valía la pena denunciarlo ni nada parecido, punto final. La tercera, tenía que cambiar la cerradura ya. Cuando iba a tomar la cuarta decisión, sonó el timbre. O Celia había volado calle abajo o era Julián que no estaba dispuesto a retirarse sin aquello que quería. Telma usó la mirilla por primera vez en su vida. Incluso con la cabeza deformada por el visor y en la penumbra de la escalera mal iluminada, ese gesto de ahuecarse el pelo era inconfundible.

—O sabes volar o no entiendo que hayas llegado tan rápido —le dijo sonriendo.

Celia intentó contener la risa para no despertar a los vecinos.

—¡Qué va! Es que como te fuiste de casa, bajé a la plaza de la Constitución a tomar una copa con mis amigas para ver si me animaba. Odio estar enfadada contigo, Telma —le dijo plantándole un abrazo que fue correspondido con ganas.

—De todas formas —le dijo Telma al separarse—, ¿atravesaste la Puerta del Sol y recorriste toda la calle del Príncipe en un minuto?

—No, mujer, justo me pillaste volviendo a casa. Ya estaba subiendo Urzáiz, acababa de pasar por aquí delante y solo tuve que bajar un poco.

—¡Vaya! Y yo que creía que tenía una hermana con superpoderes…

—Tengo el superpoder de hacerte sonreír cuando estás triste, ¿te parece poco?

—Pues es verdad. Pasa, anda, que te invito a un gin-tonic.

—Perfecto. Pero solo uno, ¿eh? Que vengo de tomar otro y paso de tener resaca mañana en la comida.

—¿La comida? ¿Qué comida?

—Estás empanada, Telma, hija, pareces yo. Papá dijo que nos invitaba a comer el domingo en el Náutico.

—Pues es la primera noticia que tengo.

—Estabas sentada a mi lado cuando lo dijo. ¿No piensas ir o qué?

—Sí, claro, voy, aunque… ¡qué pesado con el Náutico! ¿Por qué tenemos que comer siempre en el mismo sitio cuando viene?

—¡Vaya! ¡Te quejarás! ¿A la señora no le agradan las vistas a la ría? —preguntó Celia con retintín.

—¡Qué graciosilla, la niña!

—Bueno, ¿qué?, ¿ese gin-tonic es para hoy?

Cuando se sentaron en los sofás con las bebidas en la mano y Ed Sheeran sonando de fondo, Telma le contó una versión reducida de la conversación con Julián, casi justificándolo en lugar de dejar que quedase como un miserable. Al terminar su relato, concluyó:

—Yo no creo que sea un cretino, Celia, pero es poco hombre para mí. Yo quiero a alguien que me quiera por encima de todo, alguien a quien admirar y que me admire todo el rato, incluso recién levantados, no sé si me entiendes…

—Claro que te entiendo, me imagino que Julián, de tanto mirarse el obligo, no sabe ni cómo es el tuyo, y perdona que te lo diga así, pero es lo que pienso.

—No hay nada que perdonar. Yo no lo habría explicado mejor. Es triste, pero es cierto.

La última frase se quedó flotando en el aire del salón y le traspasó a Telma los poros de la piel. Entonces, notó cómo algo le mojaba la mejilla, se limpió con el dorso de la mano y la bajó para echar un vistazo y comprobar que estaba mojada. Aprovechó para desahogarse todo lo que pudo durante largo rato mientras Celia le acariciaba la espalda, le ofrecía pañuelos de papel y le daba de vez en cuando besos en la cabeza. Cuando Telma empezó a recomponerse un poco, le abrió algo más su corazón:

—Echo mucho más de menos a la abuela que a Julián. ¿A ti te parece normal?

—Define normal —le respondió Celia sin esperar réplica—. Lo que sientes es lo que sientes y punto. Cada uno es cada uno, no hay normales y diferentes, eso son milongas. De todas formas, ya sabes que yo también echo de menos a la abuela todo el rato. ¿Qué le vamos a hacer, Telma, qué le vamos a hacer?

31

La comida del domingo transcurrió en una paz que no se recordaba en años en la familia. Telma no solo se había tomado una tila antes de salir de casa, sino que aquella mañana había tomado la decisión que le había quedado pendiente la noche anterior, cuando los timbrazos de Celia le habían interrumpido el pensamiento. La cuarta decisión era darle un voto de confianza a su padre. Deseaba volver a quererlo como cuando era pequeña, o quizá bastaría con poder estar con él sin tener que ponerse a la defensiva para saltarle a la yugular a la mínima de cambio. Fuese verdad o no lo que le había contado para justificarse, lo cierto era que, por lo menos, su madre parecía contenta. Y él, bueno, él se estaba esforzando por agradarla, cosa que ya no estaba mal.

Después de comer, pasaron a los sofás para tomar el café. Marcos les contó algunas batallas sobre personas tan importantes que, según él, movían los hilos de todo el mundo desde Miami y, por supuesto, eran clientes de su clínica. Ni siquiera Amparo se creyó ni una sola palabra, pero se lo estaban pasando bomba con las anécdotas de los famosos, algunas exageradas y la mayoría inventadas sobre la marcha. Después, él aprovechó el buen ambiente para anunciarles que regresaría a Estados Unidos en pocos días, pero que volvería muy pronto y que, además, podría quedarse nada más y nada menos que seis meses. Estaba cerrando las negociaciones para vender la mitad de la clínica con un acuerdo un tanto peculiar. Una odontóloga noruega que había participado también en el programa de investigación estaba interesada en compartir la clínica. Medio año cada uno. Los gastos a medias y los beneficios a medias. De esa forma, cada uno podría volver a su país durante los seis meses que no le tocase hacerse cargo de la clínica, que ya contaba con un equipo de varios odontólogos, un higienista dental y dos personas para los asuntos administrativos. Si se gestionaba bien, aquello era una mina y, según Marcos, estaban en el buen camino.

Al terminar los cafés, mientras sus padres iban al cine, las dos hermanas se fueron a casa de Telma para seguir leyendo las memorias de Gala. Justo cuando estaban a punto de empezar a leer, el móvil de Telma sonó por enésima vez.

—Si no piensas atender sus llamadas, ¿por qué no lo pones en silencio?

—Por venganza, supongo. Porque me da gusto imaginármelo sufriendo mientras llama. Cada vez que lo hace, es como si me estuviese echando un pulso. Y siempre lo gano yo. Y va a ser así hasta que se canse.

—¡Madre mía! ¡Cómo está el patio!

—Ya sabes… Soy un pelín rencorosa.

—¡Un pelín, dice! Eso ya no es ser rencorosa, es ser vengativa, creo yo… Y no te va a hacer ningún bien, Telma, ningún bien.

—¡Ay! Pues no sabes lo bien que me sienta, cada llamada es como escucharlo sufrir. Estará desesperado porque tiene hasta esta noche para hacer esa apuesta que dice que le va a resolver la vida.

El teléfono volvió a hacerse oír desde dentro del bolso de Telma. Era la tercera llamada seguida.

—Telma, por Dios, apaga eso y tengamos un rato de paz para leer a la abuela, ¿vale?

—Tienes razón —accedió rebuscando entre la cartera, las llaves, el neceser transparente con decenas de *porsiacasos*, la barra de cacao y el paquete de pañuelos de papel.

—Me alegro de que te des cuenta, y a ver si aprendes que el rencor te sienta mal, te pones fea y todo, se te pone esa cara con los ojos encogidos que parece que hace muchos días que no vas al baño…

Telma intentó darse prisa para silenciar el móvil. A ver si así se acababa el sermón de su hermana. Cuando estaba en ello, se fijó en algo que le llamó la atención. Tenía una notificación de un número que no estaba entre sus contactos.

—¡Anda! —exclamó mientras leía: «Hola, soy Diego, el nieto de Pío»—. Es un mensaje de Diego —le comentó a su hermana.

—¿Diego? ¿Qué Diego?

—El nieto de Pío, un paciente que…

—¡Ah! —interrumpió Celia—. ¿El que vino al funeral de la abuela?

—¡Exacto!

Telma siguió leyendo con recelo, pensando que le podría haber pasado algo a Pío, ¿por qué si no le iba a escribir Diego?

—No te lo vas a creer. Me dice que tiene dos entradas para el teatro y que sus amigos se pegarían un tiro antes que acompañarlo a ver *Cinco horas con Mario*. Su abuelo le dijo que a mí me gustaba Delibes… Vamos, que si quiero ir mañana con él al teatro de Afundación.

Mientras Telma le contaba el contenido del mensaje, Celia sacudía las dos manos como si se las estuviese secando al aire después de lavárselas.

—¡Qué fuerte! —exclamó—. Oye, dos cosas: una, ese tío está pillado por ti, eso seguro, y dos, ¿te das cuenta de que justo así empezó la historia de la abuela con el abuelo Darío?

—Hija, Celia, últimamente no haces más que decir chorradas. Le sobra una entrada y no le apetece ir solo, y tú ya lo ves todo de color rosa.

—El tiempo me dará la razón —dijo sonriendo.

—Anda, venga, este chisme ya está en silencio, ¿leemos?

—¡Ah, no! Primero le respondes que te encantará ir con él.

—Bueno, ya veré yo lo que hago. Después.

Celia cogió la carpeta azul con las memorias de Gala y se la apretó contra el pecho.

—Esto no sale de mis brazos hasta que no le respondas a Diego que irás encantada.

—Por Dios, ¡qué pesada eres!

—¡Ya ves! —le dijo Celia concluyendo la exclamación con una sonrisa de oreja a oreja.

—Muy bien. Tú ganas. Al fin y al cabo, Pío tiene razón, me encanta Delibes y me muero por ir. Ya había echado un vistazo al cartel, pero me entró la cutrería…

—Anda, anda, deja de justificarte y ponte a escribir.

—Vale, mira, es así de simple: «Hola Diego, tu abuelo tiene razón, me gusta mucho Delibes. Gracias. ¿Quedamos en la cafetería Royal Atlántico media hora antes de que empiece?».

—Ponle un beso o algo, ¿no?

—Demasiado tarde. Ya está enviado. ¿Contenta? ¿Podemos leer ahora?

—No, ahora hay que esperar a que te responda.

—Pero ¿qué crees que me va a responder? Celia, por favor, madura un poco, anda. Pondrá que genial o que perfecto o algo así, y ya está.

—No, precisamente ahí está el quid de la cuestión. Apuesto a que también te manda un beso o te desea que pases una buena tarde o que duermas bien…, algo, algo que será clave, ya verás.

—¿Clave para qué, mujer?

—Para saber si le gustas, si te ha invitado por ser tú o porque le sobraba una entrada, como tú dices.

El sonido de una notificación las interrumpió.

—Pues mira, aquí está. —Telma leyó el contenido del mensaje en alto, sin pensar que después se iba a arrepentir—. «Genial, a las siete y media allí, seguro que va a estar muy bien, nada más y nada menos que Lola Herrera. Gracias por acompañarme, Telma, me hace mucha ilusión ir contigo porque sé que también lo vas a disfrutar. Besos y hasta mañana.»

Celia no pudo contener los aplausos.

—¿Lo ves? ¡Le hace mucha ilusión ir contigo y te manda besos! No como tú, que eres una sosa de lo peor. Respóndele, venga, y esta vez ponle besos.

Efectivamente, Telma ya se estaba arrepintiendo de haberlo leído en alto.

—Le hace ilusión porque sabe que también lo voy a disfrutar, nada más, no te montes películas, hermanita querida. Y sí, ya le voy a responder ahora, pero solo para que dejes de darme la brasa. «Perfecto. Mil gracias. Hasta mañana.»

—¡Besos! Por lo menos eso, pon besos, una palabra, ¿qué te cuesta?

Telma se hizo la contrariada, aunque en el fondo, estaba de acuerdo con Celia, unos besos no estaban de más.

—Venga, va, «Besos». ¡Hale! ¡Listo! Y ahora, a otra cosa mariposa.

—No, espera, ¿sabes si tiene novia?

—¡Ni idea! ¡Yo qué sé! Tendrá novia, claro, los tíos como él siempre tienen novia. Igual hasta está casado, vete tú a saber… Lo he visto un par de veces, una en el tanatorio y otra en el hospital, y como comprenderás, no son sitios para andar cotilleando sobre las vidas de los demás. Además, ni lo sé ni me importa, solo voy a ir con él al teatro y déjame en paz ya con el tema, ¿estamos?

—Vale, estamos, pero yo digo que le gustas.

El móvil volvió a sonar.

—¿No lo habías puesto en silencio?

—Pensaba que sí, pero se ve que no. —Sonrió Telma mientras bajaba el volumen para olvidarse de la llamada de Julián.

—Andas muy despistada, Telma, eso solo puede ser por una cosa.

—¿Qué cosa? A ver, sorpréndeme —le respondió con tono de paciencia.

—¿Qué va a ser? El amor. Tú te estás enamorando de Diego, ¿sí o sí? Si no, ¿por qué antes te pusiste roja cuando viste que tenías un mensaje suyo?

—Y tú te drogas o algo… ¿Cómo te explico que ni lo conozco?

—Como quieras —cedió Celia sonriendo—. El tiempo me dará la razón.

—Bueno, devuélveme la carpeta. A ver si la abuela pone un poco de cordura en este salón.

—Toma, pero ya verás, tiempo al tiempo.

—¡Madre mía! —le dijo Telma resoplando mientras abría la carpeta y buscaba el siguiente capítulo de las memorias—. Cuando te pones plasta no hay quien te gane, ¿eh? Venga, va. Sigo leyendo. Estábamos en que la abuela iba a empezar a trabajar en la academia, ¿te acuerdas?

—Claro, sigue.

Celia se recostó y suspiró para relajarse.

VOLVER AL MUNDO

Los primeros tiempos en la academia fueron un no parar. Ángel me cayó tan bien como Rodrigo y me resultaba de lo más agradable trabajar en aquel ambiente tan joven y animado.

Habían abierto hacía tan solo un par de años, pero aquel espacio inmenso empezaba a ser insuficiente. El hecho de estar muy cerca del instituto, sumado al buen hacer de los profesores, los había hecho crecer muy rápido. De ahí el desorden de papeles y la necesidad de contratarme. Estaban desbordados, a punto de morir de éxito. La academia ocupaba toda la entreplanta del edificio, eran unos cuatrocientos metros cuadrados de techos muy altos llenos de aulas distribuidas a lo largo de dos pasillos, uno a la izquierda, y otro a la derecha de la entrada. Las paredes, pintadas de color crema, no tenían ni un solo adorno. Un zócalo de madera de tono miel, a juego con el suelo, colocado de forma estratégica hasta media altura, las protegía de los roces de los estudiantes, especialmente, al entrar y salir de las clases, momentos de algarabía que contrastaban con el silencio al empezar las lecciones, a las y cinco de cada hora.

Además de Ángel y Rodrigo, había cuatro profesores y dos profesoras que entraban y salían de la academia con frecuencia porque sus agendas eran un caos de horas libres entre clase y clase. Una de las primeras cosas que hice fue reunirme con ellos para que pudiesen organizarse mejor. Se intercambiaron algunos grupos y, aunque todos seguían teniendo huecos, la distribución del tiempo de trabajo dejó de ser una anarquía. Esto me ayudó a caerles bien desde el principio, a todos menos a Gabriela, una profesora algo más joven que yo con la que nunca llegué a congeniar. Me fulminó con la mirada el primer día. Llevaba meses enamorada de Rodrigo, aunque él no tenía ojos para nadie. La intuición no le falló a Gabriela. Efectivamente, yo era una amenaza para sus sueños de futuro.

La oficina, que comunicaba con la zona de recepción a través de una gran puerta corredera, era una estancia muy luminosa con una ventana y una galería, ambas pintadas de blanco, por las que entraba el sol a raudales. Rodrigo y Ángel compraron las famosas estanterías y carpetas, además de algún material de papelería para mi uso exclusivo: lápices, libretas, gomas de borrar… Lo que más me gustaba era el taco de notas tipo agenda diaria que presidía mi mesa, también nueva, instalada al lado de la ventana. Las montañas de papeles acumuladas en el suelo fueron menguando poco a poco. Nadie tenía prisa por ordenar todo aquello, así que le di prioridad a hacerlo bien antes que a hacerlo rápido. Con tanta libertad y en un espacio donde podía dar rienda suelta a la creatividad, ya os podéis imaginar lo primorosas que quedaron las etiquetas de los lomos de las carpetas. Hasta me inventé una especie de logotipo y mandé hacer un sello con un reloj de arena que acompañaba a las palabras «Academia Tiempo». Me encantaba estamparlo en todos los papeles que caían en mis manos.

Pedí que comprasen también unos tablones para las paredes y los llené de carteles con los horarios de cada profesor, las plantillas de ocupación de las aulas, un decálogo para la buena convivencia… Parecía que nos íbamos a presentar a un concurso de la oficina más bonita del país.

Lo que más me entusiasmaba era mi mostrador para recibir a los alumnos. A las menos cinco de cada hora me sentaba allí a esperar el cambio de clase, que era a las en punto. Despachaba papeleos, pagos e inscripciones y charlaba con los estudiantes sobre sus progresos asegurándome de crear un ambiente agradable. A veces, les llevaba unos caramelos suizos. Se los encargaba a Rosa, quien, a su vez, los conseguía a través de un primo camionero que los traía desde Madrid para sacarse unas perrillas revendiéndolos en Vigo.

Trabajaba las horas que hiciesen falta a cambio de un salario bastante decente. Rodrigo abría muy temprano y, cuando llegaba en su Vespa roja, yo ya estaba esperando. Ángel era el encargado de cerrar y tenía que insistirme para que me fuese a casa. Esta situación no duró mucho. Me facilitaron una copia de las llaves, insistiendo en que no era su deseo que yo abriese, y mucho menos que cerrase, pero tampoco querían que pasase frío por las mañanas cuando aún no había llegado ni el conserje.

Llegaba a Villa Marta agotada, sin embargo, aún tenía fuerzas para leerle un cuento a Amparo, darle las buenas noches y arroparla, costumbre que había recuperado al empezar a trabajar. Eso no significaba que volviese a ser su madre. Ella ya llamaba «mamá» a Valentina de vez en cuando.

VIVIR

Mientras la niña se criaba atendida por todos menos por mí, yo iba recuperando las ganas de vivir. Poco a poco, iba librando cada día una batalla entre mi tristeza y mi juventud. Cuando estaba trabajando o en casa rodeada de gente, la cosa iba bastante bien. Sin embargo, cuando me quedaba a solas, volvía una y otra vez la misma imagen. Mi peor pesadilla no era la imagen de Darío sin vida, sino aquella en la que yo entraba alegremente en el portal, apoyaba la bici en la pared y subía en el ascensor pensando en algo tan cotidiano e insignificante como las camisetas interiores de Amparo.

Tuve que acostumbrarme a vivir así, queriendo estar bien a pesar de aquella culpa que me atormentaba. Cuando la tristeza llegaba por la espalda, normalmente al caer la noche, antes de acostarme, entonces, me dejaba doler, me metía en la cama y lloraba hasta quedarme dormida. Soñaba con Darío cada noche. Toda la vida he soñado con él, incluso después de casarme con vuestro abuelo Rodrigo seguí soñando con Darío, siempre. El día era de Rodrigo, pero la noche no iba a quitársela nadie a Darío. No os llevéis las manos a la cabeza al leer esto, quise a Rodrigo con un amor tan sincero que hasta eso lo sabíamos el uno del otro. Y digo el uno del otro porque él también soñaba con su Pepita y con su niña.

Entre clase y clase, si Rodrigo tenía hora libre, se acercaba hasta el mostrador o entraba en la oficina con cualquier pretexto y conversábamos durante largo rato. Poco a poco, empezamos a darnos cuenta de lo mucho que teníamos en común.

Él arrastraba una cruz tan pesada como la mía, o peor, no lo sé. Se había casado con Pepita siendo ambos muy jóvenes. A los nueve meses exactos de la boda, ella perdió la vida en el parto de su primera hija. La niña vivió tan solo nueve días. Rodrigo había tenido que enterrar a su mujer mientras su hija se debatía entre la vida y la muerte. Después, se había pasado una hora tras otra en el hospital, llorando con su bebé, hasta que una noche la perdió también a ella, una noche de tormenta en la que se quedó dormida para siempre entre sus brazos.

Eso había sido hacía más de una década, pero sus heridas no estaban cicatrizadas ni llegarían a cicatrizar jamás.

Nos fuimos haciendo cada vez más amigos. Cada uno sabía que el otro nunca iba a dejar de estar enamorado de otra persona, alguien que ya no estaba y que nunca volvería. Paso a paso, fuimos construyendo una relación de amistad basada en la comprensión profunda y el respeto hacia dos amores pretéritos y sagrados. Ambos teníamos el corazón hecho añicos, demasiado roto como para creer que algún día volveríamos a amar como habíamos amado. No éramos tan ilusos.

Nos buscábamos el uno al otro, sí, pero por aquel entonces, no flirteábamos. Ninguno procuraba impresionar o seducir al otro. Era pura amistad, consuelo y, sobre todo, comprensión. Nadie me entendía mejor que él, y a él, nadie lo entendía mejor que yo. ¿Quién, mejor que nosotros, iba a comprender que ambos estuviésemos enamorados de nuestros fantasmas?

32

Telma entró en el cuarto de Pío pensando en contarle que iba a ir con su nieto al teatro, aunque seguro que ya estaba al corriente. Quizá Diego le había mandado el mensaje desde aquella misma habitación. No le extrañó demasiado encontrarse con un espacio vacío en el lugar de la cama. Dio por hecho que habrían bajado a Pío a hacerse alguna prueba y, como tenía bastante trabajo, decidió ir a hacer la ronda para atender a los demás pacientes y regresar al final.

Julián la había llamado más de veinte veces el día anterior. Las llamadas habían cesado coincidiendo con el cierre de la apuesta que él había interpretado como la solución de su vida. A Telma la invadía un sabor agridulce cada vez que no le atendía. Por un lado, era una pequeña venganza y, por otro, se sentía mal por no poder ayudarlo, pero lo que tenía claro era que prestándole ese dinero no iba a solucionar nada, sino al contrario. Tanto si perdía como si ganaba esa apuesta, el mero hecho de jugar ya era un mal asunto. Al final de la mañana, mientras revisaba la medicación de la paciente de la habitación contigua a la de Pío, Julián la llamó nuevamente. Esta vez, aunque tampoco le contestó, se alegró de corazón de poder comprobar que estaba vivo, que no le había dado por hacer ninguna locura ante la falta de dinero. Suspiró aliviada y se obligó a concentrarse en las medicinas.

Cuando volvió al cuarto de Pío, él seguía sin estar allí, ni él ni su cama con todos los cachivaches que le sujetaban la pierna. Consultó la hora. Llevaba demasiado tiempo abajo para tratarse de una simple radiografía. Entró y se dirigió a la pantalla que colgaba de un brazo al lado de la cama. Pasó la tarjeta que llevaba colgada al cuello con una cinta verde corporativa y en la imagen apareció la historia clínica de Pío. Comprobó que estaba en la sala de Radiología.

Al salir de la habitación se encontró a su jefa en el pasillo. De todo lo que tenía Telma, lo que más envidiaba su hermana Celia no era su piso en pleno centro, ni su vida independiente, ni su estatura, ni siquiera su melenaza, lo que más envidiaba era el hecho de que tuviese una jefa tan encantadora, el polo opuesto de la Chunga que le había tocado sufrir a ella. Deli era una de esas personas que se olvidan de sí mismas cuando hay alguien alrededor, siempre pendiente de anticiparse a las necesidades de los demás. Todo el mundo la adoraba: médicos, pacientes, enfermeros, administrativos… Ya le faltaba poco para jubilarse y no había día en el que en algún rincón del hospital no se oyese la frase que nadie se atrevía a acabar: «El día que nos falte Deli…». Era una mujer que ocupaba muy poco espacio físico, pero llenaba toda la planta con su presencia. Su ajetreo imparable iba acompañado del soniquete de su bolígrafo Parker, que era parte de sí misma. A la mínima ocasión sacaba el boli retráctil que llevaba enganchado al bolsillo de su uniforme y jugueteaba inconscientemente accionando una y otra vez el mecanismo del émbolo para mostrar y ocultar la mina. A veces, especialmente cuando tenía que tomar una decisión importante, el dedo pulgar de su mano derecha acababa con una parte cóncava en la yema de tanto accionar el pulsador. Cualquiera que formase parte de su equipo sabía que no era buena idea interrumpirle el pensamiento mientras la cantinela del bolígrafo fuese desenfrenada. No porque ella les fuese a dar una mala contestación, cosa que jamás había sucedido entre aquellas paredes, sino porque seguramente estaba buscando una solución a un problema de otra persona y ese era un momento digno del mayor de los respetos. Antes de preguntarle, Telma se fijó en su mano derecha. Estaba libre. El Parker asomaba la cabeza por el bolsillo en un tranquilo reposo.

—Deli, perdona, ¿te importa si paso un momento por Radiología? El paciente de la 556 está tardando mucho en subir…

—Tu amigo Pío, ¿eh? —Deli le sonrió y, mientras la picaba con el dedo índice en la cadera un par de veces seguidas, añadió desenfadada—: No te irán los maduritos…

—Muy graciosa.

—No, si ya sé yo que tiene un nieto que… —dijo meneando la mano derecha como si fuese un abanico—. Y ayer mismo creo que el chico andaba preguntando por ti en la sala de enfermería.

—¡Vaya panda de cotillas! ¿Quién te ha ido con el cuento esta vez, a ver?

—Bueno, se dice por ahí que estaba pidiendo tu número de teléfono.

—Pues ya que estamos, me gustaría saber quién se lo dio y con qué permiso.

—¡Ay! A tanto ya no llego, guapiña. Mis fuentes no revelan ese tipo de información —bromeó Deli—. Pero supongo que habrá sido alguien que te quiere bien porque, por lo que cuentan, es muy majo y no está nada mal, ¿no?

Por toda respuesta, Telma puso los ojos en blanco, como dando la batalla por perdida mientras Deli seguía formulando hipótesis.

—De todas formas, quien le haya dado tu teléfono será alguien que no conozca la existencia de un Julián en tu vida.

—Lo cierto es que creo que ya no hay un Julián en mi vida.

Telma se sintió orgullosa de haber dicho esa frase en alto, aunque también se dio cuenta de que había dicho «creo» y no entendió muy bien por qué había añadido esa duda a su frase.

—¡Ups! No tenía ni idea, perdona.

—Nada, nada. Ya ves… Cosas que pasan.

—Pero…

—Nada, en serio, no se merece ni que estemos hablando de él ahora.

—Pues chica, ya sabes lo que dice el refrán, a rey muerto, rey puesto.

—Bueno, ya se verá. De momento, voy a ver qué tal está el abuelo del rey por poner, ¿cómo lo ves?

—Sí, claro, baja a Radiología si te quedas más tranquila.

—Gracias, Deli.

—No hay de qué, guapiña.

Cuando llegó, le dijeron que acababan de subir a Pío. Debían de haberse cruzado en los ascensores.

—¿Y cómo tardó tanto?

—¡Uf! Ni te imaginas el lío que hubo aquí esta mañana... —la informó su compañero—. De todas formas, también se quedó un poco más porque el doctor Barbosa pidió que se le repitiesen las placas desde otro ángulo. Creo que hay algo que no tiene muy buena pinta. Parece un buen hombre... Una pena.

—¿Cómo que una pena? —preguntó desconcertada—. ¿Es tan grave?

—Yo no sé nada. Eso tendrá que decirlo su médico.

Apretó el botón de la quinta planta preguntándose qué podían haber visto en las placas y si le habrían comentado algo a Pío. Sabía perfectamente que «algo que no tiene muy buena pinta» y «una pena» no eran más que eufemismos y, en ambos casos, la interpretación más optimista posible no dejaba lugar a dudas, se trataba de algo muy grave. Estaba tan inmersa en sus pensamientos que cuando quiso darse cuenta, había subido y bajado varias veces con la espalda apoyada en el panel del fondo de la cabina. Esperó a ver aparecer el número cinco en el visor y cuando las puertas se abrieron, cogió aire y salió.

—¿Cómo está mi paciente favorito? —dijo mientras traspasaba el umbral de la 556.

—Mejor imposible —mintió Pío antes de refugiarse en la cómoda conversación de la broma de siempre—. Acabo de hacer un recorrido por el hospital que, además de sentarme de maravilla para ver más allá de estas paredes, me ha inspirado un montón de posibilidades de fuga. ¿Tú crees que cabré en uno de esos carritos de la lavandería?

—Si quieres te consigo uno ahora mismo para que pruebes. Lo malo van a ser estos hierros —le contestó Telma intentando aparentar toda la normalidad posible.

—Cierto. Lo primero que necesito es un buen alicate, ¿tú podrías traerme uno? Quizá sería más emocionante si me lo trajeses dentro de un libro o de un bocadillo, como quien lleva una lima a la cárcel.

—Bueno, vamos a dejarnos de emociones fuertes y dime, ¿cómo estás?, que con tanta *tournée* igual estás algo mareado…

—¡Qué va! No puedo estar mejor. En serio. Y más sabiendo que esta tarde vas al teatro con Diego. Espero que no te haya molestado que le sugiriese…

—Hiciste muy bien, Pío. Voy encantada. Pero que conste que lo que quiero es ver actuar a Lola Herrera, que ya veo que tú como celestino no tenías precio.

—Dime entonces, Melibea, ¿el joven Calixto no es de tu agrado?

A Telma se le subieron los colores en un abrir y cerrar de ojos.

—Haya calma, Celestino querido, haya calma —le respondió sonriendo.

—Bueno, pero mañana, si es vuestra merced tan amable, viene y me reporta cualquier novedad que haya acontecido durante la tarde de hoy, ya que el apuesto Calixto no soltará prenda por más que este, su anciano abuelo, se lo implore.

—¡Ay, Pío! —exclamó ella sonriendo—. ¡Cuánto te vamos a echar de menos cuando nos faltes!

Telma se dio cuenta al instante de lo desafortunado que era el comentario en aquel momento tan delicado. Podía malinterpretarse. Aunque le había parecido que Pío no sabía que las radiografías podían augurar un pésimo diagnóstico, rectificó como pudo.

—No te fugues pronto, por favor. Este hospital ya no será el mismo sin esa guasa tuya.

—Tranquila, vendré a visitarte. De vez en cuando, claro, y disfrazado, por supuesto, no vaya a ser que me reconozcan esos de bata blanca y me trinquen otra vez.

Entre broma y broma, fueron haciendo de tripas corazón. Ella bromeaba para no darle malas noticias sin una confirmación del médico. De momento ese algo que no tenía muy buena pinta podía esperar. Él bromeaba para no contarle aquello que deseaba tanto confesar, nada más y nada menos, que él era el culpable de la muerte de su abuelo. Tanto para Telma como para Pío, callarse algo así, mentir por omisión, suponía una traición hacia el otro. Sin embargo, en ambos casos, quizá para no hacer daño, la traición era mejor opción que la verdad.

33

Cuando Celia entró en la oficina, casi no había gente en la sala grande. Atravesó los pasillos entre las mesas pensando que había hecho bien al ir algo más temprano. Era una vieja costumbre que quería recuperar. Mientras estudiaba Administración y Dirección de Empresas en la Universidad de Vigo, se había levantado media hora antes cada lunes para poder dedicar ese tiempo a planificar bien la semana y siempre le había dado buen resultado.

Al girar al fondo a la izquierda, tuvo una visión frontal de su pecera que la hizo quedarse como una estatua. El Superchungo estaba dentro, sentado en su silla, trabajando en su ordenador y toqueteando sus cosas. Sintió que una especie de veneno la invadía por dentro. Ni ella misma sabía explicar de dónde le salía tanta rabia cuando se tenía a sí misma por una persona de lo más pacífica. Notó cómo las aletas de la nariz se le separaban del tabique y le crecían dos tallas al tiempo que el entrecejo se le fruncía formando dos arrugas profundas en la frente. La mitad superior del cuerpo se le inclinó unos cinco o diez grados hacia delante y empezó a recorrer el camino que le quedaba hasta la pecera como si fuese a tirar la puerta abajo con la cabeza. Entró sin llamar. El Superchungo, por supuesto, no la esperaba a aquellas horas. El susto fue monumental. Dio un salto en la silla acompañado de un grito más sordo que sonoro.

—¿Se puede saber qué estás haciendo?

—No, yo… En realidad…

—¡Saca de ahí!

—Perdona que te corrija, pero en este caso se dice quita. Se quita lo que se pone y se saca lo que se mete.

—Fuera de mi vista. ¡Ya! Y esto no va a quedar así.

En cuanto el Superchungo desapareció, Celia cerró la puerta y bajó las persianas de la pecera. Le daba bastante claustrofobia estar encerrada en aquellos tres metros cuadrados, pero lo prefería a tener que verle la cara al tipejo ese. Limpió el teclado y la mesa como pudo con la manga de su jersey. A continuación, sin sentarse porque la silla aún estaba caliente y se moría de asco, consultó el histórico de su ordenador. Por lo visto, acababa de encenderlo un par de minutos antes. ¡A saber qué buscaba! ¿Sus trapos sucios? O peor, ¿sería algún tipo de pervertido, un depravado, un...? Había visto algo parecido en alguna película, un tipejo chantajeaba a su jefa con algo turbio que había encontrado en su escritorio. ¿Qué película era? Bueno, eso daba igual. Lo importante ahora era tomar buena nota de que aquel hombre que no se había lavado el pelo en la vida era supermegachungo.

Tocó el asiento con el dorso de la mano y comprobó que ya había perdido el calor. Se sentó y cogió su móvil con intención de hablar con Rafa. Al darse cuenta de la diferencia horaria, se echó hacia atrás para apoyarse en el respaldo y cerró los ojos con fuerza como si eso le diese derecho a pedir un deseo: «Rafa, vuelve pronto, te echo de menos».

Alguien llamó a su puerta y el pomo se giró antes de que ella pudiese decir «Adelante».

—Hola, preciosa, ¿está todo bien por aquí?

—¡Ay, Nacho! ¡Qué alegría verte! Pensé que era otra vez el Superchungo ese.

—¿Quién? ¿Míster Pelo Limpio?

—Sí, hijo, sí. Cuando llegué estaba aquí sentado con intención de fisgar en mi ordenador.

—¿No te han dado una contraseña? ¡Qué raro!

—Es que el ordenador es nuevo y hay que instalar no sé qué cosa. Ya quedé con María, de Informática, hoy a las doce.

—Pues ya está, no te rayes más. Hasta esa hora, si sales a algo, avisa, que te vigilo el chiringuito, no vaya a ser que Pelo Limpio te esté preparando una zancadilla.

—Genial, gracias.

—De nada, preciosa.

—Oye, ¿y qué haces tú tan temprano por aquí?

—Hay una especie de club de madrugadores —dijo Nacho guiñándole un ojo—, como Pelo Limpio y como yo, unos *pringaos* que no tenemos a nadie que nos quiera y venimos a olvidar nuestras penas al trabajo, ya ves qué triste, mi vida está tan vacía que hago horas extras para no tener que vivirla —añadió sobreactuando con voz de pena—, ¿no querrás llenarla tú con tu sonrisa?

—Sí, ya, ese cuento guárdatelo para otras, que tú ya sabes que yo solo tengo ojos para mi Rafa y yo ya sé que tu vida de vacía tiene bastante poco.

—No hay manera de llevarte al huerto, ¿eh?

—Va a ser que no.

—Bueno, entonces te diré la verdad. Vengo temprano porque me gusta trabajar a esta hora. A veces necesito silencio y durante el resto del día ya sabes que eso es imposible. No hay más misterio.

—Me gustaba más la explicación de la vida vacía y el trabajo como huida.

—¿Lo ves? No sé por qué la gente se empeña en saber la verdad. A veces las mentiras son más bonitas.

Con la misma, le lanzó a Celia un par de besos por el aire y se marchó dejando la puerta de la pecera abierta y lanzando una advertencia al aire que se oyó en toda la oficina.

—Avísame si me necesitas. Estaré aquí cerca.

Celia suspiró mientras abría su agenda para organizarse la semana. Al pie de la página destinada al lunes, aunque sabía que era imposible ausentarse ahora que acababan de ascenderla, apuntó: «Ver viaje a Cuba».

34

TELMA LLEGÓ A la cafetería Royal Atlántico diez minutos antes de la hora acordada. Eligió la mesa del chaflán, pidió una Estrella Galicia y dejó la mirada perdida en la acera de delante del teatro. Pensó que estaba muy cerca de la calle Reconquista, a unos metros del edificio en el que había vivido Gala y en el que Darío había encontrado la muerte por algo tan tonto como intentar evitar el robo de una bicicleta. Nunca iba a llegar a conocer a su abuelo por culpa de un desalmado que le había quitado la vida. Ensimismada en ese pensamiento, se fijó en una Vespa roja, justo como la que había tenido su otro abuelo, Rodrigo. Le pareció que el chico que la estaba aparcando podía ser Diego, pero no lo conocía tanto como para distinguirlo por la silueta. Cuando se quitó el casco y miró hacia la cafetería como intentando ver, sin éxito, a través del reflejo de los cristales, Telma no pudo evitar pensar que aquello ya empezaba a ser demasiada coincidencia, primero que la hubiese invitado al teatro como Darío y ahora que tuviese, precisamente, una Vespa roja como Rodrigo.

Diego entró en la cafetería con cara de traer malas noticias.

—No te lo vas a creer, Telma, lo siento muchísimo. Es que va a parecer otra cosa. Vas a creer que te engañé o algo así...

Tenía el casco en una mano y le daba golpecitos con la otra como si el casco tuviese la culpa de algo.

—Hola, ¿no?

—¡Ay, sí, perdona! —dijo agachándose para darle dos besos al mismo tiempo que Telma se incorporaba un poco.

—¿Te sientas y me explicas con calma eso que tanto te aflige? Seguro que encontramos una solución.

Él obedeció.

—Es que, verás, yo tenía dos entradas que me había dado mi amigo Santi, que a su vez las consiguió por… Bueno, eso ya da igual. —Se tapó la cara con las manos durante un segundo antes de decir a modo de confesión—: Las perdí. Te juro que las había guardado en el bolsillo de esta cazadora. Aquí. Mira —dijo mostrándole el bolsillo superior de su chaqueta vaquera vacío.

—Se esfumaron —confirmó Telma con una sonrisa tranquilizadora.

Diego se encogió de hombros.

—Esto es quedar peor que Cagancho en Almagro y lo demás son cuentos.

—¿Cagancho en Almagro? —preguntó ella extrañada—. ¿Y eso?

—No sé, cosas de mi abuelo. Creo que Cagancho era un torero y debió de hacerlo fatal cuando estuvo en Almagro o algo así… Bueno, el caso es que no tengo las entradas, Telma.

—Aún tenemos algo de tiempo, ¿seguro que buscaste bien?

—Más que Marco a su madre.

Telma no pudo evitar la carcajada mientras Diego seguía disculpándose.

—¡Cuánto lo siento! Y lo peor es que igual piensas que era una artimaña para quedar contigo, que nunca existieron esas entradas y que soy un jeta de lo peor.

—¡Uy! ¡Qué va! Hasta hace nada estuve saliendo con el padre de todos los jetas, ya nada me asusta. Además, eso te hace desarrollar un sexto sentido, ¿sabes? Ahora es como si llevase incorporado un detector de caraduras y tú no me lo pareces, la verdad.

—Sí, ya me dijo mi abuelo que el Julián ese te salió rana.

Diego se arrepintió tanto de haber dejado a su abuelo en evidencia que, en un acto reflejo, se tapó la boca con la mano.

—Así que tu abuelo también se ha ido de la lengua, ¿eh? Ya veo que es difícil guardar un secreto hoy en día.

—¿También?

—A mi hermana le ha faltado tiempo para contárselo a todo Vigo.

—Anda, ya será menos.

—Vale, a medio Vigo, tal vez.

—Solo tienes esa hermana, ¿verdad? Celia, la que estaba en el funeral de tu abuela...

—Sí, ¿y tú qué?, ¿hijo y nieto único?

—Pues sí, un horror, un niño mimado de libro.

—Así vamos, perdiendo entradas...

—¿Tú crees que las perdí por ser hijo único?

—No me cabe la menor duda —le respondió Telma sonriendo—. Y ahora, yo que soy hermana mayor, voy a sacarte las castañas del fuego, que supongo que será a lo que estás acostumbrado, a que los adultos te solucionen los problemas, ¿o no?

—No, ahora en serio, no vayas a pensar que soy uno de esos... No, no. Vivo solo desde hace años y siempre me he sacado las castañas del fuego yo solito.

—No pienso nada, solo me estaba metiendo contigo, no me pareces ningún mimado —le dijo ella sin perder la sonrisa—. Y ahora en serio, sí, vamos a ver si aún quedan entradas.

Telma sacó su móvil del bolso dejando a la vista parte de su contenido.

—¡Madre mía! Pero ¿qué llevas ahí? ¿Una navaja suiza? ¡Qué miedo!

A Telma le dio la risa.

—Solo son unos cuantos *porsiacasos*. Nunca se sabe.

Ahora era Diego quien se reía.

—Igual hasta tienes un par de entradas para el teatro.

—¡Vaya! Justo eso, no. Y por lo que estoy viendo aquí, tampoco voy a poder hacer magia y sacarlas de la chistera. Está todo agotado, ni segundo anfiteatro, ni tercero, ni nada de nada.

Diego volvió a ponerse serio y se tapó nuevamente la cara con las manos.

—Dios, cuánto lo siento, te juro que las había guardado aquí.

—Bueno, no pasa nada, total, te podría contar todo lo que se va a decir en el escenario de cabo a rabo… ¿Y si nos tomamos un gin-tonic en un sitio tranquilo? —Telma se sorprendió por haber hecho esa pregunta—. ¿Cómo lo ves?

—Acepto encantado si me dejas invitarte para compensar un poco la metedura de pata.

—Venga, pues no te digo que no.

La terraza del Boga resultó ser el sitio perfecto para pasar un par de horas conversando muy a gusto. Los acompañaban la brisa de la ría, una pareja en la mesa de al lado y una pandilla de treintañeros un poco más apartada. De fondo sonaban *Los 40 Principales*.

Diego le contó cómo había llegado a hacerse profesor a base de mucho esfuerzo. Había hecho Magisterio al mismo tiempo que trabajaba como vigilante nocturno en un aparcamiento. Había tenido la suerte de entrar como interino nada más terminar, y mayor suerte todavía al sacarse las oposiciones a la primera con una buena nota que le había permitido elegir destino en un colegio del centro de Vigo. Ese año era tutor de un grupo de alumnos de tercero de primaria que durante el primer trimestre lo habían llevado por la calle de la amargura, hasta que logró hacerse con ellos a base de lo que él llamaba chantaje pedagógico. Si se portaban bien, los últimos cinco minutos de cada clase tenían el «tiempo mágico», que según le explicó Diego, era una copia bastante cutre del *golden time* de los ingleses. El premio podía variar desde poder levantarse y circular libremente por la clase para conversar en voz baja, hasta ver algún vídeo que él había seleccionado previamente. En una ocasión, la cosa se le había ido un poco de las manos porque le pidieron hacer una guerra de gomas y él les dijo que ese era un premio demasiado mágico, por lo que tendrían que portarse genial no solo en una clase, sino en todas las clases a lo largo de una semana. Estaba seguro de que en algún momento alguien armaría algún follón y nunca tendría que llegar a permitir algo así. Pero se equivocó. Aquella semana se portaron como auténticos ángeles.

Y llegó el viernes a última hora. Y pidieron su recompensa. Y él cedió.

—Ya sabes, a niños no prometas...

—Y a viejos no debas —concluyó Telma.

—¡No te puedes ni imaginar la que se lio! ¡Muy, muy parda!

—Me imagino, sí.

—Qué va, multiplica lo que te estés imaginando por dos o tres, o mejor, por veinticuatro, que es el número de alumnos que tengo en clase. ¡Venían preparados! Como para una guerra de verdad... Con bolis convertidos en cerbatanas y todo. Y estaban tan nerviosos que gritaban todos a la vez y yo intentaba gritar más que ellos haciéndolo aún peor. Nunca había deseado tanto escuchar el timbre.

—Lo raro es que no te hayan expulsado del colegio.

—Tuve la suerte de que el director estaba de viaje, y aunque después llegaron a sus oídos varias quejas de padres, como no suelo dar problemas, sino todo lo contrario, él me cubrió como pudo. Eso sí, ahora ya no hay quien me quite el mote en el colegio, ahora soy el profe Guerrero. Colaría como apellido, pero como todo el mundo sabe la historia...

—Ya. Pues va a ser difícil que te libres de ese sambenito. Es más, ahora mismo voy a cambiar tu nombre en mis contactos —fingió que tecleaba en el móvil—. Borro «Diego Nieto de Pío» y pongo «Guerrero», así, a secas.

—Muy graciosa —dijo él frunciendo la nariz—. Y, por cierto, lo que sí que podías era poner Diego Louro, que lo de «Nieto de Pío» suena como si no tuviese yo personalidad propia, ¿no?

—Un poco, sí.

—Bueno, ¿y tú?, cuéntame de ti, ¿cómo llegaste a ser enfermera?

—¡Uy! Lo mío no es tan emocionante, ni tengo tanto mérito como tú. Después de mucho luchar contra mi padre porque Enfermería le parecía poca cosa y quería que estudiase Medicina, me pagó la carrera que hice cómodamente sin tener que trabajar por las noches. Después heredé un dinerito de mi tía abuela

Valentina y me compré un piso, una ganga, y encima a dos manzanas de casa de mis padres y en el mismo edificio que mi amiga Lorena. Trabajo solo por las mañanas porque lo que gano me parece suficiente para disfrutar de la vida que me gusta vivir.

—Para que después te rías de mí porque soy un mimado.

—Ya sabes, es más fácil ver la paja en el ojo ajeno… —Telma esperó a que él dijese la otra parte del refrán.

—Que la viga en el propio.

—Exacto. Y sí, quizá sea yo la más mimada de los dos… —admitió.

Diego le preguntó entonces por Julián, si lo echaba de menos, si quería volver con él, si creía que lo iban a arreglar… pero Telma negó escuetamente. Para cambiar de tema, se le ocurrió pasar a relatarle cómo había encontrado las memorias de Gala detrás del espejo. Él se interesó tanto que Telma acabó explayándose mucho más de lo que habría querido. Estaba segura de que si la abuela Gala pudiera verla desde dondequiera que estuviese, no le importaría que airease sus memorias, es más, podía imaginársela celebrando lo bien que estaba fluyendo aquel primer encuentro entre ella y Diego. Porque si de algo estaba segura Telma en aquel momento era de que quería seguir conociendo al nieto de Pío.

35

TELMA HABÍA ESTADO toda la mañana en Urgencias porque habían coincidido unos cuantos casos complicados. No le había dado tiempo de pasar a ver a Pío, pero sabía que la consulta con su médico sería al día siguiente. Casi agradeció no tener que estar con él otra vez sin poder decirle lo que medio sabía, medio se imaginaba.

Al mediodía Celia la había llamado para que fuese a cenar a casa. A Telma le apetecía más llegar a su piso, comer una ensalada y meterse en la cama. La vida estaba yendo demasiado rápido: la muerte de la abuela y todo lo que estaba conociendo ahora de su pasado, la traición de Julián, sincerarse con su padre, empezar a conocer a Diego, y ahora el pobre de Pío... Quedarse en la cama, eso era lo que de verdad le apetecía. Hecha un ovillo y con las sábanas de flores y mariposas bordadas por Gala. Ni siquiera le apetecía leer un buen libro, solo estar, nada más, solo quedarse quieta, sin llorar, y de vez en cuando darle una patada imaginaria a la vida, o ni eso, quedarse como si estuviese haciendo el muerto en el mar, dejándose mecer con los ojos cerrados. Ese era el plan que de verdad le apetecía, pero Celia había insistido tanto que Telma había tenido que ceder ante el argumento de que ya quedaban pocos días de poder estar los cuatro juntos. Y ya que iba a cenar, podía ir un poco antes y así leían un par de capítulos más... Ella cedió también.

Llegó a la calle Lepanto un par de horas antes de la cena. Se quedó un rato parada en la acera con la mirada clavada en la reproducción de la Victoria de Samotracia, de Jesús Picón, que coronaba el edificio Albo. Había crecido viéndola desde la ventana de su habitación y siempre había soñado con tener alas como ella. Vista desde abajo, uno no se daba cuenta de lo impresionante que era al contemplarla de cerca. La vecina del tercero la sacó de su ensimismamiento desde el portal:

—Telma, querida, ¿vas a entrar o cierro la puerta?

Subir con ella tres pisos en el ascensor con aquel perfume de pachulí fue suficiente para haber deseado quedarse más tiempo observando el edificio de Francisco Castro o cualquier otro. Incluso habría sido mejor quedarse a contar los coches que ponían rumbo a la autopista hacia Pontevedra. Cualquier cosa antes que respirar la concentración de un frasco entero de colonia mezclada con polvos de talco en un par de metros cúbicos.

Llegó al descansillo del cuarto mareada. Llamó al timbre e Iris le hizo la misma pregunta de siempre:

—¿No tienes llaves?

Para no tener que explicar una vez más que ya no vivía allí, se inventó lo primero que se le ocurrió:

—Es que tengo tantas cosas en el bolso que me da pereza buscarlas.

—Sí, ya...

Amparo e Iris estaban solas en casa. Acababan de terminar la imperdonable partida de parchís de la tarde. Desde lo del accidente, Amparo había retomado costumbres de su juventud. Aunque ahora ya había ido recuperando la mayor parte de su memoria más reciente, había ciertas cosas que se alegraba de haber traído hasta el presente, como era el caso del parchís.

Iris le explicó a Telma que Marcos había ido a hacer unos recados y que Celia todavía no había vuelto del trabajo, y se retiró a la cocina mientras Telma se dirigía al salón.

—¿Qué tal vas, mamá? —dijo mientras le daba dos besos.

—Bien, ya sabes, como siempre.

Se sentó en la silla de al lado e intentó ayudarla a recoger las fichas poniendo las de cada color en su cubilete. Era un trabajo de psicomotricidad fina que Amparo aún hacía con alguna dificultad.

—Quita, quita, ya lo hago yo. Me viene bien. Iris nunca me ayuda con esto y es mejor así.

Todos sabían lo importante que era Iris en aquella casa, pero Amparo se encargaba de recalcarlo siempre que podía, no fuera a ser…

Telma le cogió la mano a su madre y le buscó el fondo de la mirada para preguntarle:

—Estás contenta con papá aquí, ¿verdad?

Amparo desvió la mirada, metió la última ficha verde en su correspondiente cubilete con parsimonia. Después, el dado. Telma no sabía si se estaba pensando la respuesta o si estaba ignorando la pregunta. Esperó con paciencia y, al cabo de un minuto eterno, escuchó:

—Me quiere más de lo que tú piensas.

Se quedó helada con la contestación de su madre.

—Yo no pienso nada, mamá, son cosas vuestras.

—Piensas, piensas —insistió Amparo—, que yo no estoy tan mal como parece, hija.

El sonido de la risa de Celia llegó desde la entrada.

—Lorena dice que Celia se ríe como una hiena —le comentó Telma a su madre al oído.

—Pues tiene razón. —Sonrió Amparo—. Y tú deberías reírte más —añadió acariciándole la cara.

La risa entró en el salón. Celia llegó con Marcos, que también se estaba riendo, pero el sonido de sus carcajadas quedaba anulado por el de las de Celia.

—¿Se puede saber qué es tan gracioso? —preguntó Telma.

—El moco… —Celia no era capaz de hablar—. La vecina…

Habían coincidido en el ascensor con la vecina del quinto, que era una señora más estirada que la señorita Rottenmeier, y tenía un moco pegado en la punta de la nariz. En cuanto la mirada de Celia se cruzó con la de Marcos, no pudieron evitar explotar en carcajadas. Cuanto más querían parar, más risa floja e imparable les daba. La historia también hizo reír a Telma y a Amparo. De ahí, pasaron a encadenar algunas anécdotas divertidas, como cuando Celia, por despiste, fue al colegio en zapatillas de cuadros, o cuando Telma se cayó del escenario en una función de Navidad en la que iba disfrazada de oveja y no veía nada.

—¿Ves qué bien te sienta reírte, hija? —le dijo Amparo a Telma por lo bajini.

Ella le respondió con una sonrisa.

Cuando la conversación se calmó, las dos hermanas se retiraron al cuarto de Celia para seguir leyendo las memorias de Gala. Celia intentó hacerle un interrogatorio a Telma sobre su cita con Diego, pero ella no estaba por la labor de entrar en detalles, así que le contó todo por encima, restándole importancia a cuánto habían congeniado y cambiando varias horas con una copa por un breve café. Mientras contaba aquella verdad tan sesgada, le venía a la mente la frase de Gala «las mentiras son para los cobardes». Deseó en vano que estuviese allí para poder decirle que a veces las mentiras servían para evitar males mayores. ¿O no?

Cansada de las preguntas de Celia, Telma intentó cortarla:

—Bueno, ¿qué?, ¿leemos a la abuela o vas a seguir haciéndome un tercer grado?

—¿Y Julián?

—¿Tercer grado, entonces?

—No, venga, ya leemos, pero solo dime una cosa, ¿has vuelto a hablar con él?

—Que no, pesada.

—¿Y la cerradura? ¿La cambiaste?

—¿No era solo una cosa?

—¿Eso es que no la cambiaste?

—Bueno, mañana me ocupo de eso, en serio.

—Es que es importante, Telma, no entiendo cómo no lo ves…

—Vale, que sí, que sí. Y ahora relájate y escucha, ¿tú te acuerdas del cine Fraga?

—¿Y eso qué tiene que ver?

—Es el título del siguiente capítulo. Yo me acuerdo de haber ido allí con los abuelos, era un cine precioso, pero ya no sé qué película fue, creo que alguna de las de *Toy Story*.

—Me suena... Aunque de la película ni idea, solo me acuerdo de que era enorme, como un teatro.

EL CINE FRAGA

Cuando quise darme cuenta, habían pasado dos años desde mi llegada a la academia. Para celebrarlo, a Rodrigo se le ocurrió invitarnos al cine a Ángel y a mí. Nunca habíamos estado juntos más allá de aquellos techos altos, por lo que vernos en otro ambiente era toda una novedad.

Hacía algún tiempo que había vuelto a vestirme de color. Sin embargo, para ir al cine aquel día, elegí un jersey de cuello vuelto marengo a juego con unos pantalones de pinzas del mismo tono y los Oxford negros. Quizá fuera una forma de decirle a Darío que iba a salir con dos chicos, sí, pero sin olvidarme de él. Por encima, me puse un poncho de colores para contentar a mi padre y nada más girar la esquina lo guardé en el bolso enorme que había elegido ya pensando en la jugada.

Cuando llegué al cine Fraga, Rodrigo estaba apoyado en la esquina de la columna del porche, como si estuviese sujetando con su espalda todo el peso del imponente edificio de granito. Tenía tres entradas en una mano y las agitaba rítmicamente contra la palma de la otra. Sonrió al verme aparecer por la esquina de Colón con Uruguay, y cuando llegué a su lado, dejó de marear las entradas y se metió las manos en los bolsillos para ocultar su nerviosismo. Ángel no aparecía y la película iba a empezar. No penséis que fue algo organizado entre ellos dos para que nos quedásemos a solas, simplemente, Ángel se encontró mal y como no tenía forma de avisarnos, no vino, sin más. Lo esperamos un rato más en el vestíbulo. Mientras la gente iba entrando, Rodrigo empezó a hablar sin parar como si lo incomodase la situación de estar allí conmigo. Me sorprendió contándome con todo detalle cómo el empresario cinematográfico Isaac Fraga, a su regreso de Argentina, había llegado a gestionar medio centenar de salas de cine por toda Galicia. Rodrigo sabía todos los detalles de la historia. Yo ya solo recuerdo que Fraga empezó por comprar un proyector y recorrer con él Galicia a lomos de su caballo. Después, pasó a montar barracones de feria hasta que pudo alquilar salas. Según Rodrigo, el cine Fraga fue su gran orgullo. Hasta aquel día, nunca me había imaginado que Rodrigo pudiese tener interés por algo que no fuese científico, aunque muy pronto descubriría que era un apasionado de nuestra tierra. Supongo que no recordaréis que el libro que vivía en su mesilla de noche era la Guía de Galicia, *de Ramón Otero Pedrayo, «el Don Ramón», llamaba a aquel volumen de lomo gastado y páginas amarillentas que hojeaba antes de dormir.*

Cuando dio por concluida su charla ya no quedaba nadie en el hall. Bastó una mirada a nuestro alrededor para que nos decidiésemos a entrar. Nos sentamos en la última fila, no con intención de besarnos como hacían los enamorados, nos pusimos allí, al lado del pasillo, para estar pendientes de Ángel, por si acaso.

En el intermedio, mientras yo iba al tocador, Rodrigo fue a echar un vistazo a la cafetería por si Ángel pudiera estar allí. No había ni rastro de él. Rodrigo ya conocía bien mi pasión por el chocolate y me esperó en la barra con uno tan caliente que casi no me dio tiempo a terminármelo antes de regresar a nuestras butacas.

La película estaba resultando ser un aburrimiento supremo y me apoyé en el hombro de Rodrigo medio adormilada. Él debió de entender el gesto como un acercamiento y me acarició la cara con ternura. Después pasó su mano por mi frente presionando un poco más, como queriendo borrar mis malos recuerdos, y repitió el gesto varias veces hasta que deslizó su dedo índice muy despacio por el lomo de mi nariz hasta llegar a la boca y, casi sin rozarme, hizo un recorrido circular sobre mis labios. Entonces, me aparté, me senté correctamente y dije lo primero que se me pasó por la cabeza por no decirle que no estaba preparada, que necesitaba tiempo, que mis heridas estaban aún demasiado abiertas…

—Es una pena que no haya podido venir Ángel.

Dije esa frase como podía haber dicho cualquier incongruencia. Solo quería romper la incomodidad silenciosa generada por mi rechazo. Fue un comentario desafortunado que trajo consecuencias.

ARRASTRANDO LOS PIES

Era evidente que Rodrigo me estaba evitando. Ya nunca venía a la oficina a charlar un rato entre clase y clase. Se encerraba en algún aula que estuviese libre y corregía ejercicios de los alumnos sin descanso o preparaba exámenes sorpresa solo para tener que corregirlos después. Hacía tablas y gráficos con estadísticas de quinielas imposibles que quedaban reflejadas en unas sábanas de papel que después dejaba olvidadas encima de algún pupitre antes de que acabasen en la basura. Había perdido su paso firme y arrastraba los pies por los pasillos. Llegué a distinguir cada uno de sus movimientos por el sonido de sus zapatos rascando la madera del suelo. Los pantalones empezaron a quedarle grandes y las mejillas se le hundieron.

Yo intentaba acercarme a él y, cuanto más le preguntaba qué le pasaba, él más me rehuía contestando con evasivas como que su madre estaba muy enferma o que estaba inquieto por algún alumno que no iba a aprobar un examen importante.

Empecé a preocuparme seriamente cuando me di cuenta de que ya no me miraba a los ojos cuando hablábamos sobre cualquier trivialidad, porque en eso se habían convertido nuestras conversaciones: la lluvia, el sol, los papeleos, los horarios o los alumnos. Él me daba a entender que fuera de esos temas no teníamos nada de qué hablar. Y yo, tonta de mí, no tenía ni idea de qué le podía estar pasando. Como había empezado a mostrarse esquivo desde el día del cine, inicialmente pensé que pudiera haberle hecho daño mi rechazo, sin embargo, también estaba convencida de que debía de tratarse de un problema mayor, algo ajeno a nosotros. Tanto distanciamiento no podía deberse a mi reacción de aquel día y, mucho menos, a aquellas palabras echando de menos a Ángel, que habían sido un puro hablar por hablar, por evitar el silencio, completamente vacías de cualquier significado.

Ángel, por su parte, aunque siempre había sido un buen amigo para Rodrigo, parecía no darse cuenta de lo que le estaba pasando a su socio. Incluso llegó a negarme la evidencia de su pérdida de peso.

Estaba sola en mi deseo de liberar a Rodrigo de la tristeza que lo tenía atrapado y él hacía todo lo posible por evitarme.

Así fue pasando una semana tras otra hasta que decidí poner un punto final a aquella situación. Le preparé una encerrona. Desenrosqué el picaporte que abría y cerraba la ventana de la oficina y fui al aula donde estaba trabajando en sus estadísticas. Le puse el picaporte encima de la mesa y le dije que me estaba congelando y que no era capaz de cerrar la ventana.

Vino hasta el despacho desganado, murmurando algo entre dientes que no llegué a comprender. Cuando empezó a enroscar la pieza, se giró para mirarme a los ojos por primera vez en mucho tiempo.

—Júrame que no sabías hacer esto —me desafió enfadado.

—Lo que no sé es lo que te está pasando.

—Nada, no me pasa nada, ¿por qué tendría que pasarme algo?

—Estás de mal humor, evitas a la gente, ya ni siquiera nos miras a los ojos y eso por no hablar de que te estás quedando en los huesos, ¿qué te pasa, Rodrigo? A mí puedes contármelo.

—Precisamente a ti, no, claro que no —respondió aún más molesto.

—Pues no entiendo por qué... Creía que éramos buenos amigos.

—Lo éramos.

—¿En serio? ¿Lo éramos, pero ya no lo somos? No sé qué parte de la historia me habré perdido entonces.

—Ninguna. Fuiste tú quien lo dejó bien claro. Mi compañía no te resulta suficiente.

Entonces caí.

—¡Estás celoso! Celoso por culpa de un comentario inocente... ¿No pensarás que estoy enamorada de Ángel o algo así?

—No, no es eso. He dicho que me hiciste ver que mi compañía no te resulta suficiente.

—No te entiendo.

—Me encantaría poder hacerte feliz, pero entiendo que soy poca cosa para ti. Y aunque te juro que no es lo que deseo, prefiero apartarme para que puedas encontrar a alguien que te llene de verdad.

—¡Ay, por Dios, Rodrigo! ¡Qué equivocado estás! ¿No entiendes que no estoy preparada? Necesito tiempo, nada más. Tiempo para acabar de lamerme las heridas, eso es todo.

Él se quedó con la mente perdida en el infinito, como cuando hacía cálculos mentales para sus estadísticas. Después, buscó mi mirada con la suya y respiró aliviado. Me cogió las manos para apretármelas levemente.

—Entonces te esperaré.

Yo le sonreí.

—Me encantaría, pero en ese caso será mejor que cojas una buena silla para sentarte a esperar, piénsatelo bien.

—No hay nada que pensar. Estaré por aquí, ¿vale?

—Me parece bien.

En ese momento se giró para darme la espalda mientras colocaba el picaporte. Estoy segura de que estaba sonriendo, se le notaba hasta por detrás. Después, salió del despacho sin arrastrar los pies y desde la puerta me dijo:

—El tiempo que haga falta.

Mientras escuchaba sus pasos, ligeros como los de antes, perdiéndose por el pasillo, empecé a pensar en él como compañero de vida. Me imaginé a su lado cuando hubiesen pasado muchos años y fuésemos viejitos. Y me gustó lo que vi.

UN AÑO DE CAMBIOS

Rodrigo y yo fuimos solo amigos durante un par de años más, una eternidad considerando lo claro que ambos teníamos que, si íbamos a compartir el resto de nuestras vidas con alguien, sería el uno con el otro. Sin embargo, ¿qué prisa había? Estábamos bien así. Yo no quería irme de Villa Marta por nada del mundo.

Mi padre era mi mejor refugio y mi cordura. Además, yo sabía que era la mejor compañía para Amparo. La niña seguía llamándolo papá a él y mamá a mí, aunque de vez en cuando también se lo decía a Valentina. Yo le hablaba con alguna frecuencia de su «padre del cielo». Se me partía el alma ya rota al mencionárselo, pero hacía de tripas corazón y ponía todo mi empeño en ello porque no podía soportar la idea de que lo olvidase, de que creciese sin acordarse de él, ¡con todo lo que Darío la había querido! A ella le interesaba cada vez menos volver a ver las pocas fotografías en las que aparecían juntos y escuchar las mismas historias sobre cómo jugaban o cómo él le daba el aceite de hígado de bacalao haciendo el avión con la cuchara. Yo no quería ver lo que era evidente para todos: ella no lo echaba de menos, ya no, hacía mucho, muchísimo tiempo que su mente infantil había pasado página. «Papá» sí que estaba. Para ella, aquel era su papá y punto. A su «padre del cielo» lo veía en las fotos de color sepia, como veía en sus cuentos a Pinocho en la carpintería de Geppetto o a la golondrina posada en el hombro de la estatua del Príncipe Feliz. Darío, el padre más amoroso del mundo, se había quedado atrapado en unos rectángulos de papel viejo como un personaje de un cuento, querido pero ajeno, esa era la realidad que yo no quería ver.

En 1967 Amparo cumplió seis años y empezó a ir al colegio de las jesuitinas, al lado de Villa Marta. Le chifló desde el primer día. Valentina había empezado a estudiar Magisterio el año anterior y ya había puesto en práctica algunos de sus conocimientos usando a Amparo como cobaya. La niña llegó al colegio sabiendo leer y escribir de forma rudimentaria pero suficiente para ser la alumna más aventajada, y se convirtió enseguida en el ojito derecho de la profesora.

Por aquel entonces, Felipe tenía veintiséis y Ovidio veinticuatro. Solo pensaban en salir, en las fiestas en casas de gente que no conocíamos de nada y en chicas de pelo trenzado y vestidos largos de flores. Mi padre empezó a preocuparse seriamente. Sabía que ese mundo de fiestas y risas, a diario, no era un buen porvenir para ninguno de mis hermanos. Les había dado unos cuantos ultimátums sin mucha convicción, pero ellos seguían sin querer encontrar el camino adecuado. Un día se presentaron a cenar tronchados de risa, completamente desaliñados y con la lengua perezosa. La buena presencia a la mesa era sagrada y aparecer así ya era una falta de respeto que no se podía tolerar. Mi padre no titubeó. Esa noche los mandó a cenar a la cocina y al día siguiente, cuando llegaron otra vez de la misma guisa, se encontraron cada uno su maleta hecha y un billete de tren para la madrugada con destino a Lisboa. Sin vuelta. La risa se les cortó de golpe. Ovidio abrió la boca para quejarse, pero bastó una milésima de segundo para que mi padre lo fulminase con la mirada ahogando su protesta. Cenamos en riguroso silencio y al terminar, mientras se levantaba de la cabecera de la mesa, sentenció:

—Leonardo os irá a buscar a la estación de Santa Apolonia. Os ayudará a encontrar un trabajo decente y os dará alojamiento durante un mes. Si al cabo de ese tiempo no podéis manteneros por vuestros propios medios, que Dios se apiade de vosotros.

No le tembló la voz. La falta de responsabilidad y la vagancia estaban mucho más allá de lo que estaba dispuesto a permitirles a sus hijos.

—Pero si ni siquiera sabemos portugués —se atrevió a decir Felipe en tono de súplica.

—Ya aprenderéis. Y, sobre todo, ya aprenderéis que el hambre agudiza el ingenio —añadió—. Os deseo un buen viaje. Y no le compliquéis la vida a Leonardo.

El año 1967 trajo grandes cambios a Villa Marta, no solo por la recién estrenada vida escolar de la niña, o porque Felipe y Ovidio hubiesen abandonado por fin el nido, sino también porque justo el día que se fueron, yo anuncié, de golpe y porrazo, mi deseo de empezar a salir con Rodrigo, sin que nadie hubiese llegado a sospechar siquiera que me llamaba la atención, entre otras cosas porque no se lo había dicho ni al propio Rodrigo.

UN AMOR SERENO

No sé si a estas alturas de la vida entenderéis la diferencia entre un beso de pasión y un beso de amor. Cuando uno es joven, todos los besos son apasionados. Y nosotros, Rodrigo y yo, éramos jóvenes, sí, pero teníamos el alma ya cansada de vivir, como las personas mayores, así que nuestro primer beso no fue algo arrebatador, no fue la ola de fuerza desmedida de mi querida Rocío Jurado, sino más bien, algo más sereno, como dejarse mecer por el vaivén del agua en alguna playa de la ría.

En esa ocasión fui yo quien lo invitó al cine. Ponían Doce del patíbulo *en el cine Plata. Teníais que haberle visto la cara cuando le propuse que fuésemos a verla. Sus ojos brillaron tanto que por un momento pensé que iba a llorar, pero no lo hizo, no vayáis a pensar que vuestro abuelo Rodrigo era un llorica, al contrario. En eso también nos parecíamos: los dos habíamos cubierto el cupo de lo que se puede llorar en toda una vida mucho antes de pasar el ecuador de esta. Cuando has tenido motivos tan poderosos para llorar, después ya no lo haces a la ligera.*

Cuando llegué a la entrada del cine, él ya estaba recorriendo la fachada de la galería comercial de un lado a otro, como un animal enjaulado. Llevaba un paquete blanco en las manos.

—Traje dos chocolatinas y un par de bollos de leche de El Molino, ¿te gustan?

A partir de ese día y durante casi todos los del resto de su vida, siempre que nos separábamos, aunque fuese un par de horas, cuando volvíamos a encontrarnos, tenía algo para mí. Eso me volvía loca porque me hacía sentir muy cuidada. Me hacía unos regalos que me dejaban boquiabierta, no es que fuesen muy caros, sino que eran especiales. Me chiflaban por lo bien que me conocía. Podían ser desde una flor o un lazo de raso para rematar mis marcapáginas hasta una nota que ponía «Te quiero», así de sencillo y sincero.

—Me gustan mucho las dos cosas, la chocolatina un poco más, la verdad, porque me pierde el chocolate. Aunque, sobre todo, me encanta que hayas tenido el detalle de traerlas.

—Pues mejor que mejor. —Sonrió—. A ver si tenemos suerte con la película y es un poco más interesante que la anterior. Esta tiene buenas críticas.

—Sea como sea, esta va a ser más especial —carraspeé mientras me armaba de valor para dar el paso que estaba decidida a dar—. Empezando por... Que quería decirte que... Bueno, yo..., en realidad, la película no me importa mucho, si te soy sincera no sé ni de qué va.

—¿Y eso?

La gente ya estaba empezando a entrar y nos estábamos quedando rezagados.

—A ver si nos vamos a quedar sin entradas por estar aquí de cháchara —dije para ganar tiempo y encontrar las palabras.

—No estamos de cháchara. Tú estás intentando decirme algo importante, Gala, que ya te voy conociendo.

—Bueno, pues en realidad sí. ¿Para qué te voy a mentir? Lo que quería decirte es que... Bueno, que... ¿Te acuerdas de aquella vez que me dijiste que me esperarías?

Entonces, nos sonreímos y él dejó caer el paquete al suelo para enmarcarme la cara con ambas manos. Se quedó mirándome a los ojos diciéndome, sin hablar, lo feliz que estaba. Nos fuimos aproximando despacio hasta que nuestros labios se encontraron. Como ya os dije, no fue una ola de fuerza desmedida, pero debimos de perder un poco la noción del tiempo de beso en beso porque para cuando nos separamos, alguien nos había robado la merienda.

Al ir a sacar las entradas, la taquilla ya estaba cerrada y el acomodador no estaba por ninguna parte. No nos importó lo más mínimo. Bajamos todo Urzáiz cogidos de la mano, a gusto con la novedad y haciendo planes de futuro. Después, merendamos unas tostadas en una mesa del fondo de la cafetería Goya. Sin más parafernalia. No necesitábamos nada más que estar el uno con el otro.

El nuestro fue un noviazgo muy sencillo. Era como si los dos hubiésemos estado preparando el terreno para que cuando empezásemos a salir, todo encajase. En realidad, ya llevábamos mucho tiempo siendo pareja sin serlo. Así que no quise demorar las presentaciones a la familia y al domingo siguiente lo invité a comer a casa.

Mi padre, José y Valentina ya estaban al corriente de lo nuestro, pero Amparo era otro cantar. Yo no quería que la niña se hiciese una idea equivocada de lo que aquella relación significaba. Quería que tuviese claro que nadie iba a intentar sustituir a su «padre del cielo». Me pasé toda la semana dándole vueltas al asunto hasta que el sábado por la mañana vino a mi habitación y me dijo:

—Papá y yo nos vamos a ver los patos del parque del tranvía. Dice papá que después venimos a buscarte para ir a dar una vuelta, ¿vale?

Me di cuenta de que era tan solo una niña de seis años que vivía feliz en su mentira. Yo me estaba preocupando por nada. Ella jamás pensaría que Rodrigo podía llegar a su vida para sustituir a ningún padre ausente porque para ella, su padre, simplemente, no estaba ausente, sino que era quien la llevaba a dar un paseo cada sábado desde que le alcanzaba su tierna memoria. Me asomé a la ventana y los vi alejarse calle abajo cogidos de la mano. Ella llevaba un paquete en la otra mano y lo balanceaba al ritmo de unos saltitos que daba de vez en cuando. Parecían pasteles, pero yo sabía que eran unos cuantos mendrugos que Rosa le iba guardando durante toda la semana «para los patos de La Florida». También había una mona, pero Amparo prefería llevarles la comida a los patos porque a la mona ya le daban los demás niños.

No había motivo para pensar que la niña fuese a rechazar a Rodrigo. De hecho, ambos se cayeron de maravilla desde aquella comida. Él estaba entusiasmado con los conocimientos matemáticos de Amparo, que le había hecho una demostración de sumas, y ella estaba crecida por los elogios.

Y Amparo no fue la única que me hizo ver que todo iba a salir bien. Mi padre también se quedó prendado de Rodrigo, hipnotizado por la paz que transmitía y por la sensatez de sus opiniones.

—A ver si vamos un día de estos tú y yo a Lisboa a cantarles las cuarenta a los sinvergüenzas de mis hijos Felipe y Ovidio, que

Leonardo me ha puesto hoy una conferencia para decirme que no hay quien pueda con ellos.

—¡Papá, por favor! —le dije para frenarlo—. Ten calma, acabas de conocer a Rodrigo y ya le estás pidiendo que te acompañe a Portugal…

—No lo acabo de conocer. Hacía mucho tiempo que lo estaba esperando.

—¿Y eso? —preguntó Rodrigo extrañado.

—Porque la pesada de mi hermana no para de hablar de ti —intervino Valentina.

Yo no sabía muy bien si decirle algo o asesinarla directamente. Ante la duda, acabé por contenerme y esbozar una sonrisa. Él se puso tan feliz de escuchar aquello… Estoy segura de que se estaba diciendo a sí mismo: «¿Ves, Rodrigo?, ¡qué bien hiciste en esperar tanto!, ella también estaba pensando en ti. Ahora ya está, ya pasó. Todo va a salir bien».

LUCHA INTERNA

Los primeros meses de relación formal con Rodrigo me tocó vivir una lucha para la que no estaba preparada. No me lo esperaba. «Gala contra sí misma», así podría titularse un poema que hablase de lo que me iba en el alma por aquel entonces. Por un lado, estaba entusiasmada. Me sentía satisfecha y orgullosa de haber dado el paso de autorizarme a volver a ser feliz. Me encantaba estar con Rodrigo y me daba la vida ilusionarme, pensar en él y, sobre todo, hacer planes de futuro. Por otra parte, no podía evitar los remordimientos que venían por oleadas durante el día y en forma de pesadillas por las noches. Me despertaba empapada en sudor o incluso gritando. Entre mal sueño y mal sueño, cada noche decidía dejar a Rodrigo y desistir de esa estúpida idea de volver a ser feliz. Sin embargo, con la primera luz del alba, volvían a iluminarse mis ganas de amar y sentirme amada de nuevo y se renovaba mi deseo de estar junto a Rodrigo el resto de mi vida.

Los terrores nocturnos estaban empezando a pasarme factura. Durante el día tenía el cuerpo cansado de la batalla que se libraba cada noche en mi mente. Estaba exhausta y no tenía ni idea de cómo plantarle cara a esa sensación de traición. Hasta que una mañana caí en la cuenta de que solo había una persona en mi mundo que pudiese entender qué me estaba pasando. Y con entender me refiero a comprender, a ponerse en mi piel y saber qué podía estar sintiendo y hasta qué punto me podía estar afectando. Por una vez en la vida, esa persona no era mi padre. Era Rodrigo.

Ese mismo día, al salir de la academia, le pedí que me llevase a un sitio tranquilo en el que pudiésemos conversar. Empezaba a caer la noche y hacía una temperatura muy agradable. Decidimos ir dando un paseo hasta el Derby. Me gustaba esa cafetería porque siempre había alguna mesa de vigueses ilustres conversando al calor de una taza de café. Por el camino, la conversación se entrecortaba. Yo estaba pensativa, midiendo las palabras que diría después y calculando la manera de no herirlo. Rodrigo, por su parte, parecía asustado. Quizá me notaba demasiado seria y se imaginaba algo que no era.

Me senté frente a él para poder mirarlo a los ojos. Esperé a que nos trajesen el ribeiro que habíamos pedido y, animada por el frescor del primer trago, empecé a desahogarme.

Su comprensión fue mucho más allá de lo que me esperaba. Me escuchó con atención, sin aspavientos, sin hacer ningún drama. Lo que le estaba confesando no era poca cosa: soñaba con otro y no podía hacer nada para evitarlo. Él mantenía la mirada serena, la frente levantada y los antebrazos apoyados en la mesa de mármol para poder enlazar unos dedos con otros. De vez en cuando, me acariciaba suavemente el brazo animándome a seguir. Cuando terminé de hablar, me cogió las dos manos entre las suyas y se quedó un rato mirándome ensimismado, como si quisiese grabar en su memoria cada rasgo de mi cara para pintar un retrato al llegar a casa. Después, aumentó levemente la presión en las manos y me dijo:

—A mí me está pasando algo parecido, quizá con otra intensidad porque hace muchos más años desde que... —No fue capaz de terminar la frase—. Pero el dolor es el mismo y el sentimiento de

traición, también. De triple traición hacia ella, hacia ti y hacia mí mismo. Sin embargo, te juro solemnemente, Gala, que no por ello te quiero ni una milésima menos que todo el amor del mundo.

Al ver que mis ojos empezaban a brillar, se levantó y vino a sentarse a mi lado para abrazarme. Aquella fue la primera vez que Rodrigo y yo lloramos juntos. Estuvimos unos minutos en silencio, acurrucados el uno en el otro, empapándonos el uno de las lágrimas del otro. Me secó las mejillas con su pañuelo y dibujó en su cara esa sonrisa plácida de quien se siente en paz consigo mismo antes de decir:

—Yo creo que lo que nos pasa es que ambos tenemos un corazón enorme, en el que no hace falta apartar unos sentimientos para dar cabida a otros. Para zanjar este asunto, propongo que hagamos un pacto.

—¿Un pacto?

—Yo te respeto a ti y tú me respetas a mí. No es más que eso. Ninguno le pedirá al otro que destierre de su corazón lo que no puede ser desterrado.

—Entiendo.

—Si es que, además, es innecesario, si los dos sabemos que... ¿Cómo te diría...? ¿Acaso cuando unos padres tienen un segundo hijo han de dejar de querer al primero para querer al segundo en toda su plenitud?

—Claro que no.

—Pues creo que así es como debemos entender lo que estamos empezando a construir ahora, un amor en toda su plenitud, ni más ni menos. No dejemos que los sentimientos de culpa o traición empañen los momentos maravillosos que nos quedan por vivir juntos, Gala, por favor.

—Te prometo que voy a intentar sentirlo así —le respondí ya sonriendo.

—Vamos a ser felices, Gala, sin cargo de conciencia. Nadie tiene que olvidar a nadie. Solo tenemos que respetarnos y apoyarnos cuando tengamos días más tristes, sin hacernos reproches. ¿Qué te parece?

—Tienes razón. Es más, lo veo todo tan acertado que voy a dar un paso más allá ahora mismo, porque hace tiempo que quiero decirte algo, pero siempre está ahí esa sombra de traición... Bueno, ya da igual, adiós, sombra.

Me giré un poco en la silla para verle mejor la cara. Esta vez fui yo quien le cogió las manos. Apreté fuerte y cogí aire, como quien coge carrerilla para dar un salto enorme.

—Te quiero, Rodrigo.

Lo dije tan alto que se enteró toda la cafetería y empezaron a aplaudirnos.

Él estiró la espalda y sonrió pletórico. Se acercó a mi oído y con los aplausos de fondo, me susurró:

—Te quiero, Gala.

36

La puerta de la 556 estaba entreabierta y Telma escuchó voces que provenían del interior de la habitación. Una era la de Pío, eso seguro, y la otra…

—¡Isolina! ¡Buenos ojos te vean!

Ella no solía pasar por el hospital por las mañanas. Pío le había dicho que prefería estar solo para leer, cosa que no era del todo cierta. Él prefería estar con Isolina, leyendo o sin leer, eso le daba igual con tal de estar a su lado, pero desde el momento en el que supo que iba a ser una recuperación lenta, se había inventado esa excusa para que su mujer no tuviese que sentirse tan atada a aquella cama como lo estaba él. Ese día estaba allí porque acababan de tener una consulta con el médico.

—¡Hola, preciosa! ¿Qué tal se está portando mi marido? —preguntó Isolina—. ¿Os da mucha guerra? Justo me estaba contando que lo estás ayudando a preparar un plan de fuga —le dijo sonriente.

—Pues guerra, guerra, lo que se dice guerra, no da mucha el pobre ahí preso, pero algo de latiña sí que da con lo de la fuga. Ayer mismo quería que le trajese un carrito de la lavandería para ver si cabía dentro.

Isolina le cogió la mano a su marido.

—Si queréis, podéis seguir hablando de mí como si yo no estuviera aquí, por mí no hay problema —dijo Pío haciéndose el ofendido.

Telma hizo un amago de salir de la habitación y volver a entrar, y simuló que empezaba la conversación de cero.

—Buenos días, ¿cómo está mi paciente favorito?

Pío e Isolina le sonrieron por la ocurrencia, pero al instante siguiente cruzaron una mirada que rebosaba tanto cariño como preocupación.

—Buenos días, mi querida enfermera favorita. Lo cierto es que hoy no tenemos muy buenas noticias. —Pío no fue capaz de continuar la frase, un nudo en la garganta le hizo girar la cabeza y su alma se perdió en el trozo de cielo que se veía por la ventana.

Isolina le apretó la mano y le cogió el relevo:

—Tienen que operarlo. Ayer encontraron algo que no tiene muy buena pinta.

Telma fingió no haber escuchado aquello antes.

—¿Y cuál es el diagnóstico? —preguntó pasando ya su tarjeta por la pantalla para contrastar discretamente la historia clínica con la versión que le habían dado a la familia.

—Creo que es un tumor. No se sabe si es de esos malos o no —dijo Isolina en un suspiro antes de añadir—: Seguro que no es nada.

Telma intentó medir sus palabras mientras comprobaba que el tumor estaba en un sitio fatal y empezaba a oprimir una arteria… La operación iba a ser extremadamente delicada.

—Bueno, tener que someterse a una operación no es del agrado de nadie, pero Pío sabe ser buen paciente y su ánimo será muy importante para la recuperación.

Intentó que sus palabras pareciesen despreocupadas y fingió estar prestando atención a la medicación de Pío cuando, en realidad, buscaba en la pantalla el nombre del cirujano. Se tranquilizó al leer «Doctor Ferraz».

—Nos dijeron que se recuperará pronto y, además, van a aprovechar la anestesia para quitarle los hierros estos, ¡qué ganas de verte libre!, ¿verdad, cariño?

Pío volvió a mirar a Isolina y, con esa fuerza que da el amor, logró responderle sonriendo:

—Pues sí. Telma es un encanto, pero seamos francos, ya tengo ganas de perderla de vista.

Isolina aprovechó la ocasión para preguntar subrepticiamente.

—Bueno, ahora que es amiga de Diego, igual la vemos algún día por casa… —dijo dejando la frase en el aire.

—¡Uy! Calma, calma, que Diego es muy riquiño, pero…

—Pero ¿qué? —preguntó Isolina ansiosa.

—Pues que…, bueno… —Al ver la cara de ilusión que le estaban poniendo los dos, no fue capaz de hacerse la dura como pretendía—. Tiempo al tiempo, ¿no?

—Eso, pero que no pase mucho tiempo —dijo Pío—, que a este Celestino lo operan este sábado y no quiere irse al quirófano sin saber si Melibea le dará una oportunidad a Calixto.

—¡Mira que eres! —se rio Telma—. Un par de días me das… ¡Gran cosa, Pío!

—Es el tiempo que tengo, mi querida Melibea.

—No digas eso —le reprendió Isolina.

—Melibea ya sabe que es de broma.

Telma asintió sonriendo. No era capaz de articular palabra. Ahora era ella quien tenía un nudo en la garganta. Le dio la sensación de que hasta se le notaba por fuera e instintivamente se llevó la mano al cuello para tapárselo.

—Bueno, pues no lo digas ni en broma —Isolina le apretó de nuevo la mano a Pío.

—Vale, tú ganas. —Él le regaló una sonrisa a su mujer.

—Siempre le gano —dijo ella muy convencida guiñándole un ojo a Telma.

TELMA TERMINÓ SU jornada laboral como pudo, con la sensación de llevar zapatos de plomo negros en vez de sus zuecos blancos. Nada más salir del hospital, llamó a Celia para ver si quedaban por la tarde, pero ella estaba agobiadísima intentando terminar un informe para exponerlo en la reunión del viernes. Aprovechando que estaba su padre en casa, seguramente se quedaría hasta tarde en la oficina. Era tanto su agobio que hasta le había mandado un mensaje a Rafa cancelando su videoconferencia diaria. En todo el tiempo que Rafael llevaba en Cuba solo habían renunciado a su ratito de cada día por causas de fuerza mayor, y esta era una de ellas. Aunque la entendió perfectamente, Telma se quedó contrariada. Tendría que hacer un esfuerzo por no traicionar a su hermana y ponerse a leer a Gala ella sola hasta terminar el manuscrito.

Cuando estaba subiendo las escaleras de su edificio, decidió parar en el descansillo de Lorena y llamó al timbre por si, por suerte, la única amiga que le quedaba estaba en casa.

—¡Qué milagro! —exclamó Lorena al abrir—. ¿Tú llamando a mi puerta? ¿Estás bien?

—Empiezo a pensar que estoy mejor que nunca. Si no fuese por lo de la abuela… —Telma iba a mustiarse, pero enseguida se vino arriba—. Y qué milagro, digo yo. ¿Tú en casa a estas horas?

—Día libre, guapa.

—Pues mira qué bien. Si todavía no comiste, igual te apetece acompañarme al Carballo a picar algo.

—No le hago un feo a una empanadilla en la vida. Y mucho menos si es del Carballo.

Saludaron al dueño y se sentaron en los taburetes bajos de al lado de la ventana viendo los camelios, las motos aparcadas en batería y un corrillo de taxistas que comentaban un vídeo del alcalde.

Telma le habló de Diego y, gracias a la insistencia de Lorena, acabó reconociendo, por primera vez, que quizá le gustaba un poco.

—Pero no te emociones. Uno, no estoy preparada para tener una relación. Y dos, segurísimo que tiene novia.

—No me creo ni lo uno ni lo otro —dijo Lorena—, pero ya se verá, querida, el tiempo me dará la razón. Oye, y otra cosa, ¿la cerradura?

—Vienen esta tarde a cambiármela, pesada.

37

Comprobó que la llave nueva funcionaba correctamente, le pagó al cerrajero y al despedirse y cerrar la puerta se quedó parada en la entrada, de espaldas al perchero, mirando fijamente la cerradura. Estaba sintiendo un alivio inesperado. Probó a pasar la llave por dentro y le dio la sensación de estar cerrando con llave una vieja etapa.

Ya solo le quedaban dos cosas por hacer. Empezó por ir al salón y coger su móvil.

—¿Julián?

—¡Cariño! ¡Qué alegría!

—De cariño, nada.

Julián se quedó helado al otro lado de la línea mientras Telma cogía impulso para decir todo lo que quería sin darle pie a responder.

—Verás, te llamo para pedirte que no me llames más, estoy harta, déjame en paz. No quiero rencores y no voy a denunciarte. Eran mis ahorros, Julián. No sé cómo pudiste, aunque eso ahora ya no importa. Menos mal que dejaste el colgante. Si te lo hubieras llevado…

—Pero no me lo llevé —intentó defenderse él.

—Y por eso no te voy a denunciar, pero te lo advierto, no me llames más porque…

—Tenemos que hablar, cielo, no te pongas así, te lo devolveré todo.

—Ni cielo ni gaitas, Julián. Se acabó. ¿Lo entiendes mejor así?

—Te juro que…

—¡Para! Ahórrate tus juramentos de pacotilla. No te humilles más.

—Pero yo…

—Adiós, Julián, te deseo lo mejor.

Colgó sabiendo que había dado una vuelta de llave más, la definitiva. Casi podía escuchar la cerradura en su cabeza dando un golpe seco como en casa de la abuela. Sonrió al darse cuenta de que la última palabra que había escuchado de boca de Julián había sido «yo». Él y su ombligo, tenía razón Celia.

Ahora ya solo le quedaba la segunda de las cosas que tenía que hacer.

—¡Hola, Diego!

—¡Ay, Telma! ¡Qué ganas tenía de hablar contigo!

—¿Y por qué no me llamaste?

—No quería parecer un acosador —bromeó—. No, en serio, no quería molestarte.

—¿Molestarme? Nada más lejos.

—Estoy tan preocupado por el abuelo…

—Me lo imagino. Por eso te llamaba.

—¿Sabes que lo van a operar?

—Sí, claro. Me enteré esta mañana.

—Nos acaban de decir que, si no hay ningún imprevisto, la operación será el sábado.

Telma repasó mentalmente las imágenes del tumor y de la arteria que estaba empezando a presionar. La operación iba a ser de alto riesgo, pero Pío no tenía otra salida.

—Va a salir todo bien. Ya verás. El doctor Ferraz es el mejor.

—Espero que sí. El otro día te dije que no era un niño mimado, pero te mentí. En realidad, te dije una verdad a medias, porque no soy mimado de mis padres, pero de mis abuelos… Se podría decir que me criaron ellos. Mis padres siempre han trabajado de sol a sol. Mi madre todo el día atendiendo la peluquería y mi padre informático, autónomo, se pasaba la vida haciendo visitas a las mil empresas con las que trabajaba. Aquello no era vida y en una de esas visitas, el director de una empresa que estaba expandiéndose hacia América le ofreció ir a Buenos Aires con un sueldo digno y unos horarios decentes. Yo ya estaba en el instituto y me fui a vivir con los abuelos hasta que acabé la carrera. No te puedes imaginar cuánto me cuidaron, Telma. No los quiero, los adoro. Se lo debo todo.

—No me extraña que los quieras tanto. Son un amor.

—Solo de pensar que me pueda faltar mi abuelo… —Diego intentó controlar la voz, que le empezaba a temblar—. Bueno, pero ya basta de ponernos tristes —dijo para recomponerse—. ¿Qué te parece si aprovechamos que mañana es festivo y nos vamos a comer por ahí?

Telma se encontró a sí misma dudando si aceptar la invitación, aunque eso implicase faltar a la comida de despedida de su padre.

—Pues la verdad es que me encantaría, pero mañana tenemos comida familiar. Es la despedida de mi padre, que se vuelve a Miami el viernes por la mañana temprano.

—¡Ah! Vale. —Diego se armó de valor para intentarlo otra vez—: ¿Y qué me dices de merendar? ¿Cómo lo ves?

—Genial. Eso sí que puedo.

—¿Sobre las siete, por ejemplo, te va bien?

—Sí, perfecto.

—Me mandas la ubicación y te paso a buscar. Bueno, si no te importa ir en moto, que coche no tengo.

—Si tienes un casco de sobra…

—¡Claro!

—Entonces, hasta mañana a las siete.

—A ver si te vas a confundir con el refrán del bizcocho y me tienes esperando hasta las ocho…

—Tendría su guasa —se rio Telma pensando que una confusión así sería más propia de Celia.

—Venga, un beso.

—Otro. Hasta mañana.

—Telma…

—Dime.

—No, nada. —Diego se echó atrás—. Ya mañana…

—¿Entonces hasta mañana?

—Venga, va, eso.

Telma no sabía muy bien si él había dicho «eso» o «un beso».

—Adiós, Diego. Un beso.

—Adiós, Telma. Otro beso también para ti.

38

—Te juro que no me puedo creer que la hayas hecho tú.

—Pues ya ves, hija, ya ves —le respondió Marcos en tono de falsa humildad.

—¿Y la receta?

—Hay millones de tutoriales para hacer lasaña. Elegí el vídeo que duraba menos. No hay más misterio.

—¿Entonces por qué se parece tanto a la de la abuela?

—Porque está hecha con amor.

—Eso te acaba de quedar un poco cursi, ¿no? —apuntó Telma.

—Bastante, sí, pero ya ves que solo intento hacerte entender que todo mi amor es para vosotras, Telma, y como tú no acabas de creértelo con palabras, decidí probar por el estómago, ¿qué te parece?

—Chico listo. No me queda más remedio que reconocerlo. ¡Está impresionante!

Amparo, que había estado en silencio hasta ese momento, se giró hacia Telma para decir:

—Unas gotas de tabasco en la salsa de tomate. Ese era el secreto de la lasaña de vuestra abuela. Y tu padre lo sabe de sobra. Por eso el sabor es tan parecido.

—¡Vaya! Gracias por no descubrirme, mi amor —ironizó Marcos con una sonrisa.

—La intención es lo que cuenta —intervino Celia—. Y, además, está de chuparse los dedos.

—Bueno, hablando de la abuela —Telma intentó armarse de valor para continuar—, yo quería comentaros algo.

Los tres la miraron desconcertados y dejaron de comer como para escuchar mejor. Telma continuó:

—Veréis, yo…, las cenizas…

—¡Se te cayeron! —exclamó Celia tapándose la boca.

—No —se rio Telma alargando la o—. ¡Qué va!

—Con esa manía tuya de limpiar la estantería a diario, pensé que…

—No, mujer. Además, hace mil años que no la limpio.

—¡Anda ya!

—Más de una semana, seguro.

—¡Uy! Te va a dar algo.

—Ya te digo.

—A ver —dijo Marcos impaciente—, ¿qué estabas intentando decir de las cenizas?

—Pues que, por lo visto, yo debería saber qué hacer con ellas. Creo que la abuela me lo dijo en vida, tengo una vaga idea, algo de agua, pero no me acuerdo.

—«Algo de agua» no nos va a ayudar mucho —comentó Marcos—. ¿No puedes concretar? ¿Algún río? ¿Alguna playa?

—Una playa, sí —dijo Amparo soltando los cubiertos para entrelazar las manos como si estuviese rezando.

—¿Qué playa, mami? —preguntó Celia—. ¿Tú lo sabes?

—No me hagáis caso. Ya sabemos todos que mi memoria no está para grandes hazañas.

—Piensa, mami, piensa.

Amparo cerró los ojos mientras los demás guardaban silencio. Parecía que estuviesen esperando la respuesta de una médium, pero Amparo no hablaba con el más allá, solo rebuscaba en sus recuerdos desordenados.

—El nombre, ni idea, solo sé que una vez me contó que esperaba allí a mi padre, a Darío —aclaró por si alguien dudaba qué padre—, cuando él iba a nadar.

—¡A Mourisca! —exclamaron las dos hermanas al unísono.

—¡Eso! —respondió Amparo orgullosa—. ¿Cómo lo sabíais?

—¡Uy! Nos contó muchas veces todo eso de que Darío le había enseñado a nadar y que iban juntos a esa playa… —mintió Celia.

—Bueno, saber esto me quita un peso de encima —confesó Telma aliviada—. Pero la verdad, yo no estoy preparada.

—No te angusties —le dijo Marcos apretándole el brazo—. ¿Qué prisa hay?

—Es que, al principio me daba un poco de yuyu, pero ahora que me acostumbré a tenerla en el salón, ahí tan cerca de mí…

—Yo también prefiero esperar —dijo Celia con las lágrimas en los ojos.

Amparo le hizo un gesto de asentimiento a Marcos y este dio por concluido el asunto intentando que el ánimo no decayese:

—Pues no se hable más. Eso sí, Telma, querida, tú ten cuidado con la urna al limpiar la estantería, ¿vale?

—Muy gracioso —le dijo Telma arrugando la nariz.

—Bueno, y ya que estamos hablando de Gala, os diré que estos días he estado haciendo las gestiones oportunas para la lectura del testamento. La próxima vez que venga de Miami, iremos a la notaría que está al lado de casa de Telma. No hay una fecha definitiva, ya os diré algo.

Se quedaron un momento en silencio, como cuando se dice que pasó un ángel, como si la palabra testamento fuese una apisonadora. Telma y Celia se miraron sabiendo que ya habían recibido su mejor herencia: las memorias.

—Mientras tanto, hay algo que también deberíamos decidir entre todos —anunció Telma muy seria—. Yo pensaba hacerme cargo, pero es demasiada responsabilidad para mí.

Estaba poniendo un tono tan solemne a sus palabras que nadie podía imaginarse de qué se trataba.

—Os juro que yo quería hacerlo bien —continuó—, que mi intención era buena, pero es que lo mío es cuidar a personas de carne y hueso…

—¿Qué pasó? —la azuzó Marcos que estaba empezando a preocuparse.

—El ficus. Hace un montón de tiempo que está sin regar.

Celia volvió a reírse como una hiena contagiándolos a todos, incluso a Telma, que se dio cuenta enseguida de que su preocupación había sido algo desmesurada.

—Puedo prometer y prometo —dijo Marcos intentando copiar el tono solemne de Telma, aunque se le escapaba una risilla por debajo—, que ese ficus será trasladado hoy mismo a esta casa, donde pasará el resto de sus días a cuerpo de rey y con el agua que haga falta.

—Muy gracioso —volvió a decirle Telma arrugando la nariz.

El resto de la comida transcurrió también en un tono distendido, especialmente por la descripción que hizo Celia del pelo del Superchungo, en el que, según ella, se podía freír un huevo sin necesidad de echar aceite.

Después de los cafés, las hermanas se encerraron en la habitación de Celia. Cada una se acomodó en su rincón preferido y Telma se puso a leer ya casi sin preguntar.

CASA NUEVA

Nos casamos en 1970, en la iglesia de Santiago de Vigo. Ya no éramos unos niños y toda la parafernalia de un gran acontecimiento social nos abrumaba más que ilusionaba, por lo que nos decantamos por organizar una boda más familiar, con los invitados justos. La fiesta que dimos en Villa Marta después de la ceremonia fue, sin duda, uno de los momentos más entrañables de mi vida. Rodrigo y yo disfrutamos cada minuto. Si cierro los ojos recuerdo el jardín iluminado con decenas de antorchas y farolillos de papel. Nosotros estábamos en el centro de un corrillo de gente muy querida que daba palmas a nuestro alrededor mientras bailábamos «Help»*, interpretada por un trío de jóvenes músicos alumnos de la academia. Amparo acababa de cumplir nueve años y vivió aquel día con muchísimo entusiasmo por la ilusión que le hacía llevar las arras. Ella* *parecía tan feliz como nosotros, estaba encantada de vernos juntos y eso me llenaba por completo. Lo que no habíamos calculado bien era el impacto que iba a tener para ella dejar de vivir en Villa Marta, y aún íbamos a tardar mucho tiempo en darnos cuenta. Se acercó y se puso a bailar con nosotros. Los tres, cogidos de las manos, moviéndonos al ritmo de los Beatles, estábamos reinventando una familia. A Amparo la siguieron mi padre y la madre de Rodrigo, que, aunque ya era muy mayor y su cuerpo estaba demasiado cansado para bailes, no quiso dejar pasar aquel momento sin disfrutarlo también. Después, jaleados por Valentina, se fueron animando los demás invitados y la fiesta no terminó hasta que despuntó el alba.*

Nos fuimos de viaje de novios a recorrer Portugal en coche, un Citröen Tiburón dorado que nos regaló mi padre por la boda. Yo había estrenado el carné de conducir unos días antes de casarnos estampando el coche de mi padre contra una farola. Aun así, conducía mucho mejor que Rodrigo. Él prefería la Vespa. A mí me encantaba la sensación de ir al volante y me chiflaba la velocidad. Aquellos ochenta o noventa kilómetros por hora nos parecían la locura de adrenalina. Aunque yo le pisaba bastante al acelerador por pura diversión, el viaje en sí nos lo tomamos con toda la calma del mundo para poder ir parando por el camino y pasar también unos días con mis hermanos en Lisboa.

La academia rodaba sola y Ángel se había quedado al cargo. Por otra parte, la fábrica seguía creciendo en manos de mi hermano José, lo que me reportaba buenos beneficios. Así que, como no teníamos que preocuparnos en ese sentido, nos permitimos el lujo de estar fuera durante tres semanas.

Nos topamos de bruces con la realidad nada más volver, a mediados de septiembre. Lo primero que hicimos fue pasar por Villa Marta para repartir abrazos y regalos y para llevarnos a Amparo a vivir con nosotros a la casa nueva, esta de travesía de Vigo, en la que estoy ahora tan a gusto escribiendo estas letras mientras veo la ría por el ventanal del salón. Valentina me propuso que dejase a la niña un día o dos más, total, era jueves y ya mejor se iba el fin de semana, decía. Además, suponía que nosotros estaríamos agotados del viaje y así podríamos descansar un poco. Me pareció tan razonable que cedí sin pensarlo mucho.

Llegó el fin de semana y nada más entrar en Villa Marta, Rosa salió a recibirnos al jardín hablando en un tono que rozaba el grado máximo de enojo y con las aletas de la nariz hinchadas a más no poder.

—Que ya ni sé cuántas veces se lo he dicho, que es culpa suya, que no le hagan esto a la niña, que es peor para ella...

—Pero ¿qué estás diciendo? Rosa, por favor. Cálmate y aclárate. A ver si entendemos algo.

—Pues estas dos, que están montando un drama... Y eso no es bueno para la niña.

—¿Qué dos? ¿Valentina y Nati? —Rosa asintió—. ¿Y se puede saber por qué están montando un drama?

—Pues porque no están conformes con que Amparo y Nati tengan que dejar de vivir aquí, ¿por qué iba a ser?

—¿Y están montando un drama delante de la niña?

—Delante no, mucho peor, con ella. —Rosa puso los ojos en blanco y suspiró antes de seguir contándonos lo que estaba pasando—. Valentina lleva semanas conspirando. La niña ya sabe lo que tiene que hacer cuando le digan que ha llegado la hora de irse: tirarse al suelo, llorar y patalear. Se creen que así evitarán lo inevitable. Ya intenté explicarles cincuenta veces que la niña tiene que ir con su madre y Nati con ella, pero no atienden a razones, son unas crías consentidas, y Valentina, la peor de las tres, que a su edad ya podía tener sentidiño y, sin embargo, venga a meter cizaña...

Ya os podéis imaginar cómo me hervía la sangre. Traicionada por mi hermana del alma, a la que en realidad yo había cuidado mucho más que a mi propia hija. Ella poniendo a mi hija en mi contra, cuando Valentina era la primera que sabía cuánto deseaba yo volver a formar una familia. Me sentí tan mal... En aquel momento era yo quien estaba enojada y con las aletas de la nariz hinchadas.

—Vamos. Me la voy a cargar —le dije a Rodrigo encaminándome con paso firme hacia la puerta.

Él me cogió del brazo para frenarme.

—Espera. Ten calma. No hagas esto en caliente...

Le costó horrores convencerme para que no entrase, pero acabé cediendo, gracias a Dios, porque creo que aquel día le habría dicho a Valentina mil cosas que en realidad no pensaba. La habría acusado de querer robarme a mi hija cuando en realidad había sido yo quien le había echado encima la responsabilidad de cuidarla desde hacía años.

Le dije a Rosa que se excusase por nosotros, que volveríamos al día siguiente, y le pedí a Rodrigo que me llevase a casa lo antes posible. Una vez allí, él, con su paciencia infinita, se pasó horas intentando hacer que yo me pusiese en la piel de Valentina, en su edad y en sus circunstancias. Ella llevaba mucho tiempo ocupándose de Amparo y disfrutando de la compañía de Nati, y nosotros le íbamos a quitar todo de un plumazo, sin más explicación que la pura biología. Porque lo cierto era que lo mejor, tanto para Amparo como para Nati, bien podría ser quedarse en Villa Marta.

Pero yo no estaba dispuesta a consentir tal cosa. En primer lugar, porque Amparo era mi hija, mía y de Darío, y aunque le estaba infinitamente agradecida a Valentina por haberla cuidado tanto, ya era hora de que a la niña le quedase claro quién era su madre. En segundo lugar, porque también me daba cuenta de que Valentina era muy joven y tenía que vivir su vida, sin necesidad de sentir la responsabilidad de tener a Amparo a su cargo.

Al día siguiente, aparecí en Villa Marta por sorpresa a media mañana. Le pedí a Rodrigo que me esperara fuera. Le dije que lo que tenía que hablar con Valentina eran cosas de hermanas y él, como era hijo único y no tenía ni idea de lo que era eso, no insistió.

Tuve la suerte de encontrar a Valentina podando los mirtos de la parte delantera del jardín. Fue mejor así, sin que Amparo estuviera presente.

—Te pongas como te pongas, la niña se viene conmigo y, por supuesto, Nati también —le dije intentando mantener la calma, tal como le había prometido a Rodrigo el día anterior—. No es negociable y no me mires así, que también lo hago por tu bien.

—¿Por mi bien? ¡Anda ya! Pero si eres una egoísta de lo peor... Aquí todo el mundo está siempre haciendo cosas por ti, como criar a tu hija, por ejemplo, sin ir más lejos. ¿Y tú? Tú, que nunca has hecho nada por nadie, ¿te presentas ahora diciendo que vas a alejar de mí a Amparo y a Nati por mi bien? ¿Cómo puedes...?

—Pregúntale a papá quién te crio a ti. Y ahora déjame pasar y no me sigas.

La aparté con ganas de darle un empujón de verdad y tirarla a los mirtos. En aquel momento no sabía si mi ira se debía a que Valentina me estaba haciendo ver unas cuantas verdades o si me enfadaba que estuviese siendo tremendamente injusta, o quizá fuera una mezcla de todo.

Mi padre había salido. Otra suerte, más que nada porque no quería que me viese así de furiosa. No había ninguna necesidad de preocuparlo. Yo sabía perfectamente que él era el primero en apoyarme, por más que le costase, yo diría que más que a nadie, separarse de la niña.

Entré hasta la cocina. Amparo estaba sentada a la mesa tomando uvas que le iba dando Nati una a una, peladas y sin pepitas. Nada más verme se tiró al suelo y empezó a gritar y a patalear como si fuera un bebé. Era una escena ridícula para sus nueve años, aunque había que reconocer que Valentina la había aleccionado bien y la niña parecía una loca de verdad.

Hice lo primero que se me ocurrió: me tumbé en el suelo a su lado. El desconcierto la hizo parar. Se quedó mirándome asombrada y, entonces, se puso boca arriba imitando mi postura. Giré la cabeza hacia ella y ella la giró hacia mí. Le sonreí. Ella me sonrió a mí.

—¿Nos vamos a la casa nueva con Rodrigo y con Nati?

—Es que...

Apoyé el dedo índice en su boca. Ella entendió el gesto a la primera. Se quedó callada, mirándome. Me levanté y ella siguió tumbada. Le tendí mi mano sabiendo que era una segunda oportunidad de que se agarrase a ella, como había hecho al agarrarse a mi dedo nada más nacer. Allí agachada, con el brazo estirado hacia la niña, supe que me la estaba jugando a todo o nada. Y tuve miedo. Ella dudó durante un par de segundos que se me hicieron eternos. Después, asiéndose con fuerza a mí, se levantó y me abrazó como nunca lo había hecho, diciéndome sin palabras que no me fuese nunca más. Justo en ese instante entró Valentina, y Amparo se separó de golpe, como si la hubieran pillado haciendo algo terrible.

—Vas a estar genial en la casa nueva, ya verás —le dijo Valentina aparentando serenidad—. Y estoy segura de que podrás quedarte a dormir aquí de vez en cuando —añadió para obligarme a comprometerme delante de la niña.

—¿Podré? —me preguntó Amparo.

—Claro que sí, hija, de vez en cuando —respondí recalcando sutilmente lo de «hija» y con menos sutileza lo de «de vez en cuando».

Cuando llegamos al coche cargadas de maletas y cachivaches innecesarios, Rodrigo se llevó las manos a la cabeza.

—No pretenderéis meter aquí todo eso más nosotros cuatro —dijo partiéndose de risa.

Lo cierto es que era una idea ridícula.

—Yo le puedo pedir a don Paco que me lleve después de su siesta —sugirió Nati encantada de poder quedarse unas horas más en Villa Marta—. Eso supondría una persona y dos maletas menos —añadió por si no habíamos entendido el motivo.

Me giré hacia Amparo.

—¿Tú también quieres quedarte hasta la tarde?

Rodrigo me miró sorprendido.

—No. Yo quiero ir contigo y con Rodrigo —respondió la niña subiéndose al Tiburón.

La emoción de la casa nueva le duró un cuarto de hora, que fue más o menos lo que le llevó investigar lo que le interesaba de cada estancia. Dejamos su habitación para el final porque encima de la cama tenía el regalo que le habíamos traído de la luna de miel. Era un gato de peluche azul celeste, casi de su tamaño y con unos ojos de cristal tan perfectos que parecían de verdad. El gato le chifló nada más verlo. Lo cogió en brazos como pudo y se fue a enseñarle la casa que ya consideraba suya.

Por la tarde llegó mi padre con Nati y sus maletas. Yo esperaba que hubiera venido también Valentina, pero no lo hizo.

—Ha ido a dar una vuelta con un tal Nicolás —nos explicó mi padre.

Me alegró saber que mi enfado no era la causa de su ausencia y me alegró, más aún, saber que mi hermana se sentía libre para hacer su vida. Como en un acto reflejo, le pedí en silencio a santa Marta que ese tal Nicolás fuese un buen chico. Mi padre, que ya veía venir la pregunta, me dijo:

—No sé nada de él. Solo sé que estudia en la Escuela de Peritos y que tiene un hermano pequeño que juega en el Rápido de Bouzas.

—Gran cosa, papá. Anda, pasad, que estábamos a punto de tomar un chocolate.

Mientras merendábamos, Nati fue a instalarse en su habitación, que era mucho mayor que la de Villa Marta y, además, no tenía que compartirla con Rosa, lo que para ella era un gran alivio porque a Nati le encantaba escuchar la radio hasta quedarse dormida y Rosa le mandaba apagarla tempranísimo.

Pensé que Amparo iba a armar un drama cuando mi padre se fuese, pero nos volvió a sorprender. Con el gato en brazos, fue hasta la puerta del ascensor para darle un abrazo y le dijo:

—No estés triste. Dentro de poco iremos a verte a Villa Marta y me van a dejar quedarme a dormir.

Entendí su comportamiento un poco más tarde, cuando escuché a Nati elogiándola mientras le secaba el pelo. Con el ruido del secador no se daba cuenta de que le estaba hablando muy alto a la niña y su voz llegaba hasta el salón, donde estábamos leyendo Rodrigo y yo.

—Lo has hecho muy bien, cariño. Esta es tu mamá de verdad, no como la tía Valentina, ¿entiendes?

—Sí, pero Valentina no quiere que esté aquí. Y ahora ellas están enfadadas por mi culpa.

—Tienes mucha suerte porque las dos te quieren tanto que hasta se pelean por tu compañía. Pero son riñas de hermanas, y ¿sabes qué es lo mejor de enfadarse con una hermana?

—¿Cómo lo voy a saber si no tengo hermanas, Nati?

—Pues es verdad, cariño, ¡mira que soy boba! Pues lo mejor es que se pasan enseguida. Mi hermana y yo somos como el perro y el gato, cualquier excusa es buena para discutir y a los dos minutos ya estamos abrazadas y riendo.

Me alegró mucho saber que Nati no estaba en mi contra, sino todo lo contrario, podía estar segura de que tenía en ella una aliada. La frase siguiente acabó de confirmármelo.

—Tu tía Valentina va a estar bien y la vamos a ir a visitar muchas veces, ya verás. Tu mamá ha sufrido mucho y se merece que ahora le des una oportunidad. Además, yo sé que tú estabas deseando tenerla toda para ti, ¿a que sí?

—Ya, pero ¿y Rodrigo?

Lo preguntó como dejando en el aire la segunda parte de la pregunta, ¿qué hacemos con él?, ¿no sobrará?, ¿no estará de más en esta ecuación que ya de por sí es difícil de encajar?

—Rodrigo y tú vais a ser muy buenos amigos, eso segurísimo. Mira, ahora cuando acabemos de secarte el pelo, le vas a pedir que te ayude a hacer ese ejercicio de los deberes que no te salía ayer, ¿te acuerdas? Y después vienes a mi habitación a contarme si te ayudó, ¿vale?

Nati, mi Nati, tan joven y qué bien sabía qué paso debía dar en cada momento para llevar a Amparo por el buen camino. ¡Vaya psicóloga fantástica se perdió el mundo con su talento desperdiciado! ¡Y qué nostalgia me invade al pensar en ella! Hasta se me pone la piel de gallina. No os podéis imaginar cuánto me ayudó en esa época y durante todos los años que se quedó a mi lado.

Y fue así, con la ayuda de Nati, como empezamos a ser una nueva familia construida con los fragmentos recompuestos de cada uno: un nuevo Rodrigo, una nueva Amparo y una nueva Gala, los tres juntos con la mejor de las predisposiciones para querernos. Ignorábamos que todo esto no era más que una ilusión óptica que caería por su propio peso.

39

Telma se despidió de su padre con un abrazo y dos promesas: Marcos le prometió volver muy pronto y ella le prometió a él que respondería a sus mensajes cada mañana. Bajó en el ascensor preguntándose si sería verdad que le estaba dando pena que se fuese. El día que llegó, cuando fue a buscarlo al aeropuerto, ya estaba deseando perderlo de vista y, sin embargo, a raíz de la conversación que había estado pendiente desde hacía años empezaba a ver las cosas de otra manera. Igual tenía razón la abuela con eso de no juzgar a nadie, aunque era algo realmente difícil, y más si se trataba de Marcos, pero por lo menos, unos cuantos días de tregua les habían sentado bien a los dos. Definitivamente, esta vez lo iba a echar de menos.

La pena se le pasó enseguida al ver a Diego sentado de lado en la Vespa apagada. Con el casco en el regazo, jugueteaba nervioso con el cierre sin apartar la vista del portal.

—Menos mal que no le das clase a adolescentes.

—¿Y eso? —preguntó él poniéndose de pie para darle dos besos.

—Porque parecerías uno más de clase.

—Bueno, al cole nunca llevo estos vaqueros tan rotos, ni las zapas de *skate*. Tengo unos zapatos que… Me da hasta vergüenza hablar de ellos de lo feos que son. Eran de mi padre, con eso te lo digo todo.

—Pero ¿te los pones o qué?

—Sí —admitió riéndose—. Para ir al cole me disfrazo un poco, pero no es por los niños, es por los padres. Eso lo aprendí el primer año. Desde que me visto como un señor nunca más he vuelto a escuchar sandeces. Al principio se dirigían a mí con una falta de respeto que vamos…

—Mi abuela era superpesada con lo de vestirse adecuadamente. Bueno, y es que también era muy teatreira y todo eso del vestuario la fascinaba. A veces se ponía furiosa con nosotras si nos veía mal vestidas… Oye, ¿qué hacemos aquí parados en la acera? Vamos a algún sitio y termino de contártelo allí, ¿vale?

—Tienes razón, ¿alguna sugerencia? —preguntó mientras le pasaba un casco rojo igual al suyo.

—La verdad es que no. Cualquier sitio tranquilo me parece bien.

—¿Te dejas llevar?

—Encantada.

Le gustó la sensación de ir así, tan pegada a él, respirando su olor a gel de La Toja. En diez minutos habían llegado a su destino.

—¿Un hotel? ¿Diego, hijo, tú no vas muy rápido? —le preguntó Telma con los ojos como platos.

Él se rio.

—Tenía que habértelo explicado antes. Soy especialista en cafeterías de hoteles.

—¡Uf! Menos mal. Es un alivio.

—Los guiris sí que saben. Hay varios hoteles en Vigo que tienen la cafetería en el ático con unas vistas a la ría que te mueres: el América, el Zenit, el Axis... Pero Los Escudos, tan cerca del mar, es mi preferido. A veces vengo aquí con un libro y me paso un par de horas tan a gusto.

—Pues suena muy bien, sí. ¿Entramos?

—Claro.

Telma pidió un gin-tonic y Diego tuvo que conformarse con la tónica para poder conducir a la vuelta.

—Oye, cuando dijiste lo de las zapas de *skate*…, ¿patinas?

—Bueno, antes iba de vez en cuando a la plaza de la Estrella, según los entendidos, el mejor *spot* de Vigo, pero yo era solo un aficionado.

—¿*Spot*?

—Así llaman a los lugares de la ciudad donde se reúnen para patinar, sin que haya un *skatepark* ni nada. Plazas o paseos con aceras de distintas alturas, escaleras o bancos de piedra, todo vale.

—No te imagino con un monopatín.

—Iba a trastear un poco con un *skate* prestado —dijo dudando un poco antes de continuar—. Es que tuve una novia *skater*. Ella sí que lo hacía bien. Tanto, que me dejó porque su afición le apasionaba más que yo.

—¡Qué triste! —exclamó Telma sin poder evitar reírse—. ¡Ay! Perdona, no quería reírme —añadió tapándose la boca.

—Tristísimo —se rio él—. Ya pasaron casi dos años y empieza a no dolerme, pero te puedo asegurar que lo pasé fatal. Un día llegué a casa, porque vivíamos juntos desde hacía unos meses, y tenía las maletas preparadas. Me estaba escribiendo una nota para dejármela en la nevera, ¿te lo puedes creer?

Telma abrió mucho los ojos y se atrevió a preguntar:

—¿Y qué ponía en la nota?

—Como la estaba escribiendo cuando llegué, estaba a medias. Decía algo como que aquí no podía crecer y tampoco podía arrastrarme. Seguro que no pensaba escribir mucho más, quiero pensar que quizá algún beso o puede que un abrazo, vete tú a saber. Se fue a Barcelona. En el fondo hizo bien, el sueño de su vida era ser *skater* profesional y lo logró. Al principio me mandaba fotos desde delante del Macba. Esa zona es como la catedral del *skate* en España, ¿sabes? Después me mandó una desde Los Ángeles y nunca más volví a tener noticias suyas hasta que hace poco apareció en un reportaje del periódico entre otros vigueses que alcanzaron el éxito alrededor del mundo.

—Pues sí que parece que te dejó por un monopatín…

—Por lo menos no fue por otro. Así no tengo que estar preguntándome cosas como: ¿qué tendrá él que no tenga yo?

Telma se rio y aprovechó para preguntar:

—¿Y después de ella?

—Nada. Nada de nada. Se ve que me quedé tocado y hundido.

Se hizo un silencio que no resultó incómodo. Era más bien una ausencia de palabras cargada de complicidad. Se quedaron mirándose a los ojos y asintiendo levemente porque ambos estaban pensando en lo mismo, en cuánto dolían las heridas del amor. Entonces, Diego suspiró, se armó de valor y dijo exactamente lo que quería decir:

—Telma, yo ya sé que lo de Julián es muy reciente y no sé si será buen momento, pero tengo que decirte que eres la primera chica que me gusta desde hace dos años.

—¡Ups! —exclamó Telma tapándose las mejillas con las manos.

—No quiero agobiarte, ya sé que necesitas tu tiempo, pero no me parecería justo seguir quedando contigo sin aclararte lo que siento. Tampoco sé muy bien qué es, solo sé que no puedo parar de pensar en ti.

Telma le respondió con una sonrisa, le cogió las manos y le explicó:

—No me puedes gustar más, Diego, pero yo estoy ahora tocada y hundida. Digamos que... Si tuvieses que elegir un mal momento para querer algo más que una amistad conmigo, sería justo este.

—No hay prisa.

—¿Cómo? —preguntó Telma.

—Digo que nos lo tomemos con calma.

Telma volvió a taparse las mejillas y se quedó mirándolo con ternura.

¿No era algo parecido lo que le había dicho Rodrigo a Gala? ¿Era una casualidad monumental, que a veces las hay, o una señal del universo, que puede que también las haya? ¿Cosa de meigas, quizá? Al llegar a casa lo primero que iba a hacer era buscar en las memorias de su abuela las palabras de Rodrigo, tal vez solo se parecieran. De cualquier forma, la Vespa roja y ahora esto... Y lo había conocido precisamente en el funeral de Gala. Se dio cuenta de que estaba empezando a delirar. Le dio un trago al gin-tonic y su voz interior le echó la culpa de los delirios a la bebida, así era más fácil entender que estuviese pensando tantas bobadas juntas.

—Yo…, es que sigo pensando en Julián.

Diego abrió los ojos como platos.

—¡Vaya! Eso no me lo esperaba. ¿Quieres volver con él? Yo pensaba que…

—No, espera, no me refiero a eso. Es que no puedo dejar de pensar en él porque sigo atando cabos, ¿entiendes?

—Algo sí, aunque no mucho. —Diego la miró animándola a explicarse mejor.

—Es que igual mi historia es más triste que la tuya. —Telma no pudo evitar reírse de sí misma y después le aclaró—: A ti te dejaron por un monopatín, vale, es muy triste, pero en realidad la chica quería cumplir su sueño y luchó por conseguirlo. Visto desde fuera suena hasta bonito.

—Te olvidas de que me trató como si yo hubiese sido un estorbo para ella.

—Ya. Pero mira. A mí Julián me dejó por una aplicación de apuestas, ¿qué es peor?

—¿En serio?

—Que me parta un rayo si es mentira.

—¡Qué triste!

—¿Lo ves? Además, a mí no me trató como un estorbo para crecer, sino todo lo contrario. Más bien diría que me usó como trampolín para hundirse. Es penoso.

—¿Y aun así quieres volver con él? —se sorprendió Diego.

—No —dijo Telma remarcando la negación con un movimiento de cabeza—. Digo que sigo pensando en él porque estoy todo el rato recordando detalles que ahora tienen otro sentido.

—¿Por ejemplo?

—Pues sin ir más lejos, ahora, cuando veníamos en la moto cerré los ojos un momento y me vi sentada en la butaca de mi habitación. Una noche, hace unos meses, estaba viendo una película y escuché ruidos en la cocina y en el pasillo. Me quedé paralizada por el miedo porque se suponía que estaba sola. Al poco rato llegó Julián y me convenció de que tenía que haber sido una mala pasada de la imaginación y se desvivió por hacerme sentir mejor. Ahora sé que era él, el de los ruidos, digo. Estoy segura de que había venido a buscar dinero. De hecho, al día siguiente le comenté que había perdido veinte euros, que pensaba que los había puesto en el cajón de la cocina donde tengo todo lo de ir al supermercado y se puso muy nervioso.

—Pues no sé qué es peor —dijo Diego con una risilla de fondo y haciendo un esfuerzo por no reírse a carcajadas por si a ella le sentaba mal—, que te robe tu novio o que tengas un cajón con todo lo de ir al supermercado. ¿Qué es eso, Telma, por Dios? Entre lo de la navaja suiza y esto, no sé si voy a acabar pasando de esperarte.

Telma se rio también mientras pensaba que era muy probable que Diego no tuviera que esperar mucho. Tenía que reconocer que le encantaba. Si no tuviese el corazón tan dolorido...

—Es un cajón pequeño en el que tengo algo de dinero, un cuaderno, un boli y una bolsa de esas de ir a la compra que se doblan y quedan en nada. Así, cuando hace falta algo del súper, voy apuntando y cuando quiero ir a comprar, voy al cajón y ya cojo todo: la lista, el dinero y la bolsa.

—¡Madre mía! ¡Qué organización!

Ella estiró la espalda y sonrió orgullosa.

—A mí me da buen resultado, bueno, aunque pensándolo bien, vete tú a saber cuánto dinero me faltó de ahí sin que me diese cuenta —dijo volviendo a relajar la espalda—. ¡Vete tú a saber! —repitió como en un suspiro—. Porque para lo del dinero no te creas que soy tan organizada. A mi hermana, por ejemplo, no se le escapa ni un euro, pero a mí, no sé cómo lo hago, pero me vuelan.

—Igual es que alguien te los hacía volar.

—Bueno, algo sí, pero tampoco tanto, no le voy a echar ahora la culpa de todo, que yo me pongo a comprar libros y no tengo fin.

—¡Ay! Pues ya somos dos. Aunque yo tiro bastante de biblioteca. Voy cada dos viernes a llevar al abuelo y aprovecho. Él coge cuatro y yo uno, y después vamos a merendar con la abuela a Luces de Bohemia y… —Diego se quedó callado sin llegar a terminar la frase—. Telma, sin rodeos, por favor te lo pido, dime, ¿tú crees que la operación saldrá bien?

Ella cogió aire antes de hablar y fue midiendo cada palabra:

—Es que no tiene otra opción. Si no se opera, esa arteria acabará… Vamos, que sería cuestión de días.

—Pero la operación en sí… El médico habló de muchos riesgos.

—Y es cierto que los hay, y más teniendo en cuenta que él ya tiene su edad, pero es que no hay otra manera. Va a salir todo bien, ya verás. El doctor Ferraz hace ese tipo de operaciones con los ojos cerrados.

—¡Ay! ¡No me digas eso! Que ahora voy a tener pesadillas imaginándomelo en el quirófano con los ojos cerrados.

—Anda, anda, menos cuento, que va a estar en las mejores manos.

—Es que no sé ni qué decirles a mis padres. Venir desde Buenos Aires no es ninguna tontería, es un viaje muy caro y de muchas horas. La abuela está empeñada en que no hay que preocuparlos y me ha hecho prometer que no les diría nada de la operación.

—¿Y qué dice tu abuelo?

—Pues lo mismo, que no vale la pena preocuparlos. Él nunca le lleva la contraria.

—Entonces hazle caso a tu abuela. Las abuelas siempre saben por qué dicen lo que dicen.

40

Desde que la habían ascendido, Celia no había vuelto a llegar tarde, y justo el gran día, el día de presentar el informe en el que había trabajado tanto, tenía que pasarle aquello.

Le pagó al taxista y le pidió una tarjeta para llamarlo y hacer el viaje inverso cuando recordase dónde había guardado la llave de repuesto. Con suerte, la encontraría esa noche, o tal vez dentro de una semana. Eso ahora era lo de menos. Llegaba media hora tarde y en un par de horas iba a ser la reunión.

Se fue directa al despacho de la Chunga a darle explicaciones antes de que se las pidiese. Al verla aparecer, ella levantó la vista del ordenador sin decir palabra y, poniéndole cara de pocos amigos, dejó que Celia hablase como una ametralladora.

—Es que primero fue un *show* la despedida en casa, ya te puedes imaginar, mi madre haciendo pucheros como una niña pequeña, qué te voy a contar. Bueno, el caso es que como mi padre iba a perder el vuelo, le dejé conducir a él, que le pisa que no veas. ¡A saber cuántas multas me van a llegar! ¡No quiero ni pensarlo! Llegamos por los pelos. Estaban ya avisando por megafonía. Con decirte que casi ni nos despedimos... Él consiguió embarcar y yo me fui a pagar el aparcamiento. ¡Odio esas máquinas! Tuvo que venir un vigilante porque se me atascó la tarjeta y no iba a dejarla allí, como comprenderás.

La Chunga intentó cortarla:

—Bueno, pero ya estás aquí, ¿no?

—No, pero es que eso no fue lo peor. Llego al coche y me pongo a buscar la llave como una loca, pero literalmente, ¿eh?

Que hasta vacié todo el bolso en el suelo porque ya me estaba poniendo de los nervios. Entonces me acordé, ¡mi padre! Recogí las cosas del suelo y corrí por todo el parking y por medio aeropuerto hasta que me pararon unos policías de paisano.

—¿Y recuperaste la llave?

—¡Qué va! Intentaron ayudarme, pero ya era demasiado tarde. Tuve que bajar en taxi. Y lo peor es que cuando vaya a buscar el coche, eso si encuentro la llave de repuesto, claro, ya no me va a servir el ticket del parking y voy a tener que pagar una fortuna, ya verás.

—Bueno, pues ahora ya pasó, ten calma. Vete a tomarte una tila y vuelves. Te necesito al cien por cien en la reunión.

Celia se quedó bloqueada. ¿Era la Chunga la que le estaba hablando? ¿Había dicho «ten calma»? ¿No le iba a echar una bronca monumental?

—Solo una cosa antes de que te vayas, ¿tienes alguna copia del informe en un *pen* o algo?

—Sí, lo tengo aquí —Celia abrió el bolso y rebuscó a ciegas hasta encontrar su *pen* azul—. ¿Lo quieres?

—No, guárdalo bien y cuando vuelvas de tomar esa tila te cuento.

—Estoy bien, María Jesús —se alegró de haber dicho su nombre correctamente—, de verdad, ya estoy tranquila. ¿Qué pasó? ¿Hay algún problema?

—Mejor siéntate, entonces —le dijo invitándola con la mano a ocupar una de las dos sillas del otro lado de la mesa.

Celia aceptó el asiento.

—Soy toda oídos.

—Voy a hacer un cambio en tu equipo.

—Entiendo —dijo Celia, aunque no entendía nada.

—Verás, esta mañana llegué muy temprano para preparar la reunión.

—¡Ay, por Dios! ¡Cuánto lo siento! —se lamentó Celia.

La Chunga ni la escuchó y siguió hablando.

—Aún no había llegado casi nadie. Me fijé en que Carlos estaba en tu despacho, sentado en tu sitio haciendo algo muy concentrado en el ordenador. Hace tiempo que lo tengo en el punto de mira porque es un paquete de tío, pero sé que tiene dos hijos pequeños y su mujer está en el paro... Bueno, eso da igual. Que esté todo el día publicando chorradas en sus redes sociales en horario laboral, pasa, que me lleguen quejas de su falta de compañerismo constantemente, pasa, pero lo de hoy no tiene nombre.

—Pero ¿qué hizo?

—Se ha cargado tu informe. Lleva intentando arruinarte la vida desde que ocupaste ese puesto. Estaba convencido de que iba a ser para él. Creo que no exagero si te digo que no ha habido un solo día en el que no haya venido a quejarse de ti.

—¡Alucino!

—Créeme. Llegué justo cuando en la pantalla ponía eso de «¿Desea eliminar este elemento de la papelera definitivamente?». Al verme se quedó bloqueado. Leí aquello, lo miré, él me miró, dudó un poco y apretó el botón del ratón para aceptar. Después, intentó colarme una milonga de que estaba limpiando tu ordenador de un virus que también había entrado en el suyo. Pero yo ya había visto el nombre del documento: «Informe primer trimestre».

—¡Es el de la reunión de hoy, sí!

—Seguro que lo tienes en el *pen*, ¿verdad?

—Sí, claro, además ayer estuve trabajando en casa e hice algunos cambios. La que está aquí es la versión definitiva.

—Bueno, pues tú tranquila, que la reunión va a salir bien.

Celia no reconocía a esa nueva Chunga, ¿o había sido siempre así? ¿Y si se había equivocado al juzgarla? Se acordó de las palabras de la abuela: «No juzguéis a nadie».

—¿Y qué va a pasar con él?

—De momento le he dicho que se vaya a su casa o a donde le dé la gana, por quitármelo de en medio. Después, ya veremos si lo mandamos a la calle o lo reubico y esto queda entre nosotros, que será lo más probable. Está avergonzado. Yo creo que no se atreverá a hacer algo semejante y espero poder contar con tu confianza para que lo que ha pasado no salga de aquí.

—Por supuesto —dijo Celia intentando no abrir demasiado los ojos.

—Y para que veas que no soy tan chunga como dicen...

—¿También sabes eso? ¡Hoy no salgo de mi asombro!

—Claro que lo sé. Debe de ser algo tan generalizado que ya se le ha escapado a unos cuantos y ni siquiera se han dado cuenta.

Celia no pudo evitar reírse.

—¡Ay! Perdona que me ría, pero es que tiene su gracia.

—No pasa nada. En realidad, el mote me viene bien, ¿sabes? —siguió la jefa—. En un puesto así es importante que no te tomen por el pito del sereno y lo de ser chunga impone algún respeto.

—Es cierto, pero no deja de ser gracioso que lo sepas.

—Ahora no me vayas a descubrir, que ya te digo que me conviene seguir así.

—No. Tranquila —le aseguró pensando en el esfuerzo que tendría que hacer para no contárselo a Nacho.

—Y tú, prepárate. Si no te han puesto un mote todavía, enseguida lo tendrás.

—Me imagino, sí.

—Bueno, te decía que para que veas que no soy tan chunga, estaba ahora considerando la posibilidad de pasar a tu amigo a tu equipo.

—¿A Nacho? —Celia se sorprendió y se alegró a partes iguales.

—Sí, pero antes quiero hacerte una pregunta personal, si no te importa.

—Claro, dime.

—¿Hay algo entre vosotros?

—¡Uy! No, ¡qué va! Somos buenos compañeros, nada más, ¿por?

—Es que no me gustaría que hubiese líos, ya sabes, no sería buena cosa mezclar amor y trabajo, eso acaba por traer problemas.

—Puedes estar más que tranquila en ese sentido —dijo Celia recordando la decisión de olvidarse de Nacho que había tomado hacía poco tiempo—. No te voy a negar que al principio sí que me sentía atraída por él —le explicó como si eso hubiese sido hacía milenios—, pero ahora, vamos, es que ni se me pasa por la cabeza. Él es un conquistador nato, eso no lo puede evitar, pero yo le río las gracias y ya está.

—¿Seguro?

—Segurísimo.

—No sé, no sé —dudó la otra.

—María Jesús, yo tengo un novio que es la envidia de cualquiera.

—Sí, me consta. ¿Pero no está en La Habana? Eso es un poco lejos, ¿no?

—Está en Cuba, sí, pero hablamos todos los días por videollamada, llueva o truene, mi ratito con Rafa al mediodía es sagrado. Y viene bastante. Además, dentro de muy poco ya se le acaba el contrato y no piensa renovar. Dice que se vuelve a Vigo porque ya no soporta estar tan lejos de mí.

—Bueno, bueno, tampoco hace falta que me des tantos detalles, mujer.

Celia se quedó un poco cortada.

—¡Ah! Perdona.

—Y ahora vete a trabajar, que ya estás tardando.

Se levantó desconcertada, ¿de repente volvía a ser la Chunga de siempre? ¿Sería bipolar o algo así?

—¿Nos vemos en la reunión?

—Por supuesto. Y más te vale hacerlo bien.

—Descuida. ¿Algo más?

—Sí. Recuerda que te he pedido la máxima discreción.

—Tranquila.

—Y que sea la última vez que llegas tarde al trabajo. Sea por lo que sea. No me vengas con excusas ridículas ni con historias inventadas.

—¡Que no me inventé nada! —exclamó ofendida—. Es verdad. Todo lo que te conté es cierto.

—Ya —le respondió con aire de quien no se cree nada.

A Celia le entraron ganas de matarla. En lugar de eso, cogió el picaporte y, antes de cerrar la puerta de cristal, asomó la cabeza por la puerta y le dijo:

—Las mentiras son para los cobardes. Te guste o no, yo voy siempre con la verdad por delante.

Dicho esto, estiró la espalda pensando que Gala estaría orgullosa de ella y se fue hacia su pecera caminando como el palo de una escoba y con una sonrisa de oreja a oreja.

41

Celia llegó a casa exhausta por el día tan ajetreado que había tenido. Menos mal que por la mañana la reunión le había salido de diez, que al mediodía Rafa le había dicho mil cosas bonitas y que por la tarde Nacho ya había llevado sus cosas a su mesa nueva. Además, la llave de repuesto del coche estaba donde ella había pensado que estaría. Podía haber cancelado su cita con Telma para subir al aeropuerto, pero era lo que menos le apetecía del mundo.

Al escuchar el timbre de casa, se acercó a la entrada refunfuñando.

—¿Se puede saber para qué tienes una llave?

Telma le respondió con una sonrisa.

—Pasa, anda. Iris se acaba de llevar a mamá a dar una vuelta. Tenemos una hora para nosotras solas.

—¿Cómo está mamá?

—La despedida fue un *show*, pero papá acabó convenciéndola de que volvería muy pronto.

—Menos mal.

—Ya... ¿Quieres una cervecita o algo?

—Pues casi sí.

—¿Nos ponemos en la cocina?

—Yo encantada. Ya sabes que esa barra me tiene enamorada.

En un par de minutos estaban sentadas abriendo las memorias por las últimas páginas.

Telma empezó a leer en alto.

PAZ

Si me invitasen a elegir una sola palabra para definir los años que pasé con Rodrigo, estaría un buen rato debatiéndome para elegir entre paz y respeto, aunque creo que acabaría decantándome por la paz, a sabiendas de que esta estuvo generada por el respeto.

Al principio, Amparo estaba con nosotros durante la semana y se iba a Villa Marta de viernes a domingo, pero este sistema no duró mucho. Primero, alargó los fines de semana hasta el lunes. Más tarde, cuando empezó el instituto ya se quedaba allí semanas completas. Estudiaba en el femenino, el Santo Tomé, que estaba a un minuto de Villa Marta, y todas sus amigas eran de la zona de Las Traviesas. Después de haber luchado contra todos para que Amparo viviese con nosotros, tuve que acabar entendiendo que su lugar en el mundo era Villa Marta y que intentar retenerla a mi lado no era más que puro egoísmo. Ella anhelaba cada rincón de aquella casa, donde tenía sus raíces y, sobre todo, echaba de menos a Valentina y a mi padre.

Poco a poco, y siempre bien aconsejada por Rodrigo, dejé de insistir en que tenía que vivir con nosotros. Gracias a este cambio de actitud, mi relación con Valentina fue volviendo a la normalidad.

Para poder estar un rato con Amparo cada día, comíamos en Villa Marta. Algunos fines de semana íbamos al cine todos juntos y, los domingos que había partido, íbamos de vez en cuando a Balaídos a animar al Celta. También hacíamos excursiones a La Guardia a comer una buena langosta, a Pontevedra en las fiestas de la Peregrina, a Santiago el 25 de julio para ver el botafumeiro y, por supuesto, no podía faltar la visita anual a Santa Marta de Ribarteme para asistir a la procesión de los ataúdes y dar gracias a la santa por la vida de Valentina.

Recuerdo aquella etapa con verdadero cariño, con la única pena de haber perdido la esperanza de que Maruxa y Leonardo regresasen a Vigo. Él no podía sentirse más realizado que subido a la tarima de su clase de Literatura. Ella había empezado a estudiar

Historia del Arte y, aunque aún seguía teniendo dificultades con el idioma, estaba decidida a hacer su tesis doctoral sobre la historia de la azulejería portuguesa. Tenían una casa muy acogedora en la zona de Algés, con cincuenta metros cuadrados de jardín que cuidaban como si aquello fuese Versalles. Además, habían hecho buenos amigos entre los profesores del Instituto Español.

Los que sí regresaron al cabo de un par de años fueron Felipe y Ovidio, que no hacían más que rogarle a mi padre que les diese trabajo aquí mientras mi padre no hacía más que negárselo, hasta que empezó a sentirse cansado y supo que había llegado la hora de formarlos para que pudiesen tomarle el relevo en la empresa. En contra de lo que cabía esperar, lo hicieron con responsabilidad.

José, por su parte, seguía siendo un soltero de oro que se entregaba al trabajo con empeño llevando a la prosperidad a todas las familias que dependían de la fábrica de embalajes. El trabajo le había aportado la serenidad y la templanza que necesitaba para calmar su lado menos amable, y se las apañaba para ir convirtiendo su rabia en sentimientos y acciones más nobles. Cada día aprendía que la satisfacción de ayudar a los demás era mucho mayor que la de intentar hundirlos y, poco a poco, fue dejando atrás a aquel joven vengativo para convertirse en un hombre que empezaba a entender el concepto de filantropía.

Valentina acabó por romper su relación con Nicolás porque, según le había confesado a mi padre, le parecía soberanamente aburrido. Yo siempre sospeché que había habido algo más, algo que Valentina nunca quiso contar. Era una chica muy mona, tenía mucho éxito entre los chicos y, sin embargo, después de Nicolás, nunca volvió a hablar de ningún otro. La compañía de Amparo, convertida ya en una adolescente que quería ser mayor, le vino de perlas para estar entretenida y olvidarse de él. Cuando no estaban estudiando, se pasaban la vida de compras o probándose modelitos y maquillajes que se intercambiaban.

Volví a refugiarme en el trabajo y en Rodrigo. Me fue invadiendo una sensación de lejanía abrumadora de todo lo que había sido anterior a mi vida con él. Como si hubiese pasado a ser otra persona. Ya sé que esto puede parecer un decir. Pues no. Lo digo en sentido literal. Si miraba hacia atrás en el tiempo, me veía desde fuera, como una espectadora más. Me imagino que era un mecanismo de protección como otro cualquiera. Yo ya no quería ser aquella que había sufrido tanto, quería ser la que era en ese momento, la que ya no buscaba ni venganza ni justicia, la que vivía en paz, la que estaba descubriendo otra forma de amar. Esa era yo. Y era quien quería ser.

Nati continuó durmiendo en nuestra casa por decisión propia, porque seguía encantada de tener una habitación solo para ella y la idea de volver a compartir cuarto con Rosa y tener que apagar la radio a las diez, no le hacía ninguna ilusión. Por las mañanas, salía con nosotros y la dejábamos en casa de mi padre para que ayudase a Rosa con la comida. A pesar de que me seguía apenando el hecho de que Amparo no viviese con nosotros, aquella etapa no la recuerdo como algo doloroso. Al contrario, me encantaba poder disfrutar de ver a Rodrigo sentado a la mesa con casi toda la familia reunida de nuevo: Amparo, mi padre, José, Valentina, Felipe, Ovidio, Rodrigo y yo. Acabé acostumbrándome a que cada vez que se hablaba de algún asunto relacionado con Amparo, mi opinión contase menos que la de cualquiera de los demás. Por ejemplo, si mi padre se empeñaba en ponerle una copita de vino a «la niña» para acompañar la comida, alegando cosas como «que si ya tiene quince años, que si ya tiene dieciséis, que si ya es toda una señorita...», todo lo que yo pudiese argüir en contra de darle alcohol era irrelevante, y cuando quería darme cuenta, él ya le había llenado la copa y ella ya se la había bebido.

Entre todos me ocultaron su relación con Marcos cuando empezó a salir con él. Él tenía ocho años más que ella. Yo no lo habría consentido. A esa edad es una locura una diferencia tan grande. Ya sé que estaréis pensando que yo me llevaba más años con Rodrigo, pero nosotros ya éramos dos adultos cuando nos conocimos, es muy distinto. Si me hubiese enterado a tiempo, yo la habría arrastrado de los pelos para encerrarla bajo llave en su habitación.

—Me caso el año que viene.

Eso fue lo que me dijo el día que estábamos celebrando su decimoctavo cumpleaños.

UNA BUENA ABUELA

El resto de la historia ya la sabéis de sobra.

Vuestros padres se casaron al año siguiente, en 1980, y se fueron a vivir a la calle Lepanto, al piso que mi padre les regaló. A estas alturas de la vida creo que no os resultará ninguna novedad que os diga que Marcos nunca fue santo de mi devoción. Sin embargo, no me quedaba más remedio que aceptarlo si no quería perder el mínimo de relación que me quedaba con mi hija. Dicen que el roce hace el cariño y, en parte, así fue. Durante un tiempo, llegué a apreciarlo un poco más que lo justo para una convivencia pacífica e incluso llegué a plantearme que quizá algún día pudiese quererlo como se debe querer a un yerno. No obstante, siempre hubo algo que me impidió llegar hasta ese punto. Quizá he sido demasiado injusta y desconfiada y, sobre todo, confieso que nunca me he parado a escucharlo de verdad, sin prejuicios. Tal vez habría confiado más en él si hubiera sabido lo que le iba en el alma. Fue culpa mía una vez más, yo misma creé otra barrera invisible entre Amparo y yo. Barrera que nunca existió entre ella y Valentina, que adoraba a vuestro padre y no hacía más que elogiarlo delante de Amparo, lo que las unió aún más.

Mi vida volvió a tener un nuevo sentido con vuestra llegada.

Cuando nació Telma, yo volví a nacer con ella. Empezaba una nueva etapa. No había sabido ser una buena madre, vale, eso ya lo había aceptado, pero ahora, la vida me estaba brindando la oportunidad de ser una buena abuela y no la iba a desperdiciar. Poco después, el nacimiento de Celia supuso para mí un nuevo regalo para iluminar mi camino hacia la paz interior.

No os podéis hacer una idea de cuánto os disfrutamos Rodrigo y yo. No sé cómo conseguimos que vuestros padres aceptaran no llevaros a la guardería. Cada mañana, paraban su coche en el descampado que había aquí al lado, en lo que ahora es la calle que baja de Travesía a Pino, y allí estábamos Rodrigo y yo esperando para recogeros a vosotras y que vuestros padres se fuesen a trabajar. Nunca me gustó que Amparo fuese recepcionista en la clínica de Marcos, pero ¿qué podía decirle si hacía lo que le daba la gana y, además, yo había trabajado así toda la vida con Rodrigo?

Pasamos un par de años la mar de felices, una de esas épocas en las que todo va bien, en las que rezas para que todo siga igual. Rodrigo no iba a la academia hasta media mañana y yo dejé de ir el primer día que vinisteis a casa y no volví más. Tenía cincuenta y pico años y mucha vitalidad. Pensé que el hecho de no ir a trabajar se me iba a hacer cuesta arriba, sin embargo, ni me enteré. Estaba tan entretenida con vosotras…

Por desgracia, esa etapa tan bonita de la vida se vio ensombrecida por la muerte de mi padre. Cayó fulminado en la entrada de Villa Marta. Tenía una carta arrugada en las manos. En ella se informaba de la expropiación inminente de Villa Marta, en cuyos terrenos se abriría una nueva calle.

Me quedaba el consuelo de saber que había llegado a conoceros. Parece que lo estoy viendo ahora aquí, en este mismo salón, sentado en el sofá marrón, con cada una en una pierna simulando que ibais a caballo por un desierto del lejano Oeste. De vez en cuando, él paraba el movimiento de las piernas para imitar el ruido de disparos. Después, retomaba el sonido de los cascos del caballo acompasado de las subidas y bajadas de las piernas. Vosotras erais muy pequeñas, pero os partíais de risa, y Telma, que ya sabía hablar, pedía más y más en nombre de las dos. Frases como «fue ley de vida» o «no sufrió» no me consuelan tanto como recordarlo jugando con vosotras. Al menos llegó a conoceros, ese es mi bálsamo para este vacío que aún siento, porque está claro que las grandes personas de nuestra vida son aquellas que, al irse, dejan un vacío imposible de llenar. La pérdida de mi padre me dejó en el alma un auténtico agujero negro de tamaño colosal.

Gracias a vosotras, aprendí a vivir con ello, no perdí la sonrisa ni me hundí en aquel pozo tan oscuro donde ya había estado tras la muerte de Darío. Vosotras iluminabais mis días de tal forma que no había ni tiempo ni lugar para pensar en otra cosa que no fuera veros crecer felices.

Cuando Telma tuvo edad de ir al colegio, vuestros padres decidieron que Celia también debía comenzar. Rodrigo y yo insistimos para que se quedase un año más pasando el día aquí, en casa, pero no hubo manera. Fue un septiembre pésimo para nosotros. Ninguno de los dos era capaz de reponerse un poco para poder tirar del otro tal como habíamos venido haciendo a lo largo de la vida. Parecía que el cansancio nos había sobrevenido de golpe, y no me refiero al cansancio de una actividad física, sino al agotamiento vital. Rodrigo volvió a caminar arrastrando los pies y yo volví a pasarme mañanas enteras en la cama. Llegó octubre con un viento frío que no ayudaba al ánimo y nos encontró sin defensas.

Una tarde de domingo, Valentina vino a intentar animarnos y se empeñó en que hacía muy buen día para merendar en la terraza. Y era verdad, hacía mejor temperatura que durante toda la semana anterior. Lo cierto es que estuvimos charlando muy a gusto, pero cuando nos levantamos para despedir a Valentina, nos dimos cuenta de que estábamos helados. Enfermamos los dos. Yo me repuse enseguida con un par de días de cama, unas aspirinas y unos cuantos caldos preparados por Nati. Rodrigo no. Cuando yo me puse bien, él empezó a empeorar. Vino a verlo un médico que le recomendó reposo y paracetamol, y nos dijo que si empeoraba habría que llevarlo al hospital. Dos días después, se despertó con mucha fiebre y temblando como una vara verde. Él no quería salir de casa por nada del mundo, así que esperé a que se durmiese y llamé a una ambulancia a traición. Cuando lo despertaron al trasladarlo a la camilla, me clavó una mirada de reproche como no le había visto jamás. Después cerró los ojos y al instante siguiente volvió a abrirlos para apiadarse de mí. Les pidió a los chicos que le diesen un minuto. Supongo que esperaba que se retirasen, pero solo se quedaron quietos, observando la escena con respeto. Yo le cogí la mano con algún recelo, pensando que me iba a echar en cara que no hubiese respetado su deseo.

—Me muero, Gala —dijo muy despacio porque le dolían sus palabras—. Me voy en paz con la única pena de dejarte aquí. Me habría gustado morirme en casa, pero entiendo que hayas pedido ayuda. —Sacó fuerzas para guiñarme un ojo—. Te perdonaré, anda —añadió sonriendo.

Yo no lo tomé en serio. Él tenía solo sesenta y siete años y siempre había gozado de una salud de hierro. Pensar en la muerte como una posibilidad real era una idea ridícula en aquel momento.

—No digas chorradas. Vas al hospital para ponerte bien.

Él me apretó la mano y me sonrió con placidez.

—Te cuidaré siempre, esté donde esté.

Entonces me di cuenta de que no bromeaba. Me quedé tan helada que no fui capaz de decirle nada, ni una palabra. Él se giró hacia los chicos y les hizo un gesto con las cejas para indicarles que podían continuar. Yo fui detrás de ellos arrastrando los pies por el pasillo como si fuese el propio Rodrigo. Al llegar a la entrada, una rueda de la camilla se enganchó en la alfombra. Los flecos se enredaron y no la dejaban avanzar. Mientras los chicos intentaban deshacer el nudo, quise adelantarme para ponerme al lado de Rodrigo, pero antes de que pudiese llegar a cogerle la mano, vi como su brazo caía a plomo por el lateral de la camilla. Se murió allí mismo, en casa, tal como había querido.

No sé hasta qué punto os he insistido durante estos años en lo mucho que chocheaba por vosotras. Dicen que la sangre tira y seguro que es muy cierto, pero estoy convencida de que más cierto es que el roce hace el cariño. Si existiera un cuantificador de amor, el que vuestro abuelo Rodrigo sentía por vosotras no cabría en ese medidor.

DESEANDO SER LIBRE PARA VOLAR

Cuando me quedé sola, Amparo me ofreció una y mil veces irme a vivir a la calle Lepanto con vosotras. Yo siempre me negué, no por vosotras, ¡uy!, eso que quede muy claro, ni por ella, ni siquiera por Marcos, que aunque no fuese santo de mi devoción tampoco tenía nada que reprocharle en aquel momento. Lo hice por mí, lo de empeñarme en seguir viviendo aquí yo sola, digo. Y es que Nati también se me fue, de otro modo, pero también la perdí. Su madre se puso muy mala y tuvo que volver a la aldea para estar a su lado. Al principio me llamaba con frecuencia y venía de vez en cuando con la excusa de traerme huevos caseros, pero después se echó un novio de por allí y no volvió más.

Pasé una temporada sola en esta casa enorme y os confieso que, a pesar del dolor que sentía por la muerte de Rodrigo, fue una época feliz. Porque estaba haciendo lo que quería hacer. Llorar a Rodrigo. Lamerme las heridas. Pinté todo lo que pude y más. No sé por qué, me dio por dibujar mariposas de todos los tamaños, colores y formas. Quizá necesitase rodearme de cosas bonitas. O, tal vez, fuese porque quería pensar que no faltaba mucho para que yo también renaciese, como ellas, libre para volar.

La pérdida de Rodrigo me removió de tal forma por dentro que hizo reflotar el duelo por Darío. Os parecerá de locos, supongo, pero así me sentía, de luto por los dos. Fue un dolor sereno, me sentía privilegiada por poder estar aquí, en casa, pensando en ellos a partes iguales. Me daba paz imaginarme a Rodrigo junto a su adorada Pepita y con su niña en brazos. Aún hoy me reconforta esa imagen. Estarán felices los tres juntos. También estoy segura de que Darío me estará esperando con los brazos abiertos cuando llegue mi hora.

Durante aquella época, Valentina venía a diario a echarme un vistazo, decía ella. A veces, andaba a mil por hora con sus estudios y sus oposiciones y no pasaba de la puerta. Otras veces se quedaba a merendar conmigo. Venía todos los días menos los viernes, que era el día en el que yo le daba vacaciones a mi alma para poder ir al casino a jugar la partida con Charo. Eso era sagrado.

Los sábados también salía. Valentina venía a buscarme temprano para ir a poner orden en el ropero de la parroquia. Cosíamos botones, planchábamos, lustrábamos zapatos y lo que hiciese falta con tal de adecentar un poco la ropa que íbamos consiguiendo para las familias más necesitadas. Hasta que un día, a ella le dio un pinchazo en el abdomen y gritó de dolor doblándose sobre sí misma. Asustada, la llevé volando al hospital, pero ya era demasiado tarde como para poder frenar el avance del cáncer de páncreas que la consumió en dos meses. Dos meses en los que viví por ella y para ella. Me la llevé a casa y la puse entre algodones. Fueron días extenuantes, de agotamiento permanente, pero repetiría cada uno de ellos mil veces si pudiera. Se fue con tanta serenidad… Aquellos dos meses nos sirvieron para cerrar heridas del pasado y darnos cuenta de lo mucho que habíamos significado la una para la otra, de cómo nuestras vidas se habían ido cruzando para que pudiésemos apoyarnos mutuamente. Primero la había cuidado yo a ella como si fuese mi hija y, después, ella había cuidado a mi hija como si fuese suya. Era sencillamente bonito. La una para la otra en el momento preciso. Durante aquellos dos meses, cuando el dolor le daba una tregua, repasábamos cientos de fotos, algunas reales y otras que guardábamos solo en la memoria. Comentamos cada momento compartido, reímos, lloramos y nos sinceramos. Nos perdonamos todas las ocasiones en las que habíamos sido más torpes la una con la otra. Fueron una bendición de semanas para nuestras almas. A Valentina le dio tiempo de irse de la vida haciendo balance consciente y positivo. Había tenido una vida plena y siempre se había sentido rodeada de amor. También quiero que sepáis que le dio mucha tranquilidad pensar que os dejaba a vosotras sus ahorros y saber que eso os ayudaría a empezar vuestras vidas con alguna holgura económica.

UN GRAN LEGADO

Después de tantos palos seguidos, me dio la vida aquella llamada de Telma quejándose de la comida del colegio. Si pudiera explicaros hasta qué punto me ilusionan los miércoles… Los espero como agua de mayo. Desde entonces, vivo cada semana para ese día. Bueno, y por cierto, ya que estamos haciendo confesiones, os diré que una de las pocas veces que mentí en mi vida fue a vosotras. ¿Os acordáis de aquella lasaña que me había salido horrible hace un par de años? Una que no fuimos capaces de comer ni Telma ni yo y que Celia se tragó por cortesía, ¿sabéis cuál digo? Supongo que de sobra. Pues, bueno, en fin, yo… La compré. Era una de esas precocinadas, de la tienda de congelados que abrieron cerca de casa. No podía irme con este secreto en la conciencia y mucho menos con esa mancha en mi expediente culinario, que una también tiene su orgullo. Fue una solemne tontería comprarla, ya veis, con lo que me gusta cocinar y lo poco que me cuesta… Supongo que me dejé llevar por la familia feliz que se veía en la foto del paquete compartiendo risas alrededor de la lasaña. Y, que conste, que no lo volví a hacer más ni pienso volver a hacerlo. Espero que sepáis perdonarme por la de aquel día que ahora recuerdo con una sonrisa al pensar en la cara de la pobre Celia haciendo un esfuerzo por tragar, mi querida Celia…

¡Ay! Mis niñas, cuánto me cuesta ir acabando estas memorias. Me alegro de haberme acordado de escribirlas cuando aún tenía tiempo. Cuando la médica me anunció que tenía los días contados, no lo dudé. Os digo de verdad que, en una situación tan difícil de encajar, no podía haber pasado mejores horas que las que le he dedicado a este manuscrito. Si no se me hubiese ocurrido hacer esto, quizá habría pasado las tardes lamentándome o compadeciéndome. Ahora no me siento nada triste, todo lo contrario, creo que la palabra es satisfecha. Me encanta saber que algún día llegarán a vuestras manos. De momento, por hoy, vuelven a su sitio, que es detrás del espejo, a buen recaudo de la fisgona esta. Cuánto echo de menos a Nati. A ella jamás se le habría ocurrido cotillear un papel mío. Espero y deseo que haya sido muy feliz y que también haya conocido el amor en toda su plenitud.

Me voy de la vida con la frente bien alta, con la paz que infunde el saber que he pasado por cada etapa con coherencia, con la verdad como bandera y habiendo sido honesta conmigo misma y con los demás.

Le dejo al mundo un gran legado: vosotras. Tenéis toda una vida por delante para hacer grandes cosas. Y no me refiero a que logréis hacer del mundo un lugar mejor, de lo que estoy segura es de que mejoraréis el mundo de quienes os acompañen en el camino.

Pongo el punto final a estas memorias el domingo 24 de marzo de 2019, feliz de que la vida me haya regalado el tiempo suficiente para poder terminarlas. Pronto renaceré como las mariposas y volaré junto a Darío. Ese es mi mayor deseo. Estaré siempre muy cerca de vosotras.

Os quiero con locura,
La abuela Gala

Fin

Celia ya llevaba un rato sollozando. Telma había leído los últimos párrafos con la voz temblorosa, pero no se rompió hasta el último segundo. Lloró como si «Fin» fuese la palabra mágica que abría las compuertas de la presa de unas lágrimas que llevaban demasiado tiempo contenidas.

Se quedaron un rato en silencio, sin intentar siquiera consolarse mutuamente.

—Prométeme que lo volveremos a leer —dijo Celia cuando pudo recomponerse un poco.

—Hasta que nos lo sepamos de memoria.

42

DESDE QUE LE habían confirmado el peor de los diagnósticos y sabiendo que tendría que enfrentarse a una operación tan arriesgada, Pío no había vuelto a pegar ojo. Tres noches sin dormir eran motivo más que suficiente para delirar despierto como si estuviese en sueños.

Se imaginaba a Isolina destrozada en su funeral. Ella no lo superaría. Si tenerlo allí internado ya se le estaba haciendo cuesta arriba, si tanto estaba sintiendo su ausencia en la cama que habían compartido durante toda una vida, ¿cómo iba a encajar ella su pérdida?

De esa visión, pasaba a entrar en una tasca y encontrarse a los tres jóvenes a los que había encomendado el robo de la bicicleta de Gala. Brindaban con unas jarras de cerveza enormes y se reían a carcajadas. Su cara estaba borrosa, como si llevasen caretas. Al verlo aparecer por la puerta se quedaban de piedra. Parecían más aterrorizados que él. Entonces, Pío se imaginaba gritándoles: «*¿Qué hicisteis? ¿Por qué? ¿Qué pasó?*». Las preguntas se encadenaban sin fin hasta que lograba abrir los ojos y salir de su pesadilla para regresar a la habitación del hospital, a sus hierros, a su secreto.

La noche antes de la operación fue especialmente delirante, como si hubiese entrado en un estado febril que le provocaba sudores irreales. En medio de un torbellino de pensamientos negativos y confusos, tuvo un momento de lucidez que le hizo llegar a una conclusión definitiva: si Diego y Telma llegaban a casarse y algún día tenían hijos, esos niños llevarían su sangre, o sea, la sangre del culpable de la muerte de su bisabuelo materno. Telma tenía derecho a saberlo. Él no era el viejecito entrañable al que había estado cuidando, al que había tratado con tanto cariño como si fuese su propio abuelo. No era más que un miserable cobarde, nada más y nada menos que el culpable de que ella no hubiese llegado a conocer nunca a su abuelo.

Aquella noche, entre delirio y delirio, tomó una decisión en firme: tenía que contarle a Telma la verdad.

43

Isolina se esmeraba en alisar las sábanas de la cama de Pío en un gesto repetitivo como si planchase con la mano. Telma entró en la habitación haciendo de tripas corazón para sonreír, cruzó una mirada cómplice con Diego y saludó intentando poner algo de alegría en la voz. Llevaba unos cuantos papeles para que los firmase Pío. En ellos no había más que advertencias sobre complicaciones que iban desde la invalidez hasta el riesgo para la vida. Isolina lo ayudó a acomodar la mesa y al acercarle las gafas, se dio cuenta de que a los dos les temblaban las manos. Mientras Pío estampaba su firma en aquellos documentos, intentaron hablar de algo tan trivial como el tiempo, pero las frases no convencían a nadie.

—Pues dicen que hoy igual llueve.

—Parece mentira, con lo despejado que está el cielo.

—Igual se mantiene así y no cae ni una gota.

—Igual.

Pío firmó el último papel. Apartó la mesa con ayuda de Isolina y suspiró tan profundamente que los asustó.

—Telma... —dijo mirándola a los ojos—, yo... Hay algo que debería decirte... Solo yo sé la verdad y si me pasa algo...

En ese momento vio que Diego y ella se miraban y se cogían las manos. Una pregunta lo golpeó tan fuerte que tuvo que cerrar los ojos: «¿Para qué? ¿Para qué vas a decir nada, Pío?». Levantó los párpados y se encontró con los dos muy juntos, con las manos aún entrelazadas, mirándolo expectantes. Entonces, sonrió negando con la cabeza y concluyó:

—Aunque, por lo que veo, la única verdad es que ahora ya es demasiado tarde.

—¿Qué dices, abuelo? —le preguntó Diego desconcertado.

Pío volvió a sonreír mientras los observaba con ese gesto sereno de quien por fin entiende todo.

—Que haríais una pareja preciosa.

A Diego se le subieron los colores y miró a su abuelo con cara de reprimenda.

—¡Ay, mi querido Celestino! —exclamó Telma sonriendo—. Ya nos estabas asustando.

—Es posible que este viejo ya esté algo demente, Melibea —dijo él poniendo un toque dramático en cada palabra—, pero esas manos unidas hablan por sí solas.

En un acto reflejo que confirmaba las palabras de Pío, ellos intercambiaron una mirada cómplice.

Dos celadores entraron en la habitación. Se sorprendieron al ver a Telma tan cerca de Diego y cuchichearon algo ininteligible antes de preguntar:

—¿Pío Louro?

—Me pilláis por los pelos —bromeó él—. Estaba a punto de fugarme, ¿verdad, Telma?

—Cierto. Ya estaba todo preparado para la gran huida —les explicó ella a los celadores guiñándoles un ojo—, aunque me temo que vas a tener que dejar esa escapada para otro día —dijo dirigiéndose a él—. ¿Cómo lo ves?

—Me temo... —Pío no fue capaz de seguir bromeando y suspiró antes de acabar la frase—. Me temo que no tengo elección.

—Venga, abuelo, que dentro de nada ya estás aquí otra vez —lo animó Diego soltando a Telma para acariciarle el brazo a él— y, encima, sin esos hierros. Ánimo, que vas a estar en buenas manos, ya verás.

Pío le respondió con una sonrisa.

Isolina se arrepintió de nuevo de no haber llamado a Guzmán a tiempo. Estaba segura de que si le hubiese mencionado la operación, él habría cogido el primer vuelo para estar junto a su padre, pero ya era demasiado tarde para rectificar. Un escalofrío la recorrió de pies a cabeza mientras le daba un tímido beso en los labios a su marido.

—Va a salir todo bien —logró decir, más para convencerse a sí misma que para animar a Pío—. Te quiero.

—Yo más.

Se asomaron los tres al pasillo mientras los celadores se lo llevaban en la cama hacia la sala de operaciones, con sus hierros, con su secreto. Aquella fue la última vez que lo vieron con vida.